La primera mano que sostuvo la mía

Maggie O'Farrell
La primera mano
que sostuvo la mía

Traducción de Concha Cardeñoso Sáenz de Miera

Libros del Asteroide

Primera edición, 2018
Cuarta edición, 2019
Título original: *The Hand That First Held Mine*

Queda rigurosamente prohibida, sin la autorización
escrita de los titulares del *copyright*, bajo
las sanciones establecidas en las leyes, la reproducción
total o parcial de esta obra por cualquier medio
o procedimiento, incluidos la reprografía
y el tratamiento informático, y la distribución
de ejemplares mediante alquiler o préstamo públicos.

© 2010, Maggie O'Farrell

© de la traducción, Concha Cardeñoso Sáenz de Miera, 2018
© de esta edición, Libros del Asteroide S.L.U.

Fotografía de la autora: © Double Vision
Imagen de la cubierta: © Neil Webb

Publicado por Libros del Asteroide S.L.U.
Avió Plus Ultra, 23
08017 Barcelona
España
www.librosdelasteroide.com

ISBN: 978-84-17007-37-9
Depósito legal: B. 4.384-2018
Impreso por Liberdúplex
Impreso en España - Printed in Spain
Diseño de colección: Enric Jardí
Diseño de cubierta: Duró

Este libro ha sido impreso con un papel ahuesado,
neutro y satinado de ochenta gramos, procedente de bosques
correctamente gestionados y con celulosa 100 % libre de cloro,
y ha sido compaginado con la tipografía Sabon en cuerpo 11.

La traducción de esta obra ha contado
con la ayuda de Literature Ireland.

Promoting and Translating Irish Writing

a IZ
a SS
a WD

Y olvidamos porque es preciso.

MATTHEW ARNOLD

PRIMERA PARTE

Verás. Los árboles de esta historia empiezan a agitarse, tiemblan, se recolocan. Soplan unas ráfagas de brisa marina y se diría que los árboles, por su inquietud, por la impaciencia con la que mueven la copa, sepan que va a pasar algo.

No hay nadie en el jardín, en el patio tampoco; solo unos tiestos de geranios y espuela de caballero se estremecen con el viento. Hay un banco en el césped y, a una distancia prudencial, dos sillas frente a frente. Una bicicleta reposa apoyada contra la casa, los pedales, inmóviles, la cadena engrasada no se mueve. Han sacado a un niño de pecho a dormir en el cochecito, el pequeño descansa envuelto en una crisálida compacta de mantas, con los ojos dulcemente cerrados. Una gaviota se cierne alta en el cielo y hasta el ave guarda silencio, con el pico cerrado y las alas extendidas, mientras aprovecha las corrientes térmicas.

La casa está en las afueras del pueblo, detrás de un seto espeso, en la cima del acantilado. Es la frontera entre Devon y Cornwall, donde los dos condados se agazapan sin perderse de vista. Es una franja de tierra muy disputada desde siempre. No tendría sentido perder tiempo en contemplar este suelo, cargado como está de sangre de celtas, anglosajones y romanos, abonado con los restos de sus huesos.

Pero esto sucede en una época de relativa calma en Gran Bretaña: a finales de un verano de mediados de los años cincuenta. Un camino de gravilla llega a la puerta principal describiendo una curva.

En el tendal, combinaciones y camisetas, calcetines y sostenes, pañales y pañuelos palmotean y se retuercen en la brisa. Se oye una radio en alguna parte, en una de las casas vecinas quizá, y el golpe seco de un hacha cortando leña.

El jardín está en compás de espera, también los árboles y la gaviota, que sigue en equilibrio en el aire. Y entonces, como si esto fuera un decorado teatral y el público aguardara a oscuras, se oyen unas voces. Ruido. Alguien chilla, otra persona grita, algo cae al suelo. La puerta trasera de la casa se abre de golpe.

—¡No lo soporto! ¡Te lo aseguro, no lo soporto! —dice a voces ese alguien.

La puerta se cierra con estrépito y entra en escena una persona.

Tiene veintiún años, a punto de cumplir veintidós. Lleva un vestido azul de algodón con botones rojos. Una pañoleta amarilla le sujeta el pelo. Cruza el patio resueltamente con un libro en la mano. Va descalza, pisando con fuerza los escalones y el césped. No repara en la gaviota, que se ha girado en el aire para mirarla; no repara en los árboles, que mueven las ramas anunciando su entrada en escena; no repara siquiera en el niño al pasar al lado del cochecito: se dirige a un tocón que hay al fondo del jardín.

Se sienta en el tocón y, procurando hacer caso omiso de la rabia que le corre por las venas, se pone el libro en el regazo y empieza a leer. «Muerte, no te pongas orgullosa —comienza el texto— aunque te llamen terrible y suprema.»

Tensa y concentrada, se acerca más a la página, suspira y sacude los hombros. Luego, de improviso, suelta un gruñido y tira el libro, que cae en la hierba con un golpe amortiguado; las páginas aletean al cerrarse. Ahí se queda, entre la hierba.

Se levanta, pero no como lo haría cualquiera, pasando gradualmente de una posición a otra: ella salta, da un bote, rebota, parece que estampe los pies contra la tierra como si la fuera a romper, igual que Rumpelstiltskin.

Lo que ve inmediatamente es a un pastor con una vara en la mano, el perro correteando a su alrededor, que pasa por el camino con un rebaño de ovejas. Esas ovejas resumen lo que odia de su casa: las vedijas mugrientas de los lomos, las caras estúpidas y anodinas, los balidos insulsos. Le gustaría meterlas a todas en una trilladora, tirarlas por el precipicio, lo que sea con tal de que desaparezcan.

Da la espalda a las ovejas, a la casa. Se queda solo con la visión del mar. Últimamente ha ido creciendo en ella el temor a que le pase de largo lo que más desea (que empiece la vida, que cobre significado, que cambie del borroso tono monocromático al espléndido tecnicolor), que no lo reconozca si se cruza en su camino, que lo desaproveche.

Cierra los ojos al mar, a la presencia del libro abandonado, y en ese momento se oye un ruido sordo de pies en la hierba y una voz que dice:

—¡Sandra!

Se endereza al instante, como si le hubieran aplicado una descarga eléctrica.

—¡Alexandra! —corrige.

Así es como se llama, le pusieron ese nombre cuando nació, pero después a su madre dejó de gustarle y lo redujo a las últimas sílabas.

—Alexandra —repite el chico, obediente—. Dice mamá que qué estás haciendo, que si puedes entrar y...

—¡Lárgate! —grita Alexandra—. ¡Fuera de aquí!

Malhumorada, vuelve a pisotear el suelo, vuelve al libro, al análisis de la muerte y su orgullo superfluo.

En ese mismo instante, a quinientos metros de allí, Innes Kent (treinta y cuatro años, marchante de arte, periodista, crítico, hedonista confeso) se arrodilla en el polvo para asomarse a los bajos del coche. No tiene ni idea de lo que busca, pero le parece que es lo que tiene que hacer. Es un optimista. El coche es un MG plateado y azul claro; lo quiere más que a cualquier otra cosa en el mundo y lo acaba de dejar tirado a un lado de esta carretera rural. Se yergue. Y hace lo que tiene por costumbre cuando algo le sale mal: encender un cigarrillo. Le da una patada de tanteo a la rueda, luego se arrepiente.

Ha ido a St. Ives a ver el estudio de un pintor cuya obra tenía esperanzas de adquirir, y se ha encontrado al hombre bastante bebido y la obra, muy atrasada. Toda la excursión ha sido un tremendo desastre. Y ahora esto. Aplasta el cigarrillo con el pie y echa a andar por el camino. Ve unas cuantas casas a lo lejos y el dique curvo de un puerto que se adentra en el mar. Alguien sabrá dónde hay un taller mecánico, si es que los hay en este lugar perdido.

Alexandra no sabe, no puede saber lo cerca que está Innes Kent. No sabe que viene, que cada segundo se lo acerca más, que va recorriendo los caminos que los separan con sus zapatos hechos a mano, que cada paso de esos pies bien calzados acorta la distancia. La vida, tal como la conocerá, está a punto de empezar, pero ahora por fin se abstrae en la lectura, en la lucha que sostiene con la mortalidad un hombre muerto hace tiempo.

Cuando Innes Kent aparece en el camino, Alexandra levanta la cabeza. Deja el libro en el suelo otra vez, ahora con más suavidad, y se despereza estirando los brazos hacia arriba. Se enrosca un mechón de pelo entre el pulgar y el índice, agarra una margarita entre dos dedos de los pies y la arranca; siempre ha tenido las articulaciones flexibles; es algo de lo que está muy orgullosa. Repite la operación hasta que, cada uno de los ocho huecos de entre sus dedos, sujeta el humilde ojo amarillo de una margarita.

Innes se detiene en un claro del espeso seto. Mira por el hueco. Supone que verá una bonita casa de campo con arbustos, hierba, flores, esas cosas: un jardín. Después, más cerca, ve a una mujer sentada al pie de un árbol. No falla, la proximidad de una mujer siempre le despierta interés.

Este ejemplar no lleva zapatos, tiene el cuello despejado, el pelo recogido con un pañuelo amarillo. Se pone de puntillas para ver mejor. Ese cuello le parece la más exquisita columna. Si tuviera que describirlo por escrito se vería obligado a emplear la palabra «escultural» y posiblemente también «alabastro», y no son epítetos que utilice a la ligera. Toda la formación de Innes tiene que ver con el arte. O quizá sería más acertado decir «toda la deformación». No es que se haya formado en el arte, es que es el aire que respira, el motor de su vida; cuando mira no ve un coche, un árbol o una calle, ve un bodegón en potencia, la interacción de la luz, la sombra y el color, una disposición intencionada de los objetos escogidos.

Y lo que ve cuando mira a Alexandra con la pañoleta amarilla y el vestido azul es una escena de un fresco. Está convencido de que tiene ante sí a una *madonna* rural perfecta, de perfil, con un maravilloso (cree él) vestido azul ceñido y el niño dormido cerca de ella. Contempla la escena con un ojo, después con el otro. Es realmente una bella composición, con el árbol por encima, en contraste con el plano de la hierba y la verticalidad de la mujer y su cuello. Le gustaría verla pintada por uno de los maestros italianos, Piero della Francesca o Andrea del Sarto quizá. Y, por si fuera poco, ¡sabe arrancar flores con los dedos de los pies! ¡Qué criatura!

Sonríe para sí y vuelve a mirar con los dos ojos, y de pronto la *madonna* destruye la escena diciendo con voz clara:

—¿No sabe que es de muy mala educación espiar a la gente?

Su desconcierto es tal que pierde el habla un momento (cosa que no suele sucederle) y, fascinado, la ve levantarse del tocón. La *madonna* de Della Francesca se transforma ante sus ojos en el *Desnudo bajando una escalera* de Marcel Duchamp. ¡Qué visión! ¡La mujer acercándose cuesta abajo por el césped repite con exactitud el efecto de la de Duchamp! ¡Es como si la furia que siente hendiera el aire!

Últimamente, Innes se ha empapado de dadaísmo hasta tal punto que hace dos noches soñó con un cuadro dadaísta. Dice que es «el segundo de mis sueños predilectos». (El primero es demasiado explícito para contarlo.)

—Además —añade la *madonna* acercándose, con la mandíbula tensa y los brazos en jarras; Innes tiene que reconocer que se alegra de que haya un seto entre ambos— es ilegal. Estoy en mi perfecto derecho de llamar a la policía.

—Lo siento —consigue decir—. Mi coche... Parece que se ha averiado. Estoy buscando un taller.

—¿Le parece que esto es un taller? —No es una voz suavizada, como cabría esperar, por el matiz devoniano, sino que es seca; corta como el diamante.

—Hum. No. No lo parece.

—Bien, entonces —se acerca todavía más al seto—, adiós.

Es en este momento cuando Alexandra se fija por primera vez con detalle en el fisgón. Lleva el pelo bastante más largo de lo habitual en un hombre. El cuello de la camisa, de color amarillo narciso, es más alto de lo normal. En cambio, el traje, gris claro, de pana de canutillo fino, no tiene cuello; la corbata es de color azul huevo de pato. Alexandra se acerca un poco más. «Narciso —repite mentalmente—, huevo de pato.»

—No estaba espiando —protesta el hombre—, se lo aseguro. Necesito ayuda. Estoy en un pequeño aprieto. Se me ha averiado el coche. ¿Sabe si hay algún taller por aquí cerca? No pretendo apartarla de su hijo, pero es preciso que vuelva a Londres rapidito porque vence el plazo de entrega. Complicación sobre complicación. Si me puede ayudar en algo, seré su más agradecido servidor.

Alexandra parpadea. Nunca había oído hablar así. «Rapidito, aprieto, plazo de entrega, complicación sobre complicación, su más agradecido servidor.» Le gustaría pedirle que lo repitiera todo otra vez. De pronto otra parte del discurso le llega al cerebro.

—No es mi hijo —replica—. No tiene nada que ver conmigo. Es de mi madre.

—Ah. —El hombre ladea la cabeza—. No creo que se pueda considerar que no tiene nada que ver con usted.

—¿Ah, no?

—No. Al menos debe reconocer que es hermano suyo.

Una breve pausa. Alexandra intenta no fijarse en su ropa otra vez, pero en vano. La camisa, esa corbata. Narcisos y huevos.

—¿Entonces es usted de Londres? —le pregunta.

—Sí.

Alexandra aspira por la nariz. Se coloca la pañoleta en la frente. Advierte la barba incipiente del hombre y se pregunta por qué no se habrá afeitado. Sin venir a cuento, un plan que tiene pergeñado a medias se materializa en un deseo definitivo.

—Estoy pensando en irme a vivir a Londres —dice.

—¿Ah, sí?

El hombre se pone a rebuscar con entusiasmo en los bolsillos. Saca una pitillera verde esmaltada, coge dos cigarrillos y le ofrece uno. Ella tiene que apoyarse en el seto para alcanzarlo.

—Gracias —le dice.

Él le da fuego protegiendo la cerilla con las manos y después enciende su cigarrillo con la misma cerilla. «De cerca —piensa ella—, huele a fijador de pelo, a colonia y a algo más», pero el tipo se aparta sin darle tiempo a identificar lo que es.

—Gracias —repite, refiriéndose al cigarrillo, y le da una calada.

—Y ¿qué la retiene aquí? —dice el hombre, mientras sacude la cerilla y la tira al suelo—, si no es indiscreción.

Ella lo piensa.

—Nada —contesta, y se ríe. Porque es verdad. Nada se interpone en su camino. Señala hacia la casa con un gesto de la cabeza—. Ellos todavía no lo saben. Y se pondrán en contra. Pero no pueden retenerme.

—Bien por usted —dice él, y el humo le sale en espirales por la boca—. Entonces, ¿va a escaparse de casa para ir a la capital?

—Voy a ir a Londres —replica ella, irguiéndose en toda su estatura—, pero no voy a escaparme de casa. No se puede escapar una de casa si ya se ha ido. He estado fuera, en la universidad. —Da una calada al cigarrillo, mira hacia la casa, luego al hombre otra vez—. La verdad es que me han expulsado y...

—¿De la universidad? —la interrumpe él, con el cigarrillo a medio camino de la boca.

—Sí.

—¡Menudo drama! ¿Por qué delito?

—Por ninguno —contesta, bastante más acalorada de lo necesario, porque todavía le duele la injusticia—. Al terminar un examen, salí por una puerta que era exclusivamente para hombres. No me permiten licenciarme hasta que pida disculpas. Al principio, ellos —señala la casa otra vez— ni siquiera querían que fuera a la universidad, y ahora no me hablan hasta que vaya a disculparme.

El hombre la mira como si quisiera grabársela en la memoria. Ella se fija en que las costuras de la camisa están cosidas con hilo azul en los puños y en el cuello.

—Y ¿va a ir a disculparse?

Alexandra sacude la ceniza del cigarrillo y niega con un movimiento de cabeza.

—No sé por qué. Ni siquiera sabía que era solo para hombres. No había ningún letrero. Les dije: «Y ¿cuál es la puerta de las mujeres?», y me contestaron que no había. Entonces, ¿por qué tengo que pedir disculpas?

—Exacto. No hay que decir «lo siento» a menos que se sienta de verdad. —Fuman en silencio, sin mirarse—. Y —pregunta el hombre finalmente— ¿qué va a hacer en Londres?

—Trabajar, por supuesto. Aunque puede que no encuentre trabajo —contesta con repentino pesimismo—. Me han dicho que para trabajar de secretaria piden una velocidad de sesenta palabras por minuto, a máquina, y de momento solo hago tres, más o menos.

Él sonríe.

—Y ¿dónde va a vivir?

—¡Cuántas preguntas!

—Es la fuerza de la costumbre. —Se encoge de hombros sin intención de disculparse—. Soy periodista, entre otras cosas. Entonces, ¿dónde piensa ir a vivir?

—No sé si decírselo.

—Pero ¿por qué no? No se lo diré a nadie. Sé guardar un secreto.

Alexandra tira la colilla entre las hojas verdes del seto.

—Bueno, una amiga me ha dado la dirección de una pensión para señoritas en Kentish Town. Me ha dicho que...

Una ligerísima contracción de la cara delata la gracia que le hace a Innes.

—¿Una pensión para señoritas?

—Sí. ¿Qué tiene de gracioso?

—Nada. Absolutamente nada. Suena... —hace un gesto— ... fantástico. Kentish Town. Seremos prácticamente vecinos. Vivo en Haverstock Hill. Puede ir a verme, si le permiten salir.

Alexandra arquea las cejas, finge que lo está pensando. Por una parte, no quiere ceder ante este hombre. Hay algo en él que demuestra lo acostumbrado que está a conseguir lo que quiere, y le parece que no le vendría mal que le llevaran la contraria alguna vez.

—Puede... En realidad no lo sé. Quizá...

Desafortunadamente para ambos, Dorothy elige ese momento para intervenir. El radar maternal ha debido de mandarle señales de un macho depredador acechando a su hija mayor.

—¿Necesita ayuda? —vocea, en un tono que contradice el sentido de la pregunta.

Alexandra se vuelve y ve a su madre avanzar por el jardín esgrimiendo el biberón como si fuera una pistola. Ve que mira al hombre de arriba abajo, desde los zapatos gris claro hasta el traje sin cuello, y, por la mueca avinagrada de la boca, enseguida sabe que no le gusta lo que ve. El hombre la recibe con una sonrisa deslumbrante, unos dientes blanquísimos que contrastan con la piel bronceada.

—Gracias, pero esta señorita —señala a Alexandra— ya me estaba ayudando.

—Mi hija —dice Dorothy, poniendo énfasis en la palabra— tiene mucho que hacer esta mañana. Sandra, pensé que estabas pendiente de tu hermanito. Bueno, ¿qué podemos...?

—¡Alexandra! —le grita a su madre—. ¡Me llamo Alexandra!

Es consciente de que ha reaccionado como una niña malcriada, pero no puede soportar que ese hombre crea que se llama Sandra.

Sin embargo, a su madre se le dan muy bien dos cosas: hacer caso omiso de los berrinches de su hija y sacar información a la gente. Dorothy escucha el relato del coche averiado y en unos segundos despacha al hombre carretera abajo después de indicarle dónde puede encontrar un mecánico. Él mira hacia atrás una vez y dice adiós con la mano.

Alexandra siente algo parecido a la rabia, a la congoja, cuando oye alejarse las pisadas por el camino del pueblo. ¡Estar tan cerca de alguien como él y que le roben ese momento sin contemplaciones! Le da una patada al tocón, otra a la rueda del carrito. Esa sensación agobiante y opresiva de que los mayores son unos manipuladores es una forma particular de fastidio típica de los jóvenes.

—¿Qué demonios te pasa? —dice Dorothy entre dientes, moviendo el asa del carrito, porque el pequeño se ha despertado y se ha puesto a llorar y forcejear—. Vengo aquí y ¿te encuentro coqueteando con un... un gitano con el seto de por medio? ¡A plena luz del día! A la vista de cualquiera. ¿Es que has perdido el sentido del decoro? ¿Qué ejemplo das a tus hermanos y hermanas?

—Hablando de ellos. —Alexandra hace una pausa antes de añadir—: De todos ellos, ¿no serás tú la que ha perdido el sentido del decoro?

Echa a andar por el jardín. No puede pasar un segundo más al lado de su madre. Dorothy deja de mover el cochecito y se la queda mirando con la boca abierta.

—¿Qué quieres decir? —grita, sin acordarse de los vecinos—. ¿Cómo te atreves? ¿Cómo te atreves a hablarme de esa manera? Se lo contaré a tu padre, ya verás, en cuanto...

—¡Vale! ¡Cuéntaselo! —le suelta, volviendo un poco la cabeza atrás y sin dejar de correr por el jardín; irrumpe súbitamente en casa y sobresalta a un paciente de su padre que está esperando en el vestíbulo.

Cuando llega al dormitorio, que está obligada a compartir con tres de sus hermanos menores, todavía oye la voz de su madre gritando fuera.

—¿Soy la única en esta casa que exige unas normas? No sé dónde crees que vas. Se supone que hoy me ibas a ayudar. Tenías que encargarte de cuidar al niño. Y hay que limpiar la plata y la porcelana. ¿Quién crees que va a hacerlo? ¿Los fantasmas?

Elina se despierta sobresaltada. La oscuridad la desconcierta y también el corazón, que palpita, estremecido. Le parece que está de pie, apoyada contra una pared sorprendentemente blanda, con los pies muy lejos, la boca seca, la lengua pegada al paladar. No recuerda qué hace aquí, de pie en la oscuridad, dormitando de esta forma contra una pared. Tiene la mente vacía, como una resma de papel en blanco. Vuelve la cabeza y de pronto todo se hincha y gira sobre su eje porque ve la ventana, ve a Ted a su lado, ve que en realidad no está de pie. Está tumbada. Boca arriba, con las manos entrelazadas en el pecho, como la figura yacente de una mujer en una tumba.

El rumor de la respiración resuena en el dormitorio. En algún lugar de la casa se queja una cañería, luego enmudece. Se oye un leve rascar en el tejado, como de garras de pájaro.

Seguro que la ha despertado el niño, que habrá cambiado de postura dentro de su vientre, tal vez al despertarse de un sueño largo. Habrá dado una patada o un golpe con la mano en la pared del útero. Últimamente lo hace muy a menudo.

Elina mueve la cabeza, pasa la vista por la habitación en penumbra. Los muebles agazapados en las sombras de las esquinas, la persiana de la ventana con el sucio resplandor anaranjado de las farolas. Ted, que está a su lado, encogido en el edredón. Hay una pila de libros en la mesita de Ted, y el móvil, que emite una luz verde. En la suya hay un montón de algo que, en la oscuridad, parecen pañuelos muy grandes.

Surge de pronto otro ruido en alguna parte, cerca de su cabeza, un «ee, ee» cortante, como un carraspeo. Empieza a darse la vuelta para ponerse de cara a Ted, pero le sobreviene un dolor agudo en el vientre, como si se le rompiera la piel, como si le aplicaran un soplete. Se le escapa un grito ahogado y baja las manos para comprobar, para asegurarse de que la piel tirante y el bulto del niño siguen ahí. Pero no hay nada. Las manos solo encuentran espacio vacío. No hay vientre abultado. No hay niño. Se agarra el estómago y toca la piel desinflada, flácida.

Se incorpora con mucho esfuerzo (otra vez ese dolor ardiente), se le escapa un gemido ronco, extraño, y sacude a Ted por el hombro.

—Ted —dice.

Ted gruñe y hunde la cabeza en la almohada. Ella lo sacude un poco más.

—Ted. Ted, el niño no está... no está.

Ted se levanta de un brinco y se queda en el centro de la habitación en calzoncillos, el pelo de punta, con cara de susto. Deja caer los hombros.

—¿Qué dices? Está ahí mismo.

—¿Dónde?

—Ahí —contesta él, señalando al mismo sitio—. Mira.

Elina mira. En efecto, hay algo en el suelo, a su lado. En la penumbra, parece una cama para perros, una cesta ovalada. Pero esta tiene asas y dentro hay algo envuelto en ropa blanca.

—Ah —dice. Busca el interruptor, lo pulsa y una luminosidad amarilla inunda la habitación inmediatamente—. Ah —vuelve a decir.

Se mira la piel desinflada del vientre, después mira al pequeño. Se vuelve hacia Ted, que se ha dejado caer en la cama murmurando que le ha dado un susto de muerte.

—¿He tenido el niño? —pregunta.

Ted, en pleno acto de ahuecar la almohada, se para en seco. Su cara es de perplejidad, de susto. «No te asustes —quiere decir ella—, no pasa nada.» Pero en vez de eso dice:

—¿Lo he tenido? —Porque necesita interiorizarlo: necesita preguntar, ponerlo en palabras, oír la pregunta.

—Elina... estás de broma, ¿no? —Ted deja escapar por lo bajo una risita nerviosa—. No bromees, no tiene gracia. A lo mejor... a lo mejor has tenido un sueño. Seguro que ha sido un sueño. ¿Por qué no te...?

Se calla. Pone una mano a Elina en el hombro y parece que se queda mudo un minuto. La mira fijamente, y ella a él. Elina vuelve a pensar en que hay un niño en la habitación con ellos. Está ahí. Le gustaría volverse a mirarlo otra vez, pero Ted la sujeta por el hombro y ahora parece que se aclara la garganta—. Tuviste el niño —dice despacio—. Fue... en el hospital. ¿No te acuerdas?

—¿Cuándo? ¿Cuándo lo tuve?

—Dios, el... estás... —Se interrumpe, se frota la cara con la mano, después dice, en un tono más equilibrado—: Hace cuatro días. Estuviste tres días de parto y entonces... y entonces nació. Saliste anoche del hospital. ¡Te diste el alta tú sola!

Se hace el silencio. Elina piensa en lo que ha dicho Ted. Repasa mentalmente los datos que le ha suministrado, uno detrás de otro. Hospital, niño, alta, tres días de parto. Piensa en los tres días y en el dolor del vientre, pero de momento prefiere no decir nada.

—Elina.

—¿Qué?

La mira atentamente a la cara. Le retira el pelo de la frente y le pone las manos en los hombros.

—Seguramente estás...Tienes que estar cansadísima y... ¿Por qué no te vuelves a dormir?

No contesta. Se suelta de las manos de Ted para volverse al otro lado del colchón. Se sujeta el vientre al mismo tiempo, mordiéndose el labio. Es como si algo se fuera a derramar ahí abajo si no lo retiene. Encogida, se inclina sobre el recién nacido desde la cama, lo mira con detenimiento. «Él», ha dicho Ted. Entonces es niño. Está despierto, con los ojos abiertos, atentos. La mira desde la cesta de mimbre con una expresión inquisitiva, intrigado. Está envuelto como un regalo en una manta blanca; también lleva mitones blancos. Elina se los quita: qué pequeñitos son, ligeros como una nube. El niño abre y cierra las manos en el aire.

—Ah —dice, y suena extrañamente adulto. Muy seguro, muy respetuoso.

Elina alarga la mano y le toca la frente, húmeda y cálida, el pecho pequeñito, que sube y baja y es como el de un pajarito, la curva de las mejillas, el pliegue de la oreja. Cuando los dedos de la madre cruzan por el campo visual del niño, este parpadea y abre y cierra los labios como si se hubiera quedado sin palabras.

Elina mete las manos por debajo del bulto y lo levanta. Al fin y al cabo es su hijo y puede hacerlo. Lo atrae contra sí, la cabeza por debajo del hombro, los pies en el pliegue del codo. Se da cuenta de que reconoce el peso del niño, la postura que adopta. El niño vuelve la cabeza hacia ella, después al otro lado, hacia ella otra vez y al otro lado, y se queda mirando fijamente el tirante de la camiseta.

—Te acuerdas, ¿verdad? —insiste Ted desde la cama.

Elina cambia de expresión y sonríe.

—Claro —contesta.

Cuando vuelve a tumbarse en la cama, un buen rato después (ha estado contemplando al niño, le ha quitado el gorrito, le ha mirado el pelo, el sorprendente azul de los ojos, que le recuerda las aguas profundas, le ha tocado la manita con el dedo y ha notado que reaccionaba apretándoselo), Ted se ha dormido con la cabeza apoyada en el brazo. Está segura de que ella no será capaz. ¿Cómo va a poder, con tanto frío, con ese dolor, ahora que, según parece, ha tenido un niño? Se arrima a Ted todo lo que puede para aprovechar el calor que desprende. Mete la cabeza debajo del edredón, donde se está calentito y a oscuras. No se dormirá.

Pero debe de haberse dormido, porque de pronto, unos minutos más tarde, o eso le parece a ella, se encuentra en un dormitorio tan luminoso y deslumbrante que tiene que ponerse la mano por visera y Ted está vestido y dice que tiene que marcharse y le da un beso de despedida.

—¿Adónde vas? —pregunta, apoyándose en el codo con dificultad.

Se le pone cara de tristeza.

—A trabajar —dice—. No hay más remedio —dice—. Lo siento —dice—. La película —dice—. Llevamos retraso en el montaje

—dice—. Me podré librar al final del rodaje —dice—. Eso espero —dice.

A continuación inician una breve discusión, porque Ted quiere llamar a su madre para que venga a ayudarla. Elina se oye decir que no, nota que mueve la cabeza negativamente. Entonces él dice que no puede estar sola, que va a llamar a su amiga Suki, pero la horroriza pensar que venga alguien a casa. No se imagina hablando con esas personas, no sabría qué decir. «No —dice—, no, no y no.»

Y parece que va a salirse con la suya, porque Ted se rasca la cabeza, coge la cartera y le da un beso de despedida. Lo oye bajar las escaleras, oye el portazo en la entrada... y la casa se queda en silencio.

Lo que más desea ahora es sumergirse de nuevo en el abandono del sueño, apretar la mejilla contra la almohada, bajar el rastrillo de los párpados sobre los ojos. Percibe que el sueño está cerca, lo saborea. Pero oye a su lado un resuello, un forcejeo, unos pequeños jadeos de mamífero.

Mira desde el borde de la cama y ahí está. Es el niño.

—Hei —dice, y le sorprende que le haya salido en finlandés.

El niño no responde. Está absorto en su propia batalla con algo invisible: agita los brazos en el aire, emite pequeños gruñidos y quejidos de protesta. Y de pronto, como si se hubiera accionado un interruptor, suelta un grito, un lamento de angustia largo y potente.

Elina retrocede como si la hubieran abofeteado. Enseguida comprende que tiene que levantarse. Tiene que afrontar la situación. Es su obligación. No hay nadie más. El niño toma una gran bocanada de aire y lanza otro berrido. Elina se agacha con un gesto de dolor y lo levanta. Sujeta el cuerpecito, tenso y enfadado. ¿Qué le pasa? Intenta evocar los consejos que ha leído en los libros sobre recién nacidos, pero no se acuerda de nada. Va hasta la ventana y vuelve.

—Ea, ea —prueba a decir—. No pasa nada.

Pero el niño llora arqueando la espalda; la cara, pura boca; la piel, congestionada.

—No pasa nada —repite.

Ve que vuelve la cabeza con la boca muy abierta, como un nadador de crol cuando coge aire. Hambre. Eso significa que tiene hambre, claro. ¿Cómo no se le ha ocurrido?

Se sienta en la silla en el momento justo, porque parece que las piernas le tiemblan mucho, y se levanta la camiseta con vacilación, intentando recordar los desconcertantes diagramas de la lactancia. El agarre. La postura. Problemas más frecuentes. Pero no hay por qué preocuparse. El niño sabe exactamente lo que tiene que hacer. Va al pecho como un perro a un hueso y empieza a chupar, primero con avidez, después más despacio, después con avidez de nuevo. Elina lo mira maravillada ante tanta tranquilidad, tanta eficiencia. Y así transcurre un rato que se le antoja exageradamente largo. ¿Es normal que esto dure media hora, tres cuartos, una hora, más de una hora? Fuera, la mañana sigue su curso: la gente va por la calle, sube hacia el Heath o baja en dirección a la parada de autobús. El sol avanza por la moqueta hacia sus pies y el niño sigue mamando.

Supone que se ha quedado dormida en la silla, porque, cuando vuelve en sí, el sol le da en todo el cuerpo y el niño descansa en el regazo como un gato, mirando ahora el reloj de pulsera.

Elina se pone a prueba, busca en la memoria. ¿Recuerda algo? ¿Ha recuperado algo mientras dormía? «El parto, el parto, el parto —se repite—, tienes que acordarte, tienes que acordarte.» Pero no. Sabe que estaba embarazada. Tiene al niño consigo, en el regazo. Pero cómo llegó sigue siendo un misterio.

Se lleva las manos a la cara, se frota la piel, se la restriega con las palmas, a ver si espabila.

—Bien —le dice al silencio, y la voz le tiembla ligeramente. ¿Por qué está la casa tan callada, como si esperase una respuesta?—. Aquí estamos. —Se da cuenta de que habla otra vez en finlandés—. ¿Qué te apetece hacer ahora? —le pregunta al niño, como si fuera un invitado al que conoce muy poco.

Se levanta, despacio, muy despacio, apretando al niño contra el pecho, y baja las escaleras arrastrando los pies, como a tientas, sin dejar de mirarle la cara. Su hijo. Ha salido de su vientre. Lo sabe porque lo dice Ted y porque la forma de la frente y el remolino del pelo le recuerdan a su padre. Al bajar, pasa por la puerta abierta del baño y ve un cambiador en el suelo, a rayas rojas, y recuerda, esto sí lo recuerda, que lo compró. Recuerda que no le gustaron nada los estampados de estas cosas: familias de ositos remilgados, peces antropomórficos con sonrisas burlonas, patos de pestañas largas y ojos perfilados con kohl. Alrededor del cambiador hay pañales, un paquete de toallitas, un pulpo de peluche, un frasco de pomada. ¿Quién ha puesto esas cosas ahí? ¿Ha sido ella? ¿Cuándo?

Al final de las escaleras ve un cochecito, también se acuerda del cochecito. Se lo ha regalado su amigo Simmy. Llegó con él una tarde. Esto fue antes. Cuando todavía estaba embarazada. Es un artilugio extraño, con ruedas plateadas, una capota plegable azul marino y un freno reluciente en las ruedas. Ve que hay unas sábanas dentro, y una manta. Se queda mirándolo todo un momento. Acuesta al pequeño para ver qué pasa. El niño se queda echado con toda naturalidad, como si estuviera acostumbrado. Da pataditas. Mira la capota, mira más allá de ella, mira el remache que sujeta la capota al lateral. Cierra los ojos y se queda dormido. Elina lo observa un rato y después se va a la cocina.

Llega a las puertas del jardín sin darse cuenta. Dos grandes paneles de cristal reforzado. «Por seguridad», dijo Ted, cuando le preguntó por qué era tan grueso el cristal, tan macizo. Se da cuenta de que lleva una taza y un periódico doblado en las manos. Se agacha para dejarlos en el suelo, una punzada en el vientre la hace gritar de dolor y se le caen la taza y el periódico. Se agarra al marco de la puerta para no caerse ella también, apoya la frente en el cristal, se aprieta donde le duele. Maldice en varios idiomas unas cuantas veces.

Cuando vuelve a abrir los ojos todo está tranquilo como antes. La cocina detrás. El jardín delante. «Es muy sencillo —se dice—. Estabas embarazada y ahora tienes un niño.» Pero ¿por qué no recuerda el parto?

Al fondo del jardín hay una construcción de madera, una habitación. Es el estudio de Elina, se lo construyó Ted. O, mejor dicho, Ted pagó a dos polacos para que lo construyeran. Lo hicieron con madera de fresno, alquitrán, fibra de vidrio para aislarlo, acero. Les preguntó por el nombre de los materiales y tuvieron que buscarlos en un diccionario inglés-polaco, y así ella pudo cotejarlos mentalmente con los correspondientes en finlandés. Pasaron un buen rato, se rieron mucho. Uno de ellos le preguntó si echaba de menos Finlandia y le dijo que no, pero después dijo que sí, que a veces, aunque no había vivido allí mucho tiempo. «Y ¿ustedes echan de menos Polonia?», les preguntó. Ambos asintieron en silencio. «Dentro de dos años —dijo uno— volvemos a casa.»

Es decir, que ahora deben de estar ya en Polonia. Mira al fondo del jardín, mira el estudio que construyeron, los laterales forrados de madera de fresno, el tejado de alquitrán. En el pasaporte, en la declaración de la renta, en los formularios que tiene que rellenar, pone que es artista. Pero no sabe lo que significa. No recuerda cuándo fue la última vez que estuvo en el estudio, no recuerda cómo se es artista, qué se hace, cómo se distribuye el tiempo. La vida en esa pequeña construcción de madera, las horas que ha pasado en ella, le parecen tan lejanas como la época del parvulario.

Quizá podría acercarse hoy allí. Podría coger la llave, que está colgada al lado del frigorífico, recorrer el camino por la hierba húmeda llevando al niño en el cochecito, que chirría, abrir la puerta y entrar. Podría mirar lo que hay colgado en las paredes, los lienzos que haya podido dejar apoyados en los armarios; podría intentar conectarse de nuevo con lo que estuviera haciendo. Sabe que no tiene que ponerse a trabajar, claro. Pero podría leer allí, sentarse a mirar la luz que entra por la claraboya del tejado. Dentro, cerca de la ventana, hay una silla que tapizó ella misma con una tela verde de lana. Sería un buen rincón para ponerse a recordar, quizá.

Se queda pensando en estas cosas, madurándolas, mordiéndose el labio, y de pronto se da cuenta de un olor que lleva pegado a la nariz toda la mañana. Algo dulzón, parecido al almizcle. Como de ropa sin orear. Como de papel mojado. Como de leche.

Se vuelve. Husmea el aire. Nada, solo el olor ligeramente acre del detergente de la ropa. Se huele la camiseta del pijama, huele el aire, la piel de la muñeca, el pliegue del codo, la base de la palma de la mano.

Es ella. Se queda anonadada. Un olor nuevo. No huele como antes, el olor que la ha acompañado toda la vida. Es ella la que huele así.

Ted mueve la silla y se deja caer en ella al tiempo que tira la bolsa en el sofá que hay detrás. Enciende las pantallas y, mientras espera a que parpadeen y cobren vida, rueda en la silla por la sala de montaje hasta la bandeja de avisos y correo. Mensajes telefónicos, un par de cartas, una solicitud de referencias, una nota manuscrita de un productor sobre la edición de una película que Ted acabó recientemente. Arrastra la silla hasta el teléfono y está a punto de descolgar, pero se detiene.

Juguetea con un bolígrafo entre los dedos. Le quita la tapa, se la vuelve a poner. Coloca las manos en el borde curvo de la mesa. Mira las pantallas que tiene delante, en una hay un mensaje de error, un archivo que no se encuentra o algo así. Mira a otra parte, se fija en los zapatos, ve que uno se está desatando; en el teléfono, que tiene una luz roja intermitente; en las caras insondables de los altavoces, en el montón de cosas que hay encima del sofá. Cestas de fruta, ramos de flores envueltos en celofán, una manta de recién nacido atada con un lazo, un perro gigantesco, de raso, con una insulsa expresión de alegría. En la mesa, al lado del codo derecho, hay una bolsa dorada. Es rígida, como de cartón, de las que utilizan solo las tiendas más exclusivas, cerrada con una cinta azul. Se la entregó la recepcionista cuando entró por la puerta.

—¡Enhorabuena! —dijo—. ¡Un niñito!

Le dio un abrazo y Ted notó que se le clavaba en la cadera la cremallera de los pantalones de la chica, y también el metal frío de las pulseras en la parte de atrás del cuello.

—Gracias —dijo al coger la bolsa, saludando con gestos de agradecimiento a todas las personas que se habían reunido allí: el jefe de personal, la chica del café, una actriz que apenas conoce, unos cuantos editores—. Os lo agradezco mucho. Sois muy...

Y tuvo que dejar de hablar, porque si hubiera seguido habría empezado a llorar. No lloraba desde que era niño, no lloró ni una vez en la adolescencia, ni siquiera cuando tuvo el accidente y se cayó de la moto en Grecia. Pero notaba las lágrimas a punto de desbordarse, como una ola subiendo por el pecho. Dios santo, ¿qué le pasaba?

Va a coger el teléfono otra vez, pero retira la mano, se la lleva a la frente y se frota con energía. Se permite un pensamiento: «¿Qué haces aquí?». Esto es una locura, tendría que estar en casa con Elina, con el niño, no aquí, dando vueltas a las tomas de un proyecto que no le interesa. Además, ¿qué falta le hacen al mundo unas cuantas películas más de atracos chapuceros? ¿Por qué está aquí?

Mira detenidamente la mesa de trabajo y le asombra que todo esté exactamente igual. Los DVD alineados en la estantería, el puñado de bolígrafos en el bote, las pantallas una junto a otra, el ratón del ordenador con el cable, el reposamuñecas reforzado (intento inútil de aliviar la lesión por esfuerzo repetitivo), la postal del cuadro de Elina pinchada en la pared.

Se queda mirando la postal, la línea roja que divide el triángulo azul, que se impone sobre la forma negra agazapada en la esquina. Lo había visto surgir del lienzo. Se suponía que no (a ella no le gustaba que nadie viera lo que pintaba hasta que lo daba por terminado), pero había curioseado por la ventana del estudio cuando ella no se daba cuenta. Era la manera de seguir el hilo de lo que le pasaba por la cabeza. Lo había visto colgado en la galería de arte de Elina, había visto aparecer el punto rojo en la exposición privada y la luz que le iluminó la cara cuando lo vio. Y ahora estaba colgado en casa de un productor musical y Ted se preguntaba muchas veces si lo amaría tanto como debía, si lo miraría tanto como debía, si estaría colgado en el mejor sitio, con la luz adecuada.

Casi se muere hace cuatro días.

El recuerdo le produce una reacción física. Desorientación y náuseas, como el mareo en un barco o como al mirar hacia abajo desde un piso muy alto. Tiene que apoyar la cabeza en las manos y respirar profundamente, y las lágrimas se le vuelven a agolpar en la garganta.

Casi se muere allí mismo, delante de todos. Ted sintió la muerte en la habitación, como una nube arremolinándose en el techo, y fue una sensación curiosamente conocida, como si de alguna forma esperase, como si en el fondo hubiera sabido desde el principio, que era así como iba a terminar todo. «No mire —le dijo la enfermera—, no mire.» Y le tiraba de la manga. Pero ¿cómo no iba a mirar? Cómo se iba a apartar, como decía la enfermera, si la que estaba allí era Elina, si, para empezar, se quedó embarazada por su culpa, fue él el culpable, el que le susurró aquel día, en aquel hotel de Madrid: «¿Lo hacemos a pelo, solo esta vez?». Entonces la enfermera lo cogió por el brazo. «Retírese —dijo con más firmeza—. No puede mirar.»

Pero no podía dejar de mirar. Se agarró a la barra metálica de una camilla y se libró de la enfermera. Todo el mundo corría y gritaba, y en medio de la habitación yacía Elina, parecía muy serena de cintura para arriba. Blanca e inmóvil, sin expresión en la cara, los párpados entornados, las manos entrelazadas sobre el pecho, como una santa medieval de un cuadro. La mitad inferior... Ted nunca había visto nada parecido. Y en ese momento, dejó de verlo. Dejó de ver por completo, tan solo un horizonte que posiblemente fuera el mar, un mar plomizo que subía y bajaba, una monótona extensión de agua. Fue esa inmensidad lo que lo mareó, esa superficie brillante que reflejaba el cielo nublado. «¿Dónde está? —oyó que decía una voz—. ¿Dónde está?»

Empuja la silla hacia atrás con tal fuerza que choca con el borde de una mesita de cristal. Se pone de pie, va hasta el ojo de buey de la puerta y vuelve. Se sienta otra vez. Se vuelve a levantar. Se acerca a la ventana y baja las persianas de golpe. Pone el ratón a un lado, después al otro. Coge el teléfono, llama a recepción y dice que cuando llegue el director de la película del atraco le hagan pasar directamente.

Elina sigue teniendo esos extraños saltos en el tiempo. Lapsus de memoria, cree que son. Tiene que contárselo a Ted. Es como con el tocadiscos que tenían en casa, cuando vivía allí. Su hermano y ella ponían un disco, un LP de aquellos antiguos de los Beatles que tenían sus padres, y, uno cada vez, daban una patada en el suelo. La aguja saltaba de una canción a otra. ¡Cómo se reían con aquella tontería! Estaban oyendo la de Lucy y el cielo de diamantes cuando de pronto John cantaba lo del espectáculo de la cama elástica. Y luego, Paul y la lluvia.

Debe de ser algo parecido al castigo del karma por haber estropeado los discos, porque parece que ahora a Elina le pasa eso mismo. Quizá «saltar» no sea la palabra. Quizá se le haya llenado la vida de agujeros. Porque hace un minuto, cuando descubría el nuevo olor, era por la mañana temprano, y ahora, de pronto, está echada en el suelo y suena el teléfono.

Se pone de pie poco a poco. El niño está a su lado, en una manta; mueve los brazos en el aire como si dirigiera el tráfico. Ve que, por un lado, tiene el pelo de punta, un poco como el peinado punk que quería hacerse ella cuando era adolescente. Se queda mirando el teléfono un momento antes de cogerlo. Está tan cansada que el suelo se inclina si se mueve deprisa. Apoya una mano en el brazo del sofá para reponerse y recuerda que se apoyó exactamente igual no hace mucho, para recuperarse antes de coger el teléfono; tiene la vaga impresión de que ha hablado con su madre en algún momento del día, aunque no recuerda qué se dijeron. Puede que sea ella otra vez.

—¿Sí? —dice.

—Hola. —La voz de Ted le habla al oído, llega de un sitio ruidoso.

Oye gente gritando, pasos, un crujido, un golpe. No es el silencio respetuoso de la sala de montaje. Seguro que está en el plató.

—¿Qué tal estás? —le pregunta por encima del bullicio—. ¿Te encuentras bien? ¿Cómo va todo?

Elina no tiene ni idea de cómo está, de cómo va todo, pero dice:

—Bien.

—¿Qué has hecho?

—Hum... —Echa un vistazo a la habitación y ve la cesta de la ropa, llena de prendas húmedas—. He hecho la colada. Y he hablado con mi madre.

—Ah, y ¿qué más?

—Nada.

—Oh.

Hay una pausa. Piensa en contarle lo de los lapsus, los agujeros. ¿Cómo podría empezar? ¿Por la anécdota del tocadiscos? O simplemente decirle: «Ted, hay momentos en los que la vida desaparece por un agujero y no recuerdo lo que ha pasado. Por ejemplo, no me acuerdo de una cosa tan poco importante como que he tenido un hijo».

—Pues... Esto... —empieza, pero Ted la interrumpe.

—¿Has comido algo?

Lo piensa. ¿Ha comido? Posiblemente sí.

—No me acuerdo.

—¿No te acuerdas? —repite Ted, con horror en la voz. A su lado, alguien grita algo sobre la furgoneta del catering. Elina intenta aplastarse el pelo con la mano y, al mismo tiempo, se fija en un folleto amarillo que hay junto al teléfono, que dice: «Tratamiento de las hemorragias». Lo coge. Se lo pone delante de los ojos y mira las palabras impresas.

—¿Elina? —La voz de Ted la sobresalta.

—Sí —dice. Suelta el folleto, que cae flotando y aterriza debajo de una silla. Después lo recogerá.

—Tienes que comer. Lo dijo la comadrona. ¿Has comido algo? ¿Recuerdas si has comido algo?

—Sí —contesta rápidamente, y se le escapa una risita—. Es decir, he comido. Pero, bueno, no me acuerdo de lo que iba a prepararme para almorzar.

Pero todavía no le ha dicho lo que quiere oír.

—¿Para almorzar? —dice Ted—. El, son las tres y media.

—¿De verdad? —pregunta, realmente sorprendida.

—¿Te has quedado dormida?

Vuelve a mirar la habitación, la alfombra gruesa en la que estaba tumbada cuando sonó el teléfono. La forma de un cuerpo ha quedado impresa en ella, como en el escenario de un crimen.

—Tal vez. Sí. Seguramente sí.

—¿Has tomado los analgésicos?

—Hum... —Sigue mirando la habitación. ¿Qué tiene que decirle ahora?—. Sí —dice.

—Oye, tengo que irme. —Hay una pausa—. Creo que voy a llamar a mi madre.

—No —dice Elina rápidamente—. No pasa nada. Estoy bien, de verdad.

—¿Seguro?

—Sí.

—Tienes el número de mi madre, ¿verdad? Por si acaso. Yo vuelvo sobre las seis, creo. Ya casi hemos terminado —le dice, en un tono apaciguador, cauteloso—. Haré una cena estupenda cuando llegue. Pero ahora come algo, ¿de acuerdo?

—De acuerdo.

—¿Me lo prometes?

—Te lo prometo.

Está sentada en una silla, cerca de la puerta de atrás, mirando el estudio otra vez, y suena el timbre. Se queda helada, con una mano apoyada en la ventana. Espera. ¿La madre de Ted? ¿La habrá llamado a pesar de todo? No va a moverse. Quienquiera que sea pensará que no hay nadie y se irá. Vuelve a mirar el jardín. El timbre de la puerta suena de nuevo, un timbrazo más largo esta vez. Elina no hace caso. Otro timbrazo, más largo incluso.

Sin moverse de la ventana, se imagina una escena en la que la madre de Ted le llama para decirle que Elina no abre la puerta. Y Ted se preocupa pensando que ha pasado algo y tiene que dejar el trabajo y venir a casa. Elina se levanta de la silla con mucho cuidado y, apoyándose en la pared, cruza el vestíbulo. Ve que el niño está otra vez en el cochecito, dormido.

Cuando abre la puerta, la persona que está en el umbral (no la madre de Ted, sino una mujer rubia de pelo estropajoso y cuerpo grande, embutido en unos pantalones elásticos azules) no espera a que la invite a entrar ni a que Elina diga algo. Pasa por delante de ella quejándose de la lluvia, cruza el pasillo, se sienta en el sofá y se pone a revolver en sus papeles y carpetas y a destapar bolígrafos.

Elina la sigue y se queda asombrada, de pie frente a ella. Le gustaría preguntar quién es usted, qué hace aquí, quién la manda, pero hay algo en las carpetas y los papeles que la deja sin habla. Espera a ver lo que pasa.

—Bien. —La mujer suspira y mueve el culo azul en el sofá—. Usted es Natalie.

No es una pregunta y Elina tiene que pensarlo. ¿Es Natalie? Le parece que no.

—No —dice.

La mujer frunce el ceño. Se rasca la cabeza con la punta del bolígrafo.

—¿No es usted Natalie?

Elina niega firmemente con un movimiento de cabeza.

La mujer le da la vuelta al folio y, forzando la vista, dice:

—Oh. —Es una expresión de decepción, de hastío, y Elina querría disculparse, pedir perdón por no ser Natalie. Le gustaría decir que ojalá lo fuera—. Usted es Elina —dice la mujer con otro suspiro.

—Sí.

—Y ¿qué tal estamos hoy, Elina?

A Elina le confunde el uso intercambiable del plural en inglés. Ella es una persona, solo una. ¿Cómo puede ser «estamos»?

—Bien —contesta, con la esperanza de que la mujer se vaya.

Pero tiene más preguntas que hacerle. Quiere saber qué come y cuántas veces al día. Si sale, cuánto duerme, si se ha apuntado a un grupo, si se lo ha planteado, si toma las pastillas, si la ayuda alguien.

—¿Ayudar? —repite Elina.

La mujer la mira ásperamente por debajo del flequillo amarillo. Luego echa un vistazo a la habitación. Después al pijama de Elina.

—¿Vive sola? —dice.

—No. Con mi pareja, pero...

—Pero ¿qué?

—Ha ido a trabajar. No quería, es decir, se iba a tomar unos días libres. Pero tiene un rodaje que va con retraso y... bueno... eso.

Esto provoca mucho garabateo en el informe. Esta mujer la agota con tanta pregunta y tanto informe. Si no estuviera, se tumbaría en la alfombra, apoyaría la cabeza en el brazo y se quedaría dormida.

—Y ¿qué tal va cicatrizando todo? —pregunta la mujer, mirando el informe.

—¿Cicatrizando?

—La herida.

—¿Qué herida?

La mujer le mira ásperamente otra vez.

—La cicatriz de la incisión. —Por un instante, una expresión de duda le asoma a la cara—. Le hicieron una cesárea, ¿no?

—¿La incisión? —Elina le da vueltas a la palabra con cautela. Significa, está segura, una hendidura en alguna parte. Un corte. Se lleva las manos al vientre y piensa en el dolor lacerante y abrasador que siente—. La incisión —musita.

La mujer vuelve a mirar sus notas. Levanta una página del informe, la deja caer.

—Aquí dice... vamos a ver... «dilatación lenta, complicaciones» y... sí... «intervención de urgencia, pérdida de sangre».

Elina la mira fijamente. Le gustaría agacharse, coger el bolso de la mujer por las asas y tirarlo por la ventana. Se imagina el ruido tintineante del cristal al romperse, la fragmentación de algo tan perfecto, tan transparente, y el golpe sordo y satisfactorio del bolso al chocar contra el pavimento.

La mujer le sostiene la mirada, las cejas fruncidas, la boca ligeramente abierta.

—Es preciso —dice Elina, pronunciando cada palabra muy despacio— que se vaya usted. Por favor. Tengo mucho que hacer. Debo... debo ir... a un sitio. ¿Le importaría? Podemos hacer esto otro día. —Procura ser educada. No sabe quién es esta mujer, pero eso no es motivo para ser grosera. La acompaña por el vestíbulo hasta la puerta—. Muchísimas gracias —dice mientras cierra la puerta—. Adiós.

Alexandra se encierra en su habitación y no vuelve a salir en lo que queda del día; coloca una silla a modo de parapeto debajo del picaporte, para que no entren sus hermanos, que protestan y lloriquean al otro lado, pero ella no cede. Se zambulle en el plano de Londres. Baja una maleta del armario, sacude el polvo del interior, que es satinado, de color malva, revisa rápidamente la ropa de las perchas y decide lo que va a llevar para su nueva vida y lo que va a dejar. Los más pequeños, fascinados por lo espectacular de la situación, empiezan a pasarle por debajo de la puerta notas y galletas y, lo más inexplicable, una cinta del pelo.

—A lo mejor, si les dices a los de la universidad que lo sientes —le propone uno por el agujero de la cerradura— te dejan volver.

—¡Es que no lo siento! —grita Alexandra—. No lo siento ni un poco.

—Pero puedes decirlo —insiste el niño sensatamente—, aunque no lo sientas de verdad.

Alexandra va de un lado a otro de la habitación. Come unas galletas, lee un par de capítulos de un libro, se recoge el pelo, lo deja caer, se hace un moño. Escribe unas páginas en el diario, furibundas, casi ilegibles. Hace el pino varias veces contra el espejo.

Por la noche, cuando la familia está abajo cenando, sigue encerrada por voluntad propia; se asoma a la ventana todo lo que puede, intentando mantener el equilibrio, con los brazos y las piernas en el aire.

Acaba de encontrar el centro justo para no caerse (los pies, casi, casi en el aire, los brazos estirados hacia delante, un ángel femenino en suspenso) y en ese momento oye el ruido de un motor en la carretera. Levanta la cabeza, pierde el equilibrio, los pies caen al suelo de golpe y se araña la cintura con el alféizar. Escruta la oscuridad.

¡Allí! Un coche pasa por el camino, es de color claro, descapotable, gira a toda velocidad, se ciñe mucho a las curvas, el ruido del motor va y viene. No reconoce a la persona que va al volante, con el pelo al aire, alborotado, y los hombros encogidos, pero está segura de que es él. Se pone de puntillas y saluda con la mano una vez, aunque nadie la ve.

En ese momento se oye el chirrido del freno y el coche zigzaguea. Con el motor en marcha, el conductor (alto, con traje claro) sale del vehículo. Ve que lleva algo blanco en la mano. Parece que se detiene un momento. ¿Está mirando la casa? Se pregunta con desesperación por qué no se le ha ocurrido encender la luz. Si la hubiera encendido la habría visto, podía haberla visto asomada a la ventana de arriba. Piensa en ir a encenderla rápidamente, pero no quiere perderlo de vista.

Lo ve encajar la cosa blanca en el seto. De eso está segura. Y vuelve al coche; al momento siguiente desaparece por la curva.

Alexandra baja la escalera a toda velocidad, pasa por la cocina, donde está cenando su familia; se detiene solamente a coger la linterna del gancho y sale como una exhalación por la puerta del jardín. Corre descalza por la hierba mojada, los árboles y arbustos son ahora meras siluetas negras recortadas en el cielo.

Va a toda prisa, sabe que no tendrá mucho tiempo si su madre sale detrás de ella. Con la precipitación, casi pasa por alto la nota encajada en el seto, pero la luz de la linterna se la descubre.

«Alexandra —dice en tinta negra, con letra bastante desigual—, te dejo aquí mi tarjeta. Ven a verme cuando estés en Londres. Te invitaré a comer. Tuyo, Innes Kent.»

Y una curiosa posdata: «Comparto tu aversión por los nombres abreviados, pero confieso que Alexandra tampoco te pega mucho.

Me parece que necesitas un nombre con un poco más de fuerza. Creo que "Lexie" te conviene más. ¿Qué opinas?».

Lee la nota dos veces, y la posdata, tres. La dobla y la guarda en el bolsillo del vestido. Se sienta en el tocón, a oscuras. Es Lexie. Va a ir a Londres. Comerá con hombres que llevan corbatas de color azul huevo de pato.

—¿Te acuerdas... —dice Elina, y Ted no aparta los ojos del televisor porque no hay dos palabras que puedan ponerlo más nervioso—... de aquel sitio al que fuimos, ese que tenía una ducha que era una... —se calla porque le sobreviene un bostezo enorme, la mandíbula le cruje, los ojos le lloran—... era una... —continúa con voz soñolienta, arrastrando las palabras, como si en cualquier momento fuera a deja de hablar—... una manguera?

—¿Una manguera? —repite él, desconcertado.

—Sí. También había una... eso. —Se desploma encima de él y vuelve a bostezar doblándose como una silla plegable—. Una, ¿cómo se llama?

—Pueees... Ni idea.

—Una jabonera —susurra con los ojos cerrados— que en realidad era una lata.

Ted rebusca en la memoria. Le parece que nunca ha estado en ningún sitio con una manguera por ducha. Después intenta recordar los sitios a los que han ido juntos. ¿Roma? ¿O fue con Yvette? ¿O con la anterior a Yvette, aquella chica rubia? ¿Cómo se llamaba? La de Roma era Yvette, se acuerda porque agarró un berrinche a cuenta de una crema solar en el Campo dei Fiori. Menos mal que no ha pronunciado la palabra «Roma» y se ha callado a tiempo. Con Elina fue a Norfolk, a un hotel que estaba en un faro, pero seguro que la ducha era normal. ¿O no?

—... cabra en la calle —sigue murmurando ella— con una cría de cabra. O ¿cómo se dice? Que era muy blanca. ¿Te acuerdas? Dijiste que era lo único limpio que habíamos visto en todo el tiempo que estuvimos allí.

Y de repente se acuerda. Ahí está la imagen, en la cabeza, perfectamente representada, como en una de sus pantallas. Una cabritilla diminuta con las patitas muy delgadas y un pelaje sorprendentemente blanco, el hocico rosa pastel.

—¿En la India? —dice.

—Hum. —Asiente, mueve la cabeza en el regazo de Ted.

—Kerala —dice él, y da un manotazo en el brazo del sofá, encantado de acordarse de pronto de muchas cosas: Elina al lado de una tienda de especias, paseando juntos por un bosque de eucaliptos, la cabritilla blanca recién nacida que todas las mañanas veían al pasar, la madre atada a un poste, el balido agudo, el trayecto en un tren nocturno, él, despertándose cada poco porque la gente iba y venía por el pasillo haciendo ruido, el zumbido de la luz azul—. Kerala —repite—, sí. Hay fotos en alguna parte, ¿verdad? Seguro que saqué fotos. Voy a buscarlas.

Como no hay respuesta, mira a Elina, que ha caído en un sueño profundo, la mano aprisionada entre la mejilla y el muslo de Ted, los labios ligeramente separados. Le contraría que se haya dormido: ahora que le apetecía tanto recordar el viaje a la India no puede hacerlo. Pocas veces está en condiciones de animarse a hablar de estas cosas y, para una vez que sí, ella se duerme. Siente un gran deseo de decir Kerala en voz alta o de moverse un poco más bruscamente de lo necesario, solo para ver si se despierta y puede contarle sus recuerdos de la India, pero se avergüenza. Claro que no tiene que despertarla. ¿A qué energúmeno se le puede ocurrir semejante idea?

Deja caer la mano suavemente por un lado hasta la chaqueta verde de lana que lleva Elina. Coge del respaldo la manta que siempre tienen en el sofá y se la echa por encima. Entonces se fija en el minúsculo latido del pulso en el cuello y se imagina la vena, muy por debajo de la piel, que se dilata y se contrae, se dilata y se contrae cada vez que el corazón le inyecta sangre caliente y espesa, esa forma elástica de estirarse cada tres cuartos de segundo.

Mira el triángulo que forman las venas en la muñeca, la fina red violácea de los párpados, los trazos azules que le recorren la mejilla, la telaraña de vasos sanguíneos en la curva del empeine. Por primera vez se pregunta si, para reanimarla, le pondrían la sangre de una sola persona o de varias. Y si seguirá siendo ella misma, ahora que la sangre que riega su cuerpo no es la suya. ¿En qué momento se convierte uno en otra persona?

Ojalá pudiera olvidar lo sucedido, igual que olvida tantísimas cosas. Ojalá pudiera borrarlo frotándolo con un trapo; ojalá pudiera ocultarlo detrás de una persiana o una cortina; ojalá que cada vez que la mirase no viera la transparencia de su piel, la insoportable fragilidad de sus venas, la facilidad con la que se pueden pinchar. Pero lo que más desearía es que no hubiera pasado, que estuviera embarazada todavía, sentada aquí, a su lado, que llevara el niño dentro, que estuvieran los dos tranquilos y ella entera todavía.

Traga saliva, no quiere pensar en eso. Carraspea, flexiona los hombros para aliviar la rigidez del cuello. Con el rabillo del ojo empieza a ver otra vez un mar plano y monótono, nota el movimiento del oleaje revuelto. Coge el mando a distancia y cambia de canal tres o cuatro veces. Un concurso, un anuncio, una mujer en el jardín, un hombre con una pistola, la imagen de un león agazapado entre la maleza. Deja el mando de nuevo.

Siempre ha tenido mala memoria. Peor que mala. Ha perdido episodios enteros de su vida en un turbio miasma. Está prácticamente seguro de que no tiene ningún recuerdo de antes de los nueve años, cuando se cayó de un árbol en el jardín de un amigo y se rompió el brazo. Se acuerda de que el padre de su amigo lo llevó a urgencias, del calor refrescante de la escayola, de la enfermera que le enseñó la palabra *gypsophila* y de la vergüenza que le dio ver a su madre entrar corriendo en urgencias, el abrigo volando detrás de ella y gritando: «¿Dónde está mi hijo?». Lo demás, sin embargo, es un tenue zumbido, como una radio mal sintonizada.

Su madre es una entusiasta de los recuerdos. «¿Te acuerdas de aquella playa en la que te montaste en burro? —decía—. Había un perro con tres patas. Y estabas comiéndote un helado, pero se te cayó al suelo, ¿te acuerdas?, y te pusiste a llorar sin parar hasta que fuimos a la tienda a comprar otro. ¿Te acuerdas?» Él asentía, pero el recuerdo del incidente se reduce a unas imágenes, como fotos de vacaciones, que ella le suministraba y barajaba ante sus ojos tan a menudo que han llegado a parecerse al recuerdo mismo o a sustituirlo. Su madre tiene una colección completa de anécdotas semejantes sobre él, y Ted se las sabe todas: la vez que se le cayó encima una sombrerera del armario y le hizo un corte horrible en la nariz, y a ella le daba vergüenza salir a la calle con él; la vez que ganó un pez de colores en la feria pero se le cayó en el aparcamiento, y ella le tapó la cara con el vestido hasta que el animalito dejó de saltar y retorcerse en el polvo; la vez que le preguntó a un calvo qué le había pasado en el pelo; la vez que le cantó una canción a su prima porque se había caído y se había hecho una herida en la espinilla. Se las ha oído contar tantas veces que se las sabe de memoria. Pero es como si no tuvieran nada que ver con él.

Ahora que está sentado en el sofá, con la cabeza de su pareja rediviva en el regazo y su hijo durmiendo en la misma habitación, se le ocurre pensar por primera vez que posiblemente le parezcan recuerdos ajenos porque ninguno encaja con las sensaciones borrosas que tiene de su niñez. La versión de su madre, un tiovivo de golosinas y burros, ferias, canciones y vacaciones de verano, se contradice con lo que recuerda él. Se acuerda de una casa friísima, la única calefacción que había era una estufa rebelde que tragaba petróleo y solo calentaba el piso de abajo. En las mañanas de invierno, las cortinas de su dormitorio, de un amarillo desvaído, estaban húmedas de escarcha. Recuerda que pasaba mucho tiempo solo: él, el único niño de una casa en la que vivían adultos, se pasaba las interminables tardes de domingo jugando a resbalar por el pasamanos una y otra vez; largas e inútiles horas en el jardín de atrás intentado obligar al gato de los vecinos a bajarse del muro. Recuerda una serie de *au-pairs* cuyas obligaciones consistían en llevarlo al colegio, sacarlo al parque, acompañarlo al Museo Británico en metro, prepararle la merienda. Recuerda en particular a una chica francesa (no logra acordarse del nombre) que un día lo agasajó con una tarta Tatin en miniatura, solo para él, en vez de los típicos sándwiches de mermelada. Todavía se acuerda de cómo la sacó del recipiente y la puso boca abajo en la fuente, la masa dulce y caliente que se desmenuzaba, acompañada de pera caramelizada, el olor a azúcar que desprendía. La sorpresa fue tan grande que se echó a llorar, y la chica francesa lo estrechó contra su jersey de angora. Pero no duró mucho y la sustituyó, si mal no recuerda, una chica alemana que lo alimentaba a base de galletas de centeno.

Lo asombran las anécdotas que le cuenta Elina de su niñez: acampadas en el bosque, viajes en barco a islas desiertas, patinaje sobre hielo en el archipiélago en Nochebuena, cuando se sentaban en el tejado a contemplar la aurora boreal... «Sigue —le gustaría decirle—, sigue, cuéntame más cosas», pero no, porque le parece que no tiene nada que ofrecer a cambio. ¿Qué le va a contar que se pueda comparar con aquella vez que, con diez y ocho años, ella y su hermano decidieron escaparse de casa y se fueron a un refugio que habían construido en el bosque, hasta que su madre fue a buscarlos al cabo de dos días para llevarlos a casa? ¿Que la *au-pair* lo llevaba a John Lewis a comprar zapatos? Y ¿aquello de que un día Elina encendió una hoguera tan grande como el cobertizo y lo incendió sin querer? O lo del día en que bajó en trineo por una montaña muy empinada y fue a parar a un lago helado, y se quedó allí sentada mucho tiempo, casi hasta congelarse, porque el hielo distorsionaba los sonidos de una manera tan fascinante que no se podía mover. Él, por su parte, podría contarle que cuando su padre lo llevaba al zoo, miraba el reloj cada dos por tres y le preguntaba si quería ir a comer ya. O que, cuando piensa en su niñez, lo que mejor recuerda es la sensación de que la vida transcurría en otra parte, sin él. Su padre en el trabajo. Su madre atendiendo la correspondencia en el escritorio con tapa rodadera («Ahora no, cariño. Mamá está ocupada»), las *au-pairs* yendo y viniendo a sus clases de inglés, la mujer que sacaba brillo a los balaústres del pasamanos y hablaba insistentemente de las complicaciones que le daban «las partes bajas».

Ted mira a Elina. La arropa un poco más con la manta. Mira el moisés, donde duerme su hijo. Su hijo. Todavía tiene que acostumbrarse a estas palabras. Ted quiere que tenga un trineo y refugios y ferias y hogueras que provoquen incendios sin querer. Lo llevará al zoo y no mirará el reloj ni una sola vez. Aprenderá a hacer tarta Tatin y se la hará una vez a la semana, o todos los días, si quiere. Este niño no tendrá que retirarse una hora a su habitación después de las comidas para «reposar un poco». A él no lo llevará a comprar zapatos para el colegio ni a ver momias egipcias en vitrinas de cristal ninguna adolescente con un conocimiento superficial de inglés. No tendrá que pasar las tardes él solo en un jardín helado. Tendrá calefacción central en su habitación. No lo llevarán a cortarse el pelo una vez al mes. Tendrá permiso para quitarse los zapatos en la arena del parque, incluso lo animará a que se descalce. Podrá poner los adornos de colores que más le gusten en el árbol de Navidad.

Tamborilea con los dedos en el brazo del sofá. Le gustaría levantarse. Le gustaría escribir estas cosas. Le gustaría acercarse a su hijo dormido y decírselas, como a modo de compromiso. Pero no puede molestar a Elina. Coge el mando a distancia y cambia de canal hasta que encuentra un partido de fútbol del que no se acordaba.

En el sueño (de esos que transcurren en un curioso estado intermedio en el que se sabe que se está soñando), Elina se ve obligada a sujetar un almohadón lleno de objetos frágiles. Un despertador, una copa de cristal, un cenicero, una bola de cristal con nieve dentro en la que se ve un bosque, una niña y un lobo. El suelo es de piedra fría y el almohadón está muy lleno. No consigue agarrarlo bien y le cuesta trabajo sujetarlo para que no se le caiga todo, pero los objetos se escurren y se empujan para salir. Si se caen, se rompen. No puede dejarlos caer.

La interrumpe un ruido. Alguien ha dicho: «¡Ay!». Una voz conocida. La de Ted. Elina abre los ojos. El despertador, la bola con nieve, la copa y el suelo de piedra se desintegran. Está tumbada, con la cabeza encima del muslo de Ted, encajada entre él y el extremo del sofá.

—¿Por qué has dicho «¡ay!»? —le pregunta, mirándole la parte inferior de la barbilla.

Ted está viendo la televisión, fútbol, a juzgar por el ruido, ese curioso zumbido de murmullos intercalados con silbidos. No se ha afeitado últimamente. Tiene la barbilla y la garganta cubiertas de pelillos negros. Los toca con el dedo, los empuja hacia un lado, después hacia el otro.

—Me has dado un golpe —dice él, sin perder de vista la pantalla.

—¿De verdad? —Elina se incorpora con esfuerzo.

—Estabas dormida y has empezado a mover los brazos y...

De pronto suben las voces de la televisión, un coro de aullidos y silbidos que va en aumento y, sin previo aviso, Ted suelta una perorata apasionada, incomprensible. Elina no entiende lo que dice. Capta algunos «sí» y algunos «Dios» y también algunas maldiciones.

Se queda mirando cómo gesticula, cómo discute con el televisor. Entonces oye otro ruido que viene de cerca de la cocina. Parece un piar débil, casi inaudible, como el de un pájaro o un gatito. Vuelve la cabeza inmediatamente. El niño. Y se oye otra vez. Un «iioo» diminuto.

—No, Ted. Vas a despertar al niño.

El televisor sigue atronando, pero Ted habla más bajo, dice que no se lo puede creer. Elina presta atención, pero no oye nada en el moisés. Aparece un bracito por un lado, se dobla lentamente en el aire, como si estuviera haciendo taichi. Pero luego se queda quieto.

—¿Cómo se llaman esas bolas que tienen agua y algo que imita la nieve? —pregunta.

Ted está casi al borde del sofá, en tensión.

—¿Hummm?

—Sí, esos juguetes infantiles. Se dan la vuelta y es como si nevara dentro de la bola.

—No sé de qué... —empieza a decir, pero pasa algo en la pantalla y exclama entre dientes—: ¡No! —Y se deja caer otra vez entre los cojines con una actitud de profundo disgusto.

Elina coge algo que hay en el sofá, a su lado. Es una espátula, la llaman «cuchillo de paleta», tiene la hoja blanda, flexible, y la dobla de un lado a otro. Después se la acerca a la cara y la mira como un historiador mira y examina un artilugio de otra época. La pintura incrustada en la junta, donde la hoja se une con el mango (ve pintura verde, roja y una mota de amarillo), la minúscula grieta en el mango, que es de plástico nacarado, la sombra oxidada de la punta. «Cuchillo no es el nombre más adecuado —piensa—. Con esto no se puede cortar nada. No se puede rebanar, ni perforar, ni rajar, ni serrar ni hacer nada de lo que se suele hacer con los cuchillos, porque un cuchillo de verdad...»

—¿Qué haces?

Elina se vuelve. Le sorprende ver que Ted la está mirando fijamente.

—Nada —dice, y deja la espátula en el regazo.

—¿Qué es eso? —le pregunta en un tono como si supiera que le iba a contestar: «Una granada de mano, nada más, cielo».

—Nada —vuelve a decir, y entonces se acuerda de por qué está la paleta en el sofá y no en el estudio.

La cogió para hacer una mezcla de yeso de París allí mismo, en la mesita, algo que normalmente no haría nunca. La casa es para vivir y el estudio para trabajar. Pero hacía mucho calor y el corto trecho entre la casa y el estudio le parecía larguísimo.

Se da cuenta de que Ted sigue mirándola, y ahora con una expresión casi de horror.

—¿Qué? —le pregunta.

Ted no responde. Parece que esté en trance, mirándola como con prudencia, con una fascinación nerviosa.

—¿Por qué me miras así? —Ve que tiene la vista fija en un punto del cuello. Se toca con la mano y nota el pulso en los dedos—. ¿Qué pasa?

—¿Eh? —dice él, como si volviera de donde estuviera—. ¿Qué decías?

—Decía que por qué me miras así.

Ted aparta la mirada y toquetea el mando a distancia.

—Perdona —farfulla. Luego dice de pronto, a la defensiva—: ¿Así, cómo?

—Como si fuera un bicho raro.

Ted se revuelve en el sofá.

—No seas tonta. No te miraba de ninguna manera. Claro que no. Elina se inclina hacia delante y, con mucho esfuerzo, intenta levantarse del sofá. El ruido del fútbol ya es excesivo. Llega un punto en que cree que no lo va a conseguir, que no va a poder enderezar las piernas, que se le van a doblar o que se le va a caer lo que sea que tiene por dentro. Pero se agarra al brazo del sofá y Ted se echa hacia delante y la sujeta por la muñeca; con la ayuda de Ted, logra levantarse y da unos pasos por la habitación, un poco doblada por la cintura.

Ha sentido un deseo irrefrenable de ver al niño. Se ha dado cuenta de que necesita verlo con regularidad, cerciorarse de que está ahí, que no lo ha soñado todo, que todavía respira, que es tan hermoso, tan asombrosamente perfecto como lo recuerda. Se acerca renqueando al moisés (casi debe de ser la hora de tomar otro analgésico) y mira dentro. Ahí está, envuelto en la manta, con los puños apretados junto a las orejas, los ojos cerrados con fuerza, la boca cerrada también, con un mohín resuelto, como si se tomara el sueño con toda la seriedad y concentración que se merece. Le pone la mano en el pecho y, aunque sabe que está bien, porque lo ve, la inunda una sensación de alivio. «Respira —se dice—, está vivo, todavía está aquí.»

Va a la cocina, se ayuda apoyándose en el fogón y se regaña a sí misma. ¿Por qué este temor constante a que se muera el niño, a que se le escape, a que desaparezca de su vida? «Es histeria —se dice, mientras busca la tetera en las estanterías— y una ridiculez.»

A la mañana siguiente, la espátula está en el suelo, cerca del sofá. Elina se arrodilla para recogerla. Aprovecha la postura para echar una ojeada a la parte inferior del sofá, que está combada. Ve más cosas: monedas, un imperdible, una bobina de hilo, una horquilla del pelo que podría ser suya, de hace mucho tiempo. Piensa en la posibilidad de coger una regla o una cuchara de madera para sacar todo eso. Lo haría si le preocupara de verdad tener la casa impecable. Pero no es así. Hay cosas mejores que hacer en la vida. Si por lo menos se acordara de qué cosas son esas.

Se levanta y, en ese momento, la ataca otra vez la quemazón del dolor agudo en el vientre. Se pregunta si ha llegado el momento de llamar a Ted y decirle: «Ted, por qué tengo ahí esa cicatriz, qué ha pasado, dime lo que pasó porque no me acuerdo».

Pero ahora no es el mejor momento. Estará en la sala de montaje, su cueva, como la llama Elina, cortando las partes malas de la película y ajustándola, asegurándose de que en pantalla todo fluya perfectamente, como si siempre hubiera sido así. Además, puede que le vuelva todo a la cabeza, puede que se acuerde ella sola. Ted ha tenido que soportar mucha tensión últimamente, desde el retraso en la película, pasando por la llegada del niño, no ha parado de ir y venir con esa cara demacrada y pálida que se le pone cuando está enfermo o agobiado. Es mejor no añadirle preocupaciones.

Se acerca a la ventana. El tiempo no ha mejorado. Hace días que llueve sin parar, el cielo está encapotado, hinchado de nubes, y el jardín, empapado. Toda la casa resuena al ritmo de la lluvia: las tejas, los desagües, los sumideros.

Antes, cuando todavía estaba embarazada, hacía sol todos los días. Semana tras semana. Se sentaba a la sombra, en el estudio, con los pies en un cubo de agua fría. Por la mañana, hacía los ejercicios de yoga fuera, cuando la hierba estaba todavía fresca de rocío. Comía pomelos, a veces tres en un día, hacía bosquejos de hormigas, pero con despreocupación, sin ningún propósito definido, y observaba los movimientos del vientre, que ondeaba, se movía, como el agua antes de una tormenta. Leía libros sobre el parto natural. Escribía listas de nombres a carboncillo en las paredes del estudio.

Ahora está en la ventana viendo llover. Un hombre se acerca por la acera en dirección al Heath, con un perro detrás. No puede imaginarse, no logra comprender lo que le ha pasado a esa persona, a esa Elina de las listas a carboncillo, los bosquejos de hormigas, los partos naturales, los calderos de agua fría a la sombra. ¿Cómo se ha convertido en esto, una mujer con un pijama sucio que llora en la ventana, una mujer que a menudo siente vivos deseos de salir corriendo a la calle y gritar: «¡Que alguien me ayude, por favor!»?

«Te llamas Elina Vilkuna —se dice—. Eres Elina Vilkuna.» Cree que debe ceñirse únicamente a lo que sabe, a los hechos. A lo mejor así todo vuelve a ponerse en su sitio. Está ella, está el niño y está Ted. Así es como le llama todo el mundo, aunque tiene otro nombre más largo, pero nadie lo usa. Elina conoce bien a Ted. Puede contar su vida a cualquiera que le pregunte. Si tuviera que hacer un examen sobre él, sacaría un sobresaliente. Es su compañero, su pareja, su otra mitad, la mitad mejor, su amante, su amigo. Cuando sale de casa va a trabajar. En el Soho. Va en metro y a veces en bicicleta. Tiene treinta y cinco años, exactamente cuatro más que ella; el pelo del color de las castañas, calza un cuarenta y cuatro y le gusta mucho el pollo Madrás. Tiene un pulgar más plano y largo que el otro, porque se lo chupaba cuando era pequeño, dice él; tres empastes, una cicatriz blanca en el abdomen porque le extirparon el apéndice, una mancha morada en el tobillo izquierdo, de la picadura de una medusa, hace años, en el Índico. No soporta el jazz, los multicines, meterse en el agua, los perros y los coches (se niega a comprar uno). Es alérgico al pelo de caballo y al mango deshidratado. Así es Ted.

Se da cuenta de que está sentada en las escaleras, como si esperara algo o a alguien. Parece mucho más tarde de lo que es. Oye el teléfono en alguna parte de la casa, salta el contestador y una amiga suya habla con el silencio. Ya la llamará ella. Dentro de un rato. Mañana. En algún momento. Por ahora, se queda con la cabeza apoyada en la pared, el niño en el regazo; a su lado, en la escalera, hay una tela azul. De un material blando, algodonoso. Todo bordado de estrellas plateadas.

Le da una sensación rara mirar estas estrellas. Está segura de que no las había visto antes y, sin embargo, tiene la imagen de haberlas bordado, la aguja enhebrada con hilo plateado, la hebra brillante entrando y saliendo de la tela una y otra vez. Conoce el tacto esponjoso del tejido, sabe que una estrella cerca del dobladillo está un poco más apretada, y sin embargo..., y sin embargo nunca la había visto. ¿O sí? Al mirarla, está segura de que la bordó en el hospital, entre...

Mira hacia abajo, al vestíbulo. El sol entra por los dos paneles de cristal de la puerta de la calle. Se levanta, coge al niño y la tela de estrellas, o la manta o lo que sea, aunque en realidad es muy pequeña para ser una manta, y baja las escaleras. Le deslumbra la luz del sol que entra por la puerta y le da un vuelco el corazón al ver que ha dejado de llover.

Comprende que podría salir. Qué idea. Salir a la calle. La lluvia se estará evaporando por partes en las carreteras y las hojas habrán quedado impresas en las aceras. Salir fuera, donde los coches dan marcha atrás y giran, donde los perros se rascan y huelen el pie de las farolas, donde la gente anda, habla, hace su vida. Podría ir andando hasta el final de la calle. Podría comprar el periódico, una botella de leche, una chocolatina, una naranja, peras.

Se lo imagina con tanta precisión como si solo hiciera una semana o dos que no sale, que no ha estado ahí afuera. ¿Cuánto tiempo hace? ¿Desde cuándo no...?

Lo complicado es que hay que acordarse de muchas cosas. A ver, tendría que coger la cartera, las llaves. ¿Qué más? Ve una bolsa de tela en el suelo, en la entrada, y mete dentro la manta azul de estrellas, luego pañales y toallitas. ¿Algo más?

Sin embargo, falta algo. Algo que tiene ahí, en la punta del pensamiento, algo que se le olvida. Se queda quieta un momento, pensando. Tiene al niño, tiene el cochecito, tiene la bolsa. Mira arriba, mira los rectángulos de luz de la puerta, se mira a sí misma. El niño en el brazo, la bolsa al hombro, cruzada sobre el pecho, sobre el pijama.

Vestirse. Tiene que ponerse algo de ropa.

En el dormitorio, mira el montón de prendas que hay en la silla. Lo coge con la mano libre y lo deja caer al suelo. Unos vaqueros con una cinturilla anchísima, un peto, unos pantalones grises de deporte, una sudadera con estampado de enredadera. Encuentra algo verde liado con algo rojo y no puede separarlo con una mano, así que lo sacude, lo zarandea en el aire, y un pañuelo rojo se suelta, revolotea y ondea por la habitación. Se queda mirándolo caer: describe un arco delicadamente y se posa en el suelo. Ahí está, rojo, sobre la moqueta blanca. Inclina la cabeza a un lado, después al otro, pensando. Mira al niño, que hace muecas con la boca como si quisiera decirle algo. No vuelve a mirar el pañuelo, pero piensa en él, en la forma en que salió disparado en el aire. Piensa que se parece a algo que ha visto hace poco. Y entonces lo recuerda. Chorros de sangre. Bellos a su manera. El contraste del granate puro y brillante con el blanco aséptico de la habitación. Aquella forma de describir un arco y disolverse en gotas mientras hacía el recorrido, antes de estamparse con firmeza y seguridad contra los médicos y las enfermeras. Aquella manera de acaparar la atención, de obligar a todo el mundo a correr.

Deja caer el vestido verde y se sienta enseguida en la silla. Sabe que tiene al niño bien sujeto, su hijo, y no deja de mirarlo, no mira nada más, y ve que sigue moviendo la boca y contándole secretos, como si tuviera la respuesta a todo lo que ella necesita saber.

Lexie está en la ventana cigarrillo en ristre, mirando la calle. La anciana del piso de abajo sale en ese momento a dar su paseo diario. Con la correa del perro en una mano, la bolsa de la compra en la otra, la espalda encorvada como un cayado debajo del abrigo, anda pasito a paso, muy despacio, y cruza la carretera sin mirar a derecha ni a izquierda.

—Un día la van a atropellar —murmura.

—¿A quién? —pregunta Innes desde el otro lado de la habitación, levantando la cabeza de la almohada.

Lexie señala con el extremo del cigarrillo.

—A tu vecina. La de la joroba. Y probablemente la atropellarás tú.

No parece la misma chica que leía sentada en un tocón. En primer lugar, está desnuda, solo lleva una camisa a rayas desabotonada, que es de Innes. En segundo, se ha cortado el pelo, parece una cortina sedosa alrededor de la cara.

Innes bosteza, se despereza, se pone boca abajo.

—¿Por qué iba a querer atropellar a mi vecina? Y si te refieres a la vieja arpía del piso de abajo, no es jorobada, solo tiene un poco de chepa, conocida en el campo de la medicina como osteoporosis del raquis dorsal. Causada por...

—Ay, calla ya —dice Lexie—. Pero ¿cómo sabes esas cosas?

Innes se levanta y se apoya en el codo.

—Una juventud malgastada —dice—. Años desperdiciados en libros en vez de contigo.

Lexie sonríe y exhala una nube de humo sin dejar de mirar a la mujer y al perro, que llegan por fin a la acera. Hace un día bochornoso y agobiante de octubre. El cielo está cargado, amenaza tormenta eléctrica, pero la mujer va vestida como siempre, con un abrigo grueso de tweed.

—Vaya —dice Lexie—, pues lo has compensado con creces.

—Hablando de compensaciones... —Innes abre la cama tirando de una esquina de la colcha—. Ven aquí. Tráeme tu cigarrillo y tu cuerpo.

Ella no se mueve.

—¿En ese orden?

—En el orden que quieras. ¡Vamos! —dice, dando palmadas en el colchón.

Lexie da otra calada al cigarrillo. Se frota un pie descalzo contra el empeine del otro y viceversa. Mira otra vez la calle, no hay nadie, y echa a correr hacia la cama. A mitad de camino levanta el vuelo dando un salto de ballet. Innes dice: «¡Por Dios, mujer!». La camisa a rayas vuela tras ella como un par de alas, el cigarrillo va dejando un rastro de ceniza blanca; lo único que se le pasa por la cabeza es que está a punto de hacer el amor por segunda vez en el día. No sabe que va a morir joven, que no tiene tanto tiempo como cree. De momento, acaba de encontrar al amor de su vida y la muerte es lo último en lo que pensaría.

Aterriza estrepitosamente en la cama. Las almohadas y la colcha se caen. Innes la coge por la muñeca, por el brazo, por la cintura.

—Esto no nos hace falta —dice, mientras le quita la camisa y la tira al suelo, mientras maniobra para tumbarla en la cama, mientras se abre paso entre sus muslos a golpes de hombro. Se detiene un momento para quitarle el cigarrillo de la mano, le da una calada y lo apaga en un cenicero que hay en la mesita—. Vale —dice, y retoma la acción donde la había dejado.

Pero esto es anticipar acontecimientos. Hay que rebobinar un poco la película. Veamos. Innes aspira una nube de humo, coge una colilla del cenicero, da la impresión de que envuelve a Lexie en una camisa y la empuja hacia atrás, las almohadas vuelven a la cama, Lexie, hace un *zoom* inverso hasta la ventana. Luego están otra vez en la cama, desnudos los dos y, Dios, curiosamente, el sexo parece igual en orden inverso, pero ahora se visten cariñosamente el uno al otro, prenda por prenda, luego parece que se los llevan por la puerta, corren escaleras abajo e Innes saca la llave de la cerradura. La película acelera el ritmo. Ahora están en el coche, van marcha atrás por la calzada, Lexie lleva un pañuelo en la cabeza. Ahí están, sacándose comida de la boca con un tenedor en un restaurante y poniéndola en los platos; ahora están otra vez en la cama y la ropa va volando hacia ellos. Ahora vemos a una mujer con un casquete rojo en la cabeza que desanda el camino alejándose de Lexie. Otra vez Lexie, con la cabeza levantada, mirando un edificio del Soho, luego anda hacia atrás con paso decidido. Baja de espaldas unas escaleras largas y sombrías. La película se acelera más. Un tren sale de una estación entre una gran humareda, traquetea marcha atrás por el campo. En una estación pequeña se ve a Lexie bajarse y dejar la maleta en el suelo. Y termina la película. Hemos vuelto limpiamente a donde lo habíamos dejado.

Su madre le dio dos consejos cuando se fue a Londres. 1. Busca trabajo de secretaria en una casa importante y próspera que te ponga «a tiro de la clase de hombre que te conviene». 2. No te quedes nunca con un hombre en una habitación en la que haya una cama.

Su padre le dijo: «No pierdas más el tiempo estudiando, porque los estudios hacen antipáticas a las mujeres».

Sus hermanos pequeños le dijeron: «Que no se te olvide ir a ver a la reina».

Su tía, que había vivido una temporada en Londres en los años veinte, le dijo que no cogiera el metro (estaba sucio y no había más que individuos indeseables), que nunca entrara en un café (porque estaban llenos de gérmenes), que llevara siempre faja y un paraguas, y que no pisara el Soho.

Huelga decir que hizo caso omiso de todo.

Lexie estaba en el umbral con la maleta en la mano. La habitación de alquiler estaba arriba, en el alero de una casa adosada alta y estrecha. Vio que el techo era abuhardillado, con cinco planos diferentes. La puerta, el marco, los zócalos, la chimenea cegada con tablas, el armario de debajo de la ventana, todo estaba pintado de amarillo. No un amarillo vivo, como el de los narcisos, por ejemplo, sino desvaído, enfermizo, sucio. El amarillo de los dientes viejos, del techo de los pubs. Tenía algunos desconchones que dejaban al aire un marrón sombrío que había debajo, cosa que, curiosamente, la alegró, porque pensó que allí había vivido alguien rodeado de un color más feo si cabe.

Entró en la habitación y dejó la maleta en el suelo. La cama era estrecha y estaba combada, tenía el cabecero inclinado hacia un lado. La cubría un edredón con un estampado de florituras moradas descoloridas. Lo retiró y apareció un colchón gris con manchas, hundido en el centro. Lo volvió a tapar enseguida. Se quitó el abrigo y buscó una percha para colgarlo. No había percha. Lo colocó en el respaldo de la silla, pintada también hacía mucho tiempo de un amarillo pálido, aunque de un tono ligeramente distinto al de los zócalos. ¿Qué obsesión tenía la patrona con el amarillo?

La patrona, la señora Collins, había salido a recibirla a la puerta. Lo primero que le preguntó esta mujer delgada, con su bata de cremallera y sombra azul tornasolada en los ojos, fue: «No será italiana, ¿verdad?».

Lexie, desconcertada, contestó que no, pero después le preguntó si tenía algo contra las italianas.

—No las soporto —gruñó, mientras desaparecía en el salón y dejaba a Lexie en el vestíbulo, mirando el papel pintado marrón, que se caía a cachos, el teléfono de pared, la lista de las normas de la casa—, son sucias y sinvergüenzas. Aquí tiene las llaves. —La señora Collins reapareció en el vestíbulo y le entregó dos llaves—. Una es de la puerta de la calle y la otra de su habitación. Las reglas de la casa son las normales. —Señaló con un gesto la lista del tablón de anuncios—. Ni hombres ni perros; usar siempre el cenicero; mantener limpia la habitación; no más de dos visitas a la vez; la puerta se cierra por dentro a las once, así que procure estar aquí antes. —Se acercó más a Lexie y la escudriñó a fondo respirando fuerte—. Aunque parezca usted una señorita buena y limpia, es de las que pueden cambiar. Tiene toda la pinta.

—¿De verdad? —dijo Lexie, metiendo las llaves en el bolso y cerrándolo con un golpe seco. Se agachó a coger la maleta—. Arriba me ha dicho, ¿no?

—Arriba del todo —asintió la señora Collins—. A la izquierda.

Lexie sacó las llaves de la cerradura y las puso en la repisa de la chimenea. Se sentó en la cama. Se dejó llevar por un pensamiento. «Pues ya está, ya estoy aquí.» Se pasó la mano por el pelo y después tocó las florituras moradas del edredón. Se puso de rodillas y, apoyada en el alféizar de la ventana, miró al exterior. Abajo se veía un rectángulo de malas hierbas encajonado entre cuatro paredes forradas de hiedra. Miró los jardines de las casas. En algunos había filas de judías, lechugas, rosales y jazmines; otros todavía conservaban los refugios antiaéreos de la segunda guerra mundial, que parecían grutas camufladas debajo de la hierba, la tierra o un montón de rocalla. En uno, más alejado, había un columpio. Se alegró de ver un enorme castaño de hojas que se movían y apuntaban hacia el suelo. Y enfrente se veía la parte de atrás de una hilera de casas adosadas iguales que la suya, con el típico ladrillo londinense marrón grisáceo, un laberinto zigzagueante de canalones, las ventanas desiguales, sin orden ni concierto, algunas abiertas, una cegada con un cartón. Vio a dos mujeres, que solo podían haber salido por una ventana, tomando el sol en una parte plana del tejado, los zapatos tirados a un lado y las faldas remangadas inflándose y desinflándose con la brisa. Por debajo de ese nivel, donde ellas no podían verlo, un niño corría sin parar por su jardín, en círculos cada vez más pequeños, con una cinta roja en la mano. Unas casas más allá, una mujer tendía la colada en el tendal; el marido, apoyado en la jamba de la puerta, cruzado de brazos.

Estaba como mareada, como si no tuviera cuerpo. El contraste entre su lóbrega habitación y las escenas de fuera le resultaba raro. Tenía la sensación embriagadora de que tanto ella como la habitación eran irreales, inanimadas, y le duró un buen rato. Era como si estuviera en suspenso dentro de una burbuja, observando la vida, que seguía su curso como siempre, con gente riéndose, charlando, viviendo, muriendo, enamorándose, trabajando, comiendo, reuniéndose y separándose mientras ella miraba desde allí, muda e inmóvil.

Se estiró para soltar el pestillo y, con cierto esfuerzo, logró abrir la ventana. Bien. Así, mejor. Había retirado el velo que la separaba del mundo. Sacó la cabeza al aire, la sacudió con ganas, se quitó las horquillas del pelo, que le cayó suelto por la cara. Y la sensación de tenerlo ahí, del zumbido que hacía el niño al correr en círculos, del murmullo lejano de la conversación de las mujeres que tomaban el sol, del roce del alféizar en los codos le pareció buena. Muy buena.

Un rato después volvió a la habitación. Colocó la silla más cerca de la ventana. Arrimó la cama a la pared. Enderezó el espejo. Bajó ruidosamente las escaleras para ir a pedir a la señora Collins, para su gran sorpresa, un cubo, un cepillo de fregar, un paquete de sosa y vinagre, una escoba y un recogedor. Barrió, limpió el polvo, restregó el suelo y las paredes, las estanterías del armario, el quemador de gas. Sacudió el edredón por la ventana, mulló el colchón y lo envolvió en las sábanas limpias que había robado de casa.

Olían a lavanda, a detergente, a almidón, una mezcla que siempre le traía el recuerdo de su madre... y así sería siempre, como iba a comprobar más adelante. Puso el almohadón a la almohada. La noche anterior había anunciado en la cena que se iba a Londres por la mañana. Lo había arreglado todo. Tenía alojamiento, tenía cita en la agencia de empleo para el lunes por la mañana, había sacado todos los ahorros para sobrevivir hasta que empezase a ganar dinero. No podían hacer nada para impedírselo.

Y estalló la trifulca que esperaba. Su padre dio un puñetazo en la mesa, su madre gritó y luego se deshizo en lágrimas. Su hermana, con el pequeño en brazos, intentaba consolar a su madre y, con ese morrito de gobernanta que ponía a veces, le dijo que, como de costumbre, era una irresponsable. Dos de sus hermanos empezaron a chillar y a correr alrededor de la mesa. El mayor de los dos menores, percibiendo el mal ambiente, empezó a lloriquear en la trona.

Tiró la almohada a la cama y metió dentro el edredón, que todavía estaba en la ventana. Ya era de noche; las ventanas de las casas de enfrente eran cajas de luz amarilla suspendidas en el espacio oscuro. En una se veía a una mujer cepillándose el pelo; en otra, un hombre leía el periódico con las gafas ancladas en la nariz. Otra persona bajó una persiana, y una chica que estaba asomada contemplando la noche se soltó el pelo al aire, que acababa de levantarse, igual que había hecho ella antes.

Se desvistió, se metió entre las sábanas y procuró no aspirar el olor que desprendían. Se quedó atenta a los ruidos de la casa. Pasos en las escaleras y puertas cerrándose. Una risa de mujer en alguna parte y un hombre que decía: «Chisss». La voz irritada de la señora Collins quejándose. En un jardín, un gato que maullaba de varias formas distintas. Ruido de una tubería seguido de gorgoteos en la pared. Estrépito de cazuelas. Alguien en el retrete del piso de abajo, el borbotón y la riada del agua de la cisterna, después el chorrito suave al llenarse. Lexie daba vueltas entre las sábanas almidonadas, sonriendo a las grietas del techo.

Al día siguiente, conoció a una chica del piso de abajo que se llamaba Hannah. Le contó que había una tienda de segunda mano en la esquina y Lexie fue allí a comprar platos, tazas y cazuelas.

—No pagues lo primero que te pidan —le advirtió Hannah—. Regatea siempre.

Volvió cargada con un tablero de aglomerado que Hannah le ayudó a subir por las escaleras. En el rellano del tercer piso tuvieron que pararse a recobrar el aliento y subirse las medias.

—¿Para qué quieres esto? —preguntó Hannah jadeando.

Lexie colocó el tablero apoyándolo entre los pies de la cama y el borde del lavabo. Puso encima unos libros que había traído de casa, la pluma estilográfica y un tintero.

—¿Para qué lo vas a usar? —dijo Hannah desde la cama, donde, recostada, intentaba hacer aros de humo.

—No sé —dijo Lexie mirándolo—. Tengo que conseguir una máquina de escribir, practicar mecanografía y... No sé. —No podía decir que necesitaba forjarse algo para sí misma, algo mejor que lo que tenía, y que no sabía cómo iba a hacerlo, pero que creía que disponer de un escritorio podría ser el principio. Pasó la mano por el borde—. Quería tener un escritorio, nada más —dijo.

—En mi opinión —dijo Hannah aplastando el cigarrillo en el alféizar—, habría sido más práctico comprar cacharros de cocina.

Lexie sonrió y se estiró para bajar las cortinas.

—A lo mejor.

Otro lapsus. Elina está ahora abajo, en la cocina, pasea de acá para allá con el niño apoyado en el hombro y lleva el pijama debajo de una sudadera ancha de flores; un sonsonete resuena en la habitación. Es agudo, constante, se alimenta a sí mismo, y ella tiene la obligación de hacerlo parar. Lo conoce bien. Le empieza a parecer que es lo único que conoce: el tono, las variaciones, la progresión. Empieza con un «i-i». Unas cuantas veces, cinco, seis, siete... hasta diez como mucho. Después vienen los «a-ng»: «a-nggg, a-nggg, a-nggg». A veces se para ahí, si lo coge a tiempo, si hace una cosa concreta en el momento justo, pero como no está segura de lo que tiene que hacer ni cuándo, puede alargarse e intensificarse hasta llegar al temido «¡Ah-hggg! ¡Ah-hggg! ¡Ah-hggg! ¡Ah-hggg! ¡Ah-hggg!», que se repite cuatro veces, después un respiro de silencio y vuelta a empezar.

Si pudiera dormir, todo iría bien. Solo tres horas seguidas, cuatro quizá. Está tan cansada que, si mueve la cabeza, algo crepita en el cuello, como al estrujar un papel. Pero sigue paseando. Da vueltas por la cocina, pasa por delante del fogón, del hervidor de agua, del contestador, que le dice que tiene nada menos que trece mensajes, y, a la altura del frigorífico, gira sobre sus talones y lo mismo a la inversa, un dolor le palpita en las sienes. Cada «ah-hggg» dura aproximadamente dos segundos, es decir, ocho segundos por cada tanda de cuatro, y pongamos otros dos segundos de silencio, en total, diez segundos. Eso significa veinticuatro «ah-hgggs» en un minuto. Y ¿cuánto hace que empezó? Treinta y cuatro minutos, lo que suma... ¿cuánto? La cabeza no le da para tanto cálculo.

Más tarde, cuando se hace el silencio, siempre tan tenso y frágil, sube sola las escaleras. Duda en el rellano. Hay tres puertas para elegir: el dormitorio de la pareja, el cuarto de baño y la trampilla del desván, que está más arriba.

Tira de la chirriante escalera plateada que da acceso al desván, sube los peldaños y aparece en la habitación como si surgiera del mar. Mira la luz, que atraviesa como un cuchillo los huecos de la persiana e ilumina una hilera de frascos de pintauñas llenos de polvo que hay en la repisa de la chimenea; mira los libros alineados en las estanterías, enseñando el lomo, el florero con un ramillete de pinceles separados entre sí, con las cerdas tiesas, acabadas en punta. Arrastra los pies descalzos por la moqueta. Coge un diario del escritorio, que está arrimado a la ventana, y lo hojea. «Cena —dice—, cine, reunión, inauguración de la exposición, cortarse el pelo, cita en la galería.» Lo deja. Esta era su habitación, su estudio, cuando era inquilina de Ted. Hace mucho tiempo. Antes de antes. Antes de todo esto. Abre un cajón y encuentra un collar, un pincelito de rímel, una barra de labios de color rojo, un tubo mediado de pintura ocre, una postal del puerto de Helsinki. La puerta del armario está atascada, pero la abre de un tirón seco con las manos manchadas de polvo.

Ahí está el único espejo de cuerpo entero que hay en toda la casa. Al abrir la puerta, unos reflejos luminosos se pasean por la habitación; Elina se encuentra de repente cara a cara con una mujer que lleva una sudadera sucia; le asoman algunas canas entre el pelo y tiene la cara blanca como la cera.

Procura no mirarse a los ojos mientras se levanta la sudadera y la sujeta con la barbilla. Mete las manos en los pantalones del pijama y baja un poquito la cinta elástica que los sujeta, solo un segundo, el tiempo suficiente para ver el comienzo de la incisión, en una cadera, y el final, en la otra: un camino tortuoso, irregular, que atraviesa la carne, el delicado tono violeta del cardenal, las grapas metálicas sujetándolo todo.

Levanta la barbilla y deja caer la sudadera. Recuerda... ¿qué? Que estaba anestesiada hasta las axilas, como una cabeza flotante con brazos, como un busto de mármol. La falta de sensibilidad era extraña, porque no le dolía nada, pero notaba las sensaciones. Notaba las manos de dos médicos hurgándole las entrañas, como si buscaran algo en el fondo de una maleta. Sabía que eso debía de doler, tenía que doler un horror, pero no dolía. La anestesia se había extendido lentamente hacia abajo y después hacia arriba, por la columna vertebral, rompiendo como una ola contra la nuca. Un biombo de lienzo verde le separaba el cuerpo en dos. Oía a los médicos hablar en voz baja, les veía la coronilla, notaba las manos enguantadas en sus entrañas. Ted estaba cerca, a la izquierda, sentado en un taburete. Y de pronto, un gran tirón y luego una aspiración y ella a punto de gritar: «¿Qué hacen ustedes?», antes de darse cuenta, antes de oír el llanto agudo y furioso, tan sorprendentemente fuerte en el silencio de la habitación, antes de oír al anestesista decir a su espalda: «Es niño». Ella repitió las palabras por dentro con la vista clavada en el techo de azulejos. «Niño. Es niño.» Luego se dirigió a Ted. «Vete con él —le dijo—, vete con el niño.» Porque su madre y su tía habían hablado en voz baja de historias de recién nacidos que se entregan a otra madre, recién nacidos que desaparecen en los laberintos de los pasillos, recién nacidos sin pulsera de identificación. Ted se levantó y cruzó la habitación.

Entonces se quedó sola en la mesa. El anestesista seguía detrás de ella, aunque no lo veía; los médicos, a los pies; el biombo, separando su cuerpo en dos. Estaba tumbada, con las manos enlazadas sobre el pecho, y no tenía control sobre ellas, no podía moverlas aunque hubiera querido, pero no quería. Al otro lado del biombo se oyó algo parecido a una aspiradora, pero no le dio importancia porque estaba pensando «es niño» e intentando captar los ruidos del otro lado de la habitación, donde dos enfermeras hacían algo con el recién nacido y Ted las miraba asomándose por detrás de ellas. Pero entonces sucedió algo, surgió una complicación. ¿Qué fue? Le costaba ordenar los pensamientos. La médica, la estudiante en prácticas, la mujer dijo: «¡Ah!», en un tono como cuando alguien se cuela en la cola, un tono de decepción, de desaliento. Inmediatamente después, notó que le subía la tos por la garganta y explotaba enseguida saliendo con fuerza por la boca.

¿Fue así? ¿O fue al revés? ¿Primero tosió y luego la de prácticas dijo «ah»?

En cualquier caso, lo que vino después fue la sangre. Muchísima sangre. En gran cantidad. Salpicó a los médicos, el biombo, a las enfermeras. La vio caer al suelo, esparcirse por las baldosas formando riachuelos y barrancos en las junturas; vio que la pisaban y dejaban huellas alrededor de la mesa; vio una bolsa de plástico colgada en la pared y llena de ropa empapada de rojo.

El corazón reaccionó casi al instante, empezó a latirle a toda velocidad, con pánico, como si quisiera llamar la atención, decir que pasaba algo y que por favor lo ayudaran. No tenía por qué preocuparse. La habitación se convirtió inmediatamente en un hervidero de gente. La de prácticas llamaba pidiendo ayuda, el anestesista seguía mirando por encima del biombo con el ceño fruncido y después se puso a regular la bolsa trasparente que colgaba sobre la cabeza de Elina, y un instante después notó que lo que quiera que hubiese en la bolsa le alcanzaba las venas. Le pareció que se iba a desmayar, todo le daba vueltas, el techo se movía como una cinta transportadora, y se le ocurrió pensar que quizá no fuera porque estaba drogada, que quizá era algo peor, que no podía quedarse inconsciente pasara lo que pasara, tenía que quedarse, no podía irse, y deseó que alguien se acercara a hablarle, a decirle lo que sucedía, a explicarle por qué notaba unas manos que le subían por debajo de la piel, hasta las costillas, por qué gritaban: «rápido, aquí, rápido», y dónde estaba el niño, y dónde estaba Ted, por qué la de prácticas decía «no, no puedo, no sé hacerlo», y el otro médico la regañaba, o eso le parecía, y por qué de pronto algo o alguien la empujaba hacia el borde de la mesa y parecía que se le iba a quedar la cabeza colgando.

Con el borde de la mesa presionándole el cráneo y la de prácticas pidiendo ayuda, le pareció que se iba a desmayar otra vez, como si estuviera en un tren que hubiera cambiado de vía bruscamente, como si le hubieran llenado el cerebro de nubes. Perder la conciencia sería un alivio. Quería soltarse, no resistirse, dejarse llevar por esa fuerza que tiraba de ella hacia abajo. Pero sabía que no debía hacerlo. Por eso cerró los ojos con fuerza y los volvió a abrir, se llevó una uña a la otra mano y se la clavó en un dedo. «Socorro —le dijo al anestesista, porque era la persona que estaba más cerca—, por favor.» Pero le salió un susurro y, además, él estaba hablando con un hombre distinto que acababa de aparecer por encima de ella con unas pequeñas bolsas transparentes llenas de un líquido de un rojo increíble.

Se da la vuelta ante el espejo. Abajo, el sonsonete empieza otra vez: «a-nggg, a-nggg». Baja las escaleras agarrándose a la barandilla, cruza el vestíbulo; ahora ya es «ah-hggg, ah-hggg». Después, Elina sale por la puerta principal.

Fuera, en el peldaño, tiene la curiosa impresión de ser dos personas. Una está en el umbral y se siente muy ligera, como si pudiera levantar el vuelo en pijama y sudadera y subir flotando por el aire, desaparecer detrás de las nubes y más allá. La otra la observa con calma, pensando: «Así que esto es estar loca». Se va por el sendero de la entrada, abre la cancela y sale, descalza, a la calle. Se va, se marcha, está afuera. «Te vas —observa la Elina serena—, ya veo.» Los pulmones de la otra Elina se hinchan y el corazón parece responderles, empieza a palpitar y a golpear más fuerte.

En la esquina, algo la para en seco. La calle, la acera, las farolas tiemblan y oscilan delante de ella. No puede seguir andando. Es como si estuviera atada a la casa, o a algo que hay en la casa. Vuelve la cabeza a un lado y a otro. Está absorta en esto. Es una sensación curiosa. Se balancea un poco, como una barca amarrada en la punta de su cabo. La lluvia le empapa la sudadera y le pega el pijama a la piel.

Da media vuelta. Ve que ya no es dos personas, sino una. Esta Elina vuelve por la acera apoyándose en la pared, entra por la cancela y llega a casa. Va dejando huellas húmedas en los tablones del suelo a su paso.

El niño está en la cuna peleando con la manta, apretando la tela con todas sus fuerzas, con la cara contraída por el esfuerzo, por el apremio. Entonces ve a Elina y se olvida de la manta, del hambre, del deseo de algo que no puede expresar. Abre los puños y los dedos se despliegan como pétalos mientras mira, asombrado, a su madre.

—No pasa nada —le dice Elina. Y ahora cree lo que dice. Se agacha a cogerlo, y al niño, sorprendido de encontrarse en el aire, se le estremecen los brazos. Lo acomoda contra su cuerpo—. No pasa nada —repite.

Se acerca con el niño a la ventana. No apartan los ojos el uno del otro. Él parpadea un poco cuando le da la luz, pero sigue mirándola: verla es como agua para una planta. Elina se apoya contra la ventana, de cara al jardín. Alza al niño hasta que su frente le roza la mejilla, como si lo ungiera o lo saludara, como si estuvieran haciendo juntos el camino hacia atrás para volver al principio.

Ahí está Lexie, en una acera de Marble Arch. Se coloca bien el talón del zapato y se arregla el pelo. Hace una tarde calurosa, con calima, y acaban de dar las seis. A su alrededor, como si ella fuera una roca en medio de un río, pasa una corriente continua de hombres trajeados y mujeres con sombrero, zapatos de tacón y niños de la mano. Empezó a trabajar hace dos días. Es ascensorista en unos grandes almacenes muy conocidos. La agencia de empleo la mandó allí después de un resultado deprimente en las pruebas de mecanografía; ahora se pasa el día diciendo: «¿A qué planta desea ir, señora? Subimos, señor. Planta tres, artículos para el hogar, mercería y sombreros, gracias». Nunca había imaginado que pudiera existir algo tan aburrido. Ni que fuera capaz de acordarse de la distribución completa de una tienda de siete plantas. Ni que una persona pudiera comprar tantas cosas, sombreros, cinturones, zapatos, medias, maquillaje, redecillas, trajes. Ha visto alguna lista de la compra en manos enguantadas, mirando por detrás de la gente. Pero sabe que este es solo el primer paso. Está aquí, en Londres, y en cualquier momento empezará la parte en tecnicolor de su vida, está segura, tiene que ser así.

Mírala, ahí, en la acera. No parece la misma que la de la habitación de Innes, la que llevaba puesta solo una camisa a rayas. No parece la misma Alexandra del vestido azul y la pañoleta amarilla que estaba sentada en un tocón en el jardín de sus padres. Se reencarnará muchas veces en su vida. Está hecha de múltiples Lexies y

Alexandras, encajadas unas en otras como las muñecas rusas. Lleva el pelo recogido, la librea roja y gris de los grandes almacenes, el pañuelo del uniforme, rojo también, anudado al cuello, y la gorra en el bolsillo. Se ha atado el abrigo con el cinturón y le da mucho calor para la temperatura que hace. Fíjate en los hombros, tan subidos, tan tensos. Pasa factura esto de estar todo el día tratando a la gente con absoluta amabilidad. Se afloja el pañuelo, se lo quita y guarda la tela roja en el otro bolsillo. Se fricciona los hombros para aliviar la tensión. Otras dos ascensoristas salen por la puerta y les sonríe. Se queda mirándolas mientras se alejan cogidas del brazo por la acera llena de gente, tambaleándose un poco con los tacones de charol. Pasa un autobús refunfuñando y el tintineo de la campanilla crea un círculo invisible que se va ampliando en el aire.

Inspira. Expira. Los hombros se relajan un poco. Mira al cielo, una franja brillante suspendida sobre los tejados. Cruza la calle y deja atrás los grandes almacenes, el ascensor, los timbres y el campanilleo, hasta mañana. Tiene que correr un poco porque se acerca otro tranvía, un coche le da un bocinazo en el momento en que llega a la acera y tiene que sortear a un hombre que lleva un carrito lleno de flores, y algo parecido a la risa le sube por la garganta. O no es risa. ¿Qué es? Dobla la esquina y de pronto la inunda el sol bajo del atardecer; largas sombras puntiagudas estrían las aceras y las calles. Un vendedor de periódicos viene hacia ella repitiendo dos palabras alargadas: «Tiiicias e la taaarde. Tiiicias e la taaarde». Y Lexie se decanta por «gozo». Lo que siente es gozo, puro y total. Ha quedado con una amiga de la universidad que lleva todo el año en Londres, van a ir al cine. Ha encontrado trabajo, tiene un lugar donde vivir, por fin está en Londres y lo que siente es gozo.

«Tiiicias e la taaarde», anuncia el vendedor de periódicos otra vez, ahora detrás de ella. Baja el bordillo de un salto, echa un vistazo a la calzada por encima del hombro y cruza la calle; cuando llega a la otra acera empieza a correr balanceando el bolso, con el abrigo desabrochado. ¡Ah, qué delirio comprobar por primera vez que puede hacer exactamente lo que quiera y nadie se lo va a impedir! La gente se vuelve a mirarla, una mujer mayor chasquea la lengua desaprobadoramente y todavía se oyen las voces lastimeras del vendedor de periódicos: «Tiiicias e la taaarde...».

Llega tarde a Kentish Town, pero no tanto, comprueba con alivio, para que la señora Collins haya cerrado el pestillo. Forcejea un momento con la llave y por fin la cerradura cede, entra y cierra la puerta con cuidado. Pero en vez del vestíbulo silencioso y poco iluminado que esperaba, todo está lleno de luz y se oye barullo de risas y voces animadas en alguna parte. Hay unas cuantas personas sentadas en las escaleras. Reconoce a algunas mujeres, compañeras de alojamiento.

Desconcertada, se dirige a ellas. ¿Hay fiesta en casa? ¿Lo sabe la señora Collins? A lo mejor ha salido esta noche.

—¡Ah, ya está aquí! —grita una, al ver a Lexie.

—Estábamos preocupadas —dice Hannah apoyándose en la espalda de otra persona.

Tiene un vaso en la mano y las mejillas un poco arreboladas.

Incapaz de avanzar ni aunque hubiera querido, Lexie empieza a quitarse el abrigo.

—Estoy bien —dice, pasando revista a todas—. He ido al cine con una ami...

—¡Ha ido al cine!

Lexie ve de pronto a la señora Collins en el rellano, sentada en una silla, dirigiéndose a otras personas que están más arriba y que ella no ve.

—¿Qué pasa hoy aquí? —pregunta Lexie sonriendo—. ¿Celebramos una fiesta en casa?

—Bueno —dice la señora Collins con un deje de su acostumbrada severidad—, alguien tenía que atender a su visita.

Lexie la mira.

—¿Mi visita?

La señora Collins la coge del brazo y tira de ella entre la aglomeración de piernas y chicas.

—Es un joven muy simpático —dice—. Ya sabe que no tengo por costumbre invitar a pasar a ningún caballero, pero dijo que había concertado una cita con usted y, francamente, me dio un poco de vergüenza ajena que no estuviera usted aquí para hacer honor a su palabra y...

La señora Collins, Hannah y Lexie doblan el recodo hacia el siguiente tramo y allí, sentado en el cuarto escalón, está Innes.

—Y ¿qué le dijo él cuando se lo contó? —le está preguntando Innes a una chica tímida de encías prominentes—. Espero que lo lamentara muchísimo.

—Estamos jugando a un juego que nos ha propuesto el señor Kent —dice la señora Collins, apretando el brazo a Lexie—. Hemos tenido que contarle lo más embarazoso que nos ha pasado en la vida. Y él va a decidir cuál es la situación más embarazosa y, por lo tanto, quién gana el juego. —Se ríe ruidosamente, luego parece que lo piensa mejor y se tapa la boca con la mano.

—¿De verdad? —dice Lexie.

Innes se vuelve hacia ella. La mira de arriba abajo. Hace un gesto casi imperceptible con la mano en la que tiene el cigarrillo, que podría ser un saludo o quizá un encogimiento de hombros.

—Por fin has llegado —dice—. Nos preguntábamos qué habría podido pasarte. ¿Te has vuelto a confundir de puerta? ¿Una puerta hacia otro mundo?

Lexie ladea la cabeza.

—No, hoy no. Hoy solo he cruzado la puerta hacia el cine.

—¡Ah, la seducción del celuloide! Por aquí se decía que tal vez te hubieran secuestrado, pero yo he dicho que eres de las que huelen a los secuestradores a distancia.

Se miran un momento. Innes entorna los ojos al llevarse el cigarrillo a la boca.

—El señor Kent nos ha contado que os conocéis de la universidad —interviene Hannah.

Lexie levanta una ceja.

—¿Ah, sí? ¿Ha dicho eso?

—En efecto —se apresura a corroborar Innes—, y estas personas tan amables se han apiadado de mí y me han invitado a entrar. Después han sacado brandy y tu gentil patrona incluso me ha agasajado con unas croquetas. Y ya está. La historia completa.

PRIMERA PARTE 73

Lexie no sabe qué decir a continuación.

—Y ¿qué tal estaban las croquetas? —se le ocurre.

—Como no las he probado en mi vida.

Se levanta, se estira, apaga el cigarrillo en un cenicero que hay en el escalón de abajo.

—Bueno, es hora de retirarse. Seguro que todas ustedes tienen que irse a dormir. Señoras, ha sido un placer. Espero que lo podamos repetir pronto. Señora Collins, ha ganado el premio a la situación más embarazosa. Y, Lexie, quizá puedas acompañarme a la puerta. —Le ofrece el brazo.

Lexie mira el brazo, lo mira a él. Se ponen todas a gritar: «¿De verdad tiene que irse ya? ¿Qué ha ganado la señora Collins? ¿Cuál era la historia de la señora Collins?». Lo coge del brazo y se van juntos hacia el vestíbulo. Las mujeres los siguen en tumulto hasta el último escalón, donde se quedan discretamente, aunque de mala gana.

Lexie cree que va a despedirse en la puerta, pero él tira de ella y salen los dos. En cuanto están fuera, Innes le dice en voz baja:

—La verdad es que eran las peores que he comido en mi vida. Parecían serrín con sabor a suela de zapato. No vuelvas a pedirme que coma croquetas nunca más.

—No, desde luego —dice ella, y da marcha atrás—: En primer lugar, yo no te he pedido que te las comieras.

Él pasa el comentario por alto.

—Además, ¿qué son unas croquetas, a fin de cuentas? ¿Para qué sirven? Vas a tener que compensarme.

Lexie retira la mano de su brazo.

—¿A qué te refieres? ¿Y qué haces aquí? ¿Cómo me has encontrado?

Innes vuelve la cabeza hacia ella.

—¿Sabes cuántas pensiones solo para señoritas hay en Kentish Town?

—No, ¡cómo voy a saber semejante...!

—Dos —dice él—, así que no era tan difícil. Un simple proceso de eliminación, azar y coherencia. Lo que pasa es que sabía que ibas a venir pronto, sabía que no ibas a durar mucho allí. Lo que no sabía era la fecha exacta. Pero todo esto no viene al caso, lo importante es saber cuándo vas a venir a comer conmigo.

—No sé —dice Lexie levantando la barbilla—. Tengo mucho trabajo.

Innes sonríe y se acerca un poquito.

—¿Qué tal el sábado?

Lexie disimula colocándose el puño.

—No sé —vuelve a decir—. Creo que los sábados trabajo.

—Yo también. ¿Qué te parece a la una? Tienes tiempo libre a la hora de comer, ¿no? ¿Dónde trabajas? ¿Has conseguido llegar a sesenta palabras por minuto?

Se le queda mirando.

—¿Cómo demonios puedes acordarte de las sesenta palabras por minuto? —Se empieza a reír—. Y ¡de que pensaba vivir en una pensión de Kentish Town!

Él se encoge de hombros.

—Me acuerdo de todo. No sé si es una discapacidad o que soy un genio. No sé por cuál decidirme. Con que me digas una cosa una sola vez, se me queda aquí —se toca la cabeza— para siempre.

Instintivamente, Lexie le mira la cabeza y se la imagina repleta de información debajo del tupido pelo.

—No sé a qué hora termino. Es la primera semana y...

—Bien, bien. Te propongo lo siguiente: ven tú a buscarme a mí. Estoy en el Soho, en mi oficina. Estaré todo el día y probablemente toda la noche. Así que pásate a cualquier hora. Ven después del trabajo. Te di mi tarjeta. ¿La tienes todavía?

Lexie asiente.

—Bien, pues ahí está la dirección. ¿Entonces nos vemos el sábado?

—Sí.

Él sonríe y parece dudar un momento. Lexie se pregunta si va a besarla. Pero no. Baja los peldaños y, sin decir ni adiós con la mano, cruza la calle.

Lexie se detiene al llegar a las inmediaciones del Soho. Busca la nota y la tarjeta de Innes, que lleva guardada en el bolso desde el día en que lo conoció. No le hace falta mirarla, pero de todas formas lo hace. «Redactor —dice en la tarjeta—, *elsewhere magazine*, Bayton Street, Soho, London W1.»

Por la mañana, cuando Lexie se encontró en la escalera con la señora Collins y dejó caer que iba a ir al Soho por la tarde, la patrona se escandalizó. Lexie le preguntó por qué.

—¿El Soho? —replicó la señora Collins—. Es un barrio de bohemios y borrachos. —Luego entornó los ojos—. Usted... —dijo apuntando a Lexie—, usted siempre pregunta por qué, ¿no? Pues la curiosidad mató al gato.

Lexie se echó a reír.

—Pero yo no soy un gato, señora Collins —dijo, y siguió bajando las escaleras.

Lexie encuentra la calle que, según el plano, es Moor Street. Parece muy tranquila para ser un barrio de borrachos. Hay un coche aparcado junto a uno de los bordillos; un hombre lee el periódico al lado de un portal; ve una tienda con el toldo a medio cerrar; en la ventana de un tercer piso, una mujer se asoma a regar las flores de una jardinera.

Lexie pone el pie en el Soho y empieza a andar. Tiene la extraña sensación de que ella no se mueve, sino que es la acera la que se desplaza bajo sus pies, y las casas, los demás edificios y las señales de tráfico van pasando a su lado. Se oye perfectamente el taconeo de sus zapatos al andar. El hombre del periódico levanta la vista. La mujer de la ventana deja de regar.

Pasa por delante de una tienda que tiene en el escaparate unos quesos tan grandes como ruedas. Desde el umbral, un hombre con mandil blanco grita en un idioma extranjero a una mujer que está en la otra acera con un niño. Saluda con la cabeza a Lexie, le sonríe al pasar y ella le devuelve la sonrisa. En la esquina hay un café, y unos hombres hablan a la puerta en otro idioma. Se separan lo justo para dejarla pasar y uno le dice algo, pero ella no se vuelve a mirar.

Los edificios se apretujan unos contra otros, son de ladrillo oscuro, y las calles, estrechas. El agua recién caída corre hacia las alcantarillas y forma remolinos. Dobla otra esquina y otra más, pasa por una tienda china de alimentación, donde una mujer está colocando una pirámide de fruta amarilla deshuesada; pasa por un portal en el que se ríen dos africanos en sendas sillas. Una pandilla de marineros de uniforme azul y blanco avanza por el centro de la calzada cantando a borbotones desafinados; un repartidor que va en bicicleta tiene que sortearlos para no llevárselos por delante y vuelve la cabeza y los increpa. Parece que dos o tres marineros se ofenden y salen corriendo detrás de él, pero el chico acelera el pedaleo y desaparece.

Lexie observa todas estas cosas. Toma nota de ellas. Todo lo que ve le parece significativo: la cinta que ondea en la gorra de uno de los marineros, un gato de color canela que se limpia en una ventana, una nube de vapor que sale de una panadería y flota en el aire, las palabras escritas con tiza (¿italiano?, ¿portugués?) en una pizarra a la puerta de un establecimiento, la música y las risas que salen del subsuelo por un ventanuco con rejilla, el abrigo con cuello de piel y el bolso con cierre dorado de una mujer que pasa por la otra acera. Lo absorbe todo, hasta el último detalle, con una sensación intermedia entre el pánico y la euforia: es perfecto, todo esto es perfecto, no podría ser más perfecto, y quiere grabárselo todo, que no se le escape ni la menor minucia.

Y de repente llega al número de Bayton Street que buscaba. Es un edificio comprimido entre otros dos más altos, con una disposición simétrica de ventanas de guillotina y peldaños hasta la puerta. La pintura del alféizar de las ventanas y de los canalones se cae. Falta un cristal en el segundo piso.

Por las ventanas del piso de abajo ve a mucha gente. Dos hombres miran al trasluz algo que sujetan en alto; una mujer habla por teléfono al tiempo que asiente y escribe. Otra mujer mide un papel con una regla y le dice algo a un hombre que está detrás de ella en otra mesa. En un rincón de la estancia hay un grupo reunido en torno a unas páginas pinchadas en la pared. Y allí, junto al hombre que sujeta algo a la luz, sin chaqueta, con la camisa remangada, está Innes.

En estos momentos Innes está completamente entregado a la revista: lo van a cambiar todo: el diseño, el contenido, el tacto. En el número de relanzamiento van a presentar a una escultora que, según él, causará sensación, dejará huella en la historia del arte, será recordada mucho tiempo después de que todos ellos se hayan convertido en polvo.

Y el polvo es precisamente lo que hoy le preocupa enormemente. Porque esta escultora trabaja con arcilla blanca, «tan pulida y desbastada, tan suave, que adquiere la textura cálida de la carne de un niño, por lo que es fundamental que...».

«¿Carne?» Las ideas tropiezan con esa palabra y se traban. «Carne» no le sirve. ¿No tiene una connotación que la relaciona forzosamente con la muerte? No, concluye, pero la más leve insinuación es suficiente para eliminarla del párrafo que está escribiendo mentalmente, mientras le explica al fotógrafo que debía de tener polvo en la lente cuando hizo el reportaje, porque la nitidez del blanco ligeramente impuro que es la firma de la artista no se aprecia.

Innes tiene la cabeza ocupada en varios asuntos a la vez. Piensa: «¿Quedará bien la cabecera con esta inclinación? ¿Resaltará la sencillez de la fuente? Quiero una fuente sencilla, Helvética quizá, o Gill Sans, ni Times ni Palatino, no quiero que le quite protagonismo a la fotografía de la escultura». Piensa: «¿La piel cálida de un niño? No. Pero ¿necesito en realidad la palabra "niño"? ¿Piel cálida? ¿Carne cálida? ¿La yuxtaposición de cálida y carne eliminará las connotaciones de "muerte"?». Piensa: «¿Le digo a Daphne que hable con la imprenta o es mejor que me encargue yo?».

Cruza la habitación y mira abstraído la calle; está tan absorto en la revista, en la elección apremiante de la fuente, en el artículo que tiene que escribir, que la imagen de la mujer que ve afuera se le cuela en la cabeza y se acomoda allí de la misma forma que se integra en el sueño cualquier ruido del mundo exterior cuando dormimos. Se la imagina inmediatamente sentada a la máquina de escribir en una mesa al lado de la suya, con las piernas cruzadas a la altura de esos tobillos tan bien proporcionados, la mano sujetando la barbilla y ese cuello maravilloso vuelto hacia la calle.

Se detiene en seco. El título no debe estar inclinado de ninguna manera. Tiene que ir recto y, en la parte inferior de la portada, justificado a la derecha. ¡Esto no se ha visto nunca! La fuente, Gill Sans, cuarenta y ocho, en negrita, caja baja, así:

elsewhere

y la imagen de la escultura flotando por encima, como si el título, el nombre mismo de la revista, fuera la base, el apoyo indispensable, el trampolín para el lanzamiento de la obra. «¡Lo cual es cierto de alguna manera!», se dice Innes.

—¡Para! —le grita Innes al maquetador—. Espera. Ponlo aquí. En la parte inferior. Así. No, aquí. Gill Sans, negrita, cuarenta y ocho. Sí, Gill Sans. No. Perfecto. Sí.

Los hombres de la hoja de contacto, Daphne al teléfono, el crítico de cine que ha venido de visita, el maquetador, todos observan a Innes sin el menor atisbo de sorpresa, mientras este mira un momento el efecto general y a continuación sale precipitadamente por la puerta.

Innes Kent aparece de pronto en los escalones, bajándolos a saltos.

—¡Eh! —va diciendo—. ¡Cuánto has tardado! Ven aquí ahora mismo. —Y abre los brazos.

Lexie parpadea. Tiene todavía el plano y la tarjeta de visita en la mano. Pero va a su encuentro, ¿cómo no?, y él la envuelve en un abrazo. Con la cara pegada a la tela de su traje se da cuenta de que la lanilla le resulta familiar. La toca con la punta del dedo, luego se separa para verla bien.

—Fieltro —dice.

—¿Qué?

—Fieltro. Este traje es de fieltro.

—Sí.

—¿Te gusta?

—No estoy segura. —Da un paso atrás mientras lo piensa—. Es la primera vez que veo un traje de fieltro.

—Lo sé. —Sonríe—. Precisamente por eso. Mi sastre tampoco estaba muy seguro. Pero al final me dio la razón. —La coge de la mano y empiezan a andar por la acera—. Bien. La comida. ¿Tienes hambre? Espero que no seas de esas que apenas prueban bocado. —Habla casi tan deprisa como anda—. No pareces muy comilona. Pero yo estoy hambriento. Me comería un rebaño de corderos.

—Tampoco tú pareces muy comilón.

—Ah, pero sí, ya lo verás. A veces las apariencias engañan.

Andan a paso rápido por un callejón, doblan una esquina, pasan por delante de un hombre que lleva a una mujer de cada mano, ambas con relucientes cinturones de piel, riéndose los tres. Sobrepasan un establecimiento que tiene periódicos extranjeros en expositores móviles, dejan atrás a un grupo de chicas cargadas con sacos. Innes se para en la puerta de un restaurante. El letrero dice «APOLLO», y nada más, «APOLLO», y nada más, en neón azul que se enciende y se apaga intermitentemente. Abre la puerta.

—Es aquí —dice.

Dejan la luz del sol y bajan por unas escaleras de caracol oscuras hasta una sala de techo bajo. Hay gente en las mesas; en cada mesa, una vela encajada en una botella de vino, cuya luz parpadea por debajo de las caras. En un rincón, toca el piano, bastante mal, un hombre que lleva un sombrero de mujer con plumas. Comparte la banqueta con otros dos hombres que, apretados contra él, hablan a voces por encima de su cabeza. Lexie piensa que, en la calle, podría ser cualquier hora del día, media tarde, plena noche, pero ahí abajo no se sabría. Un grupo de hombres ocupa tres mesas pequeñas que han juntado. Saludan a Innes a gritos, levantando los vasos de vino, agitando los brazos exageradamente.

—¿Es nueva? —dice uno—. ¿Qué ha sido de Daphne?

Innes coge a Lexie del brazo y la lleva al fondo de la sala. Los siguen bisbiseos y silbidos. Se sientan en un compartimento, uno enfrente del otro.

—¿Quiénes son? —pregunta Lexie.

Innes se gira a mirarlos; se han puesto a tirar trozos de vela al pianista y piden más vino.

—Se llaman de muchas maneras —contesta, volviéndose hacia ella—. Dicen que son artistas, pero yo diría que solo uno, quizá dos, merece ese calificativo. El resto son alcohólicos y parásitos. Uno es fotógrafo, otro —dice, acercándose más— es una mujer que se hace pasar por hombre. Pero solo lo sé yo.

—¿De verdad? —Lexie está fascinada.

—Bueno, su madre también —dice, y se encoge de hombros—. Y su amante, supongo, a no ser que sea una sosa. Bueno, ¿qué comemos?

Lexie quiere echar un vistazo al menú, pero no puede evitar mirar a Innes, el traje azul de fieltro, la concentración con la que lee la carta del restaurante, a los artistas o alcohólicos, uno de los cuales ha sentado en sus rodillas a la camarera, una mujer rubicunda y grande que ronda los cincuenta, las filas de botellas vacías de los estantes, los adornos ondulados del tablero de la mesa.

—¿Qué pasa? —Innes le toca la manga.

—Ay, no sé —suelta de repente—. Me gustaría... No sé. Me gustaría tener unos zapatos rojos de tacón y unos aros dorados en las orejas.

Innes pone cara de asco.

—Entonces no estarías aquí, sentada conmigo.

—¿Ah, no? —Ve que Innes saca los cigarrillos—. ¿Me das uno?

Innes se pone dos en la boca, observándola; enciende una cerilla, la acerca a los cigarrillos y los enciende; le pasa uno a ella, todo sin dejar de mirarla a la cara.

—Crees que quieres unos pendientes de aro, pero no es así.

Lexie se lleva el cigarrillo a la boca.

—¿Cómo lo sabes?

—Yo sé lo que te hace falta —dice muy bajo, mirándola a los ojos todavía.

Lexie le sostiene la mirada y estalla en carcajadas sin saber muy bien por qué. ¿Qué querrá decir? A continuación deja de reírse porque ha notado una sensación rara en la parte baja del cuerpo, una especie de tirón o algo parecido. Es como si la sangre y los huesos respondieran a las palabras de Innes. Luego se vuelve a reír y él se ríe también, como si lo hubiera entendido.

Innes alarga el brazo, le coge la cara por la barbilla, le acaricia la mandíbula con el pulgar.

A Innes le pasa algo raro. No lo entiende del todo, pero sabe en qué momento exacto empezó este atisbo de locura, esta posesión. Fue hace poco más de dos semanas, cuando curioseó a través de un seto y vio a una mujer sentada en un tocón. Mira la mesa del restaurante, el suelo, que parece alimentarse continuamente por debajo del mobiliario de la sala. Siente por un instante la inmensidad de la ciudad, su respiración, y le parece que esta chica, esta mujer y él están juntos en el centro mismo, en el mismísimo ojo del huracán, y que son los únicos que están ahí, los únicos en todo el mundo que han estado ahí. La mira de soslayo, pero solo hasta verle las muñecas, la caída de las mangas sobre las muñecas, la forma en que cruza las manos, el bolso colocado en el banco a su lado.

Le parece raro y a la vez totalmente lógico que esté ahí sentada con él. Experimenta un deseo indefinido de regalarle algo, cualquier cosa. Un cuadro. Un abrigo. Unos guantes. Se da cuenta de que le gustaría verla desenvolver un regalo, ver esos dedos manipulando el lazo y el papel. Deja de pensarlo. No quiere estropearlo, esta vez no, con ella no. No sabe por qué, pero comprende que esta mujer es diferente, a esta la necesita. Es un sentimiento inexplicable.

Para distraerse, habla. Le habla de la revista, de un viaje que acaba de hacer a París, de los cuadros y las dos esculturas que ha comprado. Es marchante de arte, solo a ratos, como segundo trabajo. Tiene que hacerlo, dice, porque la revista no da dinero. Le cuenta que las esculturas son de artistas desconocidos, que es lo que le parece más apasionante. «La obra de un artista consagrado —le dice— puede comprarla cualquiera.» Ella lo interrumpe en este momento para puntualizar: «Cualquiera que tenga dinero», y él asiente y contesta: «Cierto. Pero se necesita habilidad y un poco de temeridad para apostar por un desconocido». Dice que no puede describir la sensación de entrar en el estudio de un artista y ver que sí, que es eso, que ahí hay algo. Y después se explaya intentando describírsela.

Le explica las instrucciones que dio para el envío: primero, cada obra envuelta en serrín, después en papel de periódico y por último en cajas de embalaje. Cuando las desembale, tiene que coger una brocha pequeña, de pelo de mamíferos pequeños, y retirar las briznas de serrín. No le confía a nadie ese trabajo, por ridículo que parezca, reconoce. «Eso quiere decir —continúa— que me paso casi toda la tarde en la oficina, en el cuarto del fondo, con un pincel diminuto en la mano.» «¿Pintando un cuadro?», dice ella, y él se ríe. «Sí, supongo.»

Ella no hace muchas preguntas, pero escucha. ¡Dios, cómo escucha! Lo escucha como nadie en toda su vida. Como si cada palabra suya fuera oxígeno; con los ojos muy abiertos y el cuerpo ligeramente inclinado; presta tanta atención que le gustaría acercarse a ella hasta que las cabezas se encontraran, y entonces le susurraría: «¿Qué? ¿Qué esperas que te diga?».

Le cuenta que su padre era inglés, pero su madre, mestiza del Chile colonial. Mitad chilena, mitad escocesa, de ahí su nombre cristiano de origen hibernés y el pelo negro. Con esto, Lexie abre los ojos más aún. «Era de Valparaíso», le dice, y ve que Lexie repite la palabra en voz baja, como si quisiera memorizarla. A su padre lo mandaron allí a hacer fortuna. «Era —continúa Innes— el segundón de una familia acaudalada. Volvió con una fortuna y una mujer un tanto exótica.» Murió en un accidente de tráfico cuando Innes tenía dos años. «¿Tienes recuerdos de él?», pregunta Lexie. Innes dice que no. Entonces su madre pensó en volver a Chile. Pero no lo hizo. No habría sido capaz. «¿Por qué?», quiere saber Lexie. Parece que siempre quiere saber por qué. «Porque allí ya no quedaba nada —dice él—, nada que ella conociera. Ahora es un país diferente.»

Ted camina empujando el cochecito. Le parece que nunca ha ido tan temprano al Heath. Poco después de las cinco de la madrugada lo despertó una mano que le tocaba el brazo; al principio no entendía lo que pasaba, qué hacía esa mujer ahí, mirándolo desde arriba en la oscuridad, por qué lloraba, qué quería de él. Después todo encajó en su sitio. Era Elina, con el niño en brazos, y le estaba pidiendo: «Por favor, por favor, cógelo tú».

No logró entender del todo lo que decía (de su boca salía una mezcla entrecortada de inglés, finlandés y posiblemente algo de alemán, decía no sé qué de dormir, de llorar), pero el sentido estaba claro, lo que tenía que hacer él estaba claro. Cogió al niño; ella se desplomó en la cama y a los pocos segundos se quedó dormida con la cabeza fuera de la almohada.

Y ahora va despacio con el cochecito de su hijo por Parliament Hill; despacio porque no hay prisa, su hijo y él no van a ningún sitio en particular, solo pasean por pasear. Ha salido el sol y las gotas de rocío centellean en la hierba como fragmentos de cristal; le gustaría que el niño fuera suficientemente mayor para enseñárselo, siente de pronto un vivo deseo de que llegue el momento de poder pasear juntos y hablar del efecto óptico del primer sol de la mañana en el rocío, de la asombrosa cantidad de gente que sale a correr y a pasear al perro a esa hora intempestiva, de cómo se nota ya que el día va a ser caluroso. Siente un aguijón placentero al pensar que todo eso va a pasar, que ese niño va a estar ahí, con ellos, que es suyo. Parece una idea imposible. Todavía cree que puede acercarse alguien de pronto que ponga la mano en el manillar del cochecito y diga: «Perdone, pero no pensará de verdad que puede quedarse con él, ¿no?».

Se cruza con un hombre que va haciendo *footing* (mayor que él, de unos cuarenta y pico años, con la piel bronceada como teca barnizada), que le dedica una breve sonrisa tristona. Entonces Ted sabe que ese hombre que se aleja ahora por el sendero también es padre, que en su época habrá hecho exactamente lo mismo, tomar el primer relevo de la mañana para que la madre pueda dormir después de una noche larga, hacer el recorrido con el niño dormido en el cochecito. Por un instante le gustaría echar a correr detrás de él, le gustaría hablar con él, preguntarle: «¿Después es más fácil? ¿Esto se pasa?».

Pero mira al niño. Está vestido, empaquetado en un mono de rayas: bandas de color rojo y naranja y corchetes verdes desde el estómago hasta los pies. Elina dice que no entiende por qué la gente solo viste a los recién nacidos de blanco y colores pastel. No soporta los colores pastel, Ted lo sabe. Los llama «los primos desvaídos de los colores auténticos», dice que le dan dentera. Recuerda el día en que compraron este trajecito. Elina acababa de saber que estaba embarazada y todavía no se habían repuesto del susto. Pasaron por una tienda de ropa infantil; había trajecitos diminutos colgados en un decorado que simulaba las ramas de un árbol. Era en East London, en alguna parte; iban a ver una exposición en la Whitechapel Gallery. Se quedaron un buen rato mirándolos, perplejos, uno al lado del otro, sin decir nada. Había uno verde con lunares de color naranja, otro rosa con zigzags en azul, uno morado, otro turquesa. Ted no podía decir si le parecían asombrosamente pequeños o inmensamente grandes. Entonces Elina dijo: «Bien». Se mordió el labio, cruzó los brazos. Ted supo que se estaba armando de valor, tomando una decisión; y comprendió que iban a tener ese niño, que ese niño iba a nacer, y comprendió que hasta ese momento no estaba seguro de lo que decidiría Elina, si lo quería, si seguiría adelante. «Bien», dijo ella de nuevo, dio dos pasos hacia la puerta y la abrió. Solo en la acera, se le escapó una sonrisa. Serían padres y su hijo llevaría siempre ropa de colores. Observó a Elina desde el escaparate, estaba eligiendo dos trajecitos, todavía se mordía el labio y seguía con los brazos cruzados, como mentalizándose para zambullirse en aguas profundas, y entendió que se quedaría con él, que no huiría a Nueva York, a Hong Kong ni a ninguna parte, como a veces temía. Mientras la observaba allí, en la tienda, recuerda, era como si la viera en una radiografía, como si la viera por dentro, incluso al ser pequeño que llevaba en las entrañas.

Ahora sonríe al pensarlo y mira a su hijo. Los ojos del niño se vuelven hacia los suyos, parece que lo mira fijamente, pero enseguida mira otra cosa, algo que hay detrás de la cabeza de Ted. No se imagina, no puede intuir cómo será eso de ver el mundo por primera vez, no haber visto antes un muro, un tendal, un árbol. De pronto siente lástima por su hijo. Qué gran tarea lo aguarda: aprenderlo todo, literalmente.

Llega a lo alto de Parliament Hill. Las seis y diez de la mañana. Respira hondo. Mira al bulto envuelto del cochecito y ve que se ha quedado dormido con los brazos muy separados. Se fija en que por dentro del cochecito hay unos dibujos abstractos en blanco y negro, formas geométricas hechas por Elina. El otro día dijo que los recién nacidos solo ven en blanco y negro y, mientras da unos pasos de espaldas para sentarse en un banco, se pregunta cómo es posible que los científicos sepan eso.

Marcha atrás, da tres o cuatro pasos, acercándose a un banco que sabe que está ahí. Esto lo recuerda más tarde. Porque, aunque sabe perfectamente quién es y lo que está haciendo (es el padre de un recién nacido dando un paseo), no está seguro del todo de no ser el niño que miraba por la ventana con cortinas amarillas de su dormitorio, que oía, desconcertado, la voz de su madre discutiendo con alguien que ha llamado a la puerta. Ted está en la ventana, agarrado a la tela de las cortinas, mirando a la calle, y ve a un hombre que da dos o tres pasos de espaldas hasta bajar de la acera a la calzada. El hombre levanta la vista y mira hacia la casa, a las ventanas, con la mano por visera, y, cuando ve a Ted, levanta el brazo y saluda. Lo hace de una manera como frenética, como desesperada, como si tuviera que darle un mensaje importante, como si le hiciera señas para que bajara a la calle.

Se deja caer en el banco con un ruido seco. El recuerdo se ha ido. La imagen del hombre que andaba hacia atrás desde la puerta de su casa se ha ido. Mira el asa plateada del cochecito, donde el sol rebota y arranca rayos afilados; mira la hierba, cuyas hojas largas todavía relucen; mira los estanques al pie de la colina y, mientras mira, percibe un espacio en el centro mismo de los ojos. La visión periférica es nítida, pero no logra distinguir lo que quiere enfocar exactamente, como si fuera una lente con el centro quemado, como si mirara por un parabrisas roto, y sabe que es una de esas perturbaciones visuales que tenía de pequeño. Un «deslumbre», lo llamaba su madre. Hacía años que no le pasaba, y casi le da risa esa antigua sensación tan conocida: esa hoguera ardiente que llamea ante sus ojos y deslumbra todo lo que mira, esa sensación de picor en el brazo izquierdo. No recuerda la última vez que le pasó, ¿a los doce años, a los trece? Sabe que no durará, que no tiene importancia, que solo es un problema neurológico pasajero, un desorden momentáneo en los transmisores. Pero agarra con fuerza el manillar del cochecito como si quisiera pisar terreno firme. Le entran ganas de llamar a su madre y decirle: «¿A que no sabes lo que me ha pasado? ¡Me ha dado un deslumbre!». Los deslumbres los unieron mucho una temporada. Ella estaba siempre pendiente, como un águila. Ni siquiera había cerrado los ojos y ya la tenía a su lado preguntando: «¿Qué es? ¿Te pasa algo? ¿Otra vez lo mismo?». Lo llevó a médicos, a optometristas, a toda clase de consultas. Seguía el rastro de los especialistas con celo detectivesco. Le hicieron controles, escáneres, revisiones, rayos X, y después de cada consulta, que significaba un día sin clase para Ted, su madre lo llevaba a tomar el té y, en vez de ir a clase de matemáticas, química o historia, se iba al Claridge's o al Savoy a comer sándwiches y pasteles de crema, y su madre le servía la leche. Los médicos no encontraban nada anormal. «A veces suceden estas cosas. Seguramente se le pasará.» Y, a todo esto, su madre le daba justificantes para el colegio que lo eximían de participar en competiciones, de jugar al rugby o de las clases de natación. Una vez le dijo a su padre que era como ver ángeles, como la luz del sol reflejada en el agua corriente. Su padre se removió, incómodo, en la silla y le preguntó si quería ir a jugar un rato al críquet. No le gustaban las conversaciones rocambolescas.

Tal como sabía que iba a pasar, el resplandor que se refracta en el centro de su visión se rompe lentamente en pedacitos; los pedacitos flotan hacia la periferia hasta que finalmente se desvanecen. Y Ted recupera su estado anterior de hombre sentado en un banco, agarrado a un cochecito. El niño se revuelve entre la ropa, asoma una mano y los deditos curvados rozan los dibujos de su madre. Ted lo interpreta como una señal del pequeño, se levanta y se va con el cochecito cuesta abajo.

Elina está en el jardín. Es de día. El sol está muy bajo todavía, y las macetas, la manguera enrollada, el viejo caldero de hojalata, todo se encuentra envuelto en el charco de tinta de su propia sombra. Se ha sentado en una alfombra con las piernas cruzadas y, al lado, en la hierba, su sombra procura no deformarse. La observa un momento, la ve sostener una batalla perdida con su superficie, los millones de briznas de hierba que crecen en diferentes direcciones a un ritmo diferente. El contorno de la sombra se ve fragmentado, deshilachado, como perdido en el mar.

Deja de mirarla y ve que tiene un sonajero en la mano derecha, un artilugio complejo con barras de colores, campanillas, tiras de goma y bolas con cuentas dentro. El niño está tumbado boca arriba, con los ojos fijos en ella. Su mirada interrogante le indica lo que tiene que hacer.

Mueve el sonajero de un lado al otro y las cuentas de colores rebotan dentro de las bolas transparentes. El efecto en el niño es instantáneo y maravilloso. Tensa las piernas y los brazos, abre los ojos como platos, separa los labios para formar un redondel perfecto. Es como si hubiera estudiado un manual para aprender a ser

humano, sobre todo el capítulo «Expresiones de sorpresa». Sigue
moviéndolo y el niño agita las piernas y los brazos como pistones,
arriba, abajo, dentro, fuera. «Esto es lo que hacen las madres»,
piensa.

Oye un estrépito en la casa y levanta la vista. Y ahí está Ted, en
la ventana de la cocina, enmarcado en el momento de sacar una
sartén del horno. Esta semana está aquí, ahora se acuerda, se ha
tomado unos días libres en el trabajo.

Vuelve a mirar al niño. Le toca el pelo de las sienes, que inexpli-
cablemente va pasando de oscuro a claro, le acaricia la curva de la
mejilla, le pone la mano en el pecho y nota los pulmones, que se
llenan, se vacían, se llenan, se vacían.

Una ardilla de cola gris moteada sale corriendo desde una maceta hacia la pared del estudio, se agarra a la madera, trepa al tejado
y desaparece. Los pétalos blancos y enrollados de las calas de la
maceta se estremecen con las vibraciones.

Debe de haber vuelto la cabeza muy deprisa, porque parece que
los colores del jardín y del trajecito del niño resplandecen con
mayor intensidad unos segundos. Ted sale de la casa y, a la luz de
este sol tan brillante, parece que su silueta tiembla y se bifurca,
como si hubiera otra persona justo detrás de él. Se acerca por la
hierba y es como si esa otra figura lo siguiera.

—A ver —dice—, cómete esto. *Pasta al limone*, hecha con... —Se
fija en la expresión de Elina—. ¿Qué te pasa?

—Nada. —Elina sonríe. Tiene que tranquilizarlo—. Creo que
necesito las gafas de sol.

Después de la luz deslumbrante del jardín, encuentra la casa
oscura, en penumbra. Casi no la reconoce. Mira a todas partes
como si lo viera todo por primera vez. El jarrón, el cuenco de color
naranja, la alfombra de yute con un millón de nudos pequeños.
Pasa de puntillas entre estas cosas, que son suyas pero no lo parecen, cruza la cocina y sube las escaleras. En el rellano piensa: «Estoy
sola en casa». Se para un momento con una mano apoyada en la
barandilla. Se siente leve, incorpórea, nota el aire que circula alrededor de los brazos vacíos.

Ha intentado hablar con Ted. Cree que tal vez sirva de algo. Ted va a estar en casa esta semana y la que viene. Estarán juntos día y noche, los dos y el niño. Ella pasa casi todo el tiempo en el sofá, dando el pecho al niño. Ted hace la comida, pone la lavadora, saca al niño a pasear en el cochecito para que ella duerma. Elina duerme cuando puede, a ratos, en el sofá, en un sillón; con un poco de suerte, en la cama; esas cabezadas están animadas por sueños angustiosos, inquietantes, en los que pierde al niño o no puede alcanzarlo, o a veces aparecen imágenes abstractas de fuentes. Fuentes de líquido rojo. De estos se despierta sobresaltada, con el corazón desbocado.

Así que Ted está en casa con ella, ha terminado el rodaje y ha intentado hablar con él. Lo intentó anoche, mientras cenaban comida para llevar. Ted mecía al niño con la mano doblada hacia atrás, porque el niño le había agarrado el pulgar, y a ella le gustó verlo, ver que Ted considerara que el niño necesitaba cogerle el dedo y que no debía cambiar la postura de la mano. Estaba a su lado; dejó el tenedor, le tocó el brazo y le dijo:

—Ted, ¿sabes cuánto perdí?

—¿Cuánto qué? —preguntó él, sin levantar la vista del plato.

—Ya sabes. —Hizo una pausa antes de decir—: Sangre. —Ted levantó bruscamente la cabeza y la miró; ella esperaba la respuesta, pero él no dijo nada—. Me refiero —concretó— al parto. A la cesárea. ¿Te dijeron los médicos...?

—Dos litros y cuarto —dijo él secamente.

Hubo una pausa. Elina se imaginó esos dos litros y cuarto embotellados, en fila, como las botellas de leche, de cristal transparente, verdoso, llenas de ese alarmante líquido de color rubí. En el frigorífico, colocadas en una estantería, en la puerta de casa, en el expositor de un supermercado. Dos litros y cuarto. Jugueteó con la comida, comió un bocado, miraba a Ted de reojo. Él tenía la cabeza agachada, miraba al niño o al plato, no lo sabía seguro porque el pelo le tapaba la cara.

—No te veía en aquel momento. —Lo intentó de nuevo—. Debías de estar con el niño.

Ted asintió sin palabras.

Elina cogió un envase de cartón revestido de papel de plata, y al ver que contenía cebolla picada, lo dejó otra vez en la mesa.

—¿Pudiste ver algo? —preguntó, porque quería saber, quería oírselo decir, quería sacárselo todo de la cabeza, fuera lo que fuese, y considerarlo juntos, a ver si así se derretía esa cosa que parecía haberse solidificado entre ellos. Como él no contestaba, insistió—: Ted, ¿qué viste?

Él dejó el tenedor en la mesa.

—Es que no quiero hablar de eso.

—Pero yo sí.

—Pues yo no.

—Pero es importante, Ted. No podemos olvidarlo como si no hubiera ocurrido. Necesito entenderlo. ¿Tan malo es? Quiero saber por qué pasó y...

Ted empujó la silla hacia atrás y se levantó de la mesa. En la cocina, se volvió con el niño en brazos. Se le puso una cara de congoja casi irreconocible y a Elina le entró miedo por él y por el niño. Quería decirle: «Está bien, déjalo, no hablemos de eso, solo quiero que vengas y te sientes». Pero sobre todo quería decirle: «Ted, dame al niño».

—No saben por qué pasó —dijo, casi gritando—. Se... Se... Se lo pregunté al día siguiente y dijeron que no sabían, que eran cosas que pasaban.

—Está bien —dijo ella, procurando dar un tono tranquilizador a la voz—. No...

—Y yo les dije: «¿Cómo pueden decir eso, cómo se atreven a decir eso? Casi se muere, por Dios, y ¿lo único que se les ocurre decir es que son cosas que pasan? Y han tardado tres días en darse cuenta de que el niño estaba encajado en una posición difícil y, por si fuera poco, permiten a una estudiante de mierda que la abra y...».

Se paró en seco en mitad de la cocina y Elina creyó por un momento que se iba a echar a llorar. Pero no fue así. Se acercó a la mesa, le dio al niño y, sin mirarla, salió del comedor. Lo oyó subir las escaleras. Hubo un largo silencio. Elina seguía inmóvil en la silla. Después lo oyó abrir armarios, cerrar puertas, y por el ruido dedujo que se estaba preparando para salir a correr. Lo oyó bajar las escaleras, luego el portazo y el ruido de los pies en la acera, mientras se alejaba a toda velocidad calle arriba.

Encuentra las gafas de sol en una estantería del cuarto de baño y está a punto de cogerlas cuando el cuerpo se le pone rápidamente en movimiento: da media vuelta, la lleva a la puerta, baja las escaleras. Tarda un par de segundos en descubrir por qué. El niño está llorando, un llanto suave y ondulante que se cuela por la ventana del cuarto de baño. Le sorprende que su cuerpo lo haya oído y reconocido antes que ella.

Fuera, en el jardín, Ted está sentado en la manta. Ha cogido al niño y lo sujeta cautelosamente con las dos manos. El niño parece un autómata enfadado en miniatura, mueve las piernas y los brazos en el aire como palancas, el llanto es acompasado, cada quejido aumenta hasta un tono agudo.

Elina se acerca por la hierba, se agacha y lo levanta en un solo movimiento. El cuerpecito está rígido y el llanto se convierte en un berrido. «¿Cómo has podido? —parece decirle—. ¿Cómo has sido capaz de dejarme aquí tirado?» Se lo coloca contra el hombro, da unos pasos hasta el muro del jardín y vuelve.

—Chisss. Chisss, no pasa nada, chisss, chisss.

—Lo siento. —Ted se ha puesto de pie—. No sabía qué hacer... No estaba seguro de si tendría hambre o no, o si...

—No te preocupes.

Pasa por delante de él al dirigirse de nuevo hacia el muro, y ve que la mira con mucha ansiedad.

—¿Quieres que lo coja yo? —le dice.

El llanto del niño remite; ahora respira a golpes temblorosos, entrecortados. Elina lo cambia de postura, mirando al cielo.

—No —dice—. No te preocupes.

—¿Tiene hambre?

—No creo. Solo hace... no sé... media hora que comió.

Se sientan de nuevo en la manta y Elina se fija en el cuenco de pasta. Se le había olvidado por completo. Se pone las gafas de sol.

Coloca al niño de tal forma que puede mirar por encima de su hombro y empieza a comer con la mano libre. El pequeño le agarra el cuello de la camiseta, pega su boquita húmeda a la piel del cuello y ella nota el calor de la respiración en la oreja.

—Es increíble cómo lo haces —dice Ted.

—¿A qué te refieres?

—A eso. —Señala al niño con el tenedor.

—¿Qué?

—Eso: está llorando, pero llorando de verdad, apareces tú, lo coges y deja de llorar. Parece magia. Como un hechizo. Solo contigo. Conmigo no lo hace.

—¿Ah, no?

—No. No consigo que deje de llorar como contigo, es...

—No es verdad. Seguro que...

—No, no. —Ted hace gestos negativos con la cabeza—. Es una cosa exclusiva vuestra, de vosotros dos, como si el niño tuviera un temporizador interno que mide el tiempo que hace que no te ve y de repente saltara y ya no hubiera forma de calmarlo. —Se encoge de hombros—. Lo llevo observando toda la semana.

Elina lo piensa, y parece que el niño también, mientras le chupa la camiseta.

—Casi seguro que es por estas —dice, señalándose los pechos.

Ted niega de nuevo y sonríe.

—No, aunque sería lógico. Pero no es eso, te lo prometo. Es como... como si necesitara una dosis de ti cada poco, como si necesitara comprobar que estás ahí, que no te has ido a ningún...

Se interrumpe sin terminar la frase. Elina lo mira. Está de rodillas en la manta, con el tenedor a medio camino de la boca. No se mueve, está desencajado.

—Oye —le dice—. ¿Te pasa algo?

Ted deja el tenedor bruscamente.

—No... solo un ligero...

—¿Un ligero qué?

—Es que... —Se aprieta los ojos con las manos—. A veces me pasa una cosa que...

Elina también suelta el tenedor.

—¿Qué es?

—Que se me ponen los ojos un poco raros.

—¿Los ojos?

—En realidad no es nada —susurra—. No es nada. Me ha... Me pasa... desde siempre.

—¿Desde siempre? —repite ella. ¿A qué se refiere con «desde siempre»? Deja al niño en la manta y se agacha junto a Ted. Le pone la mano en la espalda y se la pasa de arriba abajo—. ¿Cuánto dura? —le pregunta poco después.

Ted sigue encorvado, protegiéndose los ojos.

—No mucho —consigue decir—. Solo unos minutos. Lo siento.

—No seas tonto.

—Es raro, porque no me pasaba desde...

—Chisss —dice ella—. No hables. ¿Quieres que te traiga agua? —Cuando vuelve con el vaso, él ya está de pie, mirando al niño, con la cabeza ladeada y el ceño fruncido. Ella le ofrece el vaso—. ¿Qué tal? ¿Se te ha pasado ya? —Él asiente—. ¿Qué ha sido? —Le pone la mano en la frente—. Ted, estás helado y... ¿cómo se dice? ¿Mojado?

—Sudado —dice él en un susurro.

—Sudado. Creo que tendrías que ir al médico. —Ted bebe un sorbo de agua y gruñe un poco—. En serio.

—No, no pasa nada. Estoy bien.

—No estás bien.

—Sí lo estoy. —Se aparta el pelo de los ojos y la mira—. Estoy bien —vuelve a decir—. De verdad. —La rodea con el brazo y le besa el cuello—. No te preocupes tanto. No es nada grave, solo...

—No parece que no sea nada.

—No es nada. De pequeño me pasaba constantemente. Hacía muchos años que no se repetía, pero el otro día...

—¿Te pasó también el otro día? Y ¿no me has dicho nada?

—Elina —le coge las dos manos—, no es nada, te lo prometo.

—Tienes que ir al médico.

—He ido a todos los especialistas posibles. De pequeño. Me hicieron un escáner de ojos, de cerebro, de todo. Pregunta a mi madre.

—Pero, Ted...

En ese momento, el niño empieza a lloriquear en la manta.

—Mira —dice Ted—, ha saltado el temporizador interno.

Más tarde, ese mismo día, o quizá el siguiente (es difícil saberlo, porque no ha dormido), Elina está en el sofá con la espalda apoyada en los cojines y los pies juntos en la alfombra. Sopesa con una mano un pisapapeles de cristal.

Es una bola casi perfecta, aplanada por la base para que se sostenga en la mesa sin echar a rodar. Dentro hay muchas burbujas. Se la acerca a los ojos y, a través del cristal, ve un lugar turbio, remoto, verdoso, con agujeros en el aire en forma de lágrimas. Le gusta este pisapapeles, el peso frío y transparente. Le gusta pensar que el aire del sitio en el que lo hicieron, del día en que lo hicieron, se ha quedado atrapado ahí para siempre. E incluso el aliento de la persona que lo hizo. Le encaja perfectamente en la mano y debe de tener el tamaño de la cabeza de un nonato de... ¿Cuánto?... ¿Seis meses? ¿Cinco? Le gustaría fotografiarlo muy de cerca. Tiene que hacerlo pronto. Un día. Y ¿dónde está la cámara? ¿Fuera, en el estudio? Tendría que ir a buscarla y guardarla en un sitio concreto. Le gustaría captar el ambiente misterioso y sosegado del interior del pisapapeles. Le gustaría meterse ahí dentro.

Lo sujeta por debajo con las manos entrelazadas y pasea la mirada por la habitación.

—E intenté explicarle —dice la madre de Ted desde el otro sofá, vuelta hacia él, que está en la cocina— que no le he mandado ninguna tarjeta sencillamente porque no le habéis puesto nombre todavía. Pero no me hizo ni caso. Estaba muy enfadada. —La madre de Ted se estremece, se estira el puño de la blusa, y Elina ve que procura contener la irritación—. ¿Ya habéis pensado en algún nombre?

Ted le contesta algo ininteligible con la cabeza metida en el frigorífico.

Elina parpadea. En un segundo, tiene la sensación de que unas manos le suben por debajo de la piel hasta cerca de las costillas, empujando algo. Parpadea otra vez para borrar la imagen.

La madre de Ted deja de mirar hacia la cocina y se recoloca en el sofá. Cuando lo compraron, ella dijo que no iba a ser cómodo porque no tenía reposacabezas. Elina se pregunta si en este momento no echará de menos el apoyo para la zona craneal.

—En fin —dice—, jamás me habría imaginado que casi un mes después del nacimiento de mi nieto todavía no hubiera podido mandar las tarjetas. Todos mis familiares están deseando recibirla.

—Y ¿por qué no las mandas y ya está? —dice el padre de Ted, un poco entre dientes, parapetado desde detrás de un periódico.

A Elina le sorprende que esté allí, porque es raro que los padres de Ted se presenten juntos; por lo general sus horarios no coinciden.

—Es verdad —dice Ted, entrando en la sala de estar con una bandeja—. No hace falta que aparezca el nombre, ¿no?

Su madre se sobrecoge, como si le hubiera dicho una indecencia.

—¿Que no aparezca el nombre? ¡Claro que tiene que aparecer!

Ted se encoge de hombros y empieza a servir el té.

—¿Qué os parece Rupert? —dice la mujer, eufórica—. Siempre me ha encantado ese nombre y tiene tradición en mi familia.

—Suena un poco a... ¿cómo era? —dice el padre de Ted, doblando el periódico y tirándolo al suelo.

—¿Cómo era, qué?

—Un... —se lleva la mano a la frente—... sí, hombre... eso que se llevan los niños a la cama. Hummm... Chuche... hummm... ¡Peluche! Eso es. Un peluche. —Se agacha y coge de nuevo el periódico—. Suena a osito de peluche —dice, mirando la primera plana por segunda vez.

—¿Qué es lo que suena a osito de peluche?

—El nombre, Rupert.

Elina oye la palabra «grapa». Oye «desgarro». Oye «occipucio posterior».

Ted hace un ruidito imposible de interpretar y dice:

—Aquí está el té. Y ¿qué tal vosotros? ¿Qué habéis hecho esta semana?

—O Ralph. ¿Qué os parece Ralph? Tiene cara de Ralph. Y era el segundo nombre de mi abuelo. Suena muy bien. Y además combina perfectamente con el apellido.

—Pues... —Ted mira a Elina, que está muy tranquila con el pisapapeles en las manos. El cristal se ha calentado al tacto. Elina ve que Ted se debate entre abordar el tema o no, y finalmente decide dar el paso—. Por cierto —dice, mientras ofrece a sus padres una taza de té—, hemos pensado que lleve el apellido de Elina. Será un Vilkuna.

Cuando la madre de Ted llegó al hospital, el niño tenía tres horas de vida. Ahora Elina se acuerda de todo. Lo sujetaba contra el pecho con el brazo libre, estaba dormido, con los bracitos y las piernas encogidos, la cara pegada a su piel. El otro brazo lo tenía vendado, envuelto en una crisálida misteriosa. Los tubos entraban y salían. Había varias bolsas suspendidas por encima de ella. Por debajo de la manta también entraban y salían unos tubos que procedían de su cuerpo. Todavía no estaba preparada para pensar de dónde venían ni adónde iban.

Por lo visto estaba recostada sobre muchas almohadas. Por algún motivo (la morfina quizá, pero no estaba segura), cada pocos minutos ponía los ojos en blanco. La habitación oscilaba y se hundía y ella tenía que hacer esfuerzos para no perder de vista el presente, para no rendirse a la fuerza del medicamento que la arrastraba y la empujaba y se la llevaba hacia abajo como una fuerte corriente marina.

Ted estaba en una silla al otro lado de la habitación (lejísimos, le parecía) con un bolígrafo en la mano, rellenando unos impresos. Cuando lo miró, él levantó la cabeza y, al verle la cara de susto, demacrada, gris, tensa, como una máscara cubierta de piel, casi se le escapó un grito. Podía ser un desconocido, podía ser cualquiera. Quería preguntarle qué había pasado, por qué tenía esa cara.

La puerta se abrió, Elina miró hacia allí y entonces apareció la madre de Ted.

—¡Aaah! —Un chillido agudo—. ¡Aaah! ¡Cielito! —Entró en tromba en la habitación y Elina, desconcertada, creyó que se dirigía a ella. Pero la madre de Ted no la miró siquiera. Levantó al niño en brazos—. ¡Eres tú! —exclamó, y Elina se preguntó por qué hablaba tan alto—. ¡Fíjate qué cosita!

De espaldas a la cama, se dirigió a la ventana. Elina notaba la humedad en la parte del pecho donde antes reposaba el niño. Percibía el contorno del pequeño en la piel, el sitio en el que se había generado calor entre ellos. Vio que se le alzaba la mano vendada de la cama como avisando de que quería hablar. Pero no sabía exactamente qué decir, y Ted se levantó de la silla; los ojos querían ponerse en blanco otra vez, así que lo que vio antes de obligarlos a que se quedaran en su sitio fue el techo, las bolsas de líquido que colgaban encima.

—... sido terrible —decía Ted con su nuevo rostro gris, y Elina tuvo que aguzar el oído para oír lo que decía—... perdió el pulso y... al quirófano... pero después todo... por todas partes una... imposible... Elina casi se...

Se comió la última palabra.

Se quedaron todos en silencio un momento. Solo se oía la increíble respiración del niño, como un aleteo rápido de aire que entraba y salía. El silencio de la habitación era tan frágil y complejo como la escarcha.

—Hum, ah, cielo —dijo la madre de Ted—, dame la cámara, por favor. Está allí, en mi bolso.

Miraba fijamente al niño con una expresión difícil de desentrañar: embelesada, feroz, complicada; la expresión de la codicia, del deseo vehemente, y a Elina la recorrió un escalofrío de temor. El niño, como si lo hubiera percibido, lanzó un grito agudo y contundente.

Elina vio que el brazo se le levantaba otra vez. Ahora Ted también lo vio. Fue a su lado, le acercó la cabeza y le cogió la mano.

—¿Qué pasa? ¿Estás bien?

—El niño. —Le sorprendió lo ronca que le salía la voz—. Quiero que me devuelva al niño.

Y ahora, aquí está otra vez la madre de Ted, sentada en el sofá que no le gusta, esperando a que se despierte el niño para «cogerlo en brazos».

—¿Vilkuna? —dice, como si fuera una palabrota—. ¿Va a ser un Vilkuna? ¿No le vas a dar al niño el apellido que le corresponde?

Ted retoca la posición de la taza con los ojos fijos en la alfombra que pisa.

—No hay motivo para poner a los niños el apellido del padre en vez de...

—¿No hay motivo? ¿No hay motivo? Hay todos los motivos del mundo. La gente va a pensar que es un... que es ilegítimo, que es...

—Es que lo es —dice Elina.

La madre de Ted vuelve súbitamente la cabeza, como si no se acordara de que Elina está allí y su voz la hubiera sobresaltado.

—En mis tiempos —empieza a decir con voz trémula—, la gente no iba pregonando esas cosas. En mis tiempos...

—Los tiempos han cambiado, mamá. —Ted se levanta y coge la taza—. Seamos realistas. ¿Más té?

Cuando los padres los dejan y se van a Islington en su impecable cochecito plateado, Ted vuelve a la sala de estar. Hay restos y desechos del día por todas partes: los pañales colonizan el suelo, las tazas se han adueñado de las mesas, el sacaleches está encima del televisor; ve las tarjetas que trajo su madre, un plato de galletas medio vacío en la estantería, el manual del cuidado del recién nacido boca abajo en una silla...

Suspira y se desploma en el sofá. No se imaginaba que tener un hijo conllevara recibir tantas visitas, tantas llamadas de teléfono y correos electrónicos, tantos tés que hacer, servir, recoger, fregar... que el simple acto de procrear significara que la gente de pronto quisiera ir a verlos varias veces a la semana y se apalancara en su sofá horas y horas.

Retira la bandeja del té. Pasa por delante de Elina, que está limpiando algo en una parte del cuerpo del niño al tiempo que le unta algo en otra. Se abre paso entre juguetes, sonajeros, pañales, toallitas húmedas, gasas. Recoge tazas y platos de postre abandonados en todas partes, los lleva de la sala de estar a la cocina. Elina le pasa al niño y se pone de rodillas en el suelo para limpiar una mancha que hay en la alfombra. ¿Leche? ¿Vómito? ¿Caca?

Ted se apoya al niño contra el pecho y da vueltas por la habitación, alrededor de la mesa, una y otra vez. El niño mueve los ojos, se chupa el pulgar, abstraído: se dormirá, con toda seguridad. Ted sigue paseando, balanceándose de un lado a otro, como un barco en aguas tranquilas. El niño cierra los párpados, deja de chupar, pero en el momento en que se duerme, se le cae el dedo, se despierta sobresaltado y abre otra vez los ojos con cara de angustia. Vuelve a chupar, cierra los ojos, se le cae el pulgar, abre los ojos y vuelta a empezar. Pasan por delante de Elina, que ahora está doblando gasas; pasan entre los juguetes, por encima del cambiador, entre los pañales. Coloca al niño de forma que el brazo del pulgar quede encajado contra su pecho, fijo, pero el cambio le debe recordar algo al pequeño, porque se espabila, tensa la espalda, tuerce el cuello, atento a la posibilidad de comer.

Intenta dormirlo un rato más, pero ahora lo que quiere es comer. Llora, se impacienta, se pone tenso y forcejea, y finalmente Ted le da un toquecito a Elina en el hombro. Sin una palabra, ella tira al suelo un batiburrillo de toallitas, prospectos de esterilizadores, calcetines diminutos y tarjetas sin abrir que hay en la silla, se sienta y se levanta la blusa.

A Ted le asombra la facilidad con que lo hace. Con una mano se desabrocha el sujetador al mismo tiempo que con la otra hace un movimiento rápido que coloca al niño en posición; el pequeño, aliviado, suelta el último grito y enseguida se calma. Elina se acomoda en la silla y deja caer la cabeza hacia atrás, contra la pared. Ted se fija otra vez en lo pálida que está, en las ojeras, tan oscuras y profundas, en la delgadez de los brazos. Lo invade la necesidad de pedir perdón, aunque no sabe muy bien por qué. Piensa en algo que decir, algo intrascendente, ingenioso quizá, algo que los saque de sí mismos, que les recuerde que la vida no es solo eso. Pero no se le ocurre nada, y el niño ha vuelto a las andadas. Llora, se agita, mueve los brazos. Elina tiene que abrir los ojos, sentarse recta otra vez, colocarlo en el hombro, frotarle la espalda, abrirle las manos para que le suelte el pelo, y Ted no puede soportarlo. No soporta que tenga que despertarse, levantar la cabeza de la pared, ponerse en marcha, con lo agotada que está. Se lanza a por un plato de postre olvidado y se va a la cocina.

El niño no se agarra al pecho. Elina se pone de pie. A veces lo único que funciona es darle de mamar andando. Parece que el movimiento lo tranquiliza, lo ayuda a digerir. O algo parecido. Anda muy despacio, va hasta la ventana, da media vuelta. El niño no para, vuelve la cabeza a uno y otro lado y por fin empieza a mamar. Elina sigue caminando, respira poco a poco. Ted aún está en la cocina, con las manos en el fregadero.

—Ted —dice al pasar en dirección al televisor, donde da media vuelta. Quiere decirle algo, no quiere que se les olvide que son algo más el uno para el otro que meros padres del mismo hijo.

—¿Hummm? —Ted saca del agua una taza chorreante.

Lo malo es que no sabe qué decir.

—¿Qué tal estás? —se le ocurre.

Él la mira, sorprendido.

—Bien. Y ¿tú?

—Bien, también.

—Perfecto. ¿Cansada?

—Claro. Y ¿tú?

—Por supuesto. —Saca un plato del agua jabonosa y lo coloca encima de la taza—. Te vendría bien echar un sueñecito cuando termine de mamar.

—A lo mejor —dice—. Puede que se duerma. Así podremos descansar todos un poco.

Ted asiente.

—Sería estupendo.

Elina no lo soporta. ¿Por qué se hablan así? ¿Qué les ha pasado?

Quiere pensar en algo, algo interesante que decir para poder salir de esto, pero la cabeza no le responde. Da media vuelta y sigue andando por la habitación con el niño (¿cómo es posible que haya engendrado un hijo que no sabe mamar si no está en movimiento?), del sofá a la mesa, de la mesa a la cocina, de la cocina a la ventana.

Las cosas no han sido siempre así. Le gustaría dejarlo claro: ellos no han sido siempre así.

Se pone al niño en el hombro, con la frente apoyada en la curvatura del cuello; el calor húmedo de su respiración se expande por el escote. Conoció a Ted porque buscaba un sitio donde vivir; buscaba un sitio donde vivir porque había roto con Oscar; había roto con Oscar porque nunca compraba material y le robaba el suyo continuamente, porque no sabía hacer nada más que tocino frito, porque se había acostado con una camarera; se acostó con la camarera, según dijo él, porque se sintió amenazado por el éxito de la última exposición de Elina. Y por todo eso (una reacción en cadena de tocino, pinceles birlados, sexo con camareras y un sitio donde vivir) marcó el número de teléfono del anuncio de la habitación en Gospel Oak. Cerca del Heath, decía el anuncio, y por eso lo eligió. Y allí, en la casa que estaba cerca del Heath, había una habitación en un desván al que se subía por una escalera de mano, con la luz más limpia y estable de todo Londres. El propietario, Ted, la ayudó a subir las herramientas, la pintura, los lienzos enrollados. Había un jardín en la parte de atrás; la cocina estaba pintada de azul y a veces venía una chica que se llamaba Yvette, delgada y con una mirada felina, escrutadora. Elina trabajaba y dormía en el desván, dejó de fumar, no contestaba a las llamadas de Oscar, hizo otra exposición, más grande esta vez, y solo por eso volvió a fumar. Ted subía y bajaba las escaleras, y también Yvette. Si oía que estaban en el dormitorio, justo debajo de su habitación, se ponía los cascos y subía el volumen. Y de pronto Yvette desapareció. Había dejado a Ted por un actor. Ted subió al desván a contárselo. Elina le dijo que los actores no eran de fiar. Lo invitó a una exposición privada de fotografías de *drag queens* y después fueron a un bar. Ted se emborrachó. Ted se derrumbó. Elina llamó a un taxi y lo ayudó a entrar en casa. Al día siguiente buscaron al actor en internet, en el portátil de Elina: ella dijo que tenía pinta de ser de los que no duran, y ¿no llevaba los pantalones demasiado subidos? Ted empezó a ir a verla a su habitación. Le gustaba tumbarse en la cama y contarle cosas de la película en la que estaba trabajando, de las pruebas que había montado ese día. Elina tenía que dejar de trabajar; era incapaz, si la estaban mirando. Pero siempre podía limpiar los pinceles, tensar un lienzo, ordenar la mesa.

A veces iban a pasear por el Heath al anochecer. A veces, al cine. Hablaban de las películas. Él le prestó algún libro. Hablaron de los libros. Él le hacía la comida si estaba en casa y, si no, le dejaba una nota diciendo que tenía la cena en el frigorífico. Ella recogía los zapatos que él dejaba en la sala de estar y los colocaba, emparejados, en el zapatero. Le colgaba las llaves en el gancho. Cuando Ted se había marchado a trabajar por la mañana, a ella le gustaba dibujar en el espejo, en el vaho que dejaba él después de la ducha, líneas abstractas que confluían en un único centro. Le gustaba bajar por la mañana y encontrar el agua del hervidor todavía caliente del té que se había preparado él antes. Un día, casi al final de la tarde, le entró frío y se puso lo primero que encontró (un jersey que Ted se había dejado en las escaleras) y volvió al trabajo. Pero no se podía concentrar, no conseguía que la pintura la obedeciese, no podía ser nada más que lo que era: una mujer en una habitación con un pincel en la mano. Dejó el pincel y se acercó a la ventana inclinada, y allí se dio cuenta de que tenía la manga del jersey pegada a la nariz, y aspiraba y la olía. El olor de Ted le envolvió la cara, la envolvió entera. Asustada, se quitó el jersey de un tirón y lo tiró por la trampilla al piso de abajo. Durante una semana lo evitó, procuraba no estar en casa, pasaba las tardes en cafés, en bares, en galerías. Cenaba a medianoche lo que había preparado él, dormía hasta la hora de comer, trabajaba por la tarde. Guardaba las notas que le dejaba: instrucciones para la cocina, un recordatorio de que había que pagar el gas, una llamada de teléfono que le habían hecho cuando no estaba, y las metía entre las páginas de los libros. Empezó una serie de cuadros más pequeños, todos en tonos blancos y rojos. Un día recibió una nota, más larga que de costumbre; decía que se iba a Berlín, al festival de cine, que disponía de otro billete y que si quería acompañarlo. Fue. En Berlín hacía frío, el aire estaba cargado de aguanieve y los tranvías pasaban entre montículos de nieve sucia. Comieron pastel de manzana en los cafés, por la tarde vieron películas, visitaron los restos del muro. Se alojaron en un hotel, en una habitación con camas gemelas y ventanas con cristales tintados que teñían el cielo del color del té. Los edredones eran de nailon y, por la noche, resbalaban hasta el suelo. Elina se quedó oyendo su respiración mientras dormía. Le miró la foto del pasaporte cuando estaba en el baño. Miró también la ropa que había dejado tirada en la silla. Fueron a la galería de arte, a ver más películas, a algunas fiestas en las que se bebía vodka helado, y Ted decía que el frío le traspasaba los dientes; se quedó mirando cuando él se puso a hablar con una productora de Canadá que se llamaba Cindy y se dieron la dirección de correo electrónico. Elina se emborrachó. Elina se derrumbó. Ted la ayudó a volver al hotel y la acostó y la tapó con el edredón. Por la mañana le llevó agua para que bebiera. Fueron a ver la plaza Potsdam y solo encontraron una galería comercial. Comieron tortillas grasientas, escribieron postales. Le preguntó a Ted a quién se las mandaba y él se lo dijo; él no le preguntó a ella a quién se las mandaba. Vieron otra película, comieron más pastel de manzana, fueron a otra fiesta. Volvió a quedarse oyéndole respirar mientras dormía. Los edredones resbalaron por la noche y se cayeron en el espacio entre las dos camas. Elina se despertó temprano, el cielo parecía oscuro, marrón tanino, y allí estaban los dos edredones, enredados en el suelo. Volvieron a casa. Cuando llegó al desván, apoyó los lienzos en blanco y rojo contra la pared. Preparó pintura, pero la dejó secar en la paleta. Sacó las notas de los libros y las tiró a la papelera. Se tumbó en la cama, con la cabeza colgando a los pies, fumando, mirando al tragaluz. Cuando Ted volvió ella estaba fumando en el jardín. Lo oyó entrar, moverse por la casa, encender luces, abrir el frigorífico. Después de un rato salió al jardín. La llamó en voz baja, «Elina», con una cadencia al final que transformaba su nombre en una pregunta. Pero ella no contestó. Y dijo: «Me parece que no hay nadie por aquí». Se acercó por el césped, descalzo, pisando suavemente la hierba, y le cogió la punta del cinturón (un cinturón largo de tela, unido a la camisa, que le daba varias vueltas a la cintura) y la atrajo hacia sí, tirando del cinturón una vez con cada mano, como si saliera de aguas profundas.

Pues no, no han sido siempre así. Elina se lo repite mientras ve a Ted tirar el agua de fregar, mientras acaricia al niño para que se duerma, mientras contempla el desorden de la habitación.

Lexie tarda más de lo que esperaba en saber algo de Innes. Después del restaurante la acompañó a la estación de Leicester Square, hablando todo el camino sin parar. Y seguía hablando (de un cuadro que había comprado una vez en Roma, de un piso en el que había vivido cerca de allí, de un libro que estaba revisando y que creía que ella debía leer) cuando la besó en la mejilla, el beso más ligero del mundo, un leve roce de labios sobre la piel, al tiempo que le colocaba el pañuelo alrededor del cuello, y mientras ella le decía adiós con la mano y bajaba las escaleras del metro.

Lexie trabaja el lunes y el martes: sube, baja, arriba otra vez y otra y otra más. El miércoles un hombre de Contabilidad la invita a comer y acepta. El hombre le cuenta que va a dejar el trabajo para irse a una empresa que está comprando las zonas bombardeadas que quedan en la ciudad. Van a un café (italiano, y Lexie se acuerda de la señora Collins cuando pide) a comer chuletas con salsa. El colega se mancha el traje de salsa —las gotas le pingan del tenedor—; enumera las clases de bombas que se usaban en la guerra y el daño que hacía cada una. Lexie asiente como si le interesara, pero piensa en las zonas bombardeadas que ha visto alrededor de Londres (cráteres ennegrecidos cubiertos de ortigas, bancales con una cruda grieta inesperada, edificios sin ventanas, ciegos y vacíos) y se dice que por nada se acercaría a esos sitios ni tendría nada que ver con ellos.

Trabaja un poco más. Lleva gente de la sección de calzado a la de electricidad, de la de sombrerería a la de corsetería, de la de guantes y bufandas al café del ático. El jueves saca la tarjeta de visita de Innes del bolso y la mira. La guarda en el bolsillo del uniforme. La toca de vez en cuando, entre subida y bajada del ascensor. Al final del día vuelve a guardarla en el bolso. El viernes rechaza otra invitación (a dar un paseo por Hyde Park) del colega de Contabilidad.

El fin de semana va a la Tate Gallery, pasea por la orilla del río. Va a Hampstead con Hannah a ver una película. Vuelve a cambiar la distribución de los muebles de su habitación, se limpia los zapatos, hace una lista de la compra. El tiempo se ha puesto húmedo y plomizo, y Lexie abre la ventana y se sienta al lado, las medias están puestas a secar en el alféizar, y mira al cielo, asombrada de que se parezca tanto al de casa.

El lunes por la tarde, a las seis y cinco, sale de los grandes almacenes con el contable y ve un MG plateado y azul hielo aparcado en el bordillo, medio subido a la acera. El dueño, apoyado sobre el capó, lee un periódico, y el humo de un cigarrillo lo envuelve como una bufanda. Lleva unas botas puntiagudas muy curiosas, con goma elástica a los lados, y una camisa de color turquesa.

Lexie se detiene. El joven contable la agarra por el codo y le implora que lo acompañe a un pub de Marble Arch. Innes levanta la cabeza. Su mirada pasa de ella a la del contable. Se le altera la expresión mínimamente. Entonces tira el cigarrillo y sube a la acera al tiempo que dobla el periódico.

—¡Cariño! —dice Innes, y le rodea la cintura con el brazo y le da un beso en la boca—. He traído el coche. ¿Nos vamos? —Abre la portezuela del copiloto y Lexie, desconcertada por el beso, por lo deprisa que parecen suceder las cosas y por la increíble camisa que lleva él, monta en el MG—. ¡Adiós! —Innes se despide del contable agitando la mano mientras se sienta al volante—. Encantado de conocerte.

Lexie no quiere ser la primera en hablar. ¿Cómo se atreve este hombre a meterla en su coche casi por la fuerza? ¿Cómo se atreve a desaparecer más de una semana y de pronto plantarle un beso en toda la boca?

—¿Quién es esa alimaña? —murmura Innes, mientras se alejan del bordillo con un chirrido de ruedas.

—¿Qué alimaña?

Innes señala la acera con un movimiento de cabeza.

—¡Ese amigo tuyo, el de los pantalones de franela!

—Ahhh... pues... —Intenta pensar en lo que quiere decir—. No es una alimaña —replica con altivez—. Ahora que lo preguntas, es un hombre bastante interesante. Va a comprar todas las zonas bombardeadas que pueda...

—¡Ah, es agente inmobiliario! —Innes suelta una carcajada larga y fuerte—. Tenía que habérmelo imaginado. El típico error de una persona de tu clase.

—¿Qué quiere decir eso? —grita Lexie, enfurecida al instante—. ¿De qué error hablas? Y ¿qué significa «de mi clase»?

—Una jovencita que acaba de llegar a la gran ciudad y se queda deslumbrada por el toma y daca del mundo de las finanzas. —Hace un movimiento negativo con la cabeza al torcer por Charing Cross Road—. Siempre es lo mismo. ¿Sabes una cosa? —le dice, y le coge la mano—. Tengo todo el derecho del mundo a ofenderme.

—¿Por qué?

—Me doy la vuelta cinco minutos y te pones a corretear por ahí con especuladores del suelo. Porque, a ver, ¿qué hay de nuestro...?

—¿Cinco minutos? —Se suelta de su mano bruscamente. Vuelve a levantar la voz. No le gusta alterarse, pero parece que es incapaz de hablar en un tono normal—. ¡Hace más de una semana! Y además no tienes ningún derecho a...

Pero Innes sonríe para sí y se frota la barbilla.

—¡Ah! Me has echado de menos, ¿eh?

—Desde luego que no. Ni un momento. Y si crees que... —Se calla. El coche ha entrado en una calle estrecha de ventanas oscuras y carteles apagados encima de las puertas—. ¿Adónde vamos?

—A un club de jazz, he pensado. Pero más tarde. Antes tengo que pasar un momento por la oficina. —Por primera vez parece un poco inquieto—. ¿Te molesta? No puedo plantar a mis colaboradores el día de la distribución, ya sabes. Puedes leer un poco, si quieres, hasta que termine. No creo que tarde. Hay muchos libros por allí, a menos, claro está, que te hayas traído tú uno. Comprendo que no es un gran plan, pero quería asegurarme de pillarte a la salida.

Lexie retuerce un dedo del guante. Echa un vistazo a las calles húmedas del Soho, a las luces de las habitaciones que van pasando, a un hombre que va en una bicicleta con la cesta repleta de periódicos. No quiere reconocer las ganas que tiene de ver las oficinas de la revista por dentro, entrar en ese espacio frenético que entrevió el otro día.

—Como quieras —dice con indiferencia.

Las oficinas de *elsewhere* están tranquilas cuando llegan. Por un momento cree que no hay nadie, pero Innes se adentra entre las atestadas mesas y le dice a alguien:

—¿Qué tal va eso?

Lexie sigue adelante y ve a tres personas, un hombre y dos mujeres, agachados en el suelo, rodeados de montañas de revistas y sobres. Se queda mirando mientras Innes se arrodilla con ellos, coge una revista, la mete en un sobre y la echa a un montón.

—¡Innes, por Dios! —chilla una de las mujeres, llevándose las manos a la cabeza exageradamente, en opinión de Lexie.

—Aquí encima —dice el hombre, refiriéndose a otro montón—. Los que ya están listos van aquí. Daphne tiene la lista. Es la que tiene la letra más bonita. Hicimos una comparación y la suya es la más legible con diferencia.

Innes mete otro ejemplar de la revista en un sobre y la deja al lado de la mujer, dando la espalda a Lexie.

—¿Puedo echaros una mano? —pregunta Lexie.

Todas las cabezas se vuelven hacia ella. Daphne, la que tiene la lista, se quita el bolígrafo de la boca.

—Colegas, os presento a Lexie —dice Innes, señalándola—. Lexie, estos son mis colegas.

Lexie saluda con la mano.

—Hola, colegas.

Hacen una breve pausa. El hombre carraspea; la mujer mira a

Daphne y después desvía la mirada. Lexie se estira la chaqueta de ascensorista y se aparta el pelo de la frente.

—Ven, siéntate aquí —dice Innes, dando unas palmaditas a un espacio en el suelo, a su lado—. Ayúdame a meter revistas en los sobres, pero solo si te apetece. Lexie es la esclava del ascensor de unos grandes almacenes —explica a los otros—. No queremos agotarla, pero nunca rechazamos un poco de ayuda si nos la ofrecen, ¿verdad?

Lexie e Innes siguen llenando sobres; Daphne escribe la dirección por orden de lista. El hombre que se presenta con el nombre de Laurence pega los sellos. La otra mujer, Amelia, va a buscar más ejemplares y sobres, hace té para todos, saca el frasco de tinta cuando a Daphne se le acaba la de la pluma. Innes les cuenta que el día anterior comió con un hombre que se había teñido el pelo desde la última vez que lo había visto. Laurence pregunta a Lexie por su trabajo y por su domicilio. Innes les hace una descripción completa de la pensión en la que vive y dice que parece salida de una novela de Colette. Laurence y Amelia se ponen a discutir sobre una exposición de París. Daphne les echa en cara que no dicen más que tonterías. Es una de las pocas veces que habla, y Lexie aprovecha la oportunidad para mirarla con disimulo: una mujer menuda de pelo oscuro, bien arreglado, que lleva un vestido largo y suelto, acampanado. Vuelve la cabeza y pilla a Lexie mirándola.

Cuando todos los sobres tienen su dirección y sus sellos puestos, Laurence los mete en una saca grande de correos. Después se pone unas pinzas de ciclista en los pantalones y se despide. A Amelia la espera su novio en la puerta. Daphne tarda un buen rato en recoger sus cosas, ponerse el abrigo y pasarse un peine por el pelo. Entretanto, Lexie e Innes no dicen nada; Lexie mira fijamente las mugrientas flores azules de la moqueta. En el momento en que Daphne está a punto de salir por la puerta, se vuelve.

—Por cierto, Innes —dice, con una leve sonrisa en la cara—, hoy te ha llamado tu mujer.

Si a Innes le desconcierta el recado, no lo demuestra. Está repasando una carpeta del archivo.

—Gracias, Daphne —dice, sin mirarla.

Daphne da un paso hacia la luz.

—Quise decírtelo antes —añade, levantando la barbilla—, pero se me olvidó. Ha dicho que hicieras el favor de llamarla.

—Ya. —Innes da la vuelta a un folio de la carpeta—. En fin, buenas noches. Gracias, como siempre, por el gran trabajo que has hecho.

Daphne se va, el abrigo le golpea las piernas. Innes deja la carpeta en un estante. Pasa el dedo por la repisa de la chimenea. Se sienta en una silla y se levanta otra vez. Lexie sigue en su sitio, con las piernas cruzadas y las manos en el regazo. Mira las flores azules, que parecen moverse por su cuenta, los pétalos tiemblan sobre el fondo gris, los estambres azules se agitan.

Advierte que Innes se acerca y se sienta enfrente de ella, con la mesa de por medio.

—Bueno —dice—, me parece que ha llegado el momento de poner las cartas sobre la mesa.

Coge un mazo de cartas de la mesa y empieza a barajarlas como si fueran a jugar una partida. Lo hace bien, las cartas emiten un ruidito al mezclarlas.

Pone una en la mesa, boca arriba.

—Número uno —dice—. Estoy casado. Iba a contártelo, pero la lagarta de Daphne se me ha adelantado. —Hace una pausa y continúa en un tono prudente—: Me casé muy joven con Gloria, era tan joven como tú ahora. Eran tiempos de guerra y me pareció una buena idea en aquel momento. Es una... ¿Cómo decirlo sin que parezca una descortesía? Es la persona más monstruosa que hayas podido tener la desgracia de conocer. ¿Alguna pregunta hasta aquí?

Lexie dice que no con un movimiento de cabeza. Innes saca otra carta.

—Dos —dice—, conviene que sepas que tengo una hija. De mí solo tiene el apellido. —Coloca otra carta en la mesa—. Tengo muy poco dinero y apenas duermo. —La cuarta carta, al lado de las otras tres—. Me dicen que trabajo demasiado, que dedico demasiado tiempo a esto. —Saca la quinta, cerca de la mano de Lexie—. Estoy locamente enamorado de ti desde el momento en que te vi.

A lo mejor te has dado cuenta. Creo que la palabra exacta sería «colado», estoy colado por Lexie.

Ella lo mira, él se agarra el pelo, tiene el cuello de la camisa completamente torcido.

—¿Ah, sí? —le dice.

—Sí —suspira él. Se lleva la mano al corazón—. Completamente, sí.

—Dime una cosa.

—Lo que quieras.

—¿Has estado con Daphne?

—Sí —contesta al instante—. ¿Alguna otra pregunta?

—¿Estabas enamorado de ella?

—No. Ni ella de mí.

—Creo —dice Lexie frunciendo el ceño— que a lo mejor te equivocas.

—No —dice él—. Hace años que está enamorada de Laurence, pero a él no le gusta ella. No le gustan las chicas.

—Y ¿Amelia? —pregunta Lexie.

No contesta enseguida, señal de duda.

—¿Qué quieres saber de ella?

—¿Os habéis acostado?

Se queda como abatido y después asiente.

—Una sola vez.

Lexie recoge las cartas. Les da la vuelta entre las manos, mira el nombre de él, escrito en ellas, y se acuerda de un seto denso y verde que está a muchos kilómetros de allí. Las alinea a lo largo y después a lo ancho. Mira a Innes, que enciende un cigarrillo, y ve que le tiemblan un poco las manos. Vuelve a mirar las cartas.

Deja una en la mesa y pone otra encima, sin taparla del todo. En ese preciso momento se alegra de haberse acostado hace un año con un chico al que conocía de la universidad. La virginidad siempre le había parecido un inconveniente, un estado poco envidiable, algo que había que quitar de en medio. Eligió a aquel chico porque se lavaba a menudo, era gracioso y entusiasta. Pone otra carta encima y hasta dos más, formando un abanico. En cierto modo, los dos aspiraban a satisfacer su curiosidad. El recuerdo que guarda de aquello es que fue una cosa intensa y breve, que gestionaron y consumaron salvando complicadas capas de ropa, en una pradera húmeda de hierba alta. Se acuerda de la larga lucha con las cintas y cierres de la ropa interior de cada cual, y de cuando se le enganchó el pelo en el botón de la camisa del chico, de la agradable sensación de mecerse y resbalar, finalmente. Pero algo le dice que la experiencia con Innes va a ser muy distinta. Junta las cartas cerrando el abanico y las deja una encima de otra.

—A ver —dice él, y se le cae la ceniza en la mesa—, te he dado la tarde, ¿verdad? ¿Qué pensarás de mí? Te voy a buscar para salir y te hago trabajar como a una mula en mi oficina, y, de postre, te cuento mi sórdido pasado. ¡Menudo plan! Ni siquiera has cenado. ¿Vamos a ese club? Seguro que nos dan algo de comer. O, si no, en el camino. ¿Qué te parece?

—Pues...

Piensa un momento en él. Parece un infeliz, tan despeinado, con el cigarrillo quemado hasta el filtro, mirándola fijamente con preocupación.

—¡Ah, no! —exclama él de pronto—, no me vas a dejar, ¿verdad? Lo he estropeado todo, ¿eh? Porque te he traído aquí y te has tenido que tragar todo esto. —Señala la oficina con gestos exagerados—. Seguramente crees que soy un idiota depravado e inmoral, ¿no? Y tú todavía eres una niña, una ingenua, una...

—Nada de eso —le suelta, enfadada—. Tengo veintiún años y no soy una ingenua, he...

—¡Tiene veintiún años! —clama él al techo—. ¿Es edad suficiente? ¿Es legal, siquiera? —Se apoya en la mesa, se acerca tanto a ella que percibe su olor: brillantina en el pelo, un soplo de jabón, humo reciente de tabaco. Ve cómo le crece el pelo hacia arriba desde la frente, la sombra de barba de la mandíbula, la forma en que las pupilas se le agrandan y se le encogen—. Yo tengo treinta y cuatro —murmura—. ¿Soy viejo para ti? ¿Tengo alguna oportunidad contigo?

A Lexie le late tan fuerte el corazón que le duele el pecho. Al te-

nerlo tan cerca se acuerda de la sensación de los labios pegados a
su boca y descubre que quiere volver a notarlos, pero ahora con
más fuerza y durante más tiempo.

—Sí —le dice.

Él sonríe de pronto, ampliamente.

—¡Bien! —Le coge la mano entre las suyas—. ¡Bien! —repite.

—Creo —dice ella, y respira hondo porque se le ha puesto un
nudo tan grande en la garganta que casi no puede hablar— que
sería mejor saltarnos lo del club de jazz. Vámonos a la cama directamente.

Innes reaccionó de forma muy activa y eficiente. La llevó al
cuarto del fondo y quitó todos los papeles, tazas de café y bolígrafos que llenaban un sofá que había allí. La sentó. La besó con
suavidad y firmeza. Lexie se imaginaba que el acto empezaría
enseguida y se haría con rapidez. Así había sido con aquel chico,
en la pradera: en cuanto se lo propuso, el chico empezó a quitarse
los zapatos. Pero no parecía que Innes tuviera ninguna prisa. Le
tocaba el pelo, le acariciaba el cuello, los brazos, los hombros,
y hablaba sin parar, como de costumbre, de nada y de todo. Y,
mientras hablaba, le quitaba la ropa, el uniforme de ascensorista,
prenda a prenda: la chaqueta de botones de latón con el nombre
de los almacenes bordado en oro, el pañuelo rojo, la blusa de
cuello incómodo. Lo hizo todo muy bien, poco a poco. Hablaron
algo más de la revista, de la tienda en la que Lexie se había comprado los zapatos, de cómo le había ido la jornada de trabajo (en
el metro había sucedido algún incidente), de un escape en una
tubería del piso de él, de una librería a la que quería ir para lle-
varles *elsewhere*. En aquel momento todo parecía muy natural.
Estaban allí charlando como suele hacer la gente, y es curioso
que no resultara nada raro que ella estuviera desnuda y él, prácticamente, y él (¡ay, Dios!) completamente desnudo también, y
que estuviera a su lado, alrededor de ella, dentro de ella. Le envolvía la cabeza con las manos. Le decía: «cariño», le decía: «mi
amor».

Y después siguió hablando. Innes podía hablar en cualquier circunstancia. Lexie escuchaba lo que decía de uno de los pequineses de su madre, que le dejaba pasearse por la mesa a la hora de comer; ella cruzó la habitación para ir a buscar una manta, porque en ese cuarto del fondo había mucha corriente. Volvió y se taparon los dos. Él la abrazó otra vez, le preguntó si estaba cómoda y reanudó lo que estaba contando de un ruso que había ido de visita y que se ofreció a pegar un tiro al pequinés con una pistola de fulminantes. Encendió dos cigarrillos y le ofreció uno a ella y, en el momento en que se lo quitó a él de la boca y se lo puso en la suya, se dio cuenta de la magnitud de lo que acababa de suceder. Supo que se le llenaban los ojos de lágrimas y que estaban a punto de derramarse. ¿Qué hacía ahí desnuda en un sofá con un hombre? Un hombre que tenía mujer e hija. Tuvo que tragar fuerte y dar una gran calada.

Él debió de notarlo, porque el brazo con el que le rodeaba la cintura la apretó un poco más.

—¿Sabes una cosa? —dijo, y le besó el pelo—. Creo que... —Dejó de hablar para acomodarse mejor en el sofá—. Este trasto es incomodísimo. La próxima vez haremos el amor en una cama. Tendrá que ser en mi casa. Dudo que tu patrona consienta estas cosas. —Hizo una pausa para besarla en la sien—. Creo que tendrías que venir a trabajar para mí.

Lexie se sentó y tiró la ceniza por encima de los dos y de la manta.

—¿Qué?

Innes sonrió y dio una calada larga.

—Lo que oyes. —Estiró un brazo y, tirando de la manta hasta descubrirle el hombro, exhaló un suspiro de felicidad—. ¿Sabes otra cosa? Me moría por saber cómo eran tus pechos al desnudo y tengo que decir que no son nada decepcionantes.

—Innes...

—Ni muy grandes ni muy pequeños. La curva de debajo es de lo más perfecto... ¿lo sabías? Tenía la impresión de que sería así. Siempre he sido un gran admirador de los pechos que miran al techo, como los tuyos. Nunca me han gustado los que miran al suelo.

Lexie le tocó el brazo.

—Oye...

Atrapó esa mano con la suya al instante y no la dejó moverse de ahí.

—Tendrías que venir a trabajar aquí —dijo—. ¿Por qué no? Estás desaprovechada con esos proveedores de basura de lujo. Se ve a la legua. Y no me gusta cómo te mira ese colega tuyo. —Puso una cara grotesca, como de bulldog—. El trabajo aquí no sería agotador, al menos al principio. Asistente general, ya sabes. Algo de mecanografía e ir de un lado a otro por la oficina. Por cierto, ¿qué tal estás de mecanografía?

—He mejorado —dijo ella—. Me he puesto a practicar. Estoy en la lección número cuatro del manual. He aprendido a hacer los márgenes de las listas de la lavandería.

—Perfecto. Será muy útil en *elsewhere*.

Lexie acercó la cara a la de él y le sostuvo la mirada.

—No digas que no —murmuró—. No soporto que me rechacen, seguro que a estas alturas ya lo sabes, y nunca acepto un no por respuesta. Te daré la vara sin parar hasta que aceptes. Llamemos a los proveedores de basura por la mañana para darles el aviso.

—Hummm —dijo ella, sentándose otra vez—. A lo mejor. —Se apartó el pelo de la cara y se lo echó hacia atrás—. Pero depende.

—¿De qué?

—De lo que me pagues.

Por primera vez, Innes puso cara de pena.

—¡Ah, cosita mercenaria! Te ofrezco la oportunidad de tu vida, la posibilidad de ascender, por decirlo así, del peor de los peores trabajos y...

—No soy mercenaria de nada, solo práctica. No puedo vivir del aire. Tengo que pagar el alquiler, tengo que comer, tengo que comprarme la tarjeta del metro, tengo que pagar...

—Vale, vale —dijo él de mal humor—, no hace falta que me cuentes tus hábitos consumistas. —Se llevó el cigarrillo a la boca y le dio una calada—. Hummm —dijo, dirigiéndose al techo—. Quiere que le pague. —Pensó un poco más—. No hay dinero, eso seguro, nada de dinero. Supongo que podría vender uno de mis cuadros. Con eso podrías permitirte incluso medias de nailon una temporada y...

—No uso medias de nailon —lo cortó ella.

—¿Ah, no? —dijo él, mirándola—. Bien. No las soporto. —Volvió a mirar al techo—. Bueno, voy a vender un cuadro. Podemos ir pagándote de ahí hasta que se me ocurra una solución mejor. Y, naturalmente, tendrás que venirte a vivir conmigo.

—¿Qué?

—Así te ahorras el alquiler. ¡No te cobraré la cama ni el alojamiento!

—Innes, no puedo...

—Todos tenemos que hacer sacrificios. —Sonreía con una mano detrás de la cabeza—. Voy a vender la litografía de Hepworth de la esfera cortada por la mitad. Lo menos que puedes hacer es dormir conmigo una temporada.

—Pero... pero... —Estaba confusa. Innes aprovechó la ocasión para levantar la mano y acariciarle el pecho derecho—. ¡Estate quieto! —le dijo—. Esto es una conversación seria. —Le quitó la mano—. Pero, tu mujer, ¿qué? —le soltó.

La mano se retiró.

—¿Qué de qué? No tengo que pedirle permiso para contratar a quien quiera —murmuró, y empezó a meterle la nariz por un lado del pecho.

—Me refiero a lo de vivir contigo.

—¡Ah! —Se dejó caer en el sofá otra vez. Soltó una bocanada de humo y se quedó un momento mirando los aros flotantes, después estiró el brazo a un lado y apagó el cigarrillo en un platito—. No te preocupes por eso. No vivimos juntos... desde hace algún tiempo. No es asunto suyo.

Lexie no dijo nada, pero se puso a trenzar las borlas de la manta.

—No es asunto suyo —repitió Innes.

Lexie seguía trenzando.

—¿Le pides a muchas chicas que se vayan a vivir contigo? —le preguntó sin mirarlo.

Las otras mujeres le daban igual, pero quería saber el lugar que ocupaba ella en el orden de las cosas.

—No, a ninguna —dijo él—. Nunca se lo he pedido a ninguna.

Nunca había invitado a nadie a mi piso, ni siquiera a pasar una noche. No me apetece que se llene de... de... —agitó la mano en el aire— de gente. —Se quedaron los dos pensando un momento en esto, hasta que Innes, sin previo aviso, se levantó del sofá—. Vámonos —dijo, y empezó a vestirse.

—¿Adónde? —preguntó ella, desconcertada.

Todavía no se había acostumbrado a la brusquedad con que Innes cambiaba de actividad.

—A recoger tus cosas.

Le cogió la mano y la levantó del sofá.

—¿Qué cosas?

—Las de tu habitación. —Le pasó el abrigo como si no se diera cuenta de que todavía estaba desnuda—. Ya has vivido suficiente tiempo en ese santuario de la virginidad. Vas a vivir conmigo.

Hoy el piso de Innes ya no es un piso. Cincuenta años después, a primera vista no parece el mismo. Pero las jambas de la puerta son las mismas, y las fallebas de las ventanas, los interruptores y las molduras cóncavas del techo. El relieve granuloso del papel de la pared apenas se nota bajo la horrible pintura lila que han untado en las paredes. En el rellano todavía está el tablón suelto donde siempre tropezaba la gente, cubierto ahora por una moqueta beis, y ninguno de los que vive aquí ahora sabe que, debajo de ese tablón, todavía hay una llave de las oficinas de *elsewhere*. La chimenea se ha salvado de varias renovaciones y reencarnaciones. Sigue siendo el mismo trasto estrecho de estilo victoriano temprano, con un grabado de hojas y ramas en el hierro. A mano izquierda se ve la marca de una quemadura, debida a un accidente que tuvo Lexie con una vela en el invierno de 1959, un día en que se quedaron sin monedas para el contador. Al lado de la puerta, debajo de la moqueta, hay una mancha en la tablazón, que apareció en una fiesta que celebraron aquel mismo año. Estas habitaciones están impregnadas de la presencia de los dos... y también de la esperanza de que, si el tiempo pudiera borrarse y deshacerse y si uno se volviera con la suficiente rapidez en el momento preciso, tal vez alcanzara a ver a Innes de refilón en una silla, con un libro en el regazo, las piernas cruzadas y el humo de un cigarrillo subiendo en espirales hacia el techo. O de pie junto a la ventana, mirando a la calle. O en su mesa de despacho, jurando en arameo mientras intenta cambiar la cinta de la máquina de escribir.

Pero se ha ido. Y Lexie también. Ahora vive aquí una joven de la República Checa. Pone música electrónica que suena a metal en el estéreo y escribe cartas con bolígrafo azul en un bloc cuadrado. Es la *au-pair* de la familia que ocupa la casa: el piso se ha convertido en el ático de una casa grande, cosa que a Innes le habría interesado. Siempre decía que vivían en lo que debían de ser las habitaciones del servicio.

Ahora es un sitio diferente. Diferente pero el mismo. Hay radiadores, pintura en las paredes, moquetas, persianas en las ventanas. La diminuta cocina, en la que había una cocina de gas, un calentador de agua caprichoso y una bañera de hojalata, ya no está, la tiraron para hacer el rellano más grande. El cuartito del fondo, donde comían y donde Innes trabajaba, es ahora un cuarto de baño con una bañera esquinera enorme. El panel que, con su cerradura oxidada y su pestillo, separaba su puerta de los otros pisos del edificio también ha desaparecido, y ahora los niños de la casa suben y bajan corriendo por las escaleras. La *au-pair* se sienta a veces a llorar un poco en el sitio en el que Innes tenía el felpudo de la entrada mientras habla con su novio checo, que está tan lejos.

Lexie no se fue a vivir con Innes aquella noche. Él estaba acostumbrado a salirse siempre con la suya, a que la gente diera un bote en cuanto él abría la boca. Lexie se mantuvo en sus trece. Hacían buena pareja en lo que a obstinación se refiere. La llevó de nuevo a su pensión. Tuvieron una discusión tremenda en el coche cuando ella le dijo que no iba a hacer las maletas. Siguieron discutiendo en las escaleras de la casa hasta que ella entró por la puerta. La tarde siguiente, Innes y su MG aguardaban de nuevo a la puerta de los grandes almacenes. Tuvieron otra sesión en el sofá de *elsewhere*, aunque esta vez también les dio tiempo a cenar. Lexie entregó el aviso de que dejaba el puesto de ascensorista y se fue a trabajar a *elsewhere*. No dejó la pensión.

En *elsewhere* empezó atendiendo el teléfono y haciendo recados, iba a la imprenta y a diversas librerías, galerías y teatros. En el camino, mientras iba y volvía, daba vueltas en la cabeza a todo lo que había oído, lo que se decían unos a otros y la cantidad de cosas que todavía tenía que aprender.

—La peor entradilla de tu vida —le soltaba Daphne a Laurence.

—¿Dónde están las galeradas? —preguntaba Innes de vez en cuando, poniéndose de pie.

—¡No hay antetítulo! —decía Laurence, refiriéndose a lo que ahora sabía que se llamaba «compaginada».

Componer, viuda, justificado, inflar, crédito: todas estas palabras tenían un significado propio y esquivo en la sede de *elsewhere*... y otras que todavía tenía que aprender. Iba y venía por la moqueta de flores azules con este vocabulario nuevo en la cabeza, hacía té (con poca gracia y casi siempre con leche cortada) y, al cabo de unas semanas, le permitieron pasar a máquina la copia manuscrita para la revista. La mecanografía nunca se le había dado muy bien. Innes casi siempre ponía el grito en el cielo.

—¿Qué es «dructuralismo», Lex? —aullaba de una punta a la otra de la pequeña oficina—. ¿Alguien sabe lo que es «dructuralismo»? Y ¿«piminal»? ¿Qué demonios es «espacio piminal»?

Laurence se hizo experto en descodificar las erratas de Lexie.

—«Liminal», Innes —respondía, sin levantar la vista del trabajo—. Quería decir «espacio liminal».

Y entonces ella le hacía un té sin que se lo pidiera, con leche fresca, para agradecérselo.

Innes siempre estaba enfadado porque Lexie no quería irse a vivir con él. Pero ella no quería dar su brazo a torcer. Era su jefe, le decía, ¿qué más quería? ¿Por qué quería ser también su casero?

—Amante, sí —respondía él—, casero, jamás.

Siempre discutiendo por el sitio en el que vivía Lexie y por qué, iban rebotando juntos, como las bolas metálicas de las máquinas del millón: del sofá de Bayton Street a clubs de jazz, a restaurantes, al piso de Innes, a inauguraciones en galerías, a casa de Jimmy, en Frith Street, a veladas de poesía en un sótano cargado de humo en el que unas chicas delgadas con jerséis negros de cuello alto y raya al medio revoloteaban como polillas alrededor de poetas barbudos con cervezas en la mano. Un día vieron pasar por la acera del Coach and Horses al antiguo colega de Lexie, iba del brazo con una chica que reconoció de los mostradores de perfumería. «Podrías ser tú», le dijo Innes, poniéndole la mano en el muslo por debajo de la mesa, llena de redondeles de jarras de cerveza. Lexie se inclinó hacia él y le robó el cigarrillo de la boca.

Como un viajero que llega a otro continente, tuvo que cambiar el horario. Se levantaba tarde, con intención de llegar a la oficina a media mañana o, a veces, a la hora de comer. A la señora Collins siempre la escandalizaba verla pasar hacia el cuarto de baño a las diez o las once de la mañana.

—¡Lo sabía! —le gritó una mañana—. ¡Sabía que cambiaría!

Lexie cerró la puerta, abrió el grifo al máximo y sonrió para sí.

En *elsewhere* trabajaban hasta la noche y después salían a las calles del Soho (a veces todos juntos, otras, en grupos separados de tres o cuatro) a ver adónde iban. Laurence prefería el club Mandrake, donde podían encontrar mesa y oír a quien actuara esa noche, pero Daphne protestaba, decía que Laurence se convertía en un «aburrimiento mortal» en cuanto cruzaba el umbral del Mandrake, porque se quedaba hipnotizado con la música y no hablaba. Siempre quería que la acompañaran al pub francés; le gustaban el interior fétido y cerrado, las hordas de putas y marineros, la forma en que la recibía el dueño, besándole la mano, y el artilugio de la barra que servía un chorrito de agua pasado por un terrón de azúcar en un vaso de absenta. Innes siempre votaba por el Colony Room. Por lo general no bebía mucho, pero insistía en que entre paredes verdes y doradas se podía adelantar mucho trabajo. Sin embargo, Laurence había chocado en múltiples ocasiones con la lengua incisiva de la propietaria y Daphne la llamaba «esa mala bruja mordedora». Era normal ver a la plantilla de *elsewhere* discutiendo en cualquier esquina sobre adónde iba a ir cada uno y adónde se reunirían después.

Esas noches solían terminar a las dos o las tres de la madrugada, así que Lexie normalmente se saltaba el toque de queda de la señora Collins. Después de no aparecer por su habitación ninguna noche en una semana, recogió sus cosas mientras Innes esperaba en el bordillo de la acera, dentro del MG, con las gafas de sol, fumando y con el motor en marcha. La señora Collins se ofendió tanto que no quiso hablar con Lexie, ni mirarla siquiera. La llamó «Jezabel» a gritos cuando cerró la puerta de la calle, e Innes se echó a reír a mandíbula batiente. Después estuvo muchos años llamándola así.

El piso de Innes fue una revelación para ella. Nunca había estado en un sitio igual. Las ventanas no tenían cortinas, el suelo era de tablones pelados, las paredes, blancas, y los pocos muebles que había eran de una madera suave y clara, curvos, en forma de asiento, de estantería o de aparador. «Escandinavos», le dijo Innes mirando hacia atrás, cuando la vio pasar los dedos por la superficie plana como si acariciara a un perro. Tenía una estantería de libros que recorría toda la casa a la altura del techo.

—Para que nadie me los robe —dijo, cuando ella le preguntó por qué.

Había cuadros en las paredes: un John Minton, le señaló, un Nicholson, un de Kooning, un Klein, un Bacon, un Lucian Freud y un Pollock. Después le cogió la mano.

—Ya basta de estos —le dijo—, ven a ver el dormitorio, es por aquí.

La llevó a una tienda de Chelsea y le compró un abrigo de color escarlata con unos botones enormes de tela, un vestido verde de crepé de lana con volantes en las muñecas, un par de medias azul turquesa. «Como ahora eres una marisabidilla —le dijo—, bien puedes ponértelas»,* y un jersey con el cuello drapeado. La llevó a

---

* En inglés, *bluestocking* (literalmente «medias azules») designa a una mujer erudita, de ahí la broma de Innes. *(N. de la T.)*

la peluquería y se quedó a su lado. «Así —le decía a la peluquera, pasando un dedo a Lexie por la mandíbula— y así.»

Cuando sus padres se enteraron de que estaba viviendo con un hombre, le dijeron que, para ellos, estaba muerta, que no volviera a dirigirles la palabra. Y así lo hizo.

Hace más calor del que Elina pensaba. Dentro, antes de salir, la casa estaba a la temperatura de siempre: fresca, ligeramente húmeda, el aire quieto, sin corrientes. Ahora, está fuera, en vaqueros, sandalias rojas y una blusa con estampado de manzanas, y tiene mucho calor. Suda por todos los poros de la piel; nota las gotas que caen por el surco de la columna vertebral. Los vaqueros que lleva son de antes, no tienen goma en la cintura, son vaqueros normales, de los que se pone la gente normal. La cinturilla le aprieta un poco, pero se los ha puesto. Se ha vestido bien. Con ellos tiene la intuición, la sensación de que es posible volver a sentirse normal.

A su lado, Ted lleva una carta del médico dentro de la guía de Londres. Van a llevar al niño al médico del centro de salud del otro lado del Heath. Ted le ha propuesto ir andando, pero Elina no le ha contado que hace dos días intentó sacar al niño en el cochecito pero solo llegó hasta la esquina, porque el cochecito empezó a temblar por los lados y las estrellas de la manta titilaban y se soltaban. Tuvo que sentarse en el bordillo, con los pies en la alcantarilla y la cabeza entre las rodillas, hasta que pudo volver a casa. Así que le ha dicho: «Vamos en taxi».

Ninguno de los dos conoce muy bien la zona, un entramado de calles que se esconde detrás de una vía principal que va hacia el norte. Dartmouth Park, dice Ted que se llama. El taxista los ha dejado en la vía principal so pretexto de direcciones de un solo sentido, y ahora van andando por una calle, buscando el centro de salud. Ted está seguro de que es por ahí. Después cambia de opinión y dice que es por el otro lado. Tienen que volver atrás. Le pasa el niño a Elina para mirar la guía.

—Por allí —dice, y cruza una carretera.

Elina lo sigue, preocupada por el sol que le da al niño, porque la manta abriga demasiado, porque a lo mejor ella se desmaya con tanto calor si Ted la hace andar mucho más.

Ted se para en la esquina siguiente. Mira a ambos lados de la calle. La guía le cuelga de la mano. Elina respira hondo y parece que el aire le abrasa la garganta. No va a desmayarse. No pasa nada. No se mueve nada que no tenga que moverse, las estrellas de la manta del niño son solo cositas bordadas, nada más. El niño duerme, hace un puchero, tiene la mano cerrada junto a la mejilla, como si sostuviera un teléfono invisible contra el oído. Elina sonríe al pensarlo y entonces oye murmurar a Ted:

—... en alguna otra parte...

—¿Qué dices?

Ted no contesta. Ella ve que la carta se cae de la guía al suelo. Él no se agacha a recogerla, se queda ahí quieto, dándole la espalda, con las manos colgando a los lados.

Elina frunce el ceño. Se agacha a recoger la carta sujetando en brazos con mucho cuidado al niño dormido.

—Ted —dice—, tenemos que seguir andando, tenemos hora dentro de dos minutos. —Le coge la guía. Mira la carta, mira el plano—. Es por aquí y después a la izquierda.

Ted gira por una calle que no es y parece que mira una valla al otro lado.

—¡Ted! —dice ella, más secamente—. Faltan exactamente dos minutos para la hora.

—Vete tú —dice él sin volverse.

—¿Qué?

—Que vayas tú, yo te espero aquí.

—¿Me estás diciendo... que no... que no quieres venir a...?

Está tan enfadada que no puede terminar la frase. No soporta su presencia ni un minuto más. Se recoloca la correa del bolso en el hombro, da media vuelta y echa a andar por la calle apretando al niño contra sí. Tiene la impresión de que las sandalias rojas le queman los pies, el sudor le empapa ya la cinturilla de los vaqueros.

—«Te espero aquí» —murmura para sí mientras cruza las puertas giratorias—. «Te espero aquí», sí, claro, cerdo egoísta de la...

Se interrumpe porque tiene que decir su nombre a la recepcionista. Dentro del edificio hace fresco y huele a linóleo. Se sienta en una silla de plástico, todavía enfurecida, todavía medio esperando que aparezca Ted. Mira los carteles sobre lactancia materna, sobre el tabaquismo, sobre la meningitis y las vacunas sin dejar de rumiar discursos sobre la implicación paterna para largárselos a Ted cuando decida concederle la gracia de aparecer. Acaba de ocurrírsele la expresión «abdicación de responsabilidades» cuando la avisan de que es su turno.

—¿Nombre? —dice la enfermera, inclinándose sobre la pantalla del ordenador.

—Hummm —dice Elina, tocándose la pulsera de la muñeca—, todavía no lo hemos decidido. Es ridículo, ya lo sé —se le escapa una risita tensa—, es que ya tiene casi seis semanas, pero...

—Me refería al suyo —dice la enfermera.

—¡Ah! —Otra vez esa extraña risita aguda. ¿Qué le pasa?—. Me... —Con gran sorpresa, ve que el tartamudeo de la adolescencia parece haber vuelto momentáneamente. Siempre tenía dificultades con las palabras que empezaban por e, nunca le salían, nunca podía obligarlas a avanzar más allá de las amígdalas. Traga saliva, tose para disimularlo y consigue decirlo—: Elina Vilkuna.

—Es usted sueca, ¿verdad?

—Finlandesa. —Ahora la voz le suena normal y le alivia oírla. A lo mejor el tartamudeo se ha retirado otra vez adondequiera que se esconda—. Pero mi madre es sueca —añade, sin saber por qué.

—¡Ah! Dígame cómo se escribe, haga el favor.

Le deletrea su apellido y tiene que repetirle que Vilkuna se escribe con k, no con c.

—Habla usted muy bien inglés —dice la enfermera al tiempo que le coge al niño de los brazos.

Elina se queda mirando mientras la enfermera flexiona los brazos y las piernas al niño y le toca la coronilla.

—Bueno, es que hace ya un tiempo que vivo aquí y...

—¿En Londres?

—Principalmente. —Está harta de contar su vida, harta de la gente que quiere meter las narices en sus orígenes—. Pero en todas partes, en realidad —dice con imprecisión—, en sitios distintos.

—No he logrado identificar su acento. Al principio creí que era australiana. —Le pasa al niño—. Está bien —le dice—. Está bien. Tiene usted un chico precioso y sano.

Elina sale de allí como flotando, lleva al niño en brazos, cubierto con la manta para protegerlo de la luz intensa. Adora a esa enfermera, la adora. Las palabras «precioso», «sano» y «chico» le dan vueltas en la cabeza como mariposas. Le gustaría decirlas en voz alta; le gustaría volver y pedirle a la enfermera que se las dijera otra vez.

Retrocede hasta la calle principal y va repitiendo esas palabras entre dientes, con una sonrisa en la boca, y piensa en que, por teléfono, siempre se sabe si alguien sonríe por el sonido de la voz, y que seguro que eso se debe a la forma de los labios.

Se detiene en la esquina en la que dejó a Ted y mira a los lados. «Precioso», oye de nuevo, «sano». Tuerce a la izquierda, tuerce a la derecha. Ni rastro de Ted. El sol le da de lleno en los hombros, en la parte del cuello que no le cubre la blusa de manzanas. Frunce el ceño. ¿Dónde está Ted? Cruza la calle, el desconcierto da paso a la irritación de antes. ¿Dónde demonios se ha metido? Y ¿qué le pasa hoy a Ted?

Dobla una esquina y allí está, plantado en la acera, mirando algo, con la mano por visera.

—¿Qué haces? —le dice, cuando lo alcanza—. ¡Te he buscado por todas partes!

Ted se vuelve y la mira como si fuera la primera vez que la ve, a ella y al niño.

—¿Qué haces? —insiste ella—. ¿Qué pasa?

Con los ojos entornados, Ted observa el árbol que hay detrás de ella, al sol.

—¿Sabes esa canción de los tres cuervos? —pregunta.

—¿Qué?

—Sí, mujer —dice, y se pone a cantar con la voz quebrada—: «Tres cuervos encima de un muro, encima de un muro, tres cuervos encima de un muro una mañana fría y helada».

—Ted...

Ted se sienta en el murete del jardín que tiene a la espalda.

—Y luego sigue: «El primero graznaba por su madre, graznaba por su madre...» y así todo. Pero no me acuerdo de lo que viene después.

Elina se cambia al niño de brazo y le coloca bien la manta. A su pesar, se imagina tres cuervos posados en el murete en el que está Ted, en fila, con las plumas brillantes, negras, con reflejos verdes, y el pico curvo, sujetándose a los ladrillos con sus garras escamosas.

—Seguro que empieza: «El segundo...». —Ted cierra los ojos. Después los abre y se pone una mano encima, y luego la otra, como si se hiciera una prueba de visión. Mueve la cabeza negativamente—. No me acuerdo.

Elina se acerca. Le toca una pierna, nota el temblor del músculo debajo de la tela.

—¿Te encuentras bien?

—¿Que si me encuentro bien? —repite él.

—¿Te ha dado una de esas cosas que te dan? ¿En los ojos?

Ted frunce el ceño como si pensara profundamente en esa idea.

—Creía que sí —dice, despacio— o que me iba a dar. Pero parece que ya ha pasado.

—Me alegro.

—¿Sí?

Elina traga saliva. La embarga una imperiosa necesidad de llorar. Tiene que volver la cabeza para que él no la vea. ¿Qué le pasa a Ted? A lo mejor a algunos hombres se les aflojan los tornillos cuando las mujeres tienen hijos. Ella no lo sabe y no se le ocurre qué preguntar. A lo mejor es normal que se vuelvan un poco distraídos, que se retraigan un poco. Es como si, ahora que ella empieza a resurgir, a salir a la superficie parpadeando y tosiendo, él empezara a hundirse. Le aprieta la pierna como si quisiera transmitirle algo de sí. «Por favor —quisiera decirle—, por favor, no te pongas así. No puedo hacerlo sola.» Por otra parte, le gustaría chillarle: «¡Levántate de ahí, por el amor de Dios, y ayúdame a buscar un taxi!». Pero se obliga a hablar en un tono normal.

—¿Por qué «graznaba por»? —le pregunta—. ¿Por qué «por»?

—Quiere decir que lloraba —le explica, tapándose los ojos alternativamente—. Creo. Es jerga o dialecto o algo. Quiere decir que lloraba llamando a su madre.

—¡Ah!

Elina mira hacia abajo y casi da un brinco al ver que el niño se ha despertado. Tiene los ojos abiertos de par en par y la mira fijamente.

—La cantaba mi madre —dice Ted— cuando yo era pequeño. Ella sabrá las demás estrofas. Se lo preguntaré la próxima vez que la vea.

Elina asiente, pasa un dedo al niño por la mejilla y Ted los mira.

Ted está pensando en el permiso de paternidad. Es una cadena improductiva de pensamientos vagos que le ronda por la cabeza desde que salió de casa con una lista de cosas que necesitaba Elina para el niño. O una lista de cosas que necesitaban. Toallitas húmedas, algodón hidrófilo, crema protectora... etcétera, etcétera. ¿Quién iba a decir que una persona tan pequeña pudiera generar tal montón, tal montaña de cosas, de necesidades?

Ha pensado que su papel de padre novato en estas dos semanas de permiso de paternidad es semejante al del chico para todo de una producción cinematográfica. La estrella es el pequeño, sin duda, cuyos caprichos hay que complacer al instante y a cuyas exigencias y horarios hay que someterse en todo momento. Elina es la directora, la única responsable de todo, la única que intenta que todo salga como es debido. Y él, Ted, es el chico para todo. Está ahí para ir a buscar lo que sea y traerlo, para ayudar a la directora en su trabajo, para limpiar lo que se cae, para hacer té.

La analogía le resulta bastante satisfactoria. Va andando por la acera y sonríe, avanza haciendo eses entre los sicomoros, evita alguna que otra caca de perro, balancea las bolsas de la compra que lleva en las manos.

Entra en el jardín de su casa, busca las llaves. Abre la puerta, se limpia los zapatos en el felpudo y grita:

—¡Hola, soy yo! Lo traigo todo. Todo menos las toallitas húmedas biodegradables. No tenían, así que he comprado las normales. Ya sé que no te gustan, pero he supuesto que sería mejor traer estas que ninguna. —Hace una pausa para que ella diga algo, pero la casa está en silencio—. ¿Elina? —la llama.

Se detiene. A lo mejor está dormida. Lleva las bolsas de la compra a la cocina y las deja en el fogón. Se asoma a la sala de estar, pero allí no hay nadie, no hay nadie tumbado en el sofá. El cochecito está en el vestíbulo, vacío, con las sábanas revueltas, como si acabaran de sacar al niño de ahí. Pasa la mano por el punto donde el pequeño coloca la cabeza y ¿todavía está un poco caliente o se lo imagina?

Un ruido (algo que se cae, un paso, un chasquido) en el piso de arriba le hace levantar la cabeza.

—¿Elina? —repite, pero tampoco ahora hay respuesta.

Empieza a subir las escaleras, despacio al principio, después, de dos en dos.

—¡El! —dice desde el rellano—. ¿Dónde estás?

Tiene que estar en alguna parte, no puede haber salido a la calle.

Sin embargo, en el dormitorio no hay nadie, el edredón está bien estirado sobre las almohadas; los armarios, cerrados; el espejo de encima de la repisa de la chimenea, mudo y plateado. En el cuarto de baño, la ventana está abierta y la cortina se mueve como el humo.

Desconcertado, sale al rellano otra vez. ¿Dónde puede estar? Mira de nuevo en el dormitorio, en la sala de estar, en la cocina, solo para cerciorarse de que no se ha quedado dormida en cualquier sitio. Lo piensa un momento y va a echar un vistazo al espacio que queda detrás de la cama, por si acaso. No se permite pensar en lo que pueda significar «por si acaso». Pero ahí tampoco está. Se ha ido... y el niño también.

En el vestíbulo, se saca el móvil del bolsillo trasero de los pantalones. Mientras toca botones y baja la pantalla buscando el número de Elina, ve el cochecito otra vez. «¿Adónde podría ir —se dice— sin el cochecito y con el niño?» Carraspea al llevarse el teléfono al oído. Decide que debe tener cuidado y hablar con naturalidad, con tranquilidad, que no se le note el pánico en la voz, no tiene que transmitir lo asustado que está.

Oye el ruidito del establecimiento de línea y el del teléfono sonando bajito. Y a continuación, en alguna parte, el eco del teléfono. Se aparta el móvil del oído y se queda escuchando. En la habitación de al lado un teléfono suena sin parar. Ted apaga el suyo y el de Elina deja de sonar. Se sienta en las escaleras con la cabeza entre las manos. ¿Dónde puede estar Elina? ¿Qué tiene que hacer él ahora? ¿Llamar a la policía? Pero ¿qué va a decir? Se recomienda mantener la calma, no asustarse tanto, tiene que pensarlo bien, pero mentalmente no deja de gritar: «Se ha ido, se ha llevado al niño, ha desaparecido, y está tan débil que no puede andar ni hasta...».

Un chillido ensordecedor lo sobresalta y, de un brinco, baja las escaleras, no sabe qué es ni por qué es tan fuerte. Entonces se da cuenta de que es el timbre de la puerta, que suena justo encima de él. Es ella. Ha vuelto. Aliviado, agarra el pomo de la puerta y la abre de golpe, diciendo:

—¡Dios, que susto me has dado! Estaba...

Se calla. Es su madre la que está en el umbral.

—Hijo —le dice—, pasaba por aquí. He estado con Joan, ¿te acuerdas de Joan, la de enfrente, que tenía un cocker spaniel? Hemos ido a tomar café a South End Green. Han abierto un café nuevo, es encantador, ¿lo conoces? —Traspasa el umbral y presiona la mejilla contra la de su hijo al tiempo que lo agarra por los hombros—. Bueno, el caso es que no podía pasar por tu calle sin acercarme a veros y dar unos mimitos a mi nieto. Y —levanta los brazos como si se presentara en un escenario— ¡aquí estoy!

—Hum —dice Ted. Se pasa la mano por el pelo. Se agarra al borde de la puerta—. Acabo de llegar —musita—. Esto... que... —Antes de cerrar la puerta, se asoma a la calle, al camino de la entrada, a la acera, solo por ver si Elina está ahí, si ya vuelve—. No sé —empieza a decir con precaución, mientras cierra— si Elina está en casa.

—¡Ah! —Su madre se desata el pañuelo de seda que lleva al cuello y se desabrocha la chaqueta—. Ha salido un momento, ¿eh?

—Puede. —Se apoya en la puerta y se queda mirando a su madre. Le encuentra algo diferente, pero no sabe qué es. Le mira el pelo, las mejillas, la nariz, la piel del cuello, las manos cuando cuelga el abrigo en una percha, los pies, con sus tacones de charol. Tiene la extraña sensación de que no la reconoce, de que no sabe quién es, de que es una desconocida en vez de la persona con la que más tiempo ha pasado en toda su vida—. No te... hum... No me... Te veo cambiada —le suelta—. ¿Te has hecho algo?

La mujer se vuelve hacia él al tiempo que se pasa la mano por la falda.

—¿Algo como qué?

—No sé. El pelo. ¿Te has peinado de otra forma?

Un poco cohibida, su madre se lleva la mano al pelo rubio platino, en forma de casco.

—No.

—¿Es nueva? —Señala la blusa.

—No. —Se mueve un poco, con impaciencia, se pasa un dedo de lado por la ceja. Ted reconoce ese gesto—. ¿Cuándo crees que volverá?

Sigue mirándola fijamente. No acaba de saber qué pasa. El lunar del cuello, la forma de la mandíbula, los anillos que lleva: le parece que es la primera vez que los ve.

—Supongo que se habrá llevado al niño —dice su madre.

—Ajá.

—Hijo mío, ¿no podrías llamarla y decirle que estoy aquí? Porque tengo que estar en casa a las seis. Tu padre necesita que le...

—No se ha llevado el móvil. —Ted señala hacia la salita de estar—. Está ahí.

Su madre suelta un suspiro breve de irritación.

—¡Qué lástima! Tenía tantas ganas de...

—No sé dónde está, mamá.

Ella lo mira de repente. Ha notado un temblor en la voz de su hijo.

—¿Qué quieres decir?

—Pues que se ha ido y que no sé dónde está.

—¿Con el niño?

—Sí.

—Bueno, lo habrá sacado de paseo. Enseguida volverá. Vamos a tomarnos un té en el jardín y...

—Mamá, casi no puede ni subir las escaleras.

—Pero —dice, frunciendo el ceño— ¿qué dices, hombre?

—Desde que pasó. Desde que dio a luz. Ya sabes. Está muy... débil. Está muy enferma. Estuvo a punto de morir, mamá, ¿no te acuerdas? Acabo de volver de la compra y no está en casa, y no tengo la menor idea de dónde habrá ido ni cómo lo habrá hecho, porque... —Se calla—. No sé qué hacer.

Su madre entra en la salita de estar y sale otra vez, va a la cocina.

—¿Seguro que no está en casa?

—Sí, seguro —dice Ted, poniendo los ojos en blanco.

Su madre se acerca al fregadero, abre el grifo y llena el hervidor de agua.

—Mamá, ¿qué haces? —dice, horrorizado—. ¿Cómo puedes ponerte a hacer té si... —Se calla otra vez.

Acaba de ver que la llave de atrás está puesta en la puerta, no en su gancho. Está en la puerta. Se lanza a por ella. Abre la puerta de golpe y el olor del jardín sale a su encuentro. Llega a la plataforma de madera y ve que la puerta del estudio también tiene la llave puesta; echa a correr hacia la ventana del estudio con el corazón saltando de alegría.

Se asoma y ve una cosa increíble. Elina, de perfil, junto al fregadero. Lleva el mono y está haciendo algo, mezclando colores tal vez, limpiando un pincel, no ve qué es lo que hace exactamente. Pero se mueve con precisión, con pericia, y tiene una expresión serena y concentrada en la cara. Parece la misma de antes, está como el día en que la conoció, cuando llegó a casa en una furgoneta hecha polvo que le habían prestado, y sola, perfectamente preparada para mover cajas y trastos increíblemente pesados y subirlos dos pisos, hasta el desván. Él se había quedado mirando a esa mujer menuda, que parecía un duende de pelo corto y decolorado, mientras ella cargaba con calma el peso de una mesa de luz, y entonces fue a ofrecerle ayuda. Le pareció que se sorprendía. «Puedo yo sola», le dijo, y a Ted le entraron ganas de echarse a reír porque era evidente que no podía. Y siguió mirándola ir y venir las semanas siguientes: salía al anochecer, no sabía adónde, subía al desván y bajaba, entraba en la cocina a comer a horas raras. La oía andar por el piso de arriba en plena noche y se preguntaba qué haría; tenía la curiosa sensación de ser un privilegiado porque podía ver cómo funcionaba en privado esa vida tan singular. A menudo, después de una de esas noches de paseos por arriba, al día siguiente tenía esa cara de ensimismamiento, como si guardara un secreto satisfactorio, y le habría gustado preguntarle de qué se trataba, qué era lo que hacía en su cuarto por las noches.

Le encanta esa expresión. La ha echado de menos. Fue lo que le hizo darse cuenta de lo que había sucedido, de lo que tenía que hacer. Un poco después, empezó a ver que a lo que más le recordaba Elina era a un globo de esos infantiles, un globo metalizado, hinchado con helio, de los que se mecen y tiran hacia arriba atados a un hilo. En cuanto uno se descuida un momento, se escapan y suben al cielo para no volver nunca más. Supo que Elina había vivido en todas partes, por todo el mundo, que llegaba y se iba y se trasladaba a otro sitio. Ese secreto que tenía, lo que hacía en el desván cuando nadie la veía, con sus pinturas, su trementina y sus lienzos: era lo único que necesitaba, no le hacía falta nada más, ni anclas ni gravedad. Y supo que, si no se ocupaba de ella, si no la sujetaba con un hilo, si no la ataba a él, se marcharía otra vez. Y la ató. Le puso un hilo y lo sujetó con fuerza; a veces se lo imagina, se imagina que se ata el hilo del globo a la muñeca y sigue con su vida mientras ella flota por encima de él. No ha soltado el hilo desde entonces. Al principio le costó un poco acostumbrarse a despertarse de pronto en plena noche y ver que ella no estaba, que la cama estaba vacía. Al principio se sobresaltaba mucho y recorría la casa, presa del pánico. Pero más adelante se dio cuenta de que a veces ella se despertaba por la noche y se iba a trabajar, a vivir su otra vida. Él siempre lo comprobaba, siempre miraba por las ventanas de atrás, a ver si había luz en el estudio, y después volvía solo a la cama.

¡Parece la misma otra vez! Tiene que contener las ganas de aplaudir mientras la mira por la ventana del estudio. Ve que se va a recuperar, que ha sobrevivido. Nada de todo aquello (la carnicería en el hospital; cuando le murmuró: «¿lo hacemos a pelo?») la ha vencido. Se pondrá bien. Le ve esa expresión especial en la cara, en el movimiento de los músculos de los hombros, en la posición de la boca. Está trabajando. Percibe la emoción que irradia. Está trabajando.

Entonces oye una voz a la izquierda: «Está ahí, ¿verdad?», y Ted, tan absorto como está mirando por la ventana, no tiene tiempo de evitar que su madre abra la puerta del estudio y entre.

Pasan varias cosas al mismo tiempo. La puerta del estudio, que siempre tiene los goznes un poco flojos, retrocede con fuerza y golpea la pared de madera estrepitosamente. Ted ve que Elina se da media vuelta y tira un platillo de porcelana, que se estrella contra el suelo. El niño, que está con ella en la habitación, en alguna parte, se despierta sobresaltado y suelta un chillido penetrante.

—¡Ay! —exclama Elina, agarrándose el pecho con la mano manchada de azul—. ¿Qué haces aquí?

En cuestión de segundos entra Ted, que se pone a hablar interrumpiendo a su madre e intenta explicárselo, pero Elina se apresura a coger al niño y pisa los fragmentos de porcelana con los pies descalzos, y entonces es Ted quien coge al niño, pero el pequeño está enfadado porque lo han despertado de la siesta, y Elina se sienta en una silla para quitarse, con las manos manchadas de azul, las esquirlas de porcelana que se le han clavado en el pie, y dice: «¡Es increíble que lo hayas despertado! ¡Acababa de dormirlo!», y el pie le sangra, y parece que va a echarse a llorar. Al arrancarse una esquirla del talón suelta una palabra en finlandés que a Ted le suena a maldición.

—Sigue trabajando —le dice Ted con poco convencimiento, superponiéndose al ruido general y procurando no mirar la sangre que le gotea de la herida—, si quieres. Nosotros nos llevamos al niño y...

Elina dice entre dientes otra palabrota en finlandés y tira otra esquirla a la papelera.

—¿Cómo quieres que siga trabajando? —grita, y señala al niño, que llora—. ¿Le vas a dar tú de mamar? ¿O tu madre?

Ted acuna al niño.

—No es culpa nuestra —dice, a pesar del ruido—. No sabíamos dónde estabas. He vuelto de la compra y te habías ido. Estaba muy preocupado por ti. Te he buscado por todas partes y...

—¿Por todas partes? —repite Elina.

—Creía que... creía que...

—¿Qué creías? —Se miran un momento y después los dos desvían la vista—. Dame al niño —dice en voz baja, y empieza a desabotonarse el mono.

—Elina, vamos a casa. Tienes que ponerte una tirita ahí y...

—Dame al niño.

—Dale de mamar en casa. Ha venido mi madre a vernos. Ven a casa y...

—¡No! —grita otra vez—. Me quedo aquí. Ahora ¡dame al niño!

Con el rabillo del ojo, Ted ve a su madre al lado de la puerta. La mujer hace un gesto negativo con la cabeza y dice:

—¡Por Dios! ¡Cuánto ruido!

Ted ve que Elina se estremece al oír la voz de su madre y se siente culpable, porque sabe que no le gusta que entre nadie en su estudio, nadie en absoluto, ni siquiera él, ni siquiera su agente. Pero la madre de Ted no mira los cuadros, no mira los bocetos, ni los lienzos estirados, ni las fotografías, ni las transparencias de la mesa de luz, ni las herramientas de las paredes; solo mira al niño de esa forma hambrienta y necesitada, tan suya.

—¿Qué pasa? —le dice al pequeño en tono de arrullo—. ¿Qué

pasa, hombrecito? —Se lo quita a Ted de los brazos y Ted nota en la palma de la mano el roce desagradable de las uñas pintadas con purpurina—. ¿Te molesta que mamá y papá griten? Te molesta, ¿eh? No te preocupes. Ven con la abuelita y todo se arreglará.

Sale por la puerta con el niño. Ted y Elina se miran, cada uno en una punta del estudio. Elina está blanca como la pared, tiene la boca ligeramente abierta, como si fuera a decir algo.

—Estaba muy preocupado por ti —repite Ted, frotando el zapato contra el borde de la alfombra.

Elina se levanta de la silla y va directa hacia él.

—¿Sabes una cosa, Ted? —Le coge la cara entre las manos—. Me encuentro bien, de verdad. He estado un poco mal, pero ahora estoy bien. De quien te tienes que preocupar es de ti.

La mira a los ojos, mudo. Ve el azul pizarra de siempre en esos ojos, el izquierdo un poco más oscuro que el derecho, ve una versión de sí mismo en miniatura, que lo mira a su vez. Se quedan así un rato. Por la puerta abierta se oye el llanto del niño, cada vez más fuerte, más hiriente.

Ted se deshace de las manos de Elina. Baja la mirada. Se da casi media vuelta. Sabe que ella sigue mirándolo. Sale del estudio.

—El niño tiene hambre —murmura, mientras se aleja—. Ahora mismo te lo traigo otra vez.

Lexie llevaba unos meses trabajando en *elsewhere* y unas semanas viviendo con Innes. Por la mañana, iban juntos en el MG echando chispas por Wardour Street y doblaban por Bayton Street; Lexie siempre asociaba estas carreras matutinas con un grato escozor en las ingles y la parte superior de los muslos: a Innes le gustaba hacer el amor por la noche y repetir por la mañana. Decía que le despejaba la cabeza.

—Es que, si no —decía—, me paso el día pensando en el sexo, en vez de en el trabajo. —Y añadía que eso era particularmente difícil, porque Lexie, el objeto de su lujuria, trabajaba con él—. Porque, claro, vas de un lado a otro tentándome todo el día, desnuda debajo de la ropa —se quejaba.

—Aparca de una vez, anda —respondía ella—, y deja de quejarte.

Una tarde, la oficina, siempre tan activa, estaba muy silenciosa: Laurence había ido a la imprenta, Daphne había salido a hacer un recado, Amelia estaba fuera, supervisando al fotógrafo. Lexie e Innes estaban trabajando solos. No hablaban. O, mejor dicho, Lexie no hablaba con Innes. Aporreaba con furia una máquina de escribir sin mirarlo. Sabía que él estaba en su mesa leyendo un periódico de cabo a rabo, con una sonrisa desquiciante en la cara.

Hizo retroceder el carro de la máquina con mucha fuerza, después apoyó la cabeza en las manos y se quedó mirando las tablas de su vestido verde de lana.

—Un periodista no se hace en una hora, Lex —comentó Innes desde la otra punta de la habitación.

Ella soltó un gruñido mezclado con un grito, arrancó la hoja de la máquina, hizo una bola con ella y se la tiró.

—¡Cállate! —le gritó—. ¡No te soporto!

La bola de papel describió un arco y cayó penosamente al suelo, bastante lejos del objetivo. Innes volvió la página del periódico haciendo mucho ruido.

—De eso nada. Tú me quieres.

—No, no. Tu sola presencia me repugna.

Innes sonrió, dobló el periódico y lo dejó en la mesa.

—Oye, si no sabes encajar una crítica, una crítica constructiva, de tu jefe de redacción, jamás lo conseguirás y serás una mecanógrafa supercualificada toda tu vida.

—¿Constructiva? —dijo ella, fulminándolo con la mirada—. ¿A eso lo llamas «crítica constructiva»? Es rastrera, odiosa y...

—Lo único que he dicho es que todavía te falta un poco para ganarte la licenciatura, que...

—¡Basta! —Se tapó los oídos con las manos—. ¡No lo digas! ¡No me hables!

Innes volvió a reírse, se levantó y cruzó la oficina hasta el cuarto del fondo.

—Vale, me quito de en medio. Si me necesitas, estoy ahí, pero quiero doscientas palabras a la hora de comer.

Lexie soltó otro gruñido a su espalda. Volvió a leer lo que había enseñado a Innes la noche anterior. Él había dicho que empezara a «ver qué tal se le daba» escribir algo. La había mandado a una exposición en una galería y le había pedido que después redactara una reseña de doscientas palabras. Lexie llegó temprano a la galería, dio una vuelta por la sala, miró todos los cuadros con detenimiento y tomó notas de lo que veía en un bloc de apuntes. Oyó que alguien preguntaba quién era ella y, al oír la respuesta del dueño («La niña nueva de Kent») se volvió y le clavó una mirada asesina. «Niña», desde luego. Siguió escribiendo en el bloc como si le diera igual y terminó con un montón de páginas de garabatos indescifrables. Se pasó una semana redactando la reseña, repitiéndola mil veces. Innes no tardó ni cinco minutos en leerla y se la devolvió llena de correcciones en tinta azul.

De todos modos, ¿qué quería decir con «ganarte la licenciatura»? Y ¿qué tenía de malo la expresión «matiz vibrante»? ¿Qué significaba «un comienzo más cautivador»?

Suspiró y puso otra hoja de papel en la máquina. En ese momento se abrió la puerta de la oficina y entró una mujer. O tal vez sería más oportuno decir «una señora». Llevaba un casquete rojo con un velo que le tapaba la mitad de la cara, un abrigo azul marino entallado y zapatos a juego, guantes y un bolsito brillante en las manos. Tenía el cutis claro, inmaculadamente empolvado; los labios, pintados, se abrieron como si fuera a decir algo en cuanto encontrara las palabras.

—Buenos días —dijo Lexie. Seguro que esa mujer estaba a punto de darse cuenta de que se había equivocado de sitio—. ¿Qué desea?

La mujer le clavó la mirada un instante.

—¿Eres Lexie?

—Sí.

Con una mano en la cadera, la mujer se puso a mirarla de arriba abajo como si Lexie fuera un maniquí y ella una compradora con mucha vista.

—¡En fin! —exclamó cuando terminó, y soltó una risa áspera—. Solo puedo decir que cada vez son más jóvenes. ¿No te parece, cielo?

La mujer dio media vuelta y Lexie se quedó perpleja al ver detrás de ella a una niña de doce o trece años. También tenía el cutis muy claro, le habían hecho tirabuzones en el pelo (Lexie se imaginó que habría tenido que dormir toda la noche con los bigudíes puestos para conseguir ese efecto) y tenía la boca abierta, como si respirase mal por la nariz.

—Sí, madre —musitó.

Lexie se levantó y se irguió cuan alta era, bastante más, tuvo el placer de comprobar, que la señora en cuestión.

—Discúlpeme, pero ¿puedo preguntarle qué desea?

—Sin duda —dijo la mujer con otra risita— eres muy superior a las demás, ¿verdad? Esta vez se las ha arreglado muy bien él solito para cazar a una jovencita tan bien hablada. «¿Puedo preguntarle qué desea?» —la imitó, dirigiéndose a su hija, que seguía mirando a Lexie con la boca abierta—. ¿Dónde te encontró? Seguro que no fue en ningún antro cochambroso, como a todas las anteriores. Mírala bien, cielo —dijo, volviéndose otra vez a la niña—. ¡Por esta nos ha dejado tu padre!

Con las últimas palabras, el rostro, perfectamente maquillado, empezó a arrugarse. Lexie, horrorizada, se quedó mirando a Gloria (porque solo podía ser ella), que agachó la cabeza para buscar algo en el bolso, hasta que sacó un pañuelo y se lo llevó a la cara.

Se oyó un portazo a sus espaldas y unos pasos que avanzaban. Innes había salido del cuarto del fondo y se dirigía a ellas con un rictus de furia.

Se paró al lado de Lexie. Miró a su mujer de los pies a la cabeza y se fijó en el sombrero, en el pañuelo, en las lágrimas. Se quitó el cigarrillo de la boca.

—¿Qué haces aquí, Gloria? —dijo, rechinando los dientes.

—Tenía que venir —contestó Gloria en un susurro, al tiempo que metía la mano por debajo del velo para enjugarse las lágrimas—. Llámame loca, pero una mujer necesita saber. Tenía que verla. Y Margot también —añadió, mirando a Innes con una expresión de súplica, pero él miraba más allá.

—Hola, Margot —dijo en voz baja, saludando a la niña—. ¿Qué tal estás?

—Bien, gracias, padre.

Pareció que Innes se estremecía al oírlo, pero dio un paso a un lado para ver mejor a la niña.

—Así que vas a un colegio nuevo, ¿no? ¿Qué tal todo por allí?

Gloria dio media vuelta y rozó las perneras de los pantalones a Innes con el vuelo de la falda azul marino.

—Como si te importara —le soltó y, sin mirar a su hija, añadió—: No contestes, Margot. —Innes y ella se miraron intensamente, ahora que estaban más cerca el uno del otro—. No le cuentes nada. ¿Por qué ibas a contarle algo, con lo mal que nos trata?

—Gloria... —empezó a decir Innes.

—Díselo, cielo —dijo Gloria, y Lexie, horrorizada, vio que Gloria agarraba a la niña por el brazo y la empujaba hacia delante—. Dile lo que hemos venido a decirle.

Margot no podía mirar a su padre a los ojos, bajaba los párpados con una expresión pétrea en la cara.

—¡Díselo! —insistió Gloria—. Porque yo no puedo. —Volvió a poner el pañuelo en juego.

Margot carraspeó.

—Padre —empezó a decir en un tono monótono—, por favor, vuelve a casa.

Innes movió un poco la mano, como si fuera a dar una calada al cigarrillo y después cambiara de opinión. Miró a la niña unos cuantos segundos. A continuación, dejó el cigarrillo en el cenicero de la mesa de Lexie. Se cruzó de brazos.

—Gloria —dijo con voz grave y tensa—, esta exhibición es de lo más imprudente. Y meter a Margot por el medio de esta forma. Es tan...

—¿Exhibición? —chilló Gloria, y, de un tirón, volvió a poner a la niña detrás de sí—. ¿Crees que soy de piedra? ¿Crees que no tengo sentimientos? Las otras veces podía pasar, y bien sabe Dios que han sido muchas, pero... ¿esta? Es demasiado. Y, para que te enteres, está en boca de todo el mundo.

Innes suspiró y se apretó la frente con el dedo.

—Y ¿qué es lo que dice todo el mundo?

—¡Que ella vive contigo! Que nos has dejado para irte a vivir con una amante. Una chica a la que doblas la edad. En un piso que por derecho nos corresponde a Margot y a mí. Y cuando tendrías que estar con nosotras, con tu mujer y tu hija...

—En primer lugar —empezó Innes en tono tranquilo—, la mitad de treinta y cuatro son diecisiete, como muy bien sabes. —Señaló a Lexie—. ¿Te parece que tiene diecisiete años? En segundo, no te he dejado para irme a vivir con ella, como también sabes perfectamente. Tú y yo llevamos ya un tiempo viviendo separados. No tenemos por qué fingir otra cosa. En tercero, el piso no te pertenece de ninguna de las maneras. Te has quedado con la casa... la casa de mi madre, no hace falta que te lo recuerde, y yo me he quedado con el piso. Así lo acordamos. En cuarto lugar, Gloria, no acabo de entender a qué viene esto. Te dejo que vivas tu vida, así que tienes que devolverme el favor.

Mientras Innes hablaba, Lexie miraba disimuladamente a Margot. Tenía la extraña sensación de estar alineada con ella: testigos ambas de lo que parecía una discusión muy trillada. Cuando sus miradas se encontraron, la niña no apartó la suya. No titubeó, no movió un músculo. Solo la miraba con frialdad y con la boca abierta. Un par de segundos después, Lexie tuvo que volver la vista hacia Gloria, que ahora tenía el sombrero ligeramente torcido, porque estaba hablando a voces de decencia y decoro.

—Gloria —dijo Innes desde el otro lado, en un tono cavernoso—, si Margot no estuviera presente, te rebatiría con mil argumentos esas acusaciones de inmoralidad e infamia. No lo hago por ella y solo por ella.

Hubo un breve silencio. Gloria miró a su marido jadeando ligeramente. La escena resultaba curiosa, pensó Lexie. Sin sonido, sin palabras, sin la niña allí, detrás de ellos, podía haber sido un momento de máxima pasión, y no todo lo contrario. Parecía que Gloria e Innes fueran a fundirse en un abrazo frenético.

Innes rompió el silencio. Dio dos pasos hacia la puerta y la abrió de golpe.

—Creo que deberías irte —dijo, mirando al suelo.

Gloria se volvió otra vez y la falda se movió en dirección a Lexie, como para mirarla por última vez. Y, en efecto, la miró de arriba abajo al tiempo que se retocaba el pelo, se enderezaba el sombrero y carraspeaba. Luego le dio la espalda, cogió a su hija por el brazo y salió por la puerta que sujetaba Innes.

Él le hizo un gesto de asentimiento a la niña, casi como una inclinación de cabeza.

—Adiós, Margot. Me alegro de verte.

No hubo respuesta. Margot Kent salió, cabizbaja, detrás de su madre.

Innes cerró la puerta. Tomó una gran bocanada de aire y la expulsó en un suspiro. Dio unos cuantos pasos rápidos por la habitación, dio una patada a la papelera, que rodó por el suelo con todo su contenido.

—Esa —dijo, sin dirigirse, por lo visto, a nadie en particular— era mi mujer. Mi queridísimo amor. Qué espectáculo, ¿eh?

Llegó a una pared y le dio dos puñetazos. Lexie lo miraba sin saber muy bien qué hacer.

Innes se sacudió la mano y dobló los dedos.

—¡Ay! —dijo con voz de sorpresa—. ¡Mierda!

Lexie se acercó. Le cogió la mano entre las suyas y empezó a frotársela.

—¡Qué idiota eres! —le dijo.

Innes la atrajo hacia sí y la envolvió con el brazo sano.

—¿Por dar puñetazos a la pared? —murmuró en su pelo—. O ¿por haberme casado con esa ménade?

—Por las dos cosas —dijo ella—, o por cualquiera.

Él la estrechó y después se separó.

—¡Dios! —dijo—. Necesito un trago después de esto. ¿Qué te parece?

—Hum —dijo Lexie frunciendo el ceño—, ¿no es un poco pronto para...?

—Tienes razón. ¡Maldita sea! ¿Habrá algo abierto?

—No, quería decir...

—¿Qué hora es? —Miró el reloj. Se palpó los bolsillos en busca de dinero suelto—. ¿El Coach and Horses? No, a esta hora no. Podríamos intentarlo en el pub francés. ¿Qué opinas? —La cogió de la mano y la llevó hasta la puerta abierta—. Vamos.

Se fueron por Bayton Street y, al final, en el cruce con Dean Street, Innes se detuvo. Echó un vistazo a ambos lados de Dean Street. Buscó un cigarrillo en el bolsillo.

—Vamos a ver a Muriel —dijo entre dientes—. Me debe un favor.

—¿Qué favor? —preguntó Lexie, pero Innes ya había echado a andar otra vez por la acera.

Unos minutos después estaban en un rincón del Colony Room. Innes apuraba un whisky. Las cortinas estaban corridas para que no entrara la luz de la tarde y Muriel Belcher supervisaba su imperio desde un taburete, junto a la puerta. «¿Qué novedades trae hoy la señorita Kent?», le había dicho a Innes cuando entraron.

Lexie miraba los peces de colores que daban vueltas en una pecera, encima de la caja registradora, y escribía su nombre una y otra vez en la sucia mesa con una varilla de cóctel mojada en gin-tonic. Había un hombre de cara ancha y asimétrica sentado a la barra, charlando en un tono fuerte y un tanto despectivo con una persona a la que Innes había saludado llamándola MacBryde. En otro rincón, un hombre alto y bastante guapo bailaba solo al son de un gramófono de cuerda. En la mesa de al lado, una mujer mayor que llevaba un abrigo muy deteriorado murmuraba para sí y bebía, rodeada de sus bolsas, el trago al que la había invitado Innes.

—No te lo habrás creído, ¿verdad? —dijo Innes de repente.

Lexie levantó la vista de la varilla de cóctel.

—¿A qué te refieres?

—Al histrionismo.

Lexie no contestó, sino que volvió a mojar la varilla en la bebida.

Innes apagó el cigarrillo.

—Es una actriz consumada. Lo habrás visto enseguida, ¿no? Las lágrimas y las rabietas son puro teatro. Para ella todo es un juego. Yo no le importo lo más mínimo, pero no le gusta que la vean perder. No soporta que viva contigo.

Lexie seguía sin decir nada.

—No le importo nada —insistió Innes.

Lexie tomó un trago y notó cómo le bajaba, caliente, por dentro. El hombre que bailaba había cambiado el disco y ahora daba vueltas al son de una canción rápida, frenética, moviendo la cabeza bruscamente adelante y atrás.

—No estoy tan segura.

—Pues yo sí.

—Y ¿qué hay de Margot?

Innes no respondió, cosa rara en él. Cogió su copa y la vació.

—No es hija mía —dijo, finalmente.

—¿Estás seguro?

—Al cien por cien.

—¿Cómo puedes estar tan seguro?

Miró al frente. Sonrió brevemente y volvió a bajar la vista a la mesa. Cogió la copa vacía y empezó a darle vueltas entre las manos. La mujer mayor eligió ese momento para acortar la distancia que separaba las mesas y sacudir una lata de tabaco delante de la cara de Innes.

—Disculpe que lo importune —dijo, en un tono de superioridad, de clase alta— por el precio de una bebida.

Innes suspiró, pero dejó un chelín en la lata.

—Ahí tiene, Nina —dijo, y se volvió hacia Lexie—. Llevaba dos años fuera de casa cuando nació Margot.

—Pero ¿ella sabe que no eres su padre?

Innes jugueteaba con un mechón de pelo de Lexie; se lo puso detrás de la oreja y después lo soltó.

—Innes —insistió Lexie, alejándose un poco—, ¿por qué la niña no lo sabe?

—Ella... —empezó Innes, pero no terminó la frase—. Porque siempre me ha parecido que la alternativa sería mucho peor para ella. Al fin y al cabo, no tiene la culpa de nada. Si la repudiara, se quedaría sin padre de ninguna clase, pero tener a alguien, por muy incapaz que sea, siempre es mejor que nada, ¿no te parece?

—No sé. De verdad, no sé. Creo que tiene derecho a saber la verdad.

—¡Bah! —Innes agitó la mano con indiferencia y se levantó para ir otra vez a la barra—. Los jóvenes siempre estáis obsesionados con la verdad. ¡La verdad está muy sobrevalorada!

El matrimonio de Innes era un gran misterio para Lexie. Él no hablaba mucho de Gloria y, cuando lo hacía, generalmente era para blasfemar, maldecirla e inventar insultos cada vez más complicados.

Lexie solo había podido atar algunos cabos sueltos. Que Innes tenía diecisiete años cuando empezó la guerra; que, cuando se dispararon todas las sirenas antiaéreas de los alrededores, Ferdinanda, su madre, se negó a abandonar la casa de Myddleton Square. Que él iba al colegio y Ferdinanda se quedaba en casa con Consuela, la doncella. Una noche, cuando la ventana de su pasado se abrió brevemente, Lexie le preguntó qué hacían las dos mujeres en casa. «Bordar —le dijo Innes—, dechados de muestra y verdades.» A los dieciocho años se fue a Oxford a estudiar Historia del Arte. A los veinte volvió, lo había reclutado la RAF para ir a la guerra.

Imaginemos a Innes a los veintiún años, con el uniforme azul de sarga, formando en un campo de entrenamiento, separado a la fuerza de los estudios de arte para hacer ejercicios en una pista de aterrizaje en alguno de los condados próximos a Londres. Seguro que era un desdichado y exudaba desdicha por todos los poros de la piel. No tenía el carácter apropiado para la RAF, para la guerra.

Estos eran los cabos sueltos. Pero entre ellos había capas y más capas de sutilezas, estratos desconocidos. Nunca llegó a saber con certeza cómo era Innes, qué llevaba puesto, si estaba sentado, de pie o andando cuando conoció a Gloria.

Fue en la Tate Gallery, le dijo de pasada un día, y estaba en casa de permiso. Se encontraban en la sala de los prerrafaelitas, mirando a Beatriz con su pelo llameante. Imaginemos a Gloria ante el cuadro de Beatriz, con la melena suelta sobre los hombros. No tan vistosa como de costumbre («estamos en guerra, Gloria, no lo olvides»), con zapatos bajos de cordones y trinchera. Llevaría el pelo con las puntas rizadas, con raya al lado, y los labios pintados de rojo brillante. Y un pañuelo quizá, y un bolso de cocodrilo colgado del brazo.

¿Notaría ella su presencia? ¿Se daría cuenta de que iba acercándose poco a poco? ¿Volvería la cabeza una vez, rápidamente, y luego seguiría mirando el cuadro? Entablaron conversación, pasaron juntos a la sala siguiente, tal vez consultaran el plano de la galería al mismo tiempo. Tal vez tomaran té y un bollito en el café de al lado. Y después, quizá, un paseo por el río.

Se casaron un mes después. Innes se ponía inquieto e irritable si le preguntaba por qué la quería, si la quería, qué pensaba en aquella época. Es posible que lo que más le preocupara fuera la movilización inminente, pero nunca llegó a decirlo. No le gustaba reconocer que tenía miedo, prefería pensar que era invencible, inconmovible.

Ferdinanda, emocionada ante la perspectiva de tener nietos, les cedió el piso bajo de la casa para que vivieran allí. La nueva nuera le haría compañía. Lexie no conoció a Ferdinanda (murió antes de que apareciera ella), pero digamos que era una mujer alta, de pelo gris como el acero, recogido, que se sentaba envuelta en un chal de seda en la habitación de arriba, en Myddleton Square (una habitación bonita con balcones que daban a la plaza, a los árboles, a los bancos que allí había), con Gloria enfrente, en una silla, mientras daba órdenes a su fiel doncella para que sirviera el té.

A Innes lo destinaron poco después a un campo de aviación de Norfolk. En su segunda semana, mientras participaba en un ataque aéreo contra las tropas alemanas, su avión fue abatido. Murió todo el mundo, menos el soldado Kent, artillero de retaguardia, de veintiún años, que abrió el paracaídas y llegó flotando como un vilano a territorio enemigo.

En realidad, no sería como el vilano ni mucho menos. Debió de ser una caída vertiginosa, furibunda, terrorífica, con el aire frío de la noche pasándole a toda velocidad por la cara, por la pierna herida —que había engullido fragmentos del fuselaje y del cráneo machacado de su compañero de artillería—, dolorido, temblando, y todo el tiempo colgado de los arreos como una marioneta, viendo cómo las copas de los árboles se acercaban a su encuentro.

Los dos años siguientes, hasta el final de la contienda, Innes los pasó en un campo de prisioneros de guerra. Jamás hablaba de ello, nunca, por muchas artimañas que Lexie pusiera en juego.

—Eso no te hace falta saberlo —le decía.

—Es que quiero saberlo —replicaba ella, pero era inútil.

Lo que se sabe es que, cuando volvió a Myddleton Square, se encontró con que Gloria ocupaba toda la casa. Ferdinanda no estaba, la había internado en una residencia de ancianos administrada por la iglesia. Consuela había desaparecido en el caos londinense de la guerra. Gloria había vaciado la casa entera: toda la ropa de Ferdinanda, las fotografías, los abanicos de pluma de avestruz, los sombreros, los zapatos: lo había quemado todo en el jardín de atrás. Todavía se veía el círculo negro en el césped. También vivían allí una niñita de cuatro meses y un abogado que se llamaba Charles. Cuando Innes llegó y abrió la puerta de casa con sus llaves, apareció Charles en lo alto de las escaleras; llevaba puesto el batín de su padre y le preguntó quién era.

No se conocen los pormenores de la escena que siguió, pero Innes se ponía muy expresivo y elocuente cuando se sulfuraba. Diría muchas cosas horribles, Gloria chillaría y lloraría, Charles inventaría excusas confusas. Fuera como fuese, Gloria aceptó la separación, pero no el divorcio. Se quedó en Myddleton Square y vivía allí con Margot. Algo de dinero saldría de alguna parte (¿de Gloria, quizá?), porque Innes se fue a vivir a un piso de Haverstock Hill y, durante una temporada, Ferdinanda vivió allí con él.

Ella era la verdadera víctima de esta historia. Cuando Innes fue a buscarla, la mujer ya no lo reconocía. Gloria le había dicho que su hijo había muerto, que había caído en combate, asesinado en la noche del cielo alemán. Y esta es la esencia, el quid, la fuente de todo el odio y la amargura que siente Innes por su mujer. ¿Por qué lo hizo? Eso solo lo sabía Gloria, y no se lo iba a contar. Tal vez creyera que su joven marido no iba a volver, tal vez le tomara apego a esa casa preciosa y enorme. Es posible que Ferdinanda la molestara, que la agobiara. Es posible que, cuando se quedó embarazada, comprendiera que era imposible hacer pasar a la niña por hija de Innes, con su suegra allí. Ferdinanda tenía un calendario e iba tachando los días, contando el tiempo que hacía que no veía a su querido hijo. No se habría dejado engañar por un embarazo de veinte meses. Por eso había que quitarla de en medio.

La noticia de la muerte de su hijo le hizo perder la cabeza y no volvió a recuperarse. Innes la sacó de la residencia católica y la cuidó hasta el final. Siempre estaba, decía él, distante, pero jamás perdió las formas. Lo llamaba «joven» y le contaba anécdotas de su hijo, que había muerto en la guerra.

La presencia de Lexie en la vida de Innes parecía atormentar a Gloria de una forma mucho más acuciante que la de las mujeres anteriores. Tomó la costumbre de presentarse en la oficina con cierta regularidad, unas veces llorando, otras pidiendo dinero; llamaba al piso a primera hora de la mañana. Montaba numeritos en las escaleras, en los restaurantes, en el vestíbulo de los teatros, en la puerta de los bares, gimiendo y acusando, con la niña, muda, detrás de ella. Estas apariciones tenían lugar como a tandas: a lo mejor se producían dos en una semana y después pasaban meses sin verla. Y de pronto aparecía otra vez, taconeando por Bayton Street. Escribía cartas a Innes instándolo a que recordara sus votos legales. Él las hacía pedazos y después las tiraba al fuego. Un verano, durante una temporada, cuando Lexie salía de casa por la mañana, muchas veces veía a la hija sentada en un muro de la acera de enfrente. Margot nunca le dirigió la palabra ni se acercó, y Lexie nunca se lo dijo a Innes. Un día, en el metro, Lexie levantó la vista del periódico y se encontró a la niña sentada justo enfrente, con la cartera del colegio apretada en el regazo y los ojos claros fijos en ella.

Lexie se levantó y se agarró a la barra del techo.

—¿Por qué haces esto? —le dijo en voz baja—. ¿Qué quieres de mí?

La niña bajó la vista hasta los hombros de Lexie. Las mejillas blancas empezaron a colorearse.

—No vas a sacar nada de esto, Margot —le dijo. El metro dio un bandazo en una curva y Lexie tuvo que agarrarse con fuerza a la barra para no caerse encima de la niña—. Yo no tengo la culpa de lo que pasa. Tienes que creerme.

Esto pareció herir a la niña, que la miró otra vez a la cara agarrando la cartera con más fuerza.

—Pues no —dijo—, no te creo.

—Te prometo que no tengo la culpa de nada.

Margot se levantó del asiento. El metro entraba en la estación de Euston.

—Tú tienes la culpa de todo —le dijo entre dientes—. Tú. Nos lo has quitado y voy a hacer que te arrepientas, ya lo verás.

Entonces desapareció, y Lexie tardó mucho tiempo en volver a verla.

En los últimos doscientos metros, más o menos, después de dejar la calle principal, Ted se lanza a la carrera. Los pies golpean el pavimento: los brazos, como cuchillas, adelante y atrás, adelante y atrás; la sangre chirría por todo su cuerpo y los pulmones muerden el aire. Llega a la puerta de la casa de sus padres levantando gravilla y empapado en sudor, y tiene que sujetarse en el pasamanos para que los pulmones se llenen y se vacíen varias veces, hasta que puede enderezarse y llamar al timbre.

Su madre tarda en abrir.

—¡Hijo! —dice automáticamente, y pone la mejilla para que la bese sin darse cuenta de que va en chándal. Se aparta arrugando la nariz—. ¿Quieres darte una ducha?

—No, no pasa nada. —Se sacude como un perro al salir del río y se aparta el pelo de la frente—. No puedo quedarme. Solo he venido porque papá dijo que...

—¿Has venido corriendo todo el camino? —le pregunta, mientras lo lleva a la cocina.

—Sí.

—¿Desde el trabajo?

—Ajá.

—¿Es prudente?

—¿Prudente?

—Con tanta... —Encoge los hombros, vestidos de cachemira—. No sé, con tanta polución... Y ¿las articulaciones?

—¿Las articulaciones?

—Sí, dicen que correr puede ser pernicioso para la salud.

Ted se deja caer en una silla.

—Mamá, ¿no te has enterado de que precisamente todo el mundo está de acuerdo en que hacer ejercicio es muy beneficioso para la salud?

—Bueno —dice ella, dubitativa—, no sé nada de eso. ¿Seguro que no quieres darte una ducha?

—Seguro. No puedo quedarme. Tengo que volver a casa.

—Hay toallas. Están en el...

—Ya sé que hay toallas, mamá, y seguro que están muy suaves y esponjosas, pero no puedo quedarme. Papá dijo que había unos documentos que tenía que firmar, he venido por eso, pero tengo que irme enseguida.

—¿No quieres comer?

—No, no quiero comer.

—Pero tomarás un café. Y ¿qué tal un sándwich? Puedo hacerte uno muy rico de jamón y...

—Mamá, me encantaría, pero no puedo.

—Subirás un momento arriba a ver a tu abuela, ¿no? Le alegrarías el día, cielo, sabes que se lo alegrarías.

—Mamá —le dice, mientras se pone los dedos en la frente y se da un masaje en las sienes—, en otro momento, te lo prometo. Tengo que irme ahora mismo. Elina ha estado sola todo el día...

—Bueno, tu abuela también.

Ted toma una bocanada de aire y la suelta.

—Pero Elina ha estado sola con el niño. Parece que no come muy bien y...

—¿Ah, sí? —Deja el molinillo de café y se vuelve con cara de alarma—. ¿Qué ha pasado? ¿Qué es lo que no va bien?

—Nada, no ha pasado nada. El niño...

—¿No come? ¿Ha perdido peso?

—El niño está bien, pero es que llora mucho, nada más. Serán gases o un poco de cólico, dice Elina.

—¿Cólico? ¿Eso es grave?

—No, eso lo tienen muchos niños. Seguramente yo también lo tuve. ¿No te acuerdas?

La madre vuelve al molinillo y aprieta un interruptor. El ruido de los granos al molerse no deja oír su respuesta.

—¿Qué has dicho? —Ted se yergue un poco en la silla—. Por cierto, solo quiero un poco de agua. Te lo agradecería mucho.

—¿Café no?

—No, agua.

—¿Con gas o sin gas? —dice la madre, abriendo la nevera.

—¿Me dabas el pecho o el...?

—¿Con gas o sin gas?

—Cualquiera, cualquier cosa. Me vale con agua del grifo. No sé por qué compras esa mierda, la verdad.

—Esa boca, Ted.

—Bueno, ¿sí o no?

La madre busca un vaso en lo alto del armario dándole la espalda.

—Sí o no ¿qué?

—Que si me dabas el pecho.

—¿Quieres limón?

—Sí, vale.

—¿Hielo?

—Lo que sea, da igual.

Deja el vaso y empieza a revolver en el congelador.

—El otro día le dije a tu padre que rellenara las bandejas del hielo, pero seguro que no lo hizo. —Saca un pescado entero, sólido, congelado dentro del envoltorio, y una caja de plástico con un líquido transparente, salobre—: Aquí hay una —murmura—, vacía, claro, pero ¿dónde está la otra?

—Mamá, deja el hielo. Me la tomo tal como está.

—Le digo que haga estas cosas y es como si ni siquiera me... ¡Ajá! —Triunfal, levanta en el aire una bandeja de cubitos—. Yo, aquí, hablando mal de tu pobre padre y mira: cubitos.

Echa tres en el agua de Ted y se resquebrajan con el impacto. Deja el pescado congelado en su sitio antes de darle el vaso a Ted.

—Gracias —le dice él, y da un trago largo—. Bueno, ¿me dabas el pecho o no?

La madre se sienta a la mesa enfrente de él. Hace un gesto negativo con la cabeza y pone un mohín de desagrado.

—Me temo que no. Contigo fue cosa de biberones.

—¿De verdad?

La madre se levanta bruscamente otra vez.

—A ver, ¿dónde he puesto esos documentos?

—Qué curioso —dice Ted, mientras ella quita un montón de periódicos de una silla y los vuelve a poner—, ahora dicen que hay que dar el pecho a los niños porque es bueno para el sistema inmunitario. Elina siempre dice que tengo mucha resistencia a las enfermedades, más que nadie que ella conozca. Y si no me diste el pecho, resulta que esa teoría no es tan cierta, ¿verdad?

La madre abre un armario, mira dentro, lo cierra.

—Sé que tienen que estar por aquí, en algún sitio, los he tenido en la mano esta misma tarde, pero ¿dónde...? —Se lanza hacia delante y empieza a repasar un montón de documentos blancos—. ¡Aquí están! Sabía que tenían que estar por aquí. —Se los pone a Ted a mano.

—¿Qué son?

—No sé qué acuerdos financieros de tu padre.

—Ya, pero ¿de qué se trata?

Ted vacía el vaso y coge el primer papel del montón.

—A mí no me preguntes, cielo. Estas cosas no las habla conmigo. Algo de un fondo para el niño. Para que el gobierno te devuelva algo de dinero o algo parecido.

—¿Va a abrir un fondo para el niño?

—Creo que sí, que era eso. Es que a veces nos preocupamos, los dos, ¿sabes? Sobre todo ahora que tienes un hijo.

—¿Qué es lo que os preocupa?

—Bueno, ya sabes... Entre Elina y tú tenéis unos ingresos muy...

—Muy ¿qué?

—Inseguros.

—¿Inseguros?

—Inseguros no, irregulares. Intermitentes. Por eso pensamos en guardar algo de dinero para el niño, por si acaso.

—Ya —murmura Ted, intentando disimular una sonrisa. Evita preguntarle «por si acaso ¿qué?»—. Sois muy amables. ¿Tienes un bolígrafo?

La madre le pasa una pluma y Ted escribe su nombre en la casilla que dice: «consentimiento».

En la puerta, la madre sigue hablándole de la ducha, las toallas y subir un momento a ver a la abuela.

—Lo siento —dice él, y le da un beso en la mejilla—, tengo que irme.

—No pensarás ir corriendo hasta Gospel Oak, ¿verdad?

Ted anda hacia atrás diciéndole adiós con la mano.

—No, voy a coger el autobús.

—¡El autobús! Si quieres te llevo. No hace falta que cojas el autobús. Te llevo y así veo...

—Me voy en autobús —repite Ted, sin dejar de mover la mano ni de andar. De pronto se para.

La madre lo ve, todavía con una mano en la puerta.

—¿Qué ocurre?

—¿Te acuerdas de...? —le pregunta, y tiene que pensarlo un poco—. Una vez vino un hombre a casa y tú... lo echaste, me parece. Sí, lo echaste, estoy seguro.

—¿Cuándo?

—Hace años, cuando yo era pequeño. Un hombre con una americana marrón, un poco desgreñado. Fue arriba. Estabas discutiendo con él. Le dijiste, me acuerdo muy bien, le dijiste: «No, no puedes quedarte, tienes que irte». ¿Te acuerdas de eso?

La madre dice que no enérgicamente con un movimiento de cabeza.

—No.

—¿Quién sería? Cuando se iba, miraba hacia casa, y me saludó con la mano. ¿No te acuerdas?

La madre ya no lo mira. Pasa la mano por la pintura de la puerta como si buscara grietas.

—No, qué va —dice, sin mirarlo.

—Me saludó como si...

—¿No sería un viajante de comercio o algo así? Venían muchos por aquí en aquella época. Eran un tanto agresivos, desde luego. —Ahora lo mira con una gran sonrisa, enseñando los dientes—. Sería lo más lógico.

—Vale.

—Hasta luego, cielo. Nos vemos pronto.

Cierra la puerta rápidamente y, un momento después, Ted da media vuelta y cruza la calle.

Elina no oye la llave de Ted en la puerta porque el niño está llorando otra vez, con el puño metido en la boca y la cabeza hundida en el cuello de su madre. Da paseos por la salita de estar de esa forma tan curiosa, como meciéndose, como si anduviera por la luna, piensa ella, o muy hundida en la nieve. En la última hora, el niño ha mamado treinta segundos dos veces: se agarra con ganas, pero enseguida se suelta, chillando. ¿Le dolerá algo? ¿La leche no estará buena? ¿No le gustará? ¿Le pasará algo al niño? ¿O a ella, tal vez?

Mira el libro sobre recién nacidos, que está en el sofá. Lo compró porque la librera le dijo que era sin duda «la Biblia de la maternidad». Ha consultado «gases», ha consultado «llanto», ha consultado «complicaciones digestivas» y «cólico», ha consultado «desesperación» y «angustia», y después «sufrimiento incomprensible», pero no ha encontrado nada útil.

Cambia al niño de postura, tumbado sobre el antebrazo, sujetándole la cabeza en la palma de la mano. Le pasa la otra mano por la espalda. Parece que acepta el cambio con una seriedad y una concentración como si fuera a decir: «Sí, probemos esto, a lo mejor funciona». «Lasse —se obliga a pensar, mirándole la sedosa cabeza—, Arto, Paarvo, Nils, Stefan.» ¿Cómo se supone que se elige el nombre de un niño? ¿Cómo se decide eso? ¿Tiene cara de Peter, de Sebastian, de Mikael? ¿O es Sam, Jeremy, David? Nota en los tendones y en las venas de los brazos unos reajustes mínimos, gorgoteos peristálticos, algo que queda atrapado, algo que se suelta en el diminuto tracto digestivo, y está tan pendiente de estas cosas que, al levantar la cabeza y ver dos rostros de perfil reflejados en la ventana de enfrente, ya oscura, se le escapa un grito y da media vuelta sujetando al niño para que no se caiga.

Es Ted, que ha entrado en la habitación con una sonrisa tensa en la cara, en chándal, y tira las llaves en el sofá.

—Bueno —dice—, ¡menudo recibimiento!

El niño, asustado por el grito, empieza a gemir otra vez. No se lamenta con desesperación, como en la última hora, sino que ahora es un llanto distinto, tenso, en espiral.

—¡Qué susto me has dado! —le dice ella moviendo los labios.

—Lo siento —responde Ted, moviendo los labios también.

Ella se encoge de hombros.

—¿Quieres que lo coja?

Elina asiente y le pasa al niño. Nota los brazos ligeros, como entumecidos, igual que en ese juego en el que se aprietan las manos con fuerza contra las jambas de una puerta, luego se da un paso atrás y los brazos se levantan en el aire por sí solos.

Se desploma en el sofá, cierra los ojos y descansa la cabeza en los finos cojines. Dos o tres segundos después de este abandono, una mano le toca el brazo.

—Creo que tiene hambre. —Ted le devuelve al niño—. Sería mejor que le dieras de mamar.

—¡Por Dios! —exclama, mientras tira de la camiseta e intenta levantársela para sujetarla con la barbilla; se desabrocha el sujetador, se quita la gasa, coloca el pezón y el puño del niño, que no para de agitarse peligrosamente cerca del hinchado, rígido y caliente pecho—. ¿Qué crees que llevo intentando desde hace una hora?

Ted la mira, perplejo al verla tan enfadada de repente. Elina ve que respira hondo antes de hablar.

—¿Cómo iba a saberlo? —le dice en un tono apaciguador, lento—. Acabo de llegar.

El niño se le resbala un poco, sopla y se retuerce con gran inquietud, con hambre; lo único que quiere ella es tumbarse, pedir disculpas a Ted, que se acabe de una vez esta leche dolorosa, irritante, que alguien le traiga un vaso de agua, que le digan que todo va a salir bien. El niño mira el pecho, duda, agarra firmemente el pezón entre las encías y Elina se retuerce de dolor de los pies a la cabeza. Parece que lo piensa unos segundos más y por fin empieza a chupar, absorto como quien se pone a trabajar, moviendo los ojos sin parar, como si leyera un texto invisible en el aire.

Elina relaja los hombros muy despacio, poco a poco. Echa un vistazo a la habitación. Ted está sentado enfrente de ella, mirándola, con el ceño fruncido y las piernas cruzadas. Ella intenta sonreírle y se da cuenta de que, en realidad, no los mira a ellos, sino a otra cosa que está al lado. Tiene esa mirada rara, desenfocada.

—¿Te encuentras bien?

Ted parpadea y la mira, desconcertado.

—¿Eh?

—¿Te... encuentras... bien?

—Claro —dice, como sacudiéndose—. ¿Por qué lo preguntas?

—Por nada, solo por comprobar.

—Pues preferiría que no lo hicieras.

—Que no hiciera ¿qué?

—Preguntar solo por comprobar. Preguntarme si me encuentro bien.

—¿Por qué?

—Me fastidia. Siempre te digo que sí.

—¿Te fastidia? —repite ella—. ¿Te fastidia que me preocupe por ti?

Ted se pone de pie.

—Me voy a la ducha —musita, y sale de la habitación.

Están en la cama, los tres, boca arriba. Elina mira el techo; el niño duerme entre los dos, con los brazos completamente estirados a los lados.

—Me pregunto —dice Ted— cuándo empezará a recordar cosas.

Ella se vuelve hacia él. Ted tiene la cabeza apoyada en el codo y mira al niño.

—Depende, ¿no? —dice ella—. Sobre los tres o cuatro, creo.

—¿Tres o cuatro? —murmura él, mirándola con las cejas enarcadas.

Ella le sonríe.

—No hablo de ti, señor Amnésico, hablo de la gente normal con cerebro normal.

—¿Qué es un cerebro normal, señora Insomne?

Ella pasa el epíteto por alto.

—Me acuerdo de cuando nació mi hermano...

—¿Cuántos años tenías?

—Hum... —Tiene que pensarlo—. Dos. Dos años y cinco meses.

—¿En serio? —Ted se sorprende de verdad—. ¿Te acuerdas de algo de cuando tenías dos años?

—Pues sí. Es que fue una cosa muy importante. Llegaba un hermano. ¡Cualquiera se acordaría de eso!

Ted envuelve un pie del niño con la mano.

—Yo no.

—He leído que los que tienen hermanos menores también tienen mejor memoria porque han... no sé, han practicado más. Les resulta más fácil acordarse de las cosas.

—Entonces estoy seco. —Ted sonríe, suelta el pie del niño y se tumba del todo con las manos detrás de la cabeza—. Es la excusa perfecta para esta memoria de pez que tengo. Soy hijo único.

Elina lo mira. Ve las marcas de bronceado en los brazos, alrededor de la muñeca, donde se pone el reloj, los músculos que se mueven debajo de la piel de las piernas, el arremolinamiento del vello alrededor del ombligo, el pecho. Hace calor esta noche y él solo lleva unos pantalones cortos. «¡Qué curioso —piensa ella— que físicamente esté igual, mientras que yo no me reconozco!»

Ted sigue hablando:

—... algo que ver con haberlo tenido, con observaros al niño y a ti juntos, que hace que de pronto casi pueda ver esas cosas. Casi, pero no del todo. El otro día me acordé de una... No es nada, no te emociones, pero me acordé de que iba andando por un camino de la mano de alguien mucho más alto que yo, alguien que llevaba zapatos verdes, de esos altos, pero no de aguja, de los que tienen una suela maciza.

—¿Zapatos de plataforma?

—Sí. Verdes, con la suela de madera.

—¿De verdad? ¿Qué más?

—Nada más. Solo me acordé de esa sensación de tener el brazo estirado hacia arriba, por encima de la cabeza.

—No me digas —Elina se da media vuelta, estira el brazo y lo pone en el pecho de Ted; él lo tapa inmediatamente con los suyos— que estás recuperando la memoria. ¿Es posible?

—Eso parece —dice. Se lleva la mano de ella a la boca y la besa, ausente—. Los milagros ocurren.

Una noche, Lexie se quedó sola en *elsewhere*. Innes había desaparecido diciendo que iba al estudio de alguien a ver un tríptico y Laurence se había ido al Mandrake. Lexie se había propuesto recortar otras doscientas palabras de un artículo bastante prolijo sobre George Barker antes de irse a casa. Con un lapicero azul entre los dientes, se inclinó sobre la densa copia mecanografiada.

«La cualidad esencial, el tono y la peculiaridad de las cadencias de Barker...», leyó. ¿Hacían falta «cualidad» y «tono»? Y ¿«peculiaridad»? ¿Es que «cualidad esencial» no significaba lo mismo que «peculiaridad»? Suspiró y mordió el lápiz, que sabía a plomo y madera. Había leído el artículo tantas veces que empezaba a perder sentido, las palabras le sonaban tanto que ya no significaban nada. La punta del lápiz pasó por encima de la palabra «peculiaridad», después por «cualidad esencial» y volvió a donde estaba antes, hasta que se le escapó un suspiro y por fin tomó una decisión. Tachó «peculiaridad» por ser una palabra fea, puesta ahí para...

La puerta chirrió al abrirse y entró Daphne sacudiéndose gotas de lluvia del abrigo.

—¡Dios! —venía diciendo—. ¡Hace una noche de perros ahí fuera! —Echó un vistazo general—. ¿Dónde están los demás? ¿Qué ha pasado? ¿Estás sola?

—Sí —dijo Lexie. Se miraron la una a la otra, con la mesa de por medio. Lexie dejó el lápiz azul y volvió a cogerlo—. Estoy a punto de terminar con esto, después me voy a...

Daphne se acercó a mirar lo que hacía Lexie.

—¿Es la reseña de Venables? ¡Siempre manda unos batiburrillos...! No entiendo por qué Innes sigue pidiéndole colaboraciones. Supongo que será barato, pero es lo único bueno que puede decirse de él. Falta de concordancia aquí. —Señaló el segundo párrafo con una uña mordida—. La palabra «estrofa» se repite dos veces en la misma frase. —Señaló otro párrafo. ¡Qué vago es este gilipollas! A veces me pregunto si releerá lo que escribe.

Se puso de puntillas para sentarse en la mesa de Lexie, y Lexie, agobiada por la mirada de Daphne, empezó a corregir la falta de concordancia.

—Todo un progreso que te hayan dado esto —dijo Daphne.

Lexie levantó la cabeza para mirarla; se fijó en el carmín de los labios, en el gesto contemplativo de la boca, en el anillo verde del pulgar.

—¿Tú crees?

Daphne se miró una uña, la mordió, la volvió a mirar.

—Hum —dijo—. Si te da las chorradas de Venables para que las resucites, es porque valora tus habilidades.

Súbitamente vencida por el cansancio, Lexie bostezó.

—No sé por qué —dijo—, a mí no me parece que tenga ninguna habilidad.

Daphne le cogió el lápiz de las manos.

—Vamos —le dijo—. Ya basta. Creo que las dos necesitamos un trago.

—Tengo que terminar esto —protestó Lexie, porque era verdad y además porque nunca había salido sola con Daphne y no estaba segura de que le apeteciera—. Todavía tengo que eliminar ciento treinta palabras. Se lo prometí a Innes...

—No te preocupes por Innes. ¿Qué crees que estará haciendo con Colquhoun, si no pulirse una botella de whisky? ¡Vámonos de aquí!

Se acercaron al pub francés (el primero que eligió Daphne), pero estaba tan lleno que había gente hasta en la calle.

—Tardaremos años en que nos sirvan —musitó Daphne, contemplando el panorama desde la otra acera.

Pensaron en ir al Mandrake, pero decidieron que no. Muriel Belcher las paró en la puerta del Colony Room diciendo secamente: «Solo socias».

Daphne se quitó el cigarrillo de la boca.

—¡Ah, vamos Muriel! ¡Solo por esta vez!

—Vosotras dos, señoras mías, no tenéis el honor, que yo sepa, de ser socias de aquí.

—¡Por favor! —le rogó Lexie—, es tarde. Los otros bares están hasta la bandera. No nos quedaremos mucho rato. Nos portaremos muy bien, te lo prometemos. Nos tomaremos algo en tu bar.

—¿Dónde está hoy la señorita Kent?

—Se ha ido a ver a Colquhoun —dijo Daphne.

Muriel arqueó una ceja y miró a Lexie.

—Ya. Se ha ido a la otra acera, ¿no?

—Hum. —Lexie perdió el hilo, no entendía bien lo que quería decir Muriel.

Daphne acudió en su ayuda.

—Antes la tierra se vuelve plana —sentenció.

—Bueno, vosotras sabréis —cacareó Muriel—, vosotras sabréis.

—Entonces, ¿podemos entrar? —preguntó Daphne—. ¡Por favor! —Empujaba a Lexie hacia delante, de modo que esta casi estaba encima de Muriel. Lexie tuvo que retroceder para no caerse en el regazo de la señora—. Ella tiene trato con un socio —insistió Daphne, empujando otra vez a Lexie por las costillas; Lexie le pisó un pie con fuerza—. ¿Eso no cuenta?

Muriel las miró de arriba abajo.

—Está bien, pero solo por esta vez. El próximo día, asegúrate de que vienes con tu niño encantador.

—¿Qué niño encantador? —susurró Lexie cuando pisaron los tablones del bar.

—Se refiere a Innes —respondió Daphne, también en voz baja.

Esa expresión aplicada a Innes le resultó particularmente graciosa y empezó a reírse.

—¿Por qué lo llama de esa forma? Y ¿por qué lo llama «señorita Kent»?

—¡Calla! —Daphne le apretó el brazo—. Se va a creer que te estás riendo de ella y nos echará.

Lexie no podía parar de reírse.

—¿Por qué «señorita Kent»?

—¡Dios santo! —se quejó Daphne—. Y todavía no has tomado nada. Es que se refiere a todos los hombres como si fueran mujeres. ¿No te habías dado cuenta?

—Pero ¿por qué?

—Pues porque sí, nada más —respondió Daphne, impaciente—. Bueno —dijo, cuando llegaron a la barra—, ¿qué tomamos? Ginebra, creo, no tengo dinero. ¿Y tú?

Se sentaron a una mesa cerca de la barra, apretadas entre un hombre con un abrigo asqueroso de mutón, dos jóvenes, uno de los cuales llevaba un bolso de piel precioso colgado del brazo, y la anciana a la que Lexie había visto otras veces.

Lexie pasó la ginebra a Daphne, revolvió la suya y dijo: «Culos arriba» antes de vaciar el vaso. El alcohol le inundó el fondo de la garganta, se puso a toser y se le llenaron los ojos de lágrimas.

—¡Uf! —dijo, y escupió—. ¡Ah! ¿Tomamos otra?

Daphne la miró y bebió un sorbito de la suya.

—Tú no haces las cosas a medias, ¿eh, Lexie Sinclair?

Lexie sacó un cubito de hielo del vaso y se lo metió en la boca.

—¿Qué quieres decir?

—Te metes en todo hasta el cuello —contestó Daphne, encogiéndose de hombros.

—¿Ah, sí?

—Sí. —Daphne chupaba pensativamente la varilla de cóctel—. Está claro por qué a Innes y a ti os... bueno... os va tan bien. Él es exactamente igual.

Lexie mordió el cubito y notó cómo se partía entre los dientes. Lo redujo a trocitos más pequeños. Miró a Daphne, el anillo verde del pulgar, la piel lisa de la frente, la boca grande que bebía a sorbitos. De repente se le presentó una imagen de Innes encima de Daphne, en la cama; se imaginó las manos de él tocando esa piel, ese pelo, las bocas encontrándose. Se tragó los trocitos de hielo y respiró hondo. Tenía la sensación de que había llegado el momento de hablar, de que si Daphne y ella tenían que seguir trabajando juntas, había que decirlo.

—Lo siento —empezó— si, bueno, si me entrometí o... o... o... o te pisé los pies. Con Innes, me refiero... No tenía la menor intención de...

—¡Ah, por favor! —Daphne movió la muñeca como si espantara una mosca—. No tienes que disculparte por nada. Innes y yo éramos... Bueno, no fue más que un apaño práctico. No como vosotros dos ahora. Lo vuestro es diferente, ¿verdad? Eso se ve a la legua. —Le sonrió, como satisfecha del giro que había dado la conversación—. Ha cambiado mucho desde que te conoció.

—Yo también —dijo Lexie—, aunque no soy un hombre, evidentemente.

Le entró otro ataque incontrolable de risa. El paisaje del Colony Room (el joven del bolso de piel en la silla de al lado, la vieja haciendo ruido con la lata de tabaco en las narices del hombre del mutón, los peces saltando en su pecera sucia, Muriel gritando a un desventurado socio que «aflojara la mosca», un pintor que creyó reconocer abrazado al cuello de una mujer con un ceñido vestido morado) parecía tan lejos de lo que su educación le había inducido a esperar que lo único que podía hacer era reírse.

Daphne puso los ojos en blanco.

—Y ahora ¿qué te hace tanta gracia?

—No sé —consiguió decir—. No sé. A veces me cuesta creer que antes viviera en Devon.

—¿Qué? —Daphne se quedó mirándola con perplejidad—. ¿Qué tiene que ver Devon con esto?

—¡Nada! —Lexie se apoyó en la mesa—. ¡Por eso mismo!

Daphne se puso un cigarrillo en la boca y lo encendió; apagó la cerilla sacudiéndola—. Eres una chica muy rara, Lexie. —Dio una palmada en la mesa—. Bueno, otro trago, creo. Deakin —dijo al hombre del abrigo de mutón—, préstanos un par de chelines, haz el favor. Sé que puedes permitírtelo.

Deakin se volvió despacio hacia ella con los labios arrugados.

—Que os den —replicó—. Pagaos lo vuestro.

Ahora, la oficina de *elsewhere* es un café. O un bar. No está muy claro cuál de las dos cosas. El cartel de fuera dice «The Lagoon Café Bar», así que se puede elegir. La falta de puntuación del cartel habría llamado la atención a Innes. Tendría que ser «Café/Bar», habría insistido, o «Café, Bar» o al menos «Café-Bar», si se usa el término como palabra compuesta.

Sea como fuere, es uno de esos sitios con el suelo de madera desbastada, poca luz, paredes azul oscuro, una vela en cada mesa y sofás al fondo. Hay libros y revistas repartidos por el local; irónicamente, una de las revistas es *London Lights*, el nombre actual de *elsewhere*. Un cambio terrible. Pero a los que compraron *elsewhere* a principios de los sesenta el nombre les parecía «muy denso». Como es lógico, ya no se parece en nada a la revista de la época de Innes. Tiene el cuádruple de páginas, está llena de publicidad, listas en líneas apretadas y entrevistas con estrellas de la televisión que desvelan secretos corrientes y molientes. Las reseñas de arte, cuando las hay, son muy breves. La semana pasada, sin ir más lejos, dedicaron cien palabras a una producción de *Medea* del National Theatre.

En el Lagoon Café Bar (o Café/Bar o Café-Bar) hay una mesa en el mismo sitio más o menos que ocupaba la de Lexie (una mesa de cocina vieja llena de marcas de cuchillo y manchas de tinta), junto a la puerta, mirando a la calle. La puerta es diferente, pero esta también se atasca cuando llueve. La chimenea que Innes había clausurado con tablones (porque en invierno no soportaba la corriente que entraba por el gélido cañón) la han vuelto a abrir los del café después de limpiarla y restaurarla. ¡Cómo cambian las cosas! No la utilizan como chimenea, sino como altar o algo parecido: está toda llena de velas. Un altar a no se sabe qué. Han sobrevivido algunas estanterías de *elsewhere*, cosa notable, porque las montaron en 1960, un fin de semana, entre Laurence y Lexie sin tener ni idea. Ahora las ocupan algunos libros del café/bar y, por detrás, filas y más filas de vasos, puestos boca abajo, goteando todavía del lavavajillas. Lo que era el cuarto de Innes, el del fondo, donde tenía los cuadros, el sofá y trastos varios, ahora es la cocina. En ella tuestan *panini*, hacen hummus y sirven aceitunas en cuencos pequeñitos: la cocina del Lagoon es mediterránea en general, sin especificar, y la sirve un puñado de bosnios, polacos y australianos. A Innes le habría encantado el sitio.

Desde la mesa que ocupa el lugar que antes ocupaba la de Lexie se ve Bayton Street. Hace frío, para ser el mes de julio; una cortina gris de agua cae oblicuamente sobe el asfalto y salpica las ventanas. No hay nadie en las mesas de la terraza de la acera; una taza solitaria de café se llena lentamente de agua. La camarera australiana, o «barista», como dice en su insignia, ha puesto un disco antiguo de Edith Piaf. Es pronto por la tarde, acaba de pasar la hora punta de la comida. Ted está sentado a la mesa que ocupa el lugar de la de Lexie.

Viene aquí a menudo. El estudio de montaje está justo a la vuelta de la esquina, en Wardour Street. Está comiendo, un *panini* de queso de cabra con pimiento rojo. Tamborilea con los dedos suavemente, siguiendo a Edith, y la vibración recorre toda la madera. Parece que mira al sitio en el que Lexie tenía colgado su tablón de anuncios: un batiburrillo de notas, pruebas, listas, postales y transparencias que solo ella entendía. Pero, claro, él solo ve la lluvia.

Acaba de decir que anoche el niño se despertó muchas veces, y tal vez por eso, en parte, parece un tanto aturdido. Lleva una camisa con el cuello torcido y un jersey con los puños desgastados.

—Ya es hora de que le pongáis un nombre a ese crío —le dice, con estridencia, su compañero Simmy—. No podéis seguir llamándolo «el niño» cuando vaya a la universidad.

Ted sonríe, se encoge de hombros, y el cuello torcido de la camisa se levanta y baja con el gesto.

—A lo mejor no va a la universidad. —Da un mordisco enorme al *panini*.

Simmy pone los ojos en blanco.

—Ya sabes lo que quiero decir. ¿A qué coño estáis...?

—Para tu información —lo interrumpe Ted, en cuanto traga el bocado—, lo decidimos anoche.

—¿De verdad? —Simmy se sorprende tanto que tiene que dejar

el vaso en la mesa—. ¿Qué nombre le habéis puesto?

Ted le indica con un gesto que tiene la boca llena.

—¿Es un nombre finlandés complemente impronunciable? —insiste Simmy—. ¿Con siete vocales? O ¿es larguísimo, como James James Morrison Morrison Weatherby George Duwhatsit? O ¿Ted? ¿Ted II?

—Jonah —dice Ted.

Simmy lo piensa un momento.

—¿Como el de la ballena?

—Sí.

—¿Te das cuenta —dice Simmy— de que ahora le van a decir eso mismo toda la vida?

—¿Qué? ¿Lo de la ballena?

—Sí.

Ted se encoge de hombros otra vez.

—Bueno, ya se acostumbrará. Todos los nombres se pueden asociar con algo. Además, tiene cara de Jonah, y el nombre me gusta, Jonah...

—Evidentemente —lo corta Simmy—, ya que lo has elegido tú.

—Y —continúa Ted, como si no lo hubieran interrumpido—, suena bien en finlandés y en inglés. En inglés se pronuncia «Jonah», ya sabes, y en finlandés, «Jurnah». O «Juornah», algo así.

—¿«Juor-nah»?

—Eso parece.

—Yo no diría que eso suena bien.

—Sim —dice Ted amablemente—, nadie te ha pedido tu opinión.

Siguen comiendo en silencio. Ted vuelve a tamborilear en la mesa, y los vasos, los cubiertos, las tazas y los platillos vibran en respuesta.

—Me gusta —musita Simmy, con un trozo de pan en la boca—. Es un buen nombre.

—Gracias.

—¿Qué tal está Elina?

Ted deja de tamborilear y empieza a manosear la servilleta, la dobla, la desdobla.

—De acuerdo. —En medio de la frase frunce el ceño—. Está... en fin... cansada.

Simmy ladea la cabeza.

—Es lógico.

—Ojalá pudiera ventilar esta maldita película de una vez y pedir unos cuantos días más de permiso, pero...

—¿De verdad no hay nadie a quien le puedas encargar una parte de la edición?

Ted se rasca la cabeza, bosteza.

—Tengo un contrato que cumplir y, claro, es un cliente importante. No le gustaría que lo dejara en manos de otro. Tengo que terminarlo. Y el niño nació antes de tiempo y todo eso... Le he dicho que tendría que ponerse en contacto con su grupo.

—¿Qué grupo?

—Bueno, eso, el grupo de madres o como se llame. De las clases de preparto, las del hospital. Se reúnen una vez a la semana, me parece. Pero no quiere.

—¿Por qué?

—No sé. —Tira la servilleta al plato—. Dice que no le va eso de los grupos o algo por el estilo.

—Puede que tenga razón. Elina no me parece de las que funcionan en grupo, no sé por qué.

—Y dice que Jonah se pasaría el rato llorando. —Frunce el ceño otra vez—. Tiene cólicos, dice, y solo puede darle de mamar en casa porque llora y patalea, y tiene que estar con la... bueno, eso... colgando hasta que se tranquiliza, cosa que puede durar una hora.

Ted se calla para coger aire. Se miran.

—Vale —asiente Simmy—, a lo mejor me paso por tu casa. El fin de semana.

—La gente suele decir: «¿Te parece bien que me pase el fin de semana?», no «Vale, me paso por tu casa».

—No te he pedido permiso. No voy a ir a verte a ti, sino a Elina, y al recién llamado Jonah. Y tú, por mí, como si te vas al infierno en carreta.

Ted sonríe.

—De acuerdo —dice. Echa un vistazo al reloj—. Tengo que irme. —Se levanta y deja unos billetes en la mesa—. Lo siento, Sim. Nos vemos luego.

Y se va. Anda deprisa, siempre ha andado deprisa, botando un poco, levantándose sobre los dedos de los pies, que lo impulsan por la acera. En el camino, saca el móvil y llama a Elina.

—Hola... Sí... ¿Qué tal estás? ¿Qué tal Jonah? ¿Ha comido bien?... ¡Ah! ¿De verdad? ¡Ah, no! Lo siento. Bueno, a lo mejor... Ya. De acuerdo... Acabo de ver a Simmy. Sí, le he dicho lo del nombre. Ha dicho... ¡Ah, vale! Hablamos dentro de un rato.

Cierra el móvil de golpe y entra en el edificio. En el ascensor, se queda mirando cómo cambian los números y, cuando llega a su despacho, se deja caer en la silla. Reorganiza unos papeles, se calza un bolígrafo detrás de la oreja, se lo quita; bebe agua de una botella de plástico, corrige la posición de la silla, sacude la muñeca derecha. Finalmente, se pone a trabajar.

Tiene dos pantallas frente a él: en las dos se ve la imagen congelada de un hombre titubeando en lo alto de un edificio, a punto de caerse.

Mueve el ratón sobre el escritorio y aprieta los botones a ritmo de corchea y negra, y la película empieza a moverse fotograma a fotograma, a cámara lenta. Los pies del hombre pierden el contacto con el borde del edificio, se inclina en sentido horizontal, la frágil cáscara del cráneo apunta ahora hacia abajo, los brazos empiezan a moverse en círculos, el viento agita la ropa al pasar por delante de la cámara (no se le ve la cara, pero uno se imagina una máscara congelada de horror con la boca abierta) y caemos con él, una caída terrible, y el hombre no tiene paracaídas, no tiene cuerda de la que tirar, y se abre ninguna tela de seda para salvarlo; se cae sin remedio, de cabeza, agitando los brazos, hacia el suelo despiadado.

Ted mueve el ratón otra vez y aprieta el botón (tres corcheas claras), y el hombre queda en suspenso en plena caída, a unos centímetros de la calle. Ahora, con este otro ángulo de la cámara, se le ve la cara; enseña los dientes, tiene los ojos cerrados, quién se lo iba a reprochar, es una expresión de ferocidad extrema y Ted lo ha salvado. Vuelve a apretar el botón, las imágenes se rebobinan, el hombre sube otra vez por el aire, cada vez más arriba, lejos del suelo, y ya está otra vez en lo alto del edificio; ahora habla con otro, un hombre corpulento, el que lo empujó. Lo cierto es que no debería volver a ponerse a charlar con hombretones en la azotea de un rascacielos.

Ted pasa la película hacia delante y hacia atrás otra vez. Vemos al hombre titubear y retroceder en lo alto del edificio desde distintos ángulos. Adelante: a punto de caerse. Atrás: hablando con el hombre corpulento. Adelante, atrás. ¿Se caerá o se quedará en el edificio? ¿Morirá o no morirá? ¿Morirá hoy o mañana? Eso lo decide Ted.

Pero parece que no quiere tomar la decisión ahora. Bosteza, se frota los ojos con la parte inferior de las manos, se recuesta en el asiento. Aprieta otra vez el botón del ratón y la escena se rebobina. Ted se da un masaje en los tendones de la mano derecha sin dejar de mirar, bosteza otra vez, mira el reloj de pared: el director va a llegar de un momento a otro y quiere ver esa escena. Después frunce el ceño y se inclina hacia la mesa. Algo ha destellado un microsegundo en la parte superior de la pantalla. Ted mueve el ratón otra vez y las imágenes avanzan, después retroceden muy poco a poco. Adelante, atrás.

¡Ahí! ¡Ya lo tiene! Un destello negro que pasa por delante de la cámara. Algún elemento del equipo, un cable suelto, la punta de un dedo, ¿quién sabe? Pero lo ha encontrado y lo elimina con unos pocos movimientos del ratón.

Se recuesta en la silla otra vez, satisfecho. No soporta las tomas sucias ni soporta que se le pasen por alto. Bosteza de nuevo. Se da tres golpecitos en la cara. Tiene que espabilarse antes de que llegue el director, tiene que tomarse un café, tiene que llamar a su padre, después, quizá, tiene que...

Sin más ni más, de pronto piensa en su padre: lo lleva por la calle, de pequeño. Ted arrastra los pies, deja las piernas muertas, como hacen los niños, y se queja diciendo: «No, no, no», como hacen los niños. Y ¿su padre? Su padre dice: «Vamos», y «Tienes que ir» y

«No seas tonto» y todas esas cosas que dicen los padres. Debía de llevarlo a algún sitio sin su madre, porque tiene la sensación (tan lejana ahora), esa necesidad perentoria, desbordante, de verla, de volver con ella, de agarrarse al pasamanos de metal y quedarse ahí hasta que ella oiga su llanto y vaya a buscarlo.

Mira la pantalla, al hombre suspendido en el aire como un ángel oscuro. Mira la postal del cuadro de Elina. Sacude el brazo, que está entumecido y le da pinchazos como de agujas (a lo mejor ya es hora de volver a ver al osteópata) y se levanta. Se mira las manos, la cicatriz del pulgar, mira los números del teléfono. Descuelga y se queda con el auricular en la mano. Tendría que llamar a su padre, o a Elina otra vez, a ver si está bien. Pero no marca ningún número. Sentado al escritorio, con el teléfono al oído, escucha el ruido de la línea y el tono de marcado, monótono y apaciguador, como el viento entre los árboles, como el mar sobre los guijarros.

Llaman al timbre de la puerta con insistencia. Elina está doblando cosas en la habitación de invitados, cosas pequeñas: camisetas diminutas, ranitas, calcetines en miniatura.

—¡Ted! —dice—. ¡Ted!

No hay respuesta. Siguen llamando al timbre. Deja el chalequito que tiene en las manos y sale de la habitación.

Cuando abre la puerta, ve a Simmy en la entrada.

—¡Pequeña My!* —dice—. Vengo para llevarte lejos de aquí.

Elina se ríe. No puede evitarlo. Simmy lleva un sombrero de paja y una camisa enorme con un estampado de hamacas de colores.

—Pareces... No sé... un personaje de un musical —le dice.

Simmy abre los brazos desmesuradamente.

—Toda mi vida es un musical. ¡Hala, vámonos!

—¿Irnos?

—A la calle. ¡Vamos, date prisa! —Mueve las llaves del coche—. No tengo todo el día.

* Personaje de la serie infantil *Mumin*, de Tove Jansson (1914-2001). *(N. de la T.)*

—Pero... —Elina intenta pensar—... ¿adónde vamos?

—A la calle, ya te lo he dicho. ¿Dónde está tu hombre? ¿No está en casa?

—Está en el jardín con el niño.

—Quieres decir con Jonah —le corrige Simmy severamente; entra en el recibidor y empieza a revolver las cosas del perchero—. Tienes que dejar de llamarle «el niño». Yo no te llamo «la mujer», ¿verdad?

Le pasa una chaqueta y un sombrero.

Elina los coge sin saber qué hacer y baja hasta el peldaño que da a la calle.

—¿Qué haces, Sim?

—¿No tienes bolso? —le pregunta, enseñándole un bolso pequeño de piel, de color verde, que tiene muchas cremalleras, y lo deja a un lado—. Un bolso de verdad, como una maletita, lleno de cosas.

—¿Qué cosas? —le pregunta ella, y Simmy sigue registrando el perchero.

—Cosas de niño pequeño. Pañales y todo eso, qué te voy a decir. Esas bolsas monstruosas de tela acolchada que llevan los de tu pueblo a todas partes.

Elina señala una bolsa de lona que hay detrás de la puerta.

—¿Eso? —dice Simmy, tocándola con el pie—. No lo dirás en serio. Se parece a lo que usa mi madre para guardar la comida de los caballos. —La abre—. Hum. A ver... Pañales —dice—, sí. Algodón hidrófilo, sí. Toallitas húmedas, sí. Cositas blancas desconocidas, sí. ¿Qué más necesitamos?

—Sim, no puedo...

—Biberones. ¿Qué hay de los biberones? ¿No nos hacen falta?

—No. —Se señala el pecho—. Yo...

—¡Ah! —dice, arrugando la nariz—. Claro. Le das el pecho y toda la movida. Bueno, esas las llevas puestas. ¿Dónde está Ted? ¡Ted! —grita Simmy—. ¡Vamos que nos vamos!

«Vamos», piensa Elina, mientras pasan zumbando por calles llenas de gente, de niños en bicicleta, de grupos de adolescentes, de árboles en flor. Es una de sus expresiones predilectas: «¡Vamos!». Es como si la llamara desde su otra vida, la de antes, cuando siempre estaba llegando o yéndose de alguna parte o algo entre esos dos extremos. Ahora tiene la sensación de estar pegada como una lapa, atada a la casa, a unas pocas calles de alrededor. «Vamos.»

Tiene la mano cerrada de Jonah en la suya. El niño va sentado en su silla infantil de coche, despierto, alerta, con los ojos muy abiertos. Parece tan asombrado como ella por esta salida repentina. En los asientos de delante, Ted y Simmy discuten sobre qué CD poner. Ted se ha puesto el sombrero de paja echado hacia atrás y Simmy conduce con una mano en el volante y la otra en la entrada del reproductor, para que Ted no inserte el CD que tiene en la mano, sea el que sea. Se ríen los dos, las ventanillas están bajadas y el aire caliente corre por todo el coche.

Van a la National Portrait Gallery. Simmy insiste en llevar a Jonah en la mochila y Ted carga con la bolsa de lona de los pañales, así que Elina puede mover los brazos con ligereza a ambos lados del cuerpo. Ted quiere ir al café del piso de arriba, pero Simmy le dice que no sea tan vulgar. Han venido a ver una exposición de John Deakin, les dice, no a tomar unos capuchinos carísimos.

—Pero, a ver, ¿quién es John Deakin? —protesta Ted.

—Pequeña My —dice Simmy, volviéndose hacia ella.

—Hum —dice Elina, pensando—, un fotógrafo, creo. ¿Contemporáneo de Francis Bacon?

—Matrícula de honor para ti —dice Simmy. Los coge a los dos de la mano—. Niños —anuncia, en voz tan alta que varias personas se vuelven a mirar—, estamos a punto de entrar en el sórdido y bohemio mundo del Londres de posguerra. ¿Preparados? —Mira a Ted.

—No, yo quiero ir a tomar un ca...

—¿Preparada? —dice Simmy a Elina.

—Sí —murmura esta, conteniendo la risa.

—¿Preparado? —pregunta, mirando a Jonah—. No, parece que tú estás dormido. Da igual. Vamos.

Y cruza las puertas llevándolos a los dos de la mano.

Elina conoció a Simmy en la sala de estar, una mañana temprano. Llevaba más o menos un mes viviendo de alquiler en casa de Ted. Había bajado pronto, antes de irse a su trabajo de profesora en East London, y se encontró a un hombretón gordo de pelo rubio oscuro durmiendo en el sofá, completamente vestido con un conjunto de prendas desaliñadas. Pasó por allí de puntillas en dirección a la cocina y llenó el hervidor de agua haciendo el menor ruido posible.

—No me digas —se oyó una voz resonante que provenía del sofá— que estás haciendo una tetera.

Elina miró hacia allí y vio que el hombre la contemplaba con la cabeza sobresaliendo por encima del respaldo del sofá.

—Estoy haciendo café.

—Mejor todavía. Eres un ángel. No te sobrará una taza para mí, ¿eh?

Sí, le sobraba una taza para él. Se la llevó al sofá y se sentó en la alfombra a tomar la suya.

—¡Dios! —dijo el hombre, medio atragantado, después del primer trago—. ¡Cómo rasca!

—¿Está muy fuerte? —preguntó Elina.

—La palabra no es fuerte. —Se frotó el cuello—. Es posible que no pueda volver a hablar en la vida, así que aprovechemos ahora. —Le sonrió, enderezó la espalda y se arropó con la manta—. Cuéntame todo lo que sabes, inquilina de Ted.

Esa misma noche, cuando vio a Ted (estaba en la cocina haciendo la cena con su novia, Yvette), le preguntó por el hombre del sofá.

—¿Simmy? —le dijo Ted, sin apartar la mirada del wok—. James Simpkin, por llamarlo por su nombre y apellido. A veces se queda aquí... tiene llave de casa. Le dije que el desván estaba ocupado, así que seguramente se tiró en el sofá sin más. Menos mal que se acordó —añadió Ted— y no entró en tromba en tu habitación en plena noche.

—¿Habló contigo a voces y de cosas inconexas? —le preguntó Yvette mientras se metía una aceituna en la boca—. Y ¿llevaba cada zapato de un par distinto?

—No, pero, en vez de cinturón, se sujetaba los pantalones con bramante de jardinería.

—Que no te engañen las apariencias —dijo Yvette, poniendo los ojos en blanco—. Su familia es dueña de la mitad de Dorset.

—¿De verdad?

Ted se volvió y eligió un cuchillo del cajón.

—En este país, vestirse de vagabundo es prerrogativa de los muy ricos, pero no sé por qué.

En la exposición, Elina mira atentamente los ojos oscuros y de párpados caídos de un famoso escultor italiano; los ojos grandes y enmarcados en kohl de una actriz de los años cincuenta que después se hizo famosa por su drogadicción. También ve el rostro adusto y bello de Oliver Bernard. Y el de Francis Bacon, cerca de la cámara, como si fuera a besarla. Tres hombres apoyados en la pared, serios, con la piel como cubierta de una capa plateada de bromo. Encuentra a Ted frente al retrato de un hombre y una mujer. El hombre agarra a la mujer levemente por los hombros con un brazo y en la otra mano sostiene un cigarrillo. Ella va de negro, con un pañuelo en la cabeza, con las puntas del pelo echadas hacia atrás, sobre los hombros. El hombre la mira de reojo, pero ella, con una mirada sincera y evaluadora, mira al frente, al espectador. En el cartel de la pared que hay detrás de ellos dice: «elsewher», la última letra la tapa la cabeza del hombre.

Elina apoya la mejilla un momento en la manga de Ted y luego sigue adelante para ver a un hombre anónimo de camisa blanca que cruza una calle del Soho con media res al hombro, más fotografías de Bacon, en su estudio, en la acera, con el mismo hombre de la fotografía del cartel y la mujer.

Aparece Simmy a su lado.

—Quién diría que era un borracho empedernido, ¿verdad? —dice en su versión de un susurro.

—No sé —musita Elina, mirando de nuevo al hombre que lleva la carne por la calle—, todos tienen un no sé qué de austeridad, ¿no te parece? Una especie de melancolía.

Simmy suelta un bufido.

—Es porque son del pasado. Todas las fotos del pasado parecen melancólicas y tristes precisamente porque captan algo que ya no es.

Elina toca la cabeza a Jonah, le coloca el gorro.

—Para quieta, haz el favor. Deja al niño en paz —dice Simmy—. Pero ¿dónde está Ted? Vamos a llevarlo a tomar café.

Ted está sentado en el café con Simmy y Elina. No es el café al que quería ir, el del ático, desde donde se ve Trafalgar Square, sino el del sótano. Está tomando café, hablando con su amigo y su novia y, sin previo aviso, algo se le encabrita en la cabeza. Un recuerdo de la infancia, en el regazo de una mujer. La mujer lleva un vestido rojo de una tela un poco resbaladiza y le cuesta estar en esa posición: ha tenido que agarrarla del brazo y eso la hace reír. Nota la reverberación de la risa en el pecho de la mujer, a través de la tela del vestido.

Le parece que le pasa esto constantemente, sobre todo desde que nació Jonah. Tiene imágenes de otras cosas, de otros sitios, como interferencias de radio o ruido parásito, voces que se cuelan desde una lejana emisora extranjera. Casi no las oye, pero están ahí. Un indicio, un atisbo, una imagen borrosa, como un cartel visto desde la ventanilla del tren al pasar velozmente.

«Tiene que ser —se dice— porque tener un hijo te hace revivir tu propia infancia. Surgen de pronto cosas en las que a lo mejor no habías pensado nunca.» Como la sensación de estar sentado, o intentarlo, en el regazo de una mujer. No tiene ni idea de quién era (una amiga de su madre, tal vez, una familiar de visita, una bella colega de su padre), pero ha recordado vívida y súbitamente la sensación de perder el punto de apoyo sobre ella.

Alguien tropieza con su silla por detrás. Ted sale disparado hacia delante, contra el borde de la mesa. Se vuelve y ve pasar de largo como si tal cosa a un hombre con una mochila. Mueve la silla para apartarse del pasillo y se acerca a Elina. Coge el capuchino y da un sorbo. La imagen de la mujer del vestido rojo ha desaparecido. Se corta la transmisión. Simmy se mete en la boca un trozo de tarta de nueces y sigue hablando animosamente. Elina lo escucha inclinada hacia él, con Jonah en el regazo. Jonah mueve la cabeza con inseguridad y mira algo que hay en la mesa; se agarra al pulgar de su madre con las dos manos, apretando mucho los dedos, como si no fuera a soltarla nunca. Ted siente de pronto una gran empatía con su hijo, con su necesidad de Elina; el corazón le da un tirón y alarga el brazo para posar la mano suavemente en la pierna de su mujer. En realidad lo que le gustaría es que estuviera más cerca, para encajarle el hombro debajo del brazo, para que la cabeza repose en su pecho, que es lo máximo que se la puede acercar, y después le gustaría decirle: «No te vayas. No te vayas nunca».

Ve que Elina se levanta. Sigue escuchando a Simmy, pero le pasa el niño a él. Cuando tiende los brazos para cogerlo, ve que le cuesta un poco que el niño le suelte el dedo.

—¿Dónde vas? —le pregunta.

—A los servicios. —Se dirige a Simmy—. Ya, entiendo lo que quieres decir —le dice, mientras sale por detrás de la silla de Ted.

Ted la agarra por la muñeca. Vuelve a notar el mareo, el mar liso e infinito. Brevemente, ve a una mujer de pelo largo que se agacha hacia él, le roza la cara con el pelo y le pone un vaso de plástico en las manos, que lo estaban esperando. Se ve sentado en un rellano, en una alfombra verde, con las hebras de lana entre las manos, oyendo a su padre, que habla en el piso de abajo en un tono plañidero, como disculpándose. Tiene que sacudir la cabeza para librarse de estas impresiones. Parece que Jonah también percibe algo, porque empieza a gemir y hacer pucheros. Ted no sabe qué decir.

—¿Dónde están los servicios? —Es lo único que se le ocurre.

Elina mira la mano que la retiene.

—Por allí —murmura. Lo mira a la cara con perplejidad—. No tardo ni un minuto.

Gira el brazo para deshacerse de la mano de Ted y él se queda mirando cómo se aleja y procura no ver el quirófano, con ella yaciente, envuelta en esa luz blanca, santificadora, en ese mar hinchado y liso.

—¿Te encuentras bien? —le pregunta Simmy desde la silla de enfrente.

—Sí —dice Ted, sin mirarlo a los ojos.

—Te has puesto un poco... pálido.

—Me encuentro bien. —Se levanta con Jonah en el hombro—. Voy a la tienda.

De pronto se ha acordado de que quiere comprar una postal de la exposición.

Había mucho que hacer en *elsewhere*: Lexie había convencido a Innes de ampliar la revista y admitir más publicidad. Habían aumentado la cantidad de artículos de fondo y ya no utilizaban papel de poco gramaje. Ahora las páginas eran satinadas, ligeramente granulosas al tacto, y las fotos, de mayor tamaño. Acababan de inaugurar una sección dedicada al rock and roll, la primera revista de arte que lo hacía. Innes no lo veía muy claro, pero Lexie insistió e incluso encontró a un crítico, un joven que estudiaba guitarra en el Royal College of Music. La revista fue revolucionaria en su época. Era una pena que no contaran con más gente en plantilla, porque tenían que hacerlo todo con mucha prisa y casi todos los días trabajaban hasta las diez de la noche. Aquel invierno, quien más, quien menos, todos cayeron enfermos. Alguien se acatarró y fue contagiando a los demás. Todos se sonaban la nariz y en la oficina se oían toses y estornudos.

Aquel día, Lexie tenía que ir en tren a Oxford para entrevistar a un académico que había escrito una novela en clave, sorprendente por su mordacidad, sobre la vida en los claustros, regada de tutores y estudiantes jóvenes y entusiastas. Se armó de bolígrafo, bloc de notas y un ejemplar de la novela para leerla en el trayecto y se dispuso a salir a toda prisa de la oficina. Antes de irse, se detuvo un momento detrás de la silla de Innes. Estaba trabajando en una prueba de página y se tapaba los oídos con las manos (siempre decía que el ruido que hacían los demás lo distraía).

—¡Hasta luego! —le dijo, y le besó una mano.

Él se enderezó y le cogió la muñeca.

—¿Adónde vas?

—A Oxford, ¿te acuerdas?

Se dio unos golpecitos con la pluma en los dientes.

—¡Ah, sí! —dijo—, el profesor insaciable. Buena suerte. Procura tener siempre el escritorio de por medio.

Lexie sonrió y lo besó otra vez, ahora en la boca.

—De acuerdo. —Frunció el ceño y le tocó la mejilla y la frente—. Estás ardiendo —dijo—. ¿Tienes fiebre? —Volvió a tocarle la frente.

Él le hizo un gesto con la mano como diciéndole que se fuera, y empezó a toser.

—Estoy bien, mujer, lárgate ya.

—Innes, ¿seguro que...?

Él volvió a su trabajo.

—Vete ya al templo del saber y vuelve intacta.

Lexie se dirigió a Laurence y a Daphne, que estaban en el otro extremo de la habitación repasando algo juntos.

—No lo perdáis de vista, por favor —les dijo—. Mandadlo a casa si empeora.

Laurence levantó la cabeza y sonrió.

—De acuerdo —dijo.

Ella se fue satisfecha, pero al llegar a la puerta se volvió y vio a Innes encendiendo un cigarrillo, colocándose la chaqueta sobre los hombros y marcando una línea de la página.

No es preciso entrar en los pormenores del viaje de Lexie a Oxford, el inflado ego del académico, sus torpes insinuaciones, el retraso del tren de regreso, las vueltas que le dio en la cabeza a la forma en que le contaría a Innes las insinuaciones del profesor, la gracia que le haría que le describiera hasta el último detalle y cómo le pediría que se lo contase todo otra vez. Se imaginaba que estaban ya en la cama, el único sitio del piso en el que no hacía frío en enero; le prepararía whisky caliente con miel, lo arroparía y lo obligaría a descansar.

Sabía que todavía estaría en la oficina y, cuando llegó a Londres, se fue directa hacia allí. Había una niebla espesa esa noche. En el camino desde el metro a Bayton Street estuvo a punto de perderse varias veces; llevaba el pelo empapado alrededor de la cara. «Me he equivocado», recuerda que pensó al llegar. Innes no estaba en su mesa. Solo vio a Laurence por la ventana. Le pareció bien que Innes hubiera decidido irse a casa.

Pero Laurence se levantó nada más verla entrar y fue a coger su chaqueta.

—¡Ay, qué día he tenido! —empezó a decir Lexie—. Me...

—Lexie —la interrumpió Laurence—, se han llevado a Innes al hospital.

En un momento, comprobaron el dinero que tenían. Ella contaba exactamente con nueve peniques, Laurence, menos aún. ¿Era suficiente para ir al hospital en taxi? No. Registraron la mesa de Innes en busca de la hucha de calderilla, la sacudieron, se animaron al oír ruido de monedas, pero no encontraban la llave.

—¿Dónde puede guardarla? —preguntó Laurence a Lexie—. ¡Vamos! ¡Tú lo conoces mejor que yo!

Lexie lo pensó.

—En la mesa, en algún sitio —dijo—, si no la lleva encima.

Abrió otro cajón y apartó sujetapapeles, cigarrillos rotos y partidos, papelitos con letra de Innes. Encontró medio penique y lo añadió al montón. Entretanto, tenía el corazón encogido, dolorido, y las manos, que buscaban entre el caos de los cajones (¿De verdad era tan desordenado? ¿Para qué necesitaba el amor de su vida tantos sujetapapeles? ¿Qué ponía en esos papeluchos?), le temblaban. Innes en el hospital, había dicho Laurence, y las otras palabras le daban vueltas en la cabeza: dificultad para respirar, desmayo, llamar a una ambulancia.

—¡Esto es ridículo! —dijo al final.

Fue al cuarto del fondo y volvió con un destornillador. Sujetando la hucha con fuerza, clavó el destornillador entre la tapa y la base. Se oyó un chasquido y después la cerradura se rompió. Las monedas se esparcieron por la mesa, la silla y el suelo. Al momento,

Laurence y ella se agacharon a recogerlas; las metieron en los bolsillos de Laurence. Después salieron por la puerta a la carrera, llegaron a la calle y se dirigieron a la parada de taxis.

En el hospital, corrieron también por los pasillos, doblando esquinas y subiendo escaleras, hasta que llegaron a la puerta de la sala. Allí había una enfermera con una tablilla sujetapapeles.

—Venimos a ver a Innes Kent —dijo Lexie, sin aliento—. ¿Dónde está?

La enfermera miró el reloj que llevaba colgado en el pecho.

—El horario de visitas terminó hace media hora. He pedido tres veces a su hermana —dijo la palabra con cierto sarcasmo— que se fuera, pero dice que no, hasta que llegue su mujer. ¿Debo entender que es usted su mujer?

Lexie vaciló. Laurence intervino:

—Sí, sí.

La enfermera lo miró.

—Y usted ¿quién es? ¿Su abuelo?

Laurence, anglosajón delgado y de piel clara, la halagó con una sonrisa deslumbrante.

—Soy su hermano.

Los miró a los dos un poco más entornando los ojos.

—Diez minutos —dijo—, ni uno más. Mis pacientes necesitan descansar. No puedo permitir que se me llene esto de gente como ustedes. —Señaló con el bolígrafo—: Cuarta cama a la izquierda, y no hagan ruido. —Dio media vuelta, hablando entre dientes—. ¡Su mujer, por favor!

Lexie se coló entre las cortinas, que habían corrido para aislar el cubículo, y dentro vio a Daphne, en una silla, y en la cama, a Innes. Llevaba puesta una mascarilla y tenía el pelo aplastado hacia atrás; estaba blanco grisáceo.

—Lexie —dijo, a pesar de la mascarilla, y ella vio que sonreía.

Inmediatamente se subió a la cama y lo abrazó; puso la cabeza en la almohada, al lado de la de Innes. Se dio cuenta de que en ese momento Daphne y Laurence desaparecían, de que oía sus pasos alejándose por la sala.

—No sé —le murmuró al oído—. Me doy la vuelta cinco minutos y haces que te ingresen en el hospital. ¡Es la última vez que voy a Oxford!

Él levantó un brazo para agarrarla por la cintura y, con la otra mano, le tocó la cara y el pelo.

—¿Qué tal con el académico? —le preguntó.

—Eso da completamente igual —contestó ella—, y te han prohibido hablar.

Innes se quitó la mascarilla.

—Estoy perfectamente —dijo con voz ronca—. ¡Todo este jaleo para nada!

—No parece que sea «nada». Laurence me ha dicho que perdiste el conocimiento.

Innes hizo un gesto despectivo con la mano.

—Fue un momento de... de dolor, pero no es nada, de verdad. Un poco de pleuritis, dicen. Mañana por la mañana estaré como nuevo.

Lexie se acurrucó a su lado, apretando la oreja contra su pecho, oyendo los latidos del corazón.

—Estás comprobando si todavía funciona, ¿verdad? —le dijo.

Lexie no pudo soportarlo. Se agarró a él; las lágrimas le escocían en los ojos.

—Innes, Innes, Innes —musitó como si fuera una fórmula mágica.

—Calla —le dijo él en voz baja, acariciándole el pelo.

—Señora Kent —la enfermera apareció de pronto—, las únicas personas que pueden estar en estas camas son mis pacientes. Esto es sumamente irregular. Tengo que pedirle que salga de ahí ahora mismo.

Innes la abrazó con más fuerza.

—¿Es necesario, hermana? Es muy delgada, como puede ver, no ocupa mucho sitio.

—El físico es irrelevante, señor Kent. Está usted muy enfermo y tengo que pedir a su mujer que se marche. Y ¡usted! —Miró a Innes con horror—. ¡Se ha quitado el oxígeno! Señor Kent, se porta usted muy mal.

—No es la primera vez que me lo dicen —contestó él con un suspiro.

De mala gana, Lexie se bajó de la cama, pero Innes no le soltaba la mano.

—¿De verdad tengo que irme?

—Sí —asintió la enfermera con firmeza, estirando las sábanas; después le colocó otra vez la mascarilla a Innes—. Puede volver mañana, a partir de las dos de la tarde.

—¿No se puede venir por la mañana?

—No. Su marido está enfermo, señora Kent. Tiene que descansar.

Lexie se agachó a darle un beso en la mejilla.

—Adiós, marido —murmuró.

Innes la retuvo, tiró de ella hacia sí otra vez y, quitándose la mascarilla, la besó en la boca. Se separaron, sonrieron y volvieron a besarse.

—¡Señor Kent! —gritó la enfermera—. ¡Basta! Pare ya, ¡ahora mismo! ¿Quiere contagiar la pleuritis a su mujer? ¡Póngase la mascarilla!

—Es usted un sargento —le dijo Innes—, una dominadora. ¿No se lo han dicho nunca? Habría sido un general maravilloso, las cosas habrían sido muy distintas para usted.

—Procurar que usted mejore es mi deber.

Descorrió la cortina con un gesto seco. Lexie se alejó y, al llegar al final de la sala, se volvió para decir adiós con la mano. Innes le devolvió el saludo. Seguía discutiendo con la enfermera.

Cuando Lexie llegó al día siguiente, Innes no llevaba la mascarilla puesta y estaba recostado en las almohadas con unas páginas en el regazo. Se quitó las gafas al verla y dio unos golpecitos en la cama, a su lado.

—¡Rápido! —le dijo—. ¡Corre las cortinas antes de que te vea la Gorgona!

Lexie las corrió y después se sentó al lado de Innes. Él la envolvió inmediatamente en un abrazo enorme y apretado.

—Espera —dijo ella—, déjame mirarte un poco.

—Lo siento —le murmuró él al oído—, quiero tocarte entera.

—Le pasó la mano por la pierna buscando el borde del vestido y, cuando lo encontró, empezó a bucear hacia arriba.

—Innes —murmuró ella—, en serio, este no es sitio para...

Innes se separó un poco y la miró a la cara.

—¡Ah, me alegro tanto de verte! He pasado una noche horrible. No entiendo por qué creen que la gente puede curarse en un hospital. Es imposible dormir con todos esos carcamales escupiendo y roncando y, en cuanto caes rendido, las enfermeras te despiertan otra vez para ponerte el termómetro. Es insoportable. Tengo que salir de aquí. Hoy. Tienes que ayudarme a convencerlos.

—Ni lo sueñes.

—¿Por qué?

—Innes, estás enfermo. La pleuritis no es ninguna broma. Si dicen que tienes que quedarte, te quedas y... —Se interrumpió para mirarlo y después se echó a reír—. ¿De dónde lo has sacado?

Innes llevaba un extraño pijama de rayas grises y azules. Nunca lo había visto con esa clase de prendas y estaba muy raro, como si se hubiera apropiado del cuerpo de otra persona.

—Me lo han dado ellas —dijo, señalando hacia el despacho de las enfermeras—. No sé de dónde lo habrán sacado. Tengo que salir de aquí, Lex. Tengo que volver al trabajo. El próximo número tiene que entrar en imprenta el...

—No. Nos las arreglaremos como sea. Tienes que curarte.

Innes iba a protestar, pero un ataque de tos se lo impidió. Tosía y escupía intentando respirar. Mientras tanto, Lexie lo sujetaba por los hombros para que no se sacudiera tan violentamente. Cuando se le pasó, se quedó recostado en las almohadas, mordiéndose los labios. Lexie conocía esa expresión. Era de rabia, de frustración. Innes le cogió la mano y la envolvió en las suyas.

—Te quiero, Jezabel. Lo sabes, ¿verdad?

Lexie se inclinó hacia él, lo besó dos veces.

—Claro que sí. Yo también te quiero.

Movía el cuello adelante y atrás, como buscando una postura más cómoda.

—Qué afortunados somos, ¿verdad?

—¿A qué te refieres?

Lexie notaba las manos de Innes muy calientes y húmedas.

—Por habernos encontrado. Mucha gente se pasa toda la vida sin encontrar lo que tenemos tú y yo.

Lexie frunció el ceño y le apretó la mano.

—Es verdad. Somos afortunados. Y lo seguiremos siendo —le dijo con una sonrisa.

—El otro asunto nunca te ha interesado, ¿verdad? —le preguntó, mirándola fijamente.

—¿Qué otro asunto?

—El del matrimonio.

—No —dijo ella con firmeza—. Con toda sinceridad, no.

—Bien —dijo él, sonriendo. Movió un poco las almohadas—. De todas formas, estaba pensando... —No terminó la frase, se puso a revolver otra vez detrás de la cabeza, reorganizando las almohadas.

Lexie se levantó para ayudarlo.

—¿Qué estabas pensando?

—Me gustaría hablar con Clifford.

—¿Clifford? —dijo ella, de espaldas, mientras le servía un vaso de agua de la jarra.

—Mi abogado.

—¿Para qué? —preguntó asombrada, volviéndose.

—Por ti —dijo él, rechazando el agua con un movimiento de cabeza.

—¿Por mí?

—Ya ves, me preocupa lo que pudiera pasarte si me muriera.

—¡Innes! —Lexie dejó el vaso de agua en la mesilla con estrépito—. No vas a...

—Silencio —le dijo él en un susurro, poniéndole un dedo en los labios—, mi pequeña explosiva. —Sonrió—. Siempre estallas sin previo aviso. —Tiró de ella para que se sentara a su lado—. No me refiero a ahora, sino a cualquier momento. El hospital me ha hecho pensar en ello, nada más. Ni siquiera he hecho testamento. Nunca encuentro el momento. Y tendría que hacerlo. Sobre todo por ti. Si no, Gloria se quedaría con todo; no es que tenga gran cosa, como sabes, pero te echaría agarrándote por las orejas. —Le pellizcó la oreja suavemente y después le cogió un mechón de pelo y se lo enredó en un dedo—. Y eso no lo soportaría. No descansaría en paz. Sería el espíritu más desgraciado de la eternidad. Eres mi mujer y mi vida. Lo sabes, ¿verdad?

Lexie le cogió la mano y se la besó, enfadada.

—Estás como una cabra —le dijo—. ¿Por qué dices todas esas cosas? Ahora se me ha corrido el rímel por tu culpa.

Se dejó caer a su lado, con el cuerpo estirado y la cara hundida en su pecho.

—¿Llamarás a Clifford de mi parte? El número está en mi libreta de direcciones. Clifford Menks.

Lexie se incorporó un poco apoyándose en el codo.

—Oye, Innes: tienes que dejar de hablar de estas cosas. No te vas a morir. Por lo menos, no hasta dentro de mucho.

Innes le dedicó una sonrisa de lado.

—Ya lo sé, pero llámalo de todos modos, haz el favor. Sé buena, anda.

Innes murió esa misma noche. La pleuritis derivó en neumonía. Murió hacia las tres de la madrugada, de fiebre y dificultad respiratoria. No había nadie con él en aquel momento. La enfermera de turno había ido a buscar a un médico y, cuando volvió, ya era tarde.

Lexie jamás superaría que Innes, el amor de su vida, hubiera muerto. Que ella estuviera durmiendo en otra parte de la ciudad, en su cama, en el momento en que exhaló el último suspiro, en el momento en que su corazón dejó de latir. Que el médico no estuviera donde tenía que estar, sino echando una cabezada en otra habitación, al final del pasillo. Que intentaran reanimarlo y no lo consiguieran. Que ella no estuviera allí, que no supiera nada, que no pudiera estar con él ni fuera a estarlo nunca más.

A ella no la avisó nadie, naturalmente. Era la otra, la amante no reconocida de la historia. Llegó al hospital a las dos en punto de la tarde, alegre, con un pomo de violetas, un periódico, dos revistas y el pañuelo de cachemira predilecto de Innes. Se adelantaron dos enfermeras y la llevaron a un cuarto, una era la hermana a la que había conocido la primera noche.

—Señorita —dijo, apoyándose en esta palabra; quería que Lexie supiera que ella lo sabía, que tal vez lo había sabido desde el principio—, lamento decirle que el señor Kent murió anoche.

Lexie creyó que se le iban a caer las revistas. Tuvo que sujetarlas con fuerza por las tapas resbaladizas. Dijo:

—No es posible.

La hermana miró al suelo que había entre ellas.

—Me temo que sí.

—No —dijo sencillamente, y lo repitió—: No.

Dejó las violetas en una mesa con mucho cuidado, y las revistas y el periódico a su lado. Era consciente de que estaba pensando que debía comportarse, que debía ser bien educada. Vio un frasquito de cristal en la mesa, unas pinzas, un tapón que no correspondía al frasquito.

—¿Dónde está? —se oyó decir.

Se produjo un silencio a su espalda, así que se volvió. Las dos enfermeras parecían un poco cohibidas.

—Su mujer... —empezó a decir una de ellas, pero no terminó la frase.

Lexie esperaba.

—Vino su mujer —dijo la hermana, sin mirarla a los ojos—. Ella lo ha dispuesto todo.

—¿Todo? —repitió Lexie.

—Lo que se refiere al difunto.

Lexie se imaginó la escena con toda claridad. Gloria llegando a la sala. O ¿lo habrían llevado a otra habitación? Sí, en los hospitales se hacía eso, ¿verdad? Se deshacía la cama cuanto antes para que la ocupara la siguiente persona. Entonces, a Innes se lo habrían llevado al depósito, suponía, o a otra habitación. Se imaginó a Gloria llegando al depósito (se lo representó mentalmente en los sótanos), haciendo ruido con los tacones por todo el pasillo, con el pelo cardado, tieso, y las manos enguantadas, con la niña pálida detrás de ella. Miraría el cuerpo (que era suyo, de Lexie, el cuerpo de su amado, de su amor) con esos ojos gélidos. Se la imaginaba tapándose la boca con un pañuelo, para impresionar, más que nada. ¿Llevaría un sombrero con velo? Casi seguro que sí. ¿Se levantaría el velo para ver a su marido por última vez? Casi seguro que no. ¿Lo tocaría, le pondría la mano encima? Lo dudaba. ¿Cuánto tiempo estaría con él? ¿Le diría algo? Y ¿la niña? A continuación se marcharía, se iría a otra habitación y pediría que la dejaran llamar por teléfono para empezar a disponerlo todo.

—¿Puedo verlo? —preguntó Lexie a las enfermeras. Empezó a recoger sus cosas, a prepararse, cuando se dio cuenta de que se quedaban en silencio. Escuchó el silencio, lo palpó. Le tomó las medidas de largo y de ancho. Podía haberlo probado con solo sacar la lengua—. Quiero verlo —dijo, por si no había quedado claro. Incluso añadió—: Por favor.

La hermana hizo un movimiento de cabeza a medio camino entre una afirmación y una negación. Y, de pronto, algo pareció rompérsele por dentro, porque su voz sonó compasiva.

—Lo siento —dijo—, solo los familiares pueden.

Lexie tuvo que tragar saliva dos veces.

—Por favor —musitó—, por favor.

Ahora la enfermera dijo claramente que no con un movimiento de cabeza.

—Lo siento.

Entonces se le escapó un ruido, algo semejante a un grito o un gemido. Lexie se tapó la boca con la mano para detenerlo. Sabía que tenía que mantener el control porque quería saber algunas cosas y, si empezaba a gritar, tal como quería, jamás podría averiguarlas, y de alguna manera tenía claro que esta era la única oportunidad de hacerlo. Cuando se aseguró de que, por el momento, el ruido de dentro no iba a salir, habló de nuevo.

—¿Puede usted decirme una cosa? —preguntó—. Una sola: ¿todavía está aquí o se lo han llevado?

—No puedo —contestó la enfermera, después de mirar a su compañera.

Lexie se acercó más a ella, como si pudiera detectar las mentiras solo por el olfato.

—¿No puede decírmelo o no lo sabe?

La otra enfermera hizo un gesto leve.

—Creo que... —musitó algo y después se calló. La hermana la miraba con el ceño fruncido. La enfermera se encogió de hombros, miró a Lexie, tomó aliento y dijo—: Creo que se llevaron el cuerpo del señor Kent hace un rato. A la hora de comer, más o menos.

Lexie asintió.

—Gracias. Supongo que no sabrá adónde se lo llevaron.

—No.

Y Lexie la creyó. Y, como no tenía nada más que hacer en el edificio, se dispuso a irse. Cogió las violetas con la misma mano en la que todavía llevaba el pañuelo de Innes... Qué increíble que todavía estuviera ahí; parecía un artefacto de otra era. Parecía imposible que solo hubiera transcurrido una hora desde que lo había elegido entre los del armario para llevárselo, para que se lo pusiera, imposible que muy poco tiempo antes no supiera que Innes había muerto.

Había muerto.

Miró a las enfermeras y empezó a ver mal, borroso, a causa de las lágrimas.

—Gracias —dijo, porque no quería perder la compostura, quería seguir entera hasta alejarse de allí, y abrió la puerta y salió.

No podía mirar la puerta de la sala, no podía ver la cama en la que había yacido, en la que habían yacido los dos hacía tan solo unas horas, y en la que había muerto sin ella. Dejó atrás el aire del hospital, salió al pasillo, lo recorrió y se adentró en la ciudad, sola.

SEGUNDA PARTE

Lexie va andando como una reina por Piccadilly con el bolso colgado al hombro. Felix la sigue haciéndole señas con el brazo, sorteando a la gente. Engalanada con unas gafas de sol grandes y un abrigo asombrosamente largo, Lexie atrae más miradas de admiración de las que tal vez, en justicia, le correspondan. Al llegar a las verjas de Green Park, Felix la alcanza y la agarra del brazo obligándola a pararse.

—¿Y?

—Y ¿qué?

—¿Vienes a París o no?

Lexie se arregla el cuello del abrigo (es un cuello muy exagerado, la verdad, con tantos apliques ondulados en blanco y negro que a Felix le duelen los ojos; ¿de dónde demonios sacará estos modelos?) y se echa el pelo hacia atrás.

—Todavía no lo sé —responde.

Felix coge aire. Es la mujer más irritante que ha conocido en su vida, sin comparación.

—¿Es que no te ha convencido nada de lo que te he dicho?

—En cuanto lo sepa te lo diré —contesta, y las gafas sueltan un destello cuando vuelve la cabeza a otro lado.

Le gustaría sacudirla, abofetearla. Pero seguro que le devolvería el bofetón, y ahora ya es mucha la gente que lo reconoce por la calle; lo sabe por la forma en que lo miran: brevemente, y enseguida desvían la vista. No puede verse envuelto en un escándalo público en Piccadilly.

—Cielo —le dice, y la acerca hacia sí procurando pasar por alto el detalle de que ella retira el brazo inmediatamente—, oye, lo último que desearía es verte metida en un disturbio callejero. Pero si vienes conmigo no te pasará nada. Te presentaría a unas cuantas personas, las que necesitas conocer. Creo que ya va siendo hora.

—¿Hora de qué?

—De... —Felix mueve las manos en el aire preguntándose adónde quiere ir a parar con esto—... de que amplíes un poco tus horizontes, los profesionales, quiero decir.

—No tengo ninguna necesidad —le dice— de ampliar horizontes, signifique eso lo que signifique.

—Oye —insiste, suspirando—, no tendrías que trabajar, solo venir.

Las gafas lanzan otro destello cuando se vuelve a mirarlo.

—¿Qué significa eso?

—Podrías venir... conmigo.

—¿En calidad de qué?

—De mi... —Se da cuenta de que no pisa terreno firme, pero algo lo obliga a seguir—. Oye, puedo inscribirte como mi secretaria, no habrá ningún problema, lo hace mucha gente y...

—¿Tu secretaria? —repite ella. Más miradas de los transeúntes. ¿Toda esa gente reconoce a Felix? Imposible saberlo—. ¿De verdad crees que voy a decir que sí, que voy a dejarlo todo solo para...?

—De acuerdo, de acuerdo —dice él en tono apaciguador, pero, como de costumbre, a Lexie no hay quien la apacigüe—. Mi secretaria no. Ha sido una mala idea. ¿Qué tal mi...?

—Felix —lo interrumpe—, no voy a ir a París en calidad de nada tuyo. Si voy, será como periodista, con mi propia acreditación.

—Entonces, ¿es posible que vengas?

—Tal vez. —Se encoge de hombros—. Esta mañana, en mi mesa, me preguntaron qué tal se me daba el francés. Quieren artículos sobre civiles, entrevistas con gente normal de París, cosas así. —Entorna los ojos—. Naturalmente, la expresión «toque femenino» salió dos veces.

—¿De verdad? —Felix se emociona y a la vez siente alivio, pero procura disimular las dos cosas—. Entonces, no estarás a pie de barricada, ¿no?

Con un ademán seco, Lexie se quita las gafas de sol y lo mira con los párpados entornados. A pesar de la discusión, que ahora ya se ha alargado toda la hora de comer, Felix nota un cosquilleo en las ingles.

—Estaré donde se encuentre la gente normal, y creo que, en unos momentos excepcionales como estos, la gente normal estará en todas partes, incluidas las barricadas.

Felix sopesa las posibilidades. Puede seguir discutiendo (al fin y al cabo, Lexie y él ya tienen mucha experiencia en discutir entre ellos) u olvidarlo todo y pedirle que vuelva con él a su piso. Le pone una mano en la manga al tiempo que mira disimuladamente el reloj. Después le dedica una sonrisa lenta y profunda.

—¿De cuánto tiempo dispones? —le dice.

¿Qué decir de Felix? Cuando Lexie lo conoció, a mediados de los sesenta, era corresponsal de la BBC. Estaba migrando de la radio a la televisión. En aquel entonces daba la imagen perfecta para la televisión: bien parecido, pero no tanto como para llamar la atención; bronceado, pero sin exagerar; rubio, pero no rubísimo; vestía bien, pero no en exceso; llevaba el pelo con la raya en su sitio. Se especializaba en zonas en guerra, desastres, actos divinos: el tipo de periodismo alarmista que Lexie detestaba. El ejército de una nación grande y poderosa bombardea un pequeño estado comunista: allá va Felix. El mar se desborda y se traga una aldea: allá va Felix. Un volcán inactivo se despierta de pronto, una flota de barcos de pesca se pierde en el Atlántico, un rayo cae sobre una catedral medieval: allí está Felix, por lo general en un sitio peligroso, a menudo con chaleco antibalas. Le gustaban los chalecos antibalas. Tenía una voz firme, seria, segura: «Felix Roffe, para la BBC» era la frase, acompañada de un movimiento asertivo de la cabeza, con la que terminaba sus reportajes. Perseguía a Lexie con la misma determinación, encanto y concentración con que perseguía los desastres naturales, a los tiranos políticos y al populacho fotogénico y doliente. Fueron amantes, con intermitencias, varios años. Estaban en constante movimiento: se separaban, se reencontraban, rompían, volvían a salir juntos una y otra vez. Si ella se iba, él la seguía, la hacía volver, y ella se marchaba de nuevo. Eran como la ropa que se carga de electricidad estática, se adherían el uno al otro, pero con incómodas fricciones añadidas.

Se habían conocido unos meses antes de la discusión en Piccadilly con una sola palabra, un solo grito. De él: «*Signora!*».

Lexie miró desde arriba, desde el balcón de un tercer piso. La calle parecía un torrente de agua marrón que arrastraba ramas de árboles, sillas, coches, bicicletas, señales de tráfico, semáforos, tendales. Las tiendas y los pisos bajos estaban bajo el agua, inundados, solo se veían los carteles (FARMACIA, PANIFICIO, FERRAMENTA) por encima de la espuma que cubría la superficie del agua.

Era el mes de noviembre de 1966. En dos días había caído la lluvia de toda una estación, el río Arno se había desbordado y la ciudad de Florencia se ahogaba, estaba inundada, sumergida: el río entraba en todas partes: en los pisos, en las tiendas, en el Duomo, por las escaleras de las galerías Uffizi. Se llevaba muebles, personas, estatuas, plantas, animales, fuentes, tazas, cuadros, libros, mapas. Había barrido todas las joyas, collares y anillos de las tiendas de Ponte Vecchio: había envuelto todas estas cosas entre sus aguas marrones y se las había llevado al fondo, con los sedimentos lodosos de su lecho.

—*Sì?* —respondió ella, haciendo bocina con las manos, a los dos hombres de la barca.

Acababa de cumplir treinta años: hacía cuatro que había salido del Middlesex Hospital con un pomo de violetas, nueve que se había escapado de Devon para huir a Londres. La había mandado a Florencia el periódico en el que trabajaba; tenía que enviar por cable reportajes sobre las pérdidas no contabilizadas de las galerías de arte de la ciudad, pero lo que enviaba eran crónicas de las quince mil personas que se habían quedado sin hogar, de las numerosas muertes, de los campesinos que lo habían perdido todo.

El hombre rubio soltó los remos y se puso de pie en la barca con cierta inestabilidad.

—Catedral —gritó—. Catedral.

Entonces apareció a su lado Gennaro, el fotógrafo que vivía en el piso en el que se encontraba Lexie. También él miró hacia abajo.

—*Inglese?* —murmuró.

Ella asintió.

—*Televisione?* —dijo, refiriéndose a la cámara del otro hombre.

Ella se encogió de hombros.

—¡Bah! —exclamó Gennaro, y entró para hablar con su mujer, que estaba intentando sentar a su pequeño en una trona.

Lexie se quedó mirando mientras el hombre pensaba.

—*Signora* —empezó otra vez—, ¿catedral, *dov'è?*

Ella apagó el cigarrillo en la cornisa del balcón. Se le ocurrió que podía indicarle el camino en italiano, pero pensó que a lo mejor no lo dominaba lo suficiente.

—En primer lugar, se dice *duomo* —le corrigió—, *il duomo.* Y está por allí. ¿No le parece que tendría que haber hecho algunos deberes antes de venir aquí?

—¡Dios mío! —le oyó decir al cámara—. ¡Es inglesa!

En Piccadilly, Felix sonríe a Lexie de esa forma tan suya: seguro de sí, íntimo, inconfundiblemente sexual, rozándola con la parte inferior del cuerpo.

—¿De cuánto tiempo dispones? —le pregunta.

Lleva toda la mañana detrás de ella: que si va a ir a París, que tendría que ir a París, que tiene que alojarse en el St. Jacques con él, que no permita que el *Courier* la mande a cualquier nido de chinches, que tiene que ir con él al club de los corresponsales, que le presentará a gente que necesita conocer. Y ha seguido insistiendo mientras daba cuenta de su langosta, parándose solo para aleccionarla sobre Saigón, de donde ha vuelto hace poco: las granadas, las explosiones, los defoliantes químicos que tiraban los aviones estadounidenses, la ciudad tomada por la prensa, las bombas, las prostitutas y los soldados, y que podía haber contraído malaria, dengue, fiebres, giardia o cosas peores.

Lexie se pone otra vez las gafas de sol; se levanta un poco la manga del abrigo para mirar el reloj. Le fastidia el deseo que siente.

—De ninguno, exactamente —le suelta.

—Entonces ¿quedamos para cenar? ¿Esta noche? Mi avión no sale hasta las nueve.

Lexie se acerca al bordillo de la acera.

—A lo mejor —dice—. Te llamo después.

Cruza la calle a la carrera, o al menos tan deprisa como le permiten las botas, y se vuelve desde la otra acera para decir adiós a Felix. Pero ya se ha ido. Se ha perdido entre la multitud.

Se pone en marcha y se coloca la correa del bolso un poco más arriba. El mundo brilla incluso con las gafas puestas; el sol dibuja una corona destellante sobre todos los transeúntes de Piccadilly, como si fueran ángeles, como si esto fuera el más allá y todo el mundo estuviera de paseo por Londres una bonita tarde de mayo. Dentro de diez minutos tiene que estar en un restaurante de Charlotte Street para entrevistar a un director de teatro. Aprieta el paso al cruzar Piccadilly Circus y sigue por la curva de Shaftesbury Avenue en dirección a Cambridge Circus, y allí torcerá a la izquierda por Charing Cross Road.

No irá por el camino más recto, el que cruza por el Soho. Ya no va nunca por allí, ni siquiera ahora.

Para aplastar esa idea piensa en la posibilidad del viaje a París, en Felix, en si le conviene ir o no. En la comida, Felix le ha dicho que le vendría bien para su carrera.

—Tienen que enterarse —había dicho él, girando la copa de vino— de que sabes hacer más cosas que escribir primorosos párrafos sobre pintura.

Ella dejó el tenedor en la mesa con estrépito.

—¿Primorosos párrafos sobre pintura? —repitió, cargando de furia la aliteración—. ¿Eso es lo que opinas de mi trabajo? —Y empezaron a discutir. Se les daba bien discutir. Era una de las cosas que hacían bien cuando estaban juntos.

Elina está emocionada, cargada de energía. Parece que hoy todo empieza a encajar. La bolsa del niño está preparada, lista en la puerta; la lavadora está vacía y varias filas de chalequitos y pijamas bailan en el tendal; ha desayunado, Jonah ha mamado, luce el sol y ella se encuentra bien. Es verdad, se encuentra bien: Jonah solo se ha despertado dos veces por la noche y ella ya no tiene la sensación de que se va a desmayar en cualquier momento. Incluso tiene un poco de color en las mejillas (solo una pincelada, pero ahí está) y hace un rato se dio cuenta de que no le hacía falta pararse en mitad de las escaleras. ¡Está bien otra vez! Casi no cabe en sí de alegría. Tiene la idea de salir a dar un paseo y subir Parliament Hill por primera vez desde que dio a luz. Lo hará, está decidida a hacerlo. Va a poner a Jonah en el cochecito y subirán hasta el Heath, cuesta arriba, por la avenida de árboles. Lo ve con total claridad: Jonah con su gorro rojo y la chaqueta a rayas, bien arropado en la manta de estrellas; ella con las gafas de sol y una camisa blanca de Ted, empujando el cochecito con brío, con pericia. No se le ha olvidado nada: gasas, pañales, toallitas y la sombrilla. Paseará a buen ritmo, disfrutando. Se inclinará sobre el niño cuando salgan al sol, le dirá cosas. Los transeúntes sonreirán al verlos. Tiene esa imagen en la cabeza desde primera hora de la mañana, cuando se despertó y vio brillar el sol por los bordes de la persiana: los dos paseando bajo la luz moteada, refractante y transformadora que se filtra entre los árboles.

Pero ahora no encuentra un zapato. Una de las zapatillas deportivas está en el zapatero de enfrente de la puerta, pero la otra... ¿quién sabe? Se ata la que tiene puesta mientras lanza breves y rápidas miradas al pasillo, porque sabe que esto es una carrera contrarreloj, porque nota cómo se acorta el tiempo entre la toma que acaban de terminar y la siguiente. Con un pie descalzo, mira en la cocina, mira debajo del sofá, sube a mirar otra vez en el cuarto de baño, en el dormitorio. Ni rastro de la otra zapatilla. Por un momento la asalta la peregrina idea de salir con una sola, pero enseguida se quita la desparejada y se pone unas chancletas que encuentra debajo de la cama. Tendrá que conformarse con ellas.

Baja rápidamente las escaleras otra vez con Jonah recostado en el hombro. Seguro que se ha movido bruscamente en algún momento, porque el niño empieza a inquietarse un poquito.

—Chisss —le dice, arrullándolo—, chisss —al tiempo que lo pone en el cochecito y lo arropa con la manta. Pero a los chiquitines no les gusta la sensación de prisa. Jonah la mira y empieza a fruncir el ceño de impaciencia—. No llores —le dice—, no llores.

Cuelga la bolsa en el manillar y parece que Jonah se inquieta más. La carita rompe a llorar. Elina mueve el cochecito mientras coge las llaves del gancho, baja el escalón de la entrada y llega al sendero.

En la cancela, Jonah sigue llorando. Cuando doblan la esquina de la calle, el niño llora con más fuerza, tira de la manta, mueve la cabeza de un lado a otro y, con el corazón en un puño, Elina reconoce esa forma particular de llorar. «Esto es lo que he aprendido», se dice. El niño tiene hambre. Quiere mamar.

Se detiene a la entrada del Heath. Mira a un lado y al otro. Mira al niño, que ahora llora con lágrimas de verdad y aprieta los puños de necesidad. ¿Cómo puede tener hambre otra vez? Hace solo... ¿cuánto?, una hora que le dio el pecho. Se aparta el pelo de los ojos. Ve a lo lejos los árboles del Heath, que se mueven e inclinan las ramas tentadoramente con sus verdes hojas. Están tan cerca... Podría seguir adelante y darle de mamar en un banco cualquiera, pero y ¿si resultara una de esas veces horribles, cuando se pone a llorar y a patalear?

Rechina los dientes, inclina el cochecito, da media vuelta y vuelve a casa.

Se sientan junto a la ventana y se concentra en darle de mamar diez minutos. Después de comer se pone al niño boca abajo sobre las rodillas; parece que le gusta, pero, en vez de eructar, se duerme al instante. Ella se queda mirándolo, no se lo puede creer. ¿Se habrá dormido de verdad? ¿Será posible? Los párpados levemente cerrados, el mohín de la boca, el pulgar cerca, preparado para cualquier emergencia. Se dice que sí, que está dormido, sin la menor duda.

Mira a un lado y al otro como el viajero que no ha visto su casa en mucho tiempo. Se marea al pensar en la cantidad de posibilidades que se le abren ahora. Podría ponerse a leer, a llamar por teléfono a una amiga, a mandar un correo electrónico, a escribir una carta, a dibujar, a hacer sopa, a ordenar la ropa, a lavarse el pelo, a salir de paseo, a ver la televisión, a repasar su diario, a barrer el suelo, a limpiar los cristales, a rebuscar en internet... Podría hacer cualquier cosa.

Pero ¿no será arriesgado mover al niño? Lo mira pensando en eso. ¿El sueño será lo bastante profundo para que no lo moleste un cambio de posición en el espacio? ¿Se despertará si lo levanta del regazo y lo pone en la cuna o en el cochecito?

Con toda suavidad, desliza las manos por debajo del niño, los dedos tocando las costillas, los pulgares sujetando la cabeza. Jonah suspira y aprieta y suelta los labios, pero no se despierta. Empieza a levantarlo con sumo cuidado. Al momento abre los ojitos y lanza un pequeño gemido ronco. Elina vuelve a dejarlo donde estaba. El niño se mete el pulgar en la boca y chupa con desesperación, como si lo hubieran traicionado. Ella no se mueve, apenas respira. Parece que vuelve a dormirse.

«Entonces —se dice—, hoy no hay paseo.» Y tiene que quedarse ahí quieta todo lo que dure el sueño. Que no es lo peor del mundo, ¿verdad?

Pero, por un momento, le parece que sí. Tiene tantas ganas, tanto deseo de salir, de ver algo más que las paredes interiores de esta casa, de aprehender el mundo, de moverse en él. A veces se sorprende mirando a Ted cuando vuelve del trabajo, cuando parece que todavía lleva pegada la vida de la ciudad. A veces quiere ponerse a su lado, olerlo, percibir ese aroma, el sentido de esa vida urbana. Necesita desesperadamente estar en otro sitio... en cualquier otro sitio.

Mira a todas partes sin descanso; ve un papel doblado en el sofá, cerca de ella. Lo coge, lo alisa, por un momento le parece una lista de la compra escrita con letra de Ted. Después se da cuenta de que no es una lista:

inseguro
piedras
¿el mismo hombre?
nombre podría empezar por R
cometa

Al final hay dos palabras más que no logra descifrar. Una empieza por la letra c, podría ser cana, cuna o cena; la otra podría ser lote, dote o bote. Por detrás dice: «Preguntar a E.», y está tachado.

Le da la vuelta al papel. Lo lee un par de veces más. Lo lee de abajo arriba, de arriba abajo, intenta construir una frase o un poema. ¿De qué es esta lista? ¿Por qué la ha escrito? ¿Quiere decir «inseguro: piedras» o «inseguro», espacio, «piedras»? Y ¿qué diferencia hay? ¿Qué es «el mismo hombre»? Y ¿por qué iba a preguntarle algo pero después cambió de opinión? ¿El nombre de quién empieza por erre? Le da otra vez la vuelta al papel y ve que las puntas están teñidas de azul. Seguro que Ted llevaba la nota en el bolsillo de los vaqueros. Se le caería anoche, cuando se sentó en el sofá. La lee una y otra vez, hasta que los trazos de tinta empiezan a moverse ante sus ojos, hasta que se le llena la cabeza de hombres inseguros que desfilan con cometas y piedras.

Dobla y desdobla el papel, y de pronto se le ocurre una idea. O, mejor dicho, tiene una sensación. Se da cuenta de que necesita a su madre. Es un sentimiento tan visceral y espontáneo que casi rompe a reír. Quiere ver a su madre. ¿Cuánto hace que no sentía esa necesidad? ¿Veinte años? ¿Veinticinco? ¿Desde que empezó a ir a la guardería? ¿Desde aquel día que una niña mayor la tiró en mitad de las ortigas al volver de la escuela? ¿Desde aquella acampada, a los nueve años, cuando se le olvidó el saco de dormir?

En el archipiélago ahora será pleno verano; temporada alta en la casa de huéspedes de su madre. Los niños de Nauvo irán a clases de natación en el agua arenosa del golfo; la ferretería de la calle principal habrá sacado cubos y palas a la venta, y equipos de pesca para los veraneantes alemanes, para las familias que vienen de Helsinki a pasar el fin de semana. Habrá puestos por todo el perímetro de la bahía, de sombreros de punto, de zapatos de barco, de camisetas con la palabra «Suomi».

Y ¿su madre? Echa un vistazo al reloj de pared. Son las once y media, la una y media en Finlandia. Aunque haga mucho tiempo que se fue, aunque diga que aborrece la casa de huéspedes, a sus ocupantes, el archipiélago, la pequeña ciudad, el país entero, aunque haga tanto tiempo que se marchó en cuanto pudo, tan lejos como pudo, tantas veces como pudo, todavía recuerda el ritmo de aquel lugar. Su madre estará sirviendo la comida a la gente fuera, en el jardín, en platos desiguales con los bordes desportillados. Las bebidas, en vasos de distintos colores y tamaños diversos. Si llueve, los huéspedes estarán alineados en la terraza. Ve a su madre cruzando la puerta en dirección a la cocina con ese paso suyo, tranquilo y bamboleante, cuatro platos en las manos, el delantal por encima del inevitable vestido de batista, los lentes de sol de color rosa que le ocultan los ojos. Cuando los veraneantes quieren pedir algo, saca del bolsillo del delantal el lápiz, la libreta y las gafas de medialuna, todo con la misma actitud pensativa. Después se retira a la cocina con la libreta en la mano y deja atrás la enorme haya y la escultura de malla metálica, piedra y conchas que hizo Elina en la escuela y que ahora no puede ni ver.

Siente una nostalgia ardiente como un trago de whisky. Quisiera sentarse con la espalda apoyada en el haya y Jonah a su lado, mirando el ir y venir de su madre. En este momento no puede imaginarse qué hace aquí, sola, en una casa de Londres, cuando podría estar allí. ¿Por qué está aquí? ¿Por qué se fue de allí?

Estira un brazo con muchísimo cuidado para coger el teléfono, que está abandonado en la mesita auxiliar. Marca el número y, mientras suenan los timbrazos, se imagina el teléfono de sobremesa en el mostrador de recepción, que es de roble; se imagina que su madre lo oye desde el jardín, cruza el porche acristalado pisando los tablones desiguales y...

—Vilkuna —dice una voz desconocida en un tono despreocupado.

Elina pregunta por su madre. La persona desconocida se va y después oye pasos presurosos que se acercan al teléfono por el pasillo, con un calzado en chancleta, y el anhelo le ciñe la garganta como un pañuelo.

—*Aiti!* —dice Elina, y se sorprende al decir una palabra que hace años que no pronuncia.

Desde la adolescencia, siempre llama a su madre por su nombre.

—Elina —dice la madre—, ¿eres tú?

—Sí —dice Elina, y se pone a hablar en sueco, como su madre.

—¿Qué tal estás? ¿Qué tal el hombrecito?

—Está bien. Creciendo, claro. Ahora ya sonríe y acaba de empezar a... —Deja de hablar porque se da cuenta de que su madre está hablando en voz baja con otra persona, ahora en finlandés.

—... en el jardín. Voy dentro de un minuto.

Elina espera con el teléfono en el oído. Pone la lista en la espalda de Jonah. «Inseguro, cometa, mismo hombre.»

—Perdona —dice su madre—. ¿Qué me decías?

—¿Estás ocupada? ¿Te llamo más tarde?

—No, no. Está bien. Es que... Está bien. Me estabas diciendo algo de Jonah.

—Que está bien.

Una pausa en la línea. ¿Su madre está hablando de nuevo con otra persona, o haciéndole gestos?

—Gracias por las fotos —dice la madre—. Nos han gustado muchísimo. —«¿Nos?», piensa Elina—. No hemos logrado saber si se parece a Ted o a ti.

—A ninguno de los dos, creo. Pero da igual.

—Sí.

Otra pausa. Hay algo en la voz de su madre, una tensión particular en el tono, que la hace pensar que otra vez hay alguien con ella en la habitación.

—Puedo llamarte más tarde, si te pillo en mal momento —dice Elina.

—No, no es mal momento —dice la madre, con un levísimo matiz de fastidio—, no es mal momento en absoluto. Siempre me alegra hablar contigo, ya lo sabes. No es una cosa que ocurra muy a menudo. Siempre estás muy ocupada y...

—¡No estoy ocupada! —exclama Elina—. No tengo nada que hacer. Mi vida está... Me paso todo el día en casa y... y también toda la noche. Y además... —No termina la frase.

Le gustaría decir: «Por favor, *aiti*, no sé lo que pasa, no sé por qué Ted se está alejando de mí, no sé cómo arreglarlo» y «Por favor, ¿puedo ir a casa, puedo ir ahora mismo?».

—... Jussi decía el otro día... —su madre está hablando— que a las cuatro semanas ya dormía toda la noche. Por lo visto hay un método que podrías aplicar y...

Jussi: el hermano de Elina. Aprieta los dientes mientras su madre sigue hablando del libro y de enseñar a dormir y de sus cuatro nietas y de que nunca se despiertan por la noche, ni siquiera ahora, y que la mujer de Jussi, esa lerda de Hannele, quiere tener otro hijo, pero Jussi no está seguro y la madre de Elina tampoco.

—Entonces, ¿está Jussi ahí contigo? —pregunta Elina.

—¡Sí! —La voz de la madre suena alegre de pronto—. Han venido a pasar el verano... todos. Jussi ha pintado la sala de delante y va a ponerse con la terraza. Las niñas y yo vamos a bañarnos todas las mañanas; las hemos inscrito en el cursillo, ¿te acuerdas de los cursillos de natación en el golfo? Y Jussi me estaba diciendo que le parece que las niñas podrían salir hoy a navegar, y le he dicho que después yo quería...

Elina se queda con el teléfono en la oreja. Mira las uñas de Jonah, ve que hay que cortárselas. Quita unas migas del sofá. Descubre una mancha en un cojín; le da la vuelta para que no se vea. Coge la lista de la espalda de Jonah y la sostiene entre el pulgar y el índice.

—Me preguntaba... —Interrumpe un monólogo sobre el progreso de la segunda nieta con la flauta—... Me preguntaba si papá... estaba normal cuando nacimos.

—¿Que si estaba normal?

—Es decir, ¿se... puso un poco raro?

—¿Cómo, raro?

—Como si... no sé... como ausente. Retraído. —Elina espera con el teléfono pegado a la cara, como si no quisiera perderse ni una sílaba.

—¿Por qué lo preguntas? —dice su madre un momento después. Elina se muerde el labio y después suspira.

—Por nada —dice—, tenía curiosidad. Oye, *aiti*, estaba pensando si podría... si podríamos... ir.

—¿Venir aquí?

—A Nauvo. Contigo. He pensado... he pensado que... bueno, que todavía no conoces a Jonah y... Bueno, creo que a Ted le sentaría bien un cambio de aires y... hace siglos que no voy por allí. —Silencio en el otro lado de la línea—. ¿Qué te parece? —dice Elina finalmente, desesperada.

—Bueno, el caso es que Jussi va a quedarse aquí un mes y después vuelve a Jyväskylä, y las niñas se quedan conmigo. Voy a estar sola con ellas dos semanas. Y creo que después vendrá Hannele a buscarlas... Tengo que comprobarlo... Así que no sé muy bien cuándo podríamos...

—Está bien. Da igual.

—Bueno, es que nos encantaría que vinieras. A las niñas les gustaría mucho ver a Jonah. ¡Y a mí!

—No pasa nada. Olvídalo. Otra vez será.

—A lo mejor en otoño o...

—Tengo que irme.

—¿En septiembre? La cosa es que no...

—Tengo que irme. Jonah está llorando. Hasta luego. Adiós.

Se despierta como si la empujaran hacia arriba. Tiene la sensación de no haber dormido más que unos minutos. La habitación está completamente a oscuras, solo un tenue resplandor anaranjado entra por las dos ventanas de la derecha. Jonah está llorando, la llama. Se queda medio segundo más tumbada boca arriba, incapaz de incorporarse, como Gulliver cuando lo sujetan al suelo por el pelo. Después se levanta, va hacia los barrotes de la cuna dando tumbos y coge a Jonah.

Le cambia el pañal en la oscuridad, lo hace mal, con torpeza. Jonah está tenso, tiene hambre, mueve los pies, no se los puede volver a meter en las perneras del pijama; lo intenta, intenta forzar la tela hasta las rodillas del pequeño, pero se pone hecho una furia.

—De acuerdo —le dice—, de acuerdo.

Lo levanta y lo lleva a la cama; ella se tumba de lado para darle el pecho.

Jonah mama, va abriendo los puños poco a poco, la mirada se le desenfoca. Elina va de la conciencia a la inconsciencia: ve la terraza de la casa de su madre en Nauvo, ve la curva de la cabeza de Jonah en la oscuridad, ve las aguas lisas del archipiélago en un día sin viento, ve a su hermano alejándose de ella por un sendero de grava, ve un cuadro que estaba pintando antes de que naciera Jonah, ve la trama del lienzo debajo de la gruesa capa de pintura, ve a Jonah otra vez, sigue mamando, ve el dibujo de los raíles del tranvía, que se entrecruzan en la esquina de una calle de Helsinki, ve...

De pronto está completamente despierta, otra vez en el dormitorio. Lo primero que piensa es que tiene frío. No ve el edredón.

Ted está sentado en la cama, con la espalda recta, cogiéndose la cara con las manos.

—¿Qué te pasa? —le pregunta.

Ted no responde. Elina le toca la espalda.

—Ted, ¿qué te pasa?

—¡Ah! —dice él, volviéndose. Está desconcertado—. ¡Ah!

—¿Te pasa algo?

—He tenido un...

No termina la frase, frunce el ceño, mira a todas partes.

—Es muy temprano —dice ella, intentando apaciguarlo—, la una y media.

—Ya —dice él, despacio. Después se tumba otra vez, curva el cuerpo alrededor de Jonah, le pone una mano a ella en la cadera. Elina encaja las rodillas en las de él, le desliza un pie entre las pantorrillas—. ¡Dios! —susurra Ted—. He tenido un sueño horrible... una auténtica pesadilla. Soñaba que estaba aquí, en casa, y oía hablar a alguien en algún sitio. Te buscaba por todas partes, por toda la casa, te llamaba, pero no te encontraba. Entonces entraba en la habitación y estabas sentada en una silla, dándome la espalda, con Jonah en brazos, y te tocaba el hombro y, cuando volvías la cabeza, no eras tú, era otra persona. Era... —Se pasa una mano por la cara—. Ha sido horrible. Me asusté tanto que me desperté.

Elina se sienta, coge a Jonah y se lo pone en el hombro. Lo nota muy relajado, suelto, como un saco de alubias, y ahora ella sabe que esto es lo que necesita sentir, que esto significa más horas de sueño para los dos. Le pasa la mano por la espalda.

—¡Qué horroroso! —murmura—. Qué sueño tan raro. Yo a veces sueño que me acerco a la cuna y Jonah no está. O que voy con el cochecito y veo que el niño ha desaparecido. Creo que forma parte del proceso de apego, ¿sabes?, ese...

—Hum —dice Ted, mirando al techo con el ceño fruncido—, pero es que... era tan real, como si...

Jonah lo interrumpe con un eructo enorme y sonoro.

—Dame —dice Ted, y va a cogerlo—, me quedo yo con él. Vuelve a dormirte.

Aquí está Lexie, en París, una noche húmeda de primavera, sentada ante el tocador de una habitación de hotel, frente a la máquina de escribir. Se ha quitado los zapatos y ha tirado la ropa encima de la estrecha cama. Solo lleva puestas las bragas, se ha recogido el pelo en la nuca y se lo ha sujetado con un lapicero. La habitación es estrecha y hace un calor insoportable; ha dejado abierto el pequeño balcón. La brisa hincha y aplana las finas cortinas. De la calle le llega ruido de gente corriendo, gritos, sirenas de policía, cristales que se rompen. Ha estado despierta toda la noche en el Boulevard St. Michel y en los alrededores de la Sorbona, mirando a los estudiantes, que levantaban barricadas, destrozaban las aceras, volcaban coches... y después a la policía, que los atacaba con porras y gas lacrimógeno.

Relee lo que ha escrito. «No se sabe si los han incitado o los han provocado —dice en la hoja—, pero parece que semejante reacción de las autoridades...» Hasta ahí ha escrito. Tiene que terminarlo, pero de momento no sabe cómo.

Escribe un punto y aparte, mueve el carro para empezar un párrafo y mira a la mujer del espejo del tocador, que hace lo mismo. La mujer, que está en bragas, es delgada, le sobresale el hueso de la clavícula y tiene ojeras. Lexie se lleva la mano a la frente y se acerca al espejo. Se ve unas líneas casi invisibles en las comisuras de la boca y los ojos. Las considera fallas del cutis, atisbos del futuro, señales de los sitios por donde se le va a arrugar la cara cuando la piel se ponga flácida y se suelte del hueso.

No sabe que esto no llegará a suceder.

Llaman a la puerta y levanta la cara de golpe.

—Lexie —susurra con fuerza la voz de Felix—, ¿estás ahí?

Lo ha visto antes, apostado junto a una barricada en llamas, haciendo gestos al cámara, con gente corriendo a toda pastilla en ambos sentidos por detrás de él.

Ella no se mueve de su sitio. Muerde el lapicero, dobla y desdobla un borde de las bragas. Esta noche, cualquier hombre menos Innes sería una farsa, un delito. No sabe por qué, pero lo ha sentido muy cerca todo el día, justo a su espalda, un poco a la izquierda. No ha parado de volver la cabeza, como si quisiera sorprenderlo. Necesita pronunciar su nombre en voz alta aquí, en esta habitación de hotel, con sus muebles ajados y sus sábanas llenas de manchas. La palabra se le hincha en la garganta, en la boca, como un globo.

Llaman otra vez.

—¡Lexie! —repite Felix entre dientes—. Soy yo.

Un momento después se da por vencido. Lo oye arrastrar los pies por el pasillo, bostezando. Ella se tumba en la cama, boca arriba. Mira al techo. Cierra los ojos. Inmediatamente se le presenta una imagen de Innes sentado en el taburete del tocador del que se acaba de levantar, aquí, en la habitación, con ella. Abre los ojos otra vez. Las lágrimas le resbalan por las sienes, le mojan el pelo y le llegan a las orejas. Cierra los ojos otra vez. Ve: la vista desde la ventana del piso de Haverstock Hill. Ve: la mano de Innes, la forma en que sujetaba el bolígrafo, un poco torcido, con la izquierda. Ve: a Innes apoyado en las estanterías de libros, buscando uno. Ve: a Innes afeitándose en el fregadero de la cocina, con media cara enjabonada. Ve: a sí misma andando por el pasillo del hospital, dejando caer violetas a su paso.

Unos quince días más tarde, en Londres, Lexie y Felix se dirigen juntos a la inauguración de la nueva galería de Laurence. Hay algo en los puños impecables de la camisa de Felix, en sus anchos hombros y su pelo rubio, que contrasta con el frenético trajín de la muchedumbre de la galería, que se apiña animada por el vino, que le da ganas de reírse. Sin embargo, Felix, como de costumbre, entra en la sala como si tuviera su sitio asegurado, como si las hordas de gente solo estuvieran esperando para conocerlo.

Y lo están, para mayor fastidio. Después de que, por tercera vez, se le acerque una persona con las palabras: «Disculpe, pero ¿no es usted...?», Lexie se deshace de su brazo envolvente y se abre camino entre el gentío hasta el sitio en el que se encuentran Daphne y Laurence, a un lado de la sala, con las cabezas juntas. Sabe que están hablando de ella y ellos saben que ella lo sabe. Sonríen al verla acercarse.

—Con permiso —dice, al tiempo que pasa entre una mujer que habla de Lichtenstein como si rebuznara y un hombre que acaba de tirar una copa de vino al suelo.

—Aquí viene —oye decir a Daphne.

—Hola, cotillas —dice Lexie, y besa primero a Daphne en la mejilla que esta le pone y después a Laurence—. Enhorabuena, Laurence. Una fiesta estupenda. Te ha salido redonda.

—Sí, no ha salido mal del todo, ¿verdad? —dice Laurence, echando una mirada general a la sala—, de momento.

—No digas «de momento» —replica Daphne—. Está muy bien, ha venido gente, están comprando. Alégrate, disfrútalo.

—Es que no puedo —musita Laurence, pasándose un dedo por el cuello de la camisa—. No podré hasta que termine.

Daphne se vuelve hacia Lexie y la mira de arriba abajo.

—En fin —dice—, queremos hablar contigo.

—¿Ah, sí?

—Sí. Cuéntanoslo todo.

Lexie toma un trago de cóctel.

—¿De qué?

Daphne resopla discretamente de exasperación y, al mismo tiempo, Laurence dice:

—Me encanta el modelo, Lex.

—Pasa del modelo —replica Daphne, y de pronto parece que se fija en el vestido de Lexie por primera vez—, aunque es fabuloso.

¿De dónde lo has sacado? —Sin esperar a la respuesta, sacude a Lexie por el codo—. ¡Queremos saberlo todo! —Señala con el dedo hacia la puerta.

Lexie mira hacia allí y ve a Felix hablando con dos mujeres que se arriman a él con mucho entusiasmo.

—¡Ah! —exclama, y mueve la mano como quitándole importancia—, es Felix, nada más.

—Sabemos quién es —dice Laurence—. Lo hemos visto en la tele, desafiando al mundo en los bulevares.

—Y —tercia Daphne— acabamos de atar cabos. Seguro que has estado en París con él. ¿Cómo te atreves a ocultárnoslo? Es decir, sabíamos que había habido algo entre vosotros, pero fue hace años. No sabíamos que todavía era presente de indicativo. ¡Vamos! —Le da un golpecito en las costillas—. ¡Desembucha! ¿Qué os traéis entre manos?

—Nada —dice Lexie.

—Nada —repite Laurence en tono burlón.

—Es... bueno, a ratos solamente. —Lexie se encoge de hombros y apura la copa—. En realidad, nada.

Los tres se quedan en silencio un momento, cada cual mirando su copa, hasta que David, la pareja de Laurence, se acerca a ellos.

—¿Por qué estáis todos tan serios? —Pone la mano en el hombro a Laurence—. Y ¿no tendríais que estar mezclándoos con todo el mundo?

—Estábamos interrogando a Lexie sobre su consorte —dice Daphne.

—¿Su consorte? —pregunta David; con un movimiento de cabeza, Laurence señala hacia Felix, que en estos momentos deleita a un grupo entusiasmado con una anécdota, ilustrándola con gestos expansivos—. ¡Ah! —exclama David, arqueando las cejas—. Ya. Eres un auténtico enigma, Lexie.

—No hay nada —repite Lexie, y se estira el vestido tirando del bajo.

—No puede ser —replica Daphne—, si sales con él en público de esta forma.

—No salgo con él en público. Simplemente le dije que pensaba venir y él se apuntó también.

—¿Vas a presentárnoslo? —dice Laurence—. Seremos buenos, te lo prometo.

—Ahora no —dice David—. ¿No ves lo atareado que está ampliando su círculo de amistades?

—Una sola pregunta —dice Daphne en tono serio—, y después te dejamos en paz: ¿por qué él?

Lexie se vuelve hacia ella.

—¿Qué quieres decir?

—Me intriga. ¿Por qué él y no ninguno de todos los que han llamado a tu puerta?

—Se me ocurren varios motivos —murmura David, mirando a Felix, y Laurence se ríe por lo bajo.

—Porque... —Lexie intenta pensar—. Porque no hace preguntas —dice por fin.

—¿Qué has dicho? —pregunta David, inclinándose hacia ella—. ¿Que no hace preguntas?

—No hace preguntas —repite Lexie—. Nunca pregunta nada a nadie. Es la persona menos curiosa que he conocido en mi vida, y por eso...

—Te viene al pelo. —David termina la frase por ella.

—Sí —dice ella, sonriéndole a medias—, eso es.

Hacen una pausa. A continuación, Daphne se echa hacia atrás y coge una botella de vino de la mesa.

—¡Un brindis! —exclama—. ¡Todavía no hemos brindado por la galería! —Sirve vino en todas las copas—. Por Laurence y David y por la Angle Gallery —dice—. Que tengan una vida larga, feliz y próspera.

Es plena noche, altas horas de la noche, apenas hay movimiento en Belsize Park. Hace un rato, un coche pasó raudo por Haverstock Hill. Una ardilla (de esas que parecen ratas, gorda y gris) acaba de cruzar la calle y se ha parado en el centro a echar un vistazo.

Enfrente de la casa hay un jardincito de setos de boj densos y muy recortados, en forma de dédalo. A los niños les gusta recorrer la baja espiral que da vueltas y vueltas hasta el inevitable centro, aunque la madre prefiere que no lo hagan. Dice que debilita las raíces. Entre el jardincillo y la acera hay un murete de ladrillo rojo que ya estaba allí en los tiempos de Lexie. Una gran piedra blanca que brilla cuando hiela remata el poste de la cancela.

Lexie apoyó la mano en esta piedra cuando volvió del hospital el día en que murió Innes. Era el final de la tarde. Había llegado al piso de alguna manera, todavía con el pañuelo y las revistas (las violetas ya habían desaparecido) y, en el momento en que se disponía a entrar, un hombre se levantó del murete, en el que estaba sentado hasta ese momento.

—¿Señorita Sinclair? —dijo.

Se volvió hacia él con la mano en el poste.

—¿Señorita Alexandra Sinclair?

—Sí —dijo ella.

—Le traigo aquí estos documentos —dijo, y le entregó un sobre. Lo cogió. Lo miró. Manila sencillo, sin sello.

—¿Documentos?

—Orden de desalojo, señora.

Miró al hombre, su bigote. Le parecía muy raro que lo tuviera tan castaño, mientras que el pelo era tan canoso. Miró el poste en el que apoyaba la mano. Tenía un tacto granuloso, rígido, helado. Quitó la mano de ahí y la metió en el bolsillo en busca de la llave.

—No lo entiendo.

—Mi cliente, la señora Gloria Kent, quiere que mañana haya desalojado usted la propiedad a la que se refiere el documento llevándose únicamente los objetos que sean de su exclusiva propiedad. En caso de que se llevara algún objeto del patrimonio de su difunto ma...

No oyó nada más. Echó a correr, entró en la casa y cerró de un portazo.

Más tarde apareció Laurence. Dijo que había estado buscándola por todo Londres. Le quitó de las manos los papeles rosados del desalojo y los leyó. Soltó unos cuantos tacos y después dijo que Gloria hacía honor a su fama. Más tarde, Lexie se enteró de que Gloria ya había mandado la carta del abogado a la sede de *elsewhere* para informarles de que la revista se pondría a la venta. Pero Laurence no se lo dijo en ese momento ni le contó que Daphne y él se habían enterado de la muerte de Innes al recibir esa carta. Le sirvió un whisky, la sentó en un sillón y la tapó con el edredón. Después se puso a trabajar, a desmantelar el piso: el hogar y la vida de Lexie.

A primera hora de la mañana, Laurence y Lexie esperaban un taxi a la puerta del edificio, con dos maletas. Lexie temblaba de frío o de nervios, o tal vez de las dos cosas, agarrada todavía al edredón que la envolvía.

—¿Tú crees —dijo, castañeteando los dientes— que este edredón será patrimonio de Innes Kent?

Laurence miró el edredón y después al cielo, que se iba iluminando. Las nubes tenían nimbos dorados, los árboles no se movían, parecían recortados. Soltó una carcajada, pero tenía los ojos rebosantes de lágrimas.

—¡Por Dios, Lex! —murmuró—. ¡Qué cosas ocurren!

Pasó un taxi y lo pararon. Laurence metió dentro a Lexie y colocó las maletas.

—Espere un momento —le dijo al taxista—, no tardo nada. —Y volvió rápidamente a la casa.

Lexie estaba en el taxi con sus pertenencias comprimidas en las dos maletas y un par de paquetes, arropada en el edredón. En ese momento llegó un coche largo y negro y, al volante, distinguió el inconfundible perfil de Gloria. Lexie la miró. Esos labios orgullosos, esas cejas arqueadas. Gloria bajó el espejo del coche para comprobar el estado de la pintura de labios, mientras decía algo alegremente a alguien que iba a su lado. La hija. Allí estaba, en el asiento del copiloto, asintiendo, sí, madre; no, madre.

Se apearon del coche. Gloria se recogió la falda para no pillársela con la portezuela y después la cerró de un golpe seco. Miraron la casa, el piso del ático. De pronto Gloria frunció el ceño y gritó:

—¡Eh, usted! ¡Oiga!

Lexie se volvió y vio a Laurence, que bajaba los peldaños a toda prisa arrastrando algo grande y pesado envuelto en mantas. Supo al instante lo que era: los cuadros de Innes. Laurence quería salvarlos.

—¡Alto! ¡Quédese donde está! —gritó Gloria—. ¡Tiene que enseñarme lo que lleva ahí!

Laurence se metió en el taxi.

—Arranque —le dijo al taxista—. ¡Arranque, por favor!

El taxista soltó el freno y se alejaron de la casa por Haverstock Hill, y Gloria echó a correr a su lado con los zapatos de tacón, intentando ver lo que había dentro, y la hija corría por el otro lado. La pequeña se mantenía al lado del vehículo mejor que su madre. Estuvo varios segundos corriendo a la altura de Lexie, con la cara a pocos centímetros de la ventanilla, al otro lado del cristal, sin dejar de mirarla a los ojos. Era una mirada fija, inescrutable, de ojos opacos como los de un tiburón, clavados en Lexie, observándola con... ¿qué? ¿Reproche? ¿Curiosidad? ¿Cólera? Imposible saberlo. Lexie puso la mano en el cristal para tapar esa terrible mirada de Medusa. Cuando la quitó, Margot ya no estaba.

Después de Innes, el tiempo era para Lexie una sucesión de días, de horas muertas, de años que pasaban. En cierto modo, no hay nada que decir al respecto, porque fue una época de nada, de vacío, una época marcada por la ausencia. Cuando Innes murió, terminó la existencia tal como ella la había conocido y empezó otra: se tiró, como Innes en su paracaídas, de su vida a otra. La revista desapareció, el piso desapareció, Innes desapareció. Ella no lo sabía en esos momentos, pero jamás volvería al laberinto de calles que formaban el Soho, ni una vez siquiera.

Si pensaba en la temporada inmediatamente posterior a dejar el piso, podía afirmar que no se acordaba de nada, que había sido mucho el tiempo transcurrido antes de que resurgieran la vida y la conciencia. Pero a veces le venían a la cabeza algunas escenas como si fueran *tableaux vivants*: arrastrando las maletas por Kingsway, en Holborn; el bajo del abrigo enganchado en una barandilla, rompiéndose, colgando por detrás. La búsqueda de una habitación en un sótano; la patrona abrazándose a un gato de rayas negras, claras y amarillas. La habitación, estrecha y con olor a ratones y a humedad, la ventana pequeña y de una forma ovalada particular. «¿Qué le ha pasado a la ventana?», pregunta Lexie. «Hicieron una partición —contesta la patrona—. La dividieron en dos»; ella mirando al gato y el gato mirándola a ella con unas pupilas grandes y brillantes. En esas pupilas se refleja la ventana partida en dos. Intentando encender la chimenea de gas sin conseguirlo. Echándose a llorar por eso. Las lágrimas que la impulsan a tirar un zapato contra la pared de enfrente. Cerillas gastadas en el suelo, alrededor de ella. Robando unas campanillas azules en Regent's Park. Los tallos goteándole en la palma, las gotas colándose por la manga. Las pone en un frasco de mermelada. Se mueren. Las tira por la ventana con frasco y todo. Al lado de la ventana partida en dos mirando la acera, los talones de la gente, los zapatos, las patas de los perros, las ruedas de los cochecitos. Tiene un cigarrillo en una mano, pero no lo fuma; con la otra se arranca pelos de la cabeza, de uno en uno, y los deja caer al suelo.

En estas estaba cuando, sin previo aviso, la puerta se abrió y entró alguien.

—¡Te encontré! —dijo una voz.

Lexie se volvió a mirar. No reconocía a esa persona. Era una mujer de pelo corto, por encima de las orejas, y llevaba un abrigo de corte acampanado y unos zapatitos bajos con hebilla.

—¿Daph? —dijo Lexie.

—Pero ¡bueno! —Daphne se acercó. Movía la cabeza como si no pudiera hablar—. ¡Cómo estás, por Dios! —dijo por fin.

—¿Qué, cómo estoy?

—¿Qué te has hecho en...?

—¿En dónde?

—Da igual. —Daphne chasqueó la lengua y sacó un cigarrillo del paquete que había en el alféizar de la ventana, lo encendió y se desabrochó el abrigo. Parecía que fuera a quitárselo, pero echó un vistazo alrededor y se lo dejó puesto. Empezó a dar paseos por la habitación. Lexie la miraba mientras Daphne daba una patada a los pies de la cama, abría el grifo, tiraba de un trocito despegado del papel de la pared—. ¡Joder! —dijo—. Esto es una mazmorra. Y huele que apesta. ¿Cuánto te cobran por esto?

—No es asunto tuyo.

—Lex —Daphne se detuvo frente a ella y la agarró por los hombros—, esto no puede seguir así. ¿Me oyes?

—¿Qué es lo que no puede seguir así?

—Esto —dijo, refiriéndose a la habitación, a la cabeza de Lexie—, y esto.

Lexie se deshizo de las manos de Daphne.

—No te entiendo.

—No puedes hacer esto, hacerte esto a ti, a Laurence y a mí. Nos tienes muy preocupados, ¿sabes? Y no dejamos de pensar...

—Lo siento.

Lexie apagó el cigarrillo en un cenicero que estaba en el alféizar.

Daphne se acercó al sillón, cogió el pañuelo de cachemira y lo agitó delante de Lexie.

—Él no va a volver por mucho que te pongas así. Y ¿qué crees que diría, si te viera ahora?

—Deja eso ahí —le dijo Lexie, como si acabara de darse cuenta de que Daphne se había propasado.

Daphne se dejó caer en una silla y dio una calada al cigarrillo. Lexie volvió a la ventana y vio pasar unos zapatos marrones.

—¿Te acuerdas de Jimmy? —dijo Daphne a sus espaldas.

—¿Jimmy?

—Alto, pelirrojo, trabaja en el *Daily Courier*. Tuvo un rollete con Amelia hace mil años.

—Hum. —Lexie cogió el cenicero y volvió a dejarlo—. Más o menos.

—Lo vi anoche en el pub francés. Tiene trabajo para ti.

—¿Trabajo? —repitió Lexie, volviéndose.

—Sí, trabajo, ya sabes: trabajar, ganar algo de dinero, esas cosas. En el mundo exterior. —Daphne sacudió la ceniza en la rejilla de la chimenea—. Está todo arreglado. Empiezas el lunes.

Lexie frunció el ceño pensando en un motivo de excusa, pero no se le ocurrió nada.

—¿Qué clase de trabajo es? —preguntó.

—Necesitan a una persona en la sección de Anuncios.

—¿Anuncios?

—Sí —dijo Daphne, suspirando de impaciencia—, ya sabes: anuncios de bodas, nacimientos y defunciones. No es muy emocionante y puedes hacerlo con los ojos cerrados, pero es mejor que esto.

—Bodas, nacimientos y defunciones —repitió Lexie.

—Sí: las cosas importantes de la vida.

—¿Por qué no lo coges tú?

—No estoy segura de que sea para mí —respondió Daphne, encogiéndose de hombros—, Fleet Street y todo eso.

—A lo mejor tampoco es para mí.

Daphne se levantó y se pasó la mano por el abrigo.

—Lo es —dijo—, o puede llegar a serlo. Sea como sea, es mejor que volverte loca poco a poco entre rosas azules. Lo dicho: el lunes a las nueve en punto. No llegues tarde. —Se levantó y agarró a Lexie por el brazo—. Vamos, coge el abrigo.

—¿Adónde vamos?

—A la calle. Tienes cara de necesitar una comida completa. Le he sacado diez libras a Jimmy, así que estamos de suerte. Vamos.

El primer día de trabajo en el *Daily Courier*, a Lexie la acompañaron hasta un escritorio encajado entre otro de mayor tamaño y unas estanterías de libros. Estaba en una sala pequeña al lado de un pasillo largo; el techo era bajo, el suelo irregular y había una ventana mugrienta que daba a un callejón de paso entre Nash Court y Fleet Street. Toda la oficina estaba en silencio, como estancada. No parecía que hubiera mucha gente allí. ¿Tan temprano había llegado?

Se sentó a su mesa y dejó el bolso debajo. La silla era verde, con la pintura saltada, y cojeaba de una pata. Encima de la mesa había una máquina de escribir, un bloc sucio y un par de tijeras oxidadas. Lexie las cogió y las abrió y cerró un par de veces. Al menos las hojas funcionaban. Un montón de papeles de la mesa de al lado se habían caído en la suya. Los recogió y rehízo el montón. Encontró una taza y miró las oscuras profundidades. Un fuerte olor a café le dio en la nariz. La dejó donde estaba. Apoyada en la máquina de escribir había una nota que decía: «Pregunta a Jones si puede encargarse de artículos para dos semanas».

Oyó ruido en el callejón y se levantó para mirar por la ventana. Estaba llegando gente de Fleet Street. La veía desde arriba y pensó que, desde esa perspectiva, la coronilla y el pescuezo de los que pasaban parecían vulnerables.

Justo antes de la hora de comer un hombre irrumpió a toda prisa por la puerta de la oficina. Tenía el pelo canoso, despeinado, llevaba una gabardina sin cinturón y dejó un maletín abultado encima de su escritorio, murmurando para sí; se sentó y descolgó el teléfono.

—GEO cinco, seis, nueve, uno —dijo entre dientes, y empezó a marcar. Solo entonces se dio cuenta de la presencia de Lexie—. ¡Ah! —dijo, sobresaltado, y colgó de golpe—. ¿Quién eres?

—Soy Lexie Sinclair. Soy la nueva de Anuncios. Me dijeron...

Pero el hombre se tapó la cara con las manos, despotricando:

—¡Ay, Dios, ay, Dios! ¿Es que nunca van a hacerme caso? Se lo dije, les dije específicamente que no quería otra... —Señaló a Lexie—. No es por ti, cielo, no te ofendas, pero ¡vaya! No, no me sirve. Voy a llamar a Carruthers ahora mismo. —Descolgó el teléfono otra vez—. No, no lo llamo. —Volvió a colgar—. ¿Qué hago yo ahora? —Parecía que se lo preguntase a ella—. Carruthers no habrá llegado todavía. ¿Simpson? A lo mejor sí.

Lexie se levantó y se alisó el pañuelo que le cubría la cabeza.

—No sabía muy bien por dónde empezar —dijo—, pero hace un rato, un corrector trajo unas pruebas de la edición de hoy y las he revisado. Aquí están. —Se las pasó y él las cogió con recelo—. No estaba completamente segura del estilo de la casa —continuó—, pero he marcado todas las dudas con un signo de interrogación.

El hombre se subió las gafas a la cabeza y repasó las pruebas poniéndose las páginas muy cerca de la cara. Primero una, después la otra y, al final, la tercera.

—Hum —dijo para sí—. Hummm. —Cuando terminó la tercera, las dejó en la mesa. Echó la cabeza atrás un momento y entrelazó los dedos—. El *Courier* no escribe en cursiva el título de poemas sueltos —dijo, dirigiéndose al techo.

—De acuerdo.

—El título de los libros, sí, pero el de poemas o ensayos concretos de un libro, no.

—Fallo mío.

—¿Dónde has aprendido a hacer esta clase de revisiones?

—En... mi trabajo anterior.

—Hum —dijo otra vez—. ¿Escribes a máquina?

—Sí.

—¿Sabes recortar texto para cuadrar?

—Sí.

—¿Sabes algo de edición?

—Sí.

—¿Dónde trabajabas antes?

—En... —Lexie tuvo que pararse—... en una revista.

—Hummm. —Lanzó las pruebas a la mesa de Lexie—. Tienes que poner las iniciales —dijo—, porque si no nunca nos las devolverán. —Revolvió entre unos papeles que tenía en la mesa. Sacó un lapicero de un bote y se lo puso detrás de la oreja—. Bueno, no te quedes ahí sentada, cielo —dijo, irritado de pronto, y dio una palmada en dirección a Lexie—. Llévaselas otra vez a los de corrección. Llama a Jones. Que te diga cuándo va a entregar. Vete a ver si ya han compuesto el crucigrama. Y hay que pasar a máquina tus anuncios. Me gusta tener el trabajo hecho con al menos tres días de antelación. Y las «Reflexiones sobre el país». ¡Hala, al tajo! No hay tiempo que perder.

Lexie pasó unos meses escribiendo a máquina listas de nacimientos, crónicas de bodas, de la vida de personas y sus descendientes y deudos; direcciones de tanatorios a los que había que mandar las flores. Se aficionó a sacar artículos con cuentagotas al recalcitrante Jones a fuerza de halagos, a apaciguar a su jefe, Andrew Fuller, cuando le parecía que estaba perdiendo el control, cuando en el montón de «Reflexiones sobre el país» había menos de cinco artículos, a transmitir mensajes de la señora Fuller sobre la hora en que se serviría la cena en Kennington. También tuvo que aprender a evitar las atenciones de varios solteros del periódico (y de unos cuantos no solteros) de muchas formas distintas. No tardó en armarse de un puñado de férreos métodos para rechazar invitaciones a comer, a tomar una cerveza, a ir al teatro. Fuller la apoyaba incondicionalmente cada vez que rechazaba a alguien. No quería que su ayudante se distrajera.

—No vengas a husmear por aquí —le gritaba a cualquiera que asomara por la puerta blandiendo con muchas esperanzas un par de entradas gratuitas o un folleto de un concierto—. ¡Déjala trabajar en paz!

Se ganó fama de seria, distante, reservada. Uno de sus aspirantes a pretendiente la tildó de marisabidilla, que fue la única vez que se enfadó, porque no le hizo ninguna gracia. A la hora de comer iba al pub con Fuller, con el jefe de la sección de mujeres o con Jimmy, cosa que Jimmy no se esforzó en evitar; los demás no sabían que, durante la comida, Lexie aconsejaba a Jimmy sobre qué hacer con la chica comprometida de la que estaba enamorado. La actividad en el periódico le parecía frenética pero gratificante, calmante y distraída, como una máquina insaciable a la que había que alimentar todo el rato. Y, en cuanto se terminaban las tareas del día, había que empezar con las del siguiente sin hacer un descanso. No había huecos ni grietas que le permitieran pensar o reflexionar: sencillamente tenía que trabajar. La única fotografía de ella en los primeros años que pasó en el *Courier* es una en la que lleva una falda de color tostado y está sentada en el borde de un escritorio, mirando a la cámara con el ceño fruncido, el pelo corto y un curioso pañuelo de cachemira alrededor del cuello.

Podía haber seguido así muchos años si no se hubiera traicionado a sí misma, como pensó tiempo después. Volvía de dejar unas pruebas de crucigrama en la mesa de corrección y pasó al lado de tres hombres que estaban hablando en el pasillo: el director adjunto, un redactor y el jefe de contraportada.

—... perfil posible —decía el jefe de contraportada— es Hans Hofmann...

—¿Quién? —lo interrumpió Carruthers, el director adjunto.

—Bueno, sí. En mi opinión...

—Impresionista abstracto de origen bávaro —se oyó decir Lexie en voz alta—, emigró a Estados Unidos a principios de la década de 1930. Famoso no solo por su obra pictórica, sino también porque creó escuela. Entre sus discípulos se encuentran Lee Krasner, Helen Frankenthaler y Ray Eames.

Los tres se quedaron mirándola. El jefe de contraportada iba a decir algo, pero se calló.

—Disculpen —murmuró Lexie, y siguió su camino.

Y entonces oyó decir a Carruthers, al que solo conocía de vista:

—Vaya, parece que has encontrado a la experta que buscabas.

A los diez minutos, el jefe de contraportada fue a buscarla. Fuller levantó la mirada de la lista de crucigramas, pero no lo echó con cajas destempladas.

—Verá usted —dijo el hombre—, parece que conoce bien a Hofmann. La Tate acaba de adquirir dos cuadros suyos. ¿Podría escribirme mil palabras para mañana? No se preocupe mucho por el estilo, me basta con hechos. Uno de mis chicos puede terminar de redactarlo.

Se publicó en el periódico del día siguiente sin ningún retoque. Después vino un artículo sobre la interpretación que David Hockney hacía de William Hogarth, además de una semblanza del nuevo director del National Theatre. Después, el jefe de la sección de mujeres le pidió que escribiera algo sobre el motivo de que se matricularan pocas chicas en las escuelas de Bellas Artes. Cuando se imprimió esto último, Carruthers llamó a Lexie a su despacho. Tenía las piernas, largas, apoyadas en la mesa; se le veían unos calcetines de color granate y sostenía en equilibrio una regla entre los dos índices. Le indicó que se sentara.

—Dígame una cosa —le dijo en cuanto ella se sentó enfrente—: ¿qué puesto ocupa aquí en estos momentos?

—Ayudante de Anuncios.

—Ayudante de Anuncios —repitió Carruthers—. No tenía la menor idea de que existiera ese puesto. Trabaja con Andrew Fuller, ¿verdad?

Lexie asintió.

—Y ¿en qué consiste su trabajo exactamente?

—Redactar notas de nacimientos, bodas y defunciones. Perseguir a los de crucigramas y «Reflexiones sobre el país». Pruebas de la página de miscelánea, corregir los textos de...

—Sí, sí —dijo él, cortándola con un golpe de regla—. Parece que no hemos valorado su potencial...

—¿Cómo?

—¿De dónde —Carruthers bajó las piernas de la mesa y la miró fijamente— ha salido usted, señorita Lexie Sinclair?

—¿A qué se refiere?

—Es que no se aprende a escribir como lo hace usted siendo ayudante de otro. No se redactan artículos como los suyos cuando se escribe sobre el curso natural de la vida en Anuncios. Usted ha aprendido en algún sitio y quiero saber dónde.

Lexie entrelazó los dedos y lo miró de frente.

—Antes de venir aquí trabajaba en una revista.

—¿Qué revista?

—*elsewhere*.

De pronto pensó que era la primera vez que pronunciaba esa palabra desde hacía mucho tiempo. Se le hacía rara en la boca, después de tantos meses, como una palabra extranjera cuyo significado ignoraba.

—¿Con Innes Kent? —preguntó Carruthers.

Se miraron el uno al otro. Ella inclinó la cabeza una vez. Él se recostó en la silla y le dedicó una sonrisa pequeña y rápida.

—Bien —dijo él—, ahora lo entiendo todo. Si hubiera sabido que había aprendido con Kent, la habría sacado de Anuncios hace meses. ¡Un director de su calibre! Lo que le pasó fue una tragedia, por no hablar de lo que le pasó a la revista. Lo conocía un poco. Habría ido al entierro si lo hubiera sabido, pero...

Siguió hablando. Lexie entrelazó las manos con toda la fuerza que pudo y empezó a contar los lápices del bote del escritorio. Tres de color naranja, cuatro rojos, seis azules, dos más cortos que los otros.

Se dio cuenta de que Carruthers la miraba con una expresión distinta, directa.

—Disculpe, ¿qué ha dicho?

—¿No será usted...? —dijo en voz baja, dejando el final de la frase colgado entre ellos.

Lexie se permitió aflojar la barbilla. Si seguía mirando la tela del vestido, si seguía mirando las vueltas y revueltas de la cachemira hasta donde no pudiera seguirlas más, pasaría el momento y se libraría de esto.

—Perdone —oyó murmurar a Carruthers. El hombre carraspeó. Cambió unas páginas de un lado de la mesa al otro—. El caso es —dijo, otra vez con su voz tonante y un poco nasal— que queremos sacarla de la sección en la que se encuentra ahora para ponerla a escribir. Le doblaremos el salario actual, trabajará en diversas secciones, es posible que tenga que viajar. Será la única mujer de la sala de reporteros, pero supongo que eso no le representará ninguna dificultad. Por lo que deduzco, se defiende usted muy bien. —Hizo un gesto de despedida—. Vaya a buscarse una mesa con los demás. Buena suerte.

La ascendieron a escritora de plantilla del *Courier*. Y efectivamente, era la única mujer en esa sección, y lo seguiría siendo unos cuantos años. Ya no la invitaban tanto a comer en el pub, como si su nueva categoría irradiara un campo de fuerza que ningún colega se atrevía a traspasar. Alquiló un piso de dos habitaciones en Chalk Farm, pero casi nunca estaba allí. Vivía, trabajaba, viajaba. Salía con Felix, indiferente, lo dejaba, volvía a salir con él. Daphne se fue a París a vivir con un pintor y no volvió a saber nada de ella; Laurence y Lexie lamentaban su ausencia. La Angle Gallery tuvo tanto éxito que Laurence y David abrieron otra, la New Angle Gallery. *elsewhere* volvió a publicarse con el nombre de *London Lights*, con un nuevo director, plantilla nueva y sede nueva, y se vendía en todos los quioscos de prensa. Lexie fue a Nueva York, a

Barcelona, a Berlín, a Florencia. Entrevistó a pintores, actores, escritores, políticos, músicos. Escribía artículos sobre emisoras de radio, leyes de aborto, campañas por el desarme nuclear, adolescentes y motos, derechos de los prisioneros, pensiones de viudedad, reforma del divorcio, sobre la necesidad de una mayor presencia femenina en Westminster. En todo ese tiempo, de vez en cuando recibía una nota anónima en el correo del *Courier*, escrita en letra redonda de adolescente. «¿Tu jefe sabe que eres una ladrona de cuadros?», decía una. «Primero me robas a mi padre y después me robas la herencia», decía otra. Lexie las reducía a confeti y las hundía hasta el fondo de la papelera. Estaba más delgada, fumaba más, la voz se le puso un poco ronca por el exceso de tabaco. A las personas a las que entrevistaba les parecía comprensiva, incisiva y, de pronto, despiadada, y a casi todos sus colegas, pesada y quisquillosa. Ella lo sabía, pero le daba igual. Pasaba volando por la vida, por el trabajo, sin detenerse nunca; muchos fines de semana y muchas noches se quedaba en la oficina. Vestía a la moda del momento (minifaldas, botas altas, colores chillones), pero con una naturalidad que rayaba en desinterés. Jamás hablaba de Innes con nadie. Si Laurence lo nombraba, ella no respondía. Colgó los cuadros en las paredes de su pequeño piso. Comía de pie, mirándolos.

Y cuando ya estaba convencida de que su vida sería así para siempre, que ella era así definitiva e inmutablemente, algo cambió, como sucede siempre.

Lexie va por un pasillo de la BBC, dobla una esquina y entra en el despacho de Felix sin llamar. Felix está sentado con los pies en la mesa, el teléfono en el hombro, diciendo: «Sí, sí». Al verla arquea las cejas. Hace semanas que no se ven. Están en una temporada de separación.

Felix cuelga el teléfono y se levanta como movido por un resorte, la agarra por los hombros y la besa en las mejillas.

—¡Cielo! —dice, un poco demasiado fervorosamente—. ¡Qué sorpresa tan grata!

—No seas pomposo, Felix.

Se sienta y deja el bolso en el suelo, al lado de la silla. Para su gran asombro, se da cuenta de que está bastante nerviosa. Mira a Felix, que está apoyado en el borde de la mesa, y después desvía la vista.

Felix la mira a ella con los brazos cruzados. Se ha presentado en su despacho sin anunciarse, más brusca que nunca, pero espléndida con un vestido de color esmeralda. Se ha cortado el pelo, más corto por detrás en esta ocasión. A él le gusta mucho esto, toda la escena, esta forma de aparecer, esta forma de estar. Hasta el momento, siempre era él quien tenía que ir en su busca. La invitará a comer. En Claridge's, tal vez. Sonríe. Lexie ha vuelto. La última pelea (ni siquiera se acuerda del motivo) se ha evaporado. Lo que empezó como un día normal parece que ahora promete bastante diversión.

Está a punto de proponerle ir a comer a algún sitio, cuando ella dice:

—Tengo que hablar contigo.

—¡Cielo! —exclama Felix, desilusionado—. Si es por lo de la chica americana, te aseguro que se ha terminado y...

—No es por lo de la chica americana.

—¡Ah! —Felix frunce el ceño, quiere mirar la hora, pero consigue resistirse—. Bueno, ¿qué te parece si me lo cuentas mientras comemos? He pensado en Claridge's o...

—Estaría bien ir a comer.

Cogen un taxi. Le deja que le ponga una mano en el muslo, y Felix lo interpreta como una buena señal, una señal de que el disgusto por lo de la otra chica ha pasado a la historia, una señal de que van a acostarse antes de que termine el día. Se dirigen rápidamente a Claridge's, entran por las puertas giratorias; el maître reconoce a Felix y enseguida les encuentra una buena mesa debajo de la cúpula. Están mirando la carta cuando Lexie dice:

—Por cierto...

Felix está indeciso entre el lenguado a la plancha y el filete. ¿Qué le apetece más? ¿Carne o pescado? ¿Filete o lenguado?

—¿Hummm? —dice, para demostrar que la ha oído.

—Estoy embarazada.

Felix cierra la carta y la deja en la mesa. Pone una mano encima de la de Lexie.

—Ya —dice con tiento—. ¿Qué piensas...?

—Quiero tenerlo —dice, sin dejar de mirar su carta.

—Claro.

Le gustaría que Lexie hubiera dejado la carta en la mesa. Le gustaría quitársela de las manos y tirarla al suelo. De repente deja de estar enfadado. Lo cierto es que le entran ganas de reírse. Tiene que taparse la boca con la mano para no estallar en medio del restaurante.

—Bueno, cielo —dice, y ella ve que está conteniéndose la risa, el muy cerdo—, eres una caja de sorpresas. Tengo que reconocer que nunca me has parecido muy maternal.

Ella retira la mano que le tiene cogida.

—El tiempo lo dirá, supongo.

Felix pide champán y se emborracha bastante. Parece satisfecho de sí mismo y alude unas cuantas veces a su virilidad, pero Lexie hace caso omiso. Vuelve a sacar la cuestión del matrimonio. Lexie no quiere hablar de eso. Mientras el camarero les sirve la comida, él dice que ahora tienen que casarse. Ella replica que no tiene que hacer nada de eso. Él se enfada y le reprocha:

—¿Por qué siempre me dices que no? Las chicas hacen cola para casarse conmigo.

—Cásate con la que quieras —responde Lexie—. Elige la que te apetezca.

—Pero te he elegido a ti —dice Felix, y frunce el ceño por detrás de la copa de champán.

Salen de nuevo a la acera, a la puerta del Claridge's, y los dos están de mal humor.

—¿Te veo esta noche? —pregunta Felix.

—Ya te lo diré.

—No me digas eso. ¡No soporto que me digas eso!

—Felix, estás como una cuba.

La coge del brazo y empieza a decirle que ya es hora de terminar con la discusión, que acepte la necesidad de casarse con él, cuando de pronto Lexie ve a alguien por encima del hombro de Felix.

De momento solo sabe que conoce a esa persona. No consigue ubicarla. Mira esa cara pálida, ancha, los ojos redondos, las manos nervudas agarrando las asas del bolso, el pelo fino y ralo recogido detrás con una cinta de lunares grandes, esa forma de entreabrir la boca. ¿Quién es esa persona? Y ¿de qué la conoce?

Entonces las nubes se disipan. Es Margot Kent. Pero se ha hecho mayor. Va por Brook Street con minifalda y zapatos de tacón. Las palabras «cuadros» y «te arrepentirás» le dan vueltas en la cabeza. Esa letra irregular, redonda, en tinta azul.

Se acerca cada vez más, taconeando por la acera. Se miran, Margot vuelve la cabeza al pasar. De pronto se detiene. Se queda mirando a Lexie de esa forma implacable, tan suya.

Felix se vuelve y ve a una jovencita y, como es Felix, supone que se ha parado para hablar con él.

—Hola —le dice—. Bonito día.

—Sí —contesta Margot—, muy bonito. —Mira a Felix sin apocarse, hasta que esboza una sonrisa—. Le conozco —dice, y se acerca a él—. Usted sale en la televisión.

Felix le dedica una de sus sonrisas deslumbrantes, aunque despectivas.

—Creo que no, en estos momentos.

Margot se ríe de una forma indecorosa. Mira al uno y a la otra, después se da la vuelta, se despide con un movimiento de la mano y sigue su camino.

—Entonces, ya nos veremos.

—Adiós —dice Felix, y abraza a Lexie—. Bueno, ahora presta atención —empieza.

Lexie lo rechaza. Margot todavía los está mirando por encima del hombro; algunos mechones de su fino pelo le tapan la cara.

—¿La conoces? —dice Lexie entre dientes.

—¿A quién?

—A esa niña.

—¿Qué niña?

—La niña a la que acabas de saludar.

—¿Qué? ¡No!

—¿Estás seguro?

—¿De qué?

—De que no la conoces.

—¿A quién?

—Felix —dice, y le da un golpe en el pecho—, ¿lo haces adrede? Esa niña, ¿la conoces?

—No, te lo acabo de decir. No la había visto en mi vida.

—Entonces, ¿por qué le has dicho...?

Felix le coge la cara con las dos manos.

—¿Por qué estamos hablando de esto?

—Tienes que prometerme —dice Lexie, y no sigue. No sabe qué es lo que quiere que le prometa, pero hay algo que la inquieta. Piensa en Margot y su minifalda, en su sonrisa lenta y su pelo fino y súbitamente rubio. En la forma en que miraba a Felix, el placer retorcido de su expresión. «Primero me robas a mi padre»—. Tienes que prometerme que nunca te acercarás a ella.

—Pero, Lexie, ¿qué narices...?

—¡Prométemelo!

—Si tú me prometes que te casarás conmigo —dice él, sonriendo.

—Felix, estoy hablando en serio. Esa niña es... es... Bueno, prométemelo, por favor.

—De acuerdo —acepta, impaciente—, te lo prometo. Y ahora, ¿qué me dices de esta noche?

Lexie está sentada en la cama, con las piernas cruzadas y todas las notas esparcidas por la colcha. Está embarazada de ocho meses y este es el único sitio en el que puede trabajar cómodamente: ahora la oficina le queda muy lejos. Antes de irse a dormir tiene que terminar un artículo sobre cine italiano.

Se quita el lápiz de detrás de la oreja y coge un papel que tiene a la izquierda; el lápiz se le resbala, rueda por la colcha y se cae al suelo. Lexie maldice. Piensa un momento en dejarlo ahí, pero no tiene otro a mano. Aparta la máquina de escribir, que está encima de sus piernas; se abre paso entre las notas y se pone a cuatro patas en el suelo para mirar debajo de la cama. No ve el lápiz. Avanza por el suelo hacia la mesita de noche y mira debajo; en ese momento tiene una sensación en la boca del estómago como si tiraran de ella hacia abajo. Olvida el lápiz y se pone de pie. Vuelve a la cama; lee lo que ha escrito y, hacia el final del artículo, vuelve a tener la misma sensación. Se mira el estómago y frunce el ceño. No puede ser; sencillamente no puede ser. Es muy pronto todavía. Mañana tiene una entrevista (con una activista a la que persigue desde hace meses) y debe escribir un editorial antes del fin de semana. Otra vez la sensación, ahora más fuerte. Maldice y golpea los papeles. Esto no puede ser verdad. Va a la cocina a hacer té y, mientras llena el hervidor, nota el tirón de otra contracción: una oleada pequeña, como al pasar muy deprisa por un puente arqueado, como zambullirse en el centro de una ola.

—Oye —dice en voz alta—, todavía no te toca. Tienes que esperar. Todavía no puedes salir. ¿Me oyes?

Mientras toma el té mira los cuadros: el Bacon, el Pollock, el Hepworth, el Freud. Se cepilla el pelo sin dejar de mirarlos. Se lava los dientes y, al escupir, los tirones se convierten en apretones, como si la agarrara un puño, como al cerrar un bolso de cordón apretándolo demasiado.

Descuelga el teléfono, pide un taxi.

—Al Royal Free Hosp... —No termina la palabra porque se le escapa un «¡Ay!».

Se presenta en el ala de partos cuando cae la noche.

—Oiga —le dice a la enfermera que atiende el mostrador—, creo que esto se ha adelantado demasiado. Tengo mucho trabajo esta semana. ¿Puede hacer algo para retenerlo?

—¿Retenerlo? ¿A qué se refiere? —dice la enfermera, perpleja.

—¡Esto! —Lexie se señala el vientre. ¿Esta mujer es completamente idiota?—. Es muy pronto todavía. No puede llegar ahora.

La enfermera la mira por encima de las gafas.

—Señora Sinclair...

—Señorita.

Varias comadronas desconcertadas la rodean.

—¿Dónde está su marido? —le pregunta una de ellas, mirando a todas partes—. No estará usted sola, ¿verdad?

—Sí —dice Lexie, apoyándose en el mostrador.

Sabe que va a tener otro dolor de esos, lo vislumbra en el horizonte.

—¿Dónde está su marido?

—No tengo marido.

—Pero, señora Sinclair, es...

—Señorita —le corrige de nuevo—. Y otra cosa... —Tiene que dejar de hablar otra vez, asaltada por el dolor. Se agarra con fuerza al borde del mostrador—. ¡Me cago en todo! —se oye gritar.

—¡Ay, por Dios! —le reprueba una enfermera.

—Llama al padre —oye decir a otra persona—. El teléfono está apuntado ahí...

—¡Ni se le ocurra, joder! —aúlla Lexie—. No quiero verlo por aquí.

Unas cuantas horas más tarde, agarrada a la pata de una cama del hospital como un marinero sujetándose al mástil en plena tormenta, sigue diciendo que es muy pronto, que tiene mucho que hacer, y sigue maldiciendo. Maldice como no lo había hecho en su vida.

—Levántese del suelo, señora Sinclair, inmediatamente —le dice la comadrona.

—¡No! —logra decir entre dientes—, y soy «señorita», no «señora». ¿Cuántas veces tengo que decírselo?

—Señora Sinclair: ¡levántese del suelo y métase en la cama!

—¡Que no! —dice, y suelta otro aullido, un grito, seguido de una sarta de palabrotas.

—¡Qué lenguaje! —le reprocha la comadrona.

No dejan de decírselo. Eso o «¡Métase en la cama!». Da a luz en el suelo. Tienen que recoger al niño con una toalla. El médico dice que nunca había visto cosa igual. «Como una salvaje —dice— o un animal.»

«¡Qué lenguaje!» Esas fueron las primeras palabras que oyó el hijo de Lexie.

Después, a la hora de las visitas, el ala empezó a llenarse de maridos con sombrero y gabardina que traían flores. Lexie los miraba, se fijaba en las manos nerviosas, cargadas con cajas de bombones cerradas con lazo, en los cuellos tirantes de las camisas, en las barbillas apuradísimamente rasuradas. El ruido que hacían sus zapatos, los sombreros empapados de lluvia, las manos rojas al inclinarse sobre la cuna del hijo recién nacido. Sonrió. Miró a su hijo, que estaba envuelto en una manta amarilla y la miraba como diciendo: «Por fin te veo».

—Hola —murmuró Lexie, y le puso un dedo en la manita.

—No debe coger al niño —dijo una enfermera que apareció de pronto a su lado— hasta que sea la hora de mamar. Es contraproducente. Déjelo en la cuna.

—Es que no quiero —dijo Lexie, sin dejar de mirar al niño.

—¿Quiere que corra las cortinas? —insistió la enfermera con un suspiro.

—¡No! —dijo Lexie, mirándola bruscamente. Se acercó al niño un poco más al cuerpo—. No —repitió.

Cuando se acercaba el final de la hora de visitas se oyeron unos pasos regulares y seguros en la sala. Ella conocía esos pasos. Levantó la cabeza y vio a Felix haciendo la ronda de honor por todas las camas. Las mujeres lo miraban con los ojos como platos, esbozando una sonrisa. Últimamente salía todas las noches en la televisión. Él las saludaba con un gesto y sonreía. Llevaba el abrigo desabotonado, como si hubiera venido corriendo, y sostenía un ramo enorme de orquídeas en una mano y una cesta de fruta en la otra. Lexie puso los ojos en blanco.

—¡Cielo! —dijo en voz alta, al acercarse—. Acaban de llamarme, habría venido antes.

—¿De verdad? —dijo, mirando el reloj—. ¿No acabas de terminar el programa de la noche?

Felix dejó las flores en la cama, encima de los pies de Lexie, y dijo:

—Un niño. ¡Qué maravilla! ¿Qué tal te encuentras?

—Estamos bien —respondió.

Vio que sonreía, que se agachaba hacia ella.

—Enhorabuena, cariño, lo has hecho muy bien —dijo, y le dio un beso en la cara. Después se sentó en una silla—. Aunque estoy un poco enfadado —añadió— porque no me han llamado inmediatamente. Pobrecita mía, venir solita hasta aquí. Te has portado muy mal. —Le dedicó una de sus sonrisas íntimas y profundas—. He mandado un telegrama a mi madre. Se va a alegrar muchísimo. Seguro que en estos momentos está buscando el traje con el que nos bautizaron a todos.

—¡Dios! —murmuró Lexie—. Dile que no se moleste. Felix, ¿no se te ha olvidado una cosa?

—¿Qué?

—¿Se te ha olvidado por qué has venido?

—He venido a verte, desde luego.

—Y por el niño, quizá, ¿no? Por tu hijo, al que todavía no has echado ni una mirada.

Felix se levantó al instante y miró al niño. Una expresión de miedo y repugnancia le asomó a la cara un instante, antes de retirarse otra vez a la silla.

—Precioso —afirmó—. Perfecto. ¿Qué nombre vamos a ponerle?

—Theo.

—¡Ah!

—De Theodore.

—¿No es un tanto...? —No terminó la frase. Volvió a sonreírle—. ¿Por qué Theodore?

—Me gusta. Y le queda bien. Quizá porque se parece mucho a «te adoro».

—Querida mía —empezó a decirle Felix en voz baja, acariciándole la mano—, al entrar he hablado con las enfermeras y creen (y, desde luego, estoy de acuerdo) que no es posible que vayas sola a tu casa. Creo que tienes que...

—Felix, no empieces otra vez con eso.

—¿No quieres venir a vivir a Gilliland Street conmigo?

—No.

—No estoy hablando de casarnos, te lo prometo. Piénsalo un poco, anda: los dos bajo el mismo techo...

—Los tres.

—¿Qué?

—El niño, Felix.

—Me refería a los tres, claro. *Lapsus linguae*. Los tres bajo el mismo techo. Es lo mejor. Las enfermeras opinan lo mismo y...

—¡Déjalo, por favor! —exclamó Lexie, y varias madres en camisón la miraron—. Y ¿cómo te atreves a hablar de mí con las enfermeras a mis espaldas? ¿Quién te has creído que eres? No viviré contigo de ninguna manera. ¡Nunca!

Pero Felix ni se inmutó.

—Ya lo veremos —dice, y le cogió la mano otra vez.

Lexie se da el alta enseguida (no soporta la íntima camaradería de la sala, la vida pública del lugar) y se va a casa con el niño. Cogen un taxi. La ecuación parece fácil: entró en el hospital siendo una persona y sale siendo dos. Theo duerme en el último cajón de una cómoda. Lexie habla con él, lo saca de paseo en un cochecito plateado, enorme y chirriante que le ha dado una vecina. Pasa gran parte de la noche en vela. Ya se lo esperaba, pero de todos modos es una carga. Se acerca a la ventana con el niño en brazos, en camisón, a mirar la calle; oye el camión de la leche: avanza, se detiene; avanza, se detiene; y se pregunta si será la única persona que está despierta en toda la ciudad. Nota el peso cálido de la cabeza de Theo en la doblez del codo izquierdo, siempre en el izquierdo, y la orejita apoyada sobre el corazón. Tiene el cuerpo relajado mientras duerme. La metálica luz blanca del amanecer entra, trémula, en la habitación. Alrededor de la cama yacen los despojos de la larga noche que han vivido juntos: varios pañales sucios, dos gasas estrujadas, un vaso de agua vacío, un frasco de pomada de zinc. Lexie frota los pies descalzos contra la moqueta y se detiene a mirar a su hijo. El niño arruga la carita un momento mientras duerme y enseguida se relaja otra vez. Levanta las manos, las mueve en el aire como buscando algo (textura, asidero, seguridad), encuentra un pliegue del camisón y cierra el puño decididamente en torno a la tela.

Para Lexie, el impacto de la maternidad no es la falta de sueño, ni los peores momentos del agotamiento, ni que la vida se encoja y toda la existencia se reduzca a las calles cercanas, sino el asalto violento de las tareas domésticas: lavar la ropa, doblarla, secarla. Hacer estas cosas la enfurece y la hastía hasta ponerla al borde de las lágrimas, y ha estampado contra la pared un montón de colada más de una vez. Mira a las madres con las que se cruza por la calle y le parecen tan serenas, tan enteras, con la bolsa colgada de las asas del cochecito y el niñito bien arropado al estilo del hospital, entre sábanas limpias y bordadas. «Pero y la colada, ¿qué? —le gustaría decirles—. ¿No os revienta tanto secar y doblar?»

Theo crece y ya no cabe en el cajón. Ya no le sirven las chaquetitas que le ha tejido la gente. Esto también se lo esperaba, pero sucede más rápido de lo que creía. Llama al *Courier*. Escribe un reportaje sobre la exposición de Anthony Caro en la Hayward Gallery y puede comprar una cuna. Theo crece hasta que los pies le llegan al final de la cuna. Vuelve a llamar al *Courier* y se lleva a Theo a una reunión. Al principio, Carruthers se horroriza, pero después parece que le intriga. Lexie le hace el caballito en una pierna mientras hablan. Le encargan una entrevista a una actriz. Va a casa de la actriz con Theo. A la actriz le encanta y Theo gatea hasta debajo del sofá persiguiendo al gato de la actriz. Después reaparece con un zapato de la actriz, al que ha mordisqueado la tira. De pronto a la actriz ya no le encanta tanto. Lexie cobra el trabajo y compra una sillita de rayas blancas y rojas. Theo se sienta en el borde, agarrándose las rodillas con las manos y se inclina a un lado cada vez que doblan una esquina. Una vecina, la señora Gallo, que vive unos portales más allá, está dispuesta a cuidar a Theo algunos días a la semana. Es de Liguria y ha criado ocho hijos. Se pone a Theo en el regazo y lo llama «Angelino», le pellizca las mejillas y dice: «Que Dios lo proteja». Y después, Lexie vuelve a la oficina, a la sala de reporteros, a ganar un salario, a intimar con su vida anterior. Sus colegas saben por qué ha estado de baja, pero muy pocos hablan del hijo, como si no hubiera que hablar de él en el ambiente ruidoso y concentrado de la redacción. Cuando se va de casa por la mañana, sabe que hay un hilo que la une a su hijo y, a medida que se aleja por las calles, nota cómo se va alargando poco a poco. Al final de la jornada el ovillo está completamente desdevanado y siente un deseo casi frenético de estar otra vez con él, y ansía que el metro corra más por los túneles, que vuele sobre los raíles y la lleve a casa con su hijo lo más rápido posible. En cuanto llega, le cuesta un poco devanar el hilo otra vez deshaciendo los enredos, dejarlo corto; medio metro más o menos le parece la medida ideal. Cuando Theo se duerme por la noche, ella va al escritorio a terminar cualquier tarea que le haya quedado pendiente ese día. A veces piensa que el ruido de la máquina de escribir debe de ser para Theo una nana que se entremezcla como humo en sus sueños.

Cuando Theo empieza a sujetarse en las patas de las sillas, cuando empieza a andar, a coger cosas de las mesas, cuando casi se tira la máquina de escribir encima y se mata, Lexie cae en la cuenta de una cosa.

—Necesito cambiar de casa —le dijo a Laurence.

Laurence miraba a Theo, que hacía mucho ruido vaciando un armario de la cocina.

—Es asombroso —dijo— que una cosa tan sencilla pueda resultar tan divertida. Le dan a uno ganas de volver a ser pequeño. —Se volvió a mirarla—. ¿Necesitas cambiar de casa? ¿Por qué? ¿El dueño quiere ponerte de patitas en la calle?

—No. —Lexie echó un vistazo general a la habitación. Era grande, cierto, pero en ella se acumulaban su cama, la cuna de Theo, el sofá, un corralito y un escritorio en el que trabajaba por la noche.

Laurence seguía su mirada.

—Entiendo —dijo—, pero ¿adónde irías?

Theo dejó caer un colador de metal al suelo, este hizo un ruido muy sonoro y el niño dijo: «¡Ja!». Se agachó a cogerlo otra vez.

Laurence se sirvió otra porción de tarta. Lexie miraba a su hijo, que tiraba de nuevo el colador al suelo. Le gustaba particularmente ese pelele verde de felpa, la forma en uve que iba tomando el pelo en la frente, esos deditos agarrando el mango de una sartén.

—Creo que... Estaba pensando en... —empezó— en que a lo mejor tendría que... comprar algo en algún sitio.

Laurence volvió la cabeza de golpe.

—¿Te ha tocado la lotería?

—Ojalá.

—¿Va a pagarlo el figurín?

—Ni hablar. No aceptaría esa cantidad de dinero del figurín.

—¡Estás chalada! —exclamó Laurence, frunciendo el ceño—. ¿Cómo vas a...? —Dejó el plato—. ¡Ah! —añadió en otro tono.

En otras circunstancias, Lexie habría sonreído. Era una de las cosas que más le gustaban de Laurence: la intuición tan rápida que tenía.

Se miraron un momento y después se volvieron hacia la pared opuesta. El Pollock, el Bacon, el Freud, el Klein, el Giacometti. Lexie se llevó las manos a la cara y se desplomó en el sofá.

—No creo que pueda —dijo, tapándose la cara.

—Lex, me parece que no te queda más remedio. O le pides al figurín parte de su fortuna...

—Esa posibilidad no entra en mis cálculos.

—O vendes a Theo a un tratante de esclavos.

—Esa tampoco.

—O vendes un cuadro.

—Pero no quiero —gimió—. No puedo.

Laurence se levantó, se acercó a los cuadros y los miró de uno en uno.

—Por si te sirve de consuelo —dijo, al pararse frente al retrato de Lucian Freud—, creo que él te hubiera dicho exactamente lo mismo. Y lo sabes. No lo habría dudado un momento. ¿Te acuerdas de que vendió la litografía de Hepworth para que pudieras venir a trabajar con nosotros?

Lexie no dijo nada, pero se quitó las manos de la cara.

Laurence pasó frente al Minton, al Colquhoun, al Bacon y se detuvo frente al Pollock. Dio unos golpecitos en el marco con la uña.

—Este os proporcionará una casa en la que vivir. La muerte es una gran estrategia comercial para un pintor.

—No, ese no —musitó Lexie, quitándose migas de tarta de los pliegues del vestido. Laurence la miró inquisitivamente—. Era su favorito —añadió.

De repente, Theo soltó un berrido lastimero desde la cocina. Lexie fue rápidamente y lo sacó del lío de sartenes, fuentes y moldes de galletas. El niño se apoyó inmediatamente en su hombro, agotado, y se metió el pulgar en la boca al tiempo que enredaba la otra mano en el pelo de su madre.

—El boceto de Giacometti también te daría algo. Está firmado —dijo Laurence—. Han subido en estos últimos años. David y yo podemos encargarnos de venderlo, si quieres.

—Gracias —murmuró Lexie.

—Lo haremos anónimamente. Nadie lo sabrá jamás.

—De acuerdo —dijo ella, y dio la espalda a la pared—. Descuélgalo ahora mismo, por favor.

Compró la tercera vivienda que fue a ver: la mitad de una casa de Dartmouth Park, con dos habitaciones arriba y dos abajo, un pasillo que la recorría desde la entrada hasta la puerta trasera y un jardincito posterior con un manzano de ramas desiguales que daba una fruta dulce y amarilla en otoño. Lexie colgó un columpio de las ramas, y las primeras semanas que pasaron allí, el niño se sentaba en el columpio, fuertemente agarrado al asiento de madera, a mirar con asombro a su madre, que se encaramaba descalza a las ramas y cogía manzanas y se las ponía en la falda. Quitó la moqueta podrida y el linóleo viejo y húmedo, restregó los tablones y los barnizó. Encaló la parte de atrás de la casa. Limpió los cristales con vinagre y papel de periódico hasta que el sol pudo entrar por ellos, mientras Theo iba y venía por el jardín con una regadera. Le parecía increíble poseer un trocito de tierra, una construcción de ladrillo, cemento y cristal. Le parecía imposible disponer de una vida así a cambio de algo de dinero. Por la noche, cuando Theo estaba dormido, iba de una habitación a otra y daba la vuelta por el jardín: no podía creer la suerte que tenía.

Sin embargo, el esbozo perdido de Giacometti la obsesionaba. Colgó los cuadros una y otra vez, buscando la forma de que no se notara su ausencia. «No tenías más remedio —se decía constantemente—. No tenías más remedio.» Y: «A él le habría dado igual; dadas las circunstancias, te lo habría propuesto él mismo». Pero los remordimientos, el sentimiento de culpa, no la dejaban en paz a altas horas de la noche, mientras descolgaba los cuadros para probar otra distribución.

Como de costumbre, para distraerse, trabajaba. «La mujer en la que nos transformamos cuando tenemos hijos», escribió, y se paró a ajustar el papel. Miró los cuadros casi sin verlos, ladeó la cabeza para oír a Theo. Nada. Silencio, el silencio cargado del sueño. Volvió a la máquina de escribir, a la frase que había escrito.

Nos cambia la forma del cuerpo —continuó—, compramos zapatos de tacón bajo, nos cortamos la melena. Empezamos a llevar en el bolso galletas mordisqueadas, un tractor de juguete, un trocito de una tela muy querida, un muñeco de plástico. Perdemos el tono muscular, el sueño, la razón, la perspectiva. El corazón empieza a vivir fuera de nuestro cuerpo. Ellos respiran, comen, gatean y... ¡hala!, andan, empiezan a hablar con nosotras. Aprendemos que a veces hay que andar a pasitos cortos, pararse y mirar con atención cada palo, cada piedra, cada lata aplastada del camino. Nos acostumbramos a no llegar a donde queríamos ir. Aprendemos a zurcir, tal vez a cocinar, a poner rodilleras en los pantalones. Nos acostumbramos a vivir con un amor que nos inunda, nos ahoga, nos ciega, nos controla. Vivimos. Nos contemplamos, nos miramos la piel distendida, los mechones plateados del flequillo, los pies, que nos han crecido extrañamente. Aprendemos a mirarnos menos en el espejo. Confinamos al fondo del armario la ropa de «solo lavado en seco». Al final la tiramos. Nos adiestramos para no decir «mierda» ni «maldita sea» y aprendemos a decir «vaya por Dios» y «ay, Dios santo». Dejamos de fumar, nos teñimos el pelo; en los parques, piscinas, bibliotecas y cafés miramos a ver si hay otras como nosotras. Nos conocemos por las sillitas, por la mirada falta de sueño, por los vasos grandes que llevamos. Aprendemos a hacer bajar la fiebre, a calmar la tos, los cuatro síntomas de la meningitis, que a veces hay que pasarse dos horas dándole al columpio. Compramos moldes de galletas, pinturas lavables, delantales, cuencos de plástico. Ya no soportamos el retraso del autobús, las peleas callejeras, que se fume en los restaurantes, el sexo después de medianoche, la incoherencia, la pereza, la frialdad. Miramos a las mujeres más jóvenes que pasan por la calle fumando, maquilladas, con vestidos ceñidos y bolsitos pequeños, con el pelo suave y limpio, y miramos a otra parte, bajamos la cabeza, seguimos adelante con el cochecito, cuesta arriba.

Entre viaje y viaje a Vietnam, a Malasia, a Irlanda del Norte, a Suez, Felix iba a verla. A veces se quedaba toda la tarde, a veces un día entero, a veces unas cuantas semanas seguidas. Lexie se aseguró de que no dejara su piso. Resultó ser un padre cariñoso, aunque un poco desapegado. Sujetaba a Theo en las rodillas y jugaba al caballito unos minutos; después lo dejaba en el suelo y cogía el periódico o se tumbaba en una esterilla en el jardín mientras el niño se entretenía cerca de él. Una vez, Lexie salió al jardín y se encontró a Felix dormido, cubierto de arena... y a Theo yendo y viniendo afanosamente del arenal al padre tumbado, con el cubo, enterrándolo poco a poco.

Es difícil decir lo que pensaba Theo de Felix, de ese hombre que aparecía en casa después de largas ausencias y le traía regalos caros aunque poco apropiados (un Meccano para niños de un año, un bate de críquet para un niño que todavía no andaba). Theo no le llamaba «papá» ni «papi» («¡Qué cursilada! ¿No te parece?», decía Felix), sino «Felix». Felix llamaba al niño «chavalote», cosa que a Lexie siempre la irritaba.

Ted está en el jardín de atrás contemplado el lecho de flores. Aunque tal vez «lecho de flores» no sea lo más adecuado. Lecho de hiedras y acederas. Matas enredadas de malas hierbas. Un desastre total.

Suspira, se agacha a arrancar una planta particularmente voraz, muy frondosa por arriba, pero la raíz se niega a soltarse del suelo y el tallo se le rompe en la mano. Suspira otra vez y la tira.

Elina está detrás de él en alguna parte, dentro de casa. La oye hablar con Jonah todo el tiempo, en finlandés. A veces, según le ha dicho, le habla en sueco, para variar. Ted no nota la diferencia, para él son lenguas impenetrables. Solo sabe dos palabras en finlandés: «gracias» y «condón». Hasta ahora nunca había oído a Elina hablar mucho en finlandés: alguna vez, cuando llama a su familia por teléfono o se encuentra con un amigo finlandés. Pero últimamente parece que lo habla todo el tiempo.

Coge unas cizallas y se arrodilla en la hierba. Se abren con un siseo limpio y seco, cruzando las hojas una por encima de la otra. Le sorprende que no estén oxidadas por dentro. Las coloca a ras de tierra y corta. Las hierbas se parten y caen. Lo repite muchas veces. Las plantas muertas van quedando diseminadas a su alrededor.

Ayer sorprendió a Elina mirando absorta por las ventanas de atrás. Tenía a Jonah apoyado en el hombro, mirando hacia la puerta, y fue un brusco movimiento de cabeza del niño lo que la alertó de su presencia.

—¿Qué miras? —le preguntó, mientras iba a rodearla con el brazo y le hacía un mohín a Jonah, que se quedó asombrado.

—El estudio —dijo, sin dejar de mirar—. Estaba aquí sin más, pensando que...

—¿Qué?

—Que parece el castillo de la Bella Durmiente.

Ted exprimió su memoria para acordarse del cuento. ¿Era el del zapatito de cristal? No. ¿El de la chica de la trenza larguísima?

—¿Por qué? —le preguntó, por ganar tiempo.

—¡Míralo! —dijo, enfadada de pronto—. Casi ni se ve, con tanta maleza alrededor. Dentro de unas semanas desaparecerá por completo. Cuando por fin pueda volver a trabajar no podré ni entrar.

Así que ahí estaba él, a cuatro patas en la tierra, salvando el estudio de la vegetación que se lo iba a tragar. Quiere darle una sorpresa. Quiere que esté contenta. Quiere que el niño duerma más de tres horas seguidas. Quiere disfrutar de una vida, si no como la de antes, que al menos pueda llamarse vida, no este continuo dar bandazos de un día al siguiente. Quiere que Elina no tenga esas ojeras inmensas a todas horas, que no esté siempre con esa cara, mordiéndose el labio inferior. Quiere que la casa deje de oler a caca. Quiere que la lavadora no esté funcionando todo el tiempo. Quiere que ella deje de disgustarse cuando a él se le olvida sacar la colada de la lavadora, tenderla y doblarla, o comprar más pañales, o hacer la cena o fregar los cacharros después de la cena.

Sigue cortando las malas hierbas y, cuando termina de limpiar la zona de la puerta del estudio, empieza a meter todo lo cortado en una bolsa de basura.

Es un movimiento sencillo: amontonar, amontonar, recoger con una mano y tirarlo en la bolsa que sujeta con la otra. Hay algo hipnótico en el ruido y el movimiento. Se mira las manos, que parecen moverse sin el concurso de su voluntad para hacer esta sencilla tarea. «Vean aquí —piensa— a un hombre, un padre, limpiando el jardín un sábado por la tarde.» Se oye un helicóptero en el cielo; el ruido de navaja que hace el aire al entrar en su cuerpo, al salir; la sensación de que los pulmones son un fuelle que alimenta su sistema; las manos, con su movimiento rítmico; las voces de unos niños al otro lado del muro, que se dirigen al Heath en bicicleta, el crujido de reproche que hacen las hierbas al entrar en la bolsa. Y tal vez hay algo familiar en esta acción, en este movimiento, o tal vez sea la confluencia de elementos, pero el caso es que se produce una conexión nueva, porque de pronto es como si se hubiera caído por una trampilla o en una madriguera de conejos. Se ve de pequeño, es él mismo pero de pequeño, y está agachado en el césped, y tiene en la mano un rastrillo de juguete, verde, de plástico.

Parpadea. Se levanta, mira a izquierda y derecha.

Ya está aquí, ha vuelto a su vida. Las malas hierbas, las cizallas, el jardín. Elina y Jonah detrás de él, en alguna parte. Su padre en una hamaca, y alguien más a quien no puede ver: el bajo de un vestido rojo, largo, y un pie descalzo con las uñas pintadas de morado, los zapatos abandonados en la hierba. Su padre enciende un cigarrillo y habla al mismo tiempo, apretándolo entre los labios. «Nunca he dicho nada semejante.» Un movimiento brusco y la otra persona se levanta de la hamaca. Ted ve el vestido rojo, las uñas moradas, el césped verde. «Está descartado», dice ella.

Y se marcha.

El vestido se aleja de ellos barriendo el suelo en dirección a la casa... pero ¿qué casa es esta? ¿Dónde está, con sus macetas alineadas al pie de las paredes del patio, que tiene una puerta estrecha? Ted ve la espalda de la mujer mientras ella camina por la hierba; ve un pelo largo, liso, atado con un pañuelo. «De eso nada.» Ve las cintas de un vestido rojo flotando en el aire, las plantas blancas de los pies lo deslumbran, primero una, después la otra. Ted mira el rastrillo que tiene en la mano. Mira a su padre. Mira los zapatos abandonados en el césped. Ve desaparecer a la mujer del vestido largo y rojo y el pelo largo y liso en la oscuridad oblonga de la puerta de atrás.

Elina sale de la cocina al jardín con Jonah en un brazo y una manta en la otra. Intenta estirar la manta en el césped, pero con una sola mano es difícil, y entonces dice:

—Ted, ¿puedes ayudarme?

Él está de pie, dándole la espalda. No se vuelve.

—¡Ted! —repite en voz más alta.

Ted se frota la frente una y otra vez. Elina suelta la manta en la plataforma de madera. Envuelve a Jonah en la manta y se acerca a Ted. Le toca el hombro.

—¿Te pasa algo? —pregunta, y ve que Ted se sobresalta.

—No —dice él bruscamente—, no me pasa nada. ¿Qué quieres que me pase?

—Solo te he preguntado —replica ella, bruscamente también—. No hace falta que grites.

Ted deja de frotarse la frente, mete la mano en el bolsillo y la saca otra vez.

—Bueno, no me pasa nada —dice.

—Me alegro. La próxima vez no cometeré el error de preguntarte.

Ted musita algo inaudible y da media vuelta para seguir trabajando en el lecho de plantas. Elina mira el suelo, que está lleno de flores cortadas.

—En fin, ¿qué estabas haciendo?

Él murmura otra vez.

—¿Qué? —pregunta ella.

—Quitando las malas hierbas —dice, mirándola.

—¿Quitando las malas hierbas?

—Sí, ¿es que parece otra cosa?

—No sé —dice ella—. ¿No hay que sacarlas de raíz, en vez de cortarlas? Si dejas la raíz vuelven a crecer, ¿no?

Ted coge las cizallas y las abre. El sol arranca un destello a las hojas que se esparce por todo el jardín. Y, con algo muy semejante al alivio, empiezan a discutir, como si los dos estuvieran esperando inconscientemente ese momento de expansión. Ted dice que, para despejar el terreno, primero hay que cortar las malas hierbas, y que las plantas no crecen sin las hojas.

Está perdiendo la paciencia. Tira las cizallas con las puntas hacia abajo y se clavan en la hierba y se quedan ahí, como Excalibur. A ella esto la irrita aún más, y señala la herramienta, que ha caído cerca de su pie, al tiempo que le dice que es idiota. Él dice a voces que todo lo hace mal.

Jonah está tumbado en la plataforma, con el pulgar en la boca, chupando con fuerza, muy despierto, muy concentrado. Mira a todas partes sin pestañear. Está oyendo la voz de su madre, fuerte, enfadada, disgustada, y las neuronas de su cerebro de cuatro meses de vida intentan descifrar lo que significa esto para ellas, lo que significa para él. Frunce el ceño levemente un momento, es la viva imagen de un adulto ceñudo.

Deja de chupar, la duda le transforma la expresión y ahora quiere moverse, levanta las piernas en el aire, intenta ver a su madre, intenta avisarla de que está preocupado. Pero todavía no sabe, no tiene edad suficiente. Suelta un grito de fastidio, pequeño, casi inaudible, e intenta ponerse de lado otra vez. No hay suerte. Patalea y se retuerce como un pez en el anzuelo. De pronto se da cuenta de la situación horrible en la que se encuentra. Se le cae el pulgar de la boca, arruga la cara y llora.

En un instante Elina está con él, lo levanta de la manta y entra rápidamente en casa.

Ted se queda en el jardín. Coge un palo y fustiga unas hierbas. Desclava las cizallas del césped y las deja caer otra vez. Se queda quieto un momento, con una mano apoyada en la pared del estudio de Elina.

Media hora después todo el mundo se ha cambiado de ropa y ha montado en el coche. Elina y Ted no se han dicho una palabra, más que: «¿Has pedido un taxi?». «Sí.» Y se van a comer a casa de los padres de Ted.

—Y ¡solo había dejado el aparato encendido todo el día! —dice Clara, la prima de Ted, para terminar lo que estaba contando.

Todo el mundo estalla en carcajadas, menos la madre de Ted, que murmura lo peligroso que es dejar aparatos eléctricos enchufados, y Elina, que no ha prestado mucha atención a la anécdota. Era sobre un novio y una plancha del pelo. Se ha perdido el principio, pero sonríe e incluso se ríe un poquito, para disimular.

Están sentados a la mesa. Han comido pescado a la parrilla cubierto con una salsa rara, un poco granulosa, y un crujiente «de grosellas del jardín», según ha dicho la madre de Ted. Harriet, la otra prima, ha hecho café, y todo el mundo habla del reciente viaje de Clara a Los Ángeles, de una película que ha editado Ted y que se acaba de estrenar en los cines, de un actor que vive en la misma calle. La abuela de Ted protesta por lo bajo porque ella ha pedido café con nata líquida, no con leche; ¿es que ya nadie toma el café como es debido? Y Elina mira a Harriet, que tiene a Jonah en brazos, y al mismo tiempo procura no hacerlo. Lo sujeta en el hueco del codo de su brazo bronceado, de tal forma que el cuerpecito reposa en el regazo y la cabeza queda inquietantemente cerca del borde de la mesa. Harriet gesticula, habla, las pulseras de plata que lleva tintinean y la cabeza de Jonah da un bote cada vez que Harriet mueve el brazo. Tiene una expresión de perplejidad. Parece perdido, confuso. Elina ha mandado mensajes mudos a Ted, que está sentado al lado de Harriet: «Rescata a tu hijo, rescata a tu hijo». Pero parece que Ted está absorto en el jardín de atrás. Lleva cinco minutos mirando por la ventana, sin oír una palabra de lo que cuenta Harriet. «Dentro de un momento —se dice Elina— te levantas y coges a Jonah con naturalidad, con total naturalidad. Podrías decir tranquilamente, como si no tuviera la menor importancia, como si no fuera tu hijo, que amas infinitamente, como si...»

—Esta niña se parece a aquella otra, ¿verdad? —dice la abuela de Ted en medio de todo el ruido, refiriéndose a Jonah.

Clara se inclina hacia ella.

—Es niño —dice en voz alta—, Jonah, ¿se acuerda?

La abuela hace un movimiento de cabeza como si quisiera espantar una mosca molesta.

—¿Niño? —replica—. Bueno, se parece a aquel otro, ¿no crees? —Y se vuelve hacia su hija.

Pero la madre de Ted está atareada al otro lado, en la cocina, descargando los platos de una bandeja. Está hablando con el padre de Ted, que ha salido a fumar a la puerta de atrás, y dice algo de unas copas de Oporto.

—¿Quién? —dice Ted—. ¿A quién se refiere? ¿Quién es «aquel otro»?

La abuela se queda pensando un largo rato con el ceño fruncido. Agita la mano en el aire y vuelve a dejarla en el brazo de su silla de ruedas.

—Ya sabes —dice.

Ted se gira en la silla.

—Mamá, ¿a quién se refiere?

—... y apaga eso, por lo que más quieras —viene diciendo la madre al volver de la cocina con la bandeja vacía en las manos—, ¡con el niño aquí!

—¿A quién se refiere? —pregunta Ted otra vez.

Su madre recoge vasos de vino vacíos y servilletas arrugadas.

—¿A quién se refiere quién? —pregunta a su vez.

—La abuela dice que Jonah se parece a «aquel otro».

Al coger una servilleta de la mesa, la madre tira un vaso. El líquido, oscuro y veloz, se extiende por el mantel abriéndose paso entre platos y cubiertos hasta formar una pequeña catarata en el borde de la mesa, y cae en la falda de Elina. Esta se levanta de repente, el vino le mancha los zapatos e intenta secárselos con la servilleta. Clara separa de la mesa la silla de ruedas de la abuela para que no le caiga el vino encima. De repente todo el mundo está de pie con paños, consejos, advertencias, y Ted sigue preguntando: «¿A quién se refiere?», y su madre dice: «No tengo la menor idea, cielo», y su padre pasa por detrás de Elina; ella nota el olor acre del humo del cigarro, y al volverse hacia él, el hombre le dice: «Se alborota el gallinero, ¿eh?», y le guiña un ojo.

Elina huye al retrete y, cuando vuelve, no hay nadie en la mesa ni en el comedor. Por un momento nota una sensación pegajosa y desagradable en el estómago, como un niño al darse cuenta de que lo han dejado fuera del juego. Después los ve a todos distribuidos por el jardín en hamacas y esterillas. Al salir, oye decir a la madre de Ted:

—Vamos, dame a ese niño, rápido, antes de que...

Se traga el resto de la frase cuando Elina cruza el patio. Elina se sienta en una esterilla al lado del padre de Ted sin mirar a nadie.

Harriet se levanta y entrega a Jonah a la madre de Ted. La mujer hace un ruidito ininteligible cuando lo coge, y Elina, antes de dejar de mirar, entrevé unas uñas largas y afiladas junto a la mejilla del niño. Sabe que ahora la madre se pondrá a arreglar a Jonah a su antojo. Le aplastará el pelo, que siempre tiende a estar de punta. Le abrochará hasta el último botón de la chaqueta; le subirá los calcetines hasta las rodillas o dirá en voz alta que no lleva calcetines; le bajará las mangas hasta taparle los puños.

Elina no quiere verlo; mira a otra parte. Harriet está reclinada en otra esterilla, con la cabeza en el regazo de Clara. Están mirando una pulsera que lleva Clara. A la abuela la han aparcado a la sombra de un árbol y se ha quedado dormida, con los pies, embutidos en unas zapatillas, subidos en una banqueta. Ted está encogido en una hamaca, cruzado de brazos y piernas. ¿Estará mirando lo que hace su madre con Jonah? No sabría decirlo. Puede que sí y puede que esté mirando a la nada.

La casa de los padres de Ted le parece extraña. Es alta, con varios pisos, unos encima de otros, y unas escaleras que suben por el centro dando vueltas, como una hélice. La fachada da a una plaza rodeada de casas idénticas: balcones de hierro, ventanas de guillotina a intervalos regulares, verjas negras en las ventanas de los pisos bajos. Sin embargo, en la parte de atrás hay un jardín que parece muy pequeño, mal proporcionado con la altura de la casa. A Elina no le gusta la parte trasera del edificio, le da la impresión de que va a caerse en cualquier momento.

—¿Qué tal está usted, señorita Elina?

Se vuelve; es el padre de Ted. Se ha puesto un cigarrillo en la boca y se palpa los bolsillos en busca de un encendedor.

—Muy bien, gracias.

—¿Qué tal llevas todo el... —enciende el mechero y lo acerca a la punta del cigarrillo, hasta que brilla—... asunto del niño?

—Bien.

En realidad, no sabe qué decir. ¿Le cuenta que pasa noches en blanco, la cantidad de veces que tiene que lavarse las manos al día, la inacabable cantidad de prendas diminutas que hay que secar y doblar, las bolsas que hay que llenar y vaciar de ropa, pañales, toallitas; la cicatriz del vientre, arrugada, que sonríe malévolamente, la soledad absoluta de todo ello, las horas que pasa arrodillada en el suelo con un sonajero, una campana o un juguete de tela en las manos, la necesidad que siente a veces de parar a alguna mujer mayor por la calle para preguntarle cómo lo hizo ella, cómo logró superarlo? También podría decirle que no estaba preparada para este surgimiento feroz, este sentimiento que no se resume en la palabra «amor», que se queda muy corta para definirlo, que a veces le parece que va a desmayarse de este deseo inaplazable por su hijo, que a veces lo echa de menos con desesperación, aunque esté ahí mismo, que es una forma de locura, de posesión, que a veces necesita entrar con mucho cuidado en la habitación en la que está durmiendo solo para ver si está bien, para susurrarle algo. Pero lo único que dice es: «Bien, sí, bien. Gracias».

El padre de Ted tira la ceniza al suelo y mira a Elina de arriba abajo, desde los pies y las sandalias hasta la cara, pasando por las piernas y el torso.

—Te sienta bien —dice al final, sonriendo.

Elina recuerda que una vez Ted dijo que su padre era un «macho cabrío de lo más rijoso» y enseguida se lo imagina con barba blanca, atado a una estaca, tirando de la cadena. Nota que la cara se le arruga de risa.

—¿Qué es lo que me sienta bien? —le pregunta, y, como intenta contener la risa, le sale una voz más alta de lo que pretendía.

El hombre da otra calada al cigarrillo mirándola con los ojos entornados. Ella ve que debió de ser atractivo en otros tiempos. Los ojos azules, el labio superior grueso, el pelo rubio entonces. Es curioso que los guapos nunca dejen de estar seguros de que los admiran, de esperarlo, incluso.

—La maternidad —dice.

Elina se estira la falda, hasta las rodillas.

—¿Ah, sí?

—Y ¿mi hijo?

Elina mira a Ted y ve que está cerrando y abriendo los ojos sin parar.

—¿Qué quiere saber de su hijo? —le pregunta, distraída.

—¿Qué tal lleva lo de ser padre?

—Hum. —Sigue mirando a Ted, que se sienta en el borde de la hamaca, que se tapa un ojo con la mano, después el otro—. Bien —murmura—, bien, creo yo.

El padre de Ted apaga el cigarrillo en un plato.

—En mi época era más fácil —dice.

—¿Ah, sí? ¿Por qué?

—No se esperaba nada de nosotros —dice, encogiéndose de hombros—. No cambiábamos pañales, no hacíamos la comida, nada. Era fácil. Solo hacía falta aparecer de vez en cuando a la hora del baño, dar un paseíto por el parque el domingo por la mañana, esas cosas, y el zoo el día del cumpleaños. Nada más. Para ellos es más difícil —añade, señalando a Ted con un movimiento de cabeza.

—Pero entonces, ¿cómo...? —pregunta, y traga saliva.

En el otro lado del jardín oye que alguien dice: «¡Ay, Dios!». Elina se pone de pie antes de darse cuenta siquiera de que se ha levantado. La madre de Ted sujeta a Jonah con las manos, estirando completamente los brazos, y arruga la nariz.

—Creo que necesita un poquito de atención.

—Claro. —Elina lo coge y, poniéndoselo contra el hombro, entra en la casa.

Jonah enreda los dedos en el pelo de su madre y le dice: «Ar blarmg» al oído, como si fuera un secreto.

—Ar blarmg, mi niño —le musita, al tiempo que recoge la bolsa en el recibidor y se la lleva al cuarto de baño.

Es un cuarto de baño pequeño: la madre de Ted lo llama «el guardarropa» y, al principio, Elina esperaba encontrárselo lleno de abrigos y cosas así. Abre el paquete de toallitas húmedas, saca un pañal limpio y pañuelos de papel y lo deja todo al lado del lavabo. Después se sienta en el retrete y se pone a Jonah atravesado en el regazo.

—¡Iiiiiiaaaaarrrrkkkk! —grita con alegría, a pleno pulmón, intentando tocarse los dedos de los pies y asir el pelo de su madre y la manga cuando esta se inclina sobre él; su voz rebota en las paredes del diminuto cuarto de baño.

—¡Au! —murmura ella, y desenreda los dedos del niño de su pelo y le desabotona el traje—. ¡Que vozarrón tan fuerte! Algunos dirían que es muy... —Se calla, y luego exclama—: ¡Ah!

La caca se extiende por las piernas y hacia arriba, por la espalda. Le ha manchado la camiseta, el pelele, la chaqueta y, ahora que lo piensa, le está manchando también la falda a ella. Hace siglos que no hacía una tan enorme y ha tenido que hacerla hoy aquí.

—¡Joder! —murmura—. ¡Joder, joder!

Termina de desabotonarle el pelele y saca las manos del niño de las mangas con cuidado, para no mancharlo. De pronto, Jonah considera que desvestirlo tanto es demasiado. Pone cara de duda y el labio inferior se le tensa.

—No, no, no, no —dice Elina—. No pasa nada, no pasa nada. Ya casi estamos.

Tira el pelele al suelo y procura no acelerarse en el último momento. Al quitarle la camiseta por la cabeza ha debido de tirarle de la oreja, porque suelta un alarido. Se pone todo tenso de rabia, toma una temblorosa bocanada de aire y se prepara para gritar otra vez.

Elina hace una pelota con la ropa sucia y la deja caer al suelo. Da la vuelta a Jonah rápidamente, el niño grita y patalea y ella le limpia la espalda lo más rápido posible. Hace un calor terrible aquí dentro. Suda por el labio superior, por las axilas, por el centro de la espalda. Ahora Jonah está desnudo, muy enfadado y resbaladizo, después de las toallitas húmedas; Elina teme que se le caiga. Va a coger el pañal limpio (en cuanto se lo ponga se acabará el enfado), pero nota que el niño se tensa otra vez. Tiene el pañal en la mano, ya casi está, le falta muy poco; mira al niño y ve que está soltando otro chorro de caca.

Es una cantidad increíblemente grande, y sale con mucha fuerza. Ya pensará en esto después. Salpica la pared, el suelo, su falda y sus zapatos. Se oye decir: «¡Ay, Dios!», pero muy lejos. Se queda paralizada un momento, incapaz de mover un dedo, sin saber lo que tiene que hacer. Sujeta el pañal con la barbilla y, cuando va a coger las toallitas, el niño suelta otro chorro. En lo único que puede pensar es en que el guardarropa de la madre de Ted está lleno de caca, por todas partes. Y ella también. Y Jonah. Nota el escozor de las lágrimas en los ojos. No sabe, no ve qué es lo que tiene que limpiar primero. ¿Al niño? ¿La pared? ¿El rodapié? ¿La toalla de manos, blanca e impoluta? ¿La falda? ¿Los zapatos? Tiene caca entre los dedos de los pies, resbaladiza, pegajosa. Va empapándole la falda y le llega hasta las bragas. El olor es indescriptible. Y Jonah no para de llorar.

Elina se estira para abrir la puerta.

—¡Ted! —grita—. ¡TED!

Clara entra en el recibidor con una ceja arqueada. Elina se fija en su vestido plisado de seda, en los zapatos dorados que se atan en las pantorrillas.

—Hola —dice Elina en un tono normal, o eso espera, con la puerta entreabierta—. Dile a Ted que venga, por favor.

Unos minutos después Ted entra en el guardarropa. A Elina le parece que nunca se había alegrado tanto de verlo.

—¡Dios! —dice, al ver el panorama—. ¿Qué ha pasado?

—¿A ti qué te parece? —pregunta ella con desaliento—. ¿Puedes llevarte a Jonah?

Elina ve que Ted vacila, que se mira la ropa.

—O te lo llevas o limpias la caca del suelo —le dice, imponiéndose a los gritos—, elige.

Ted coge a su hijo, que llora y patalea, y lo sostiene entre las manos con los brazos estirados. Elina lo limpia otra vez y le pone un pañal.

—Bien, ahí está la ropa limpia. Vístelo mientras yo quito toda esta mierda.

Ted pasa rozándola hasta el lavabo y Elina se pone de rodillas para limpiar las paredes, el rodapié y el suelo. Cuando termina, pasa rozando a Ted, que está poniéndole la camiseta al niño del revés.

Se queda un momento en el pasillo con la espalda apoyada en la pared y los ojos cerrados. El llanto de Jonah se reduce ahora a gemidos roncos e hipos. Un poco después oye salir a Ted del guardarropa. Abre los ojos y ve a su hijo con la cara regada de lágrimas y el pulgar firmemente metido en la boca.

—Tienes que cambiarte de ropa —dice Ted.

Elina suspira y se tapa la cara con las manos.

—¿Podemos irnos a casa ya? —le dice, sin quitarse las manos de la cara.

—Mi madre acaba de hacer té para todos —dice Ted, dubitativo—. ¿Te importa que nos quedemos a tomarlo? Y después nos vamos.

Elina baja las manos; Ted evita su mirada. Elina sabe que tiene posibilidades, le tienta empezar a discutir por eso, pero de pronto se acuerda de una cosa.

—Por cierto, ¿va todo bien?

Ted la mira.

—¿A qué te refieres?

—Te he visto haciendo eso otra vez.

—¿Qué cosa?

—Eso que haces —dice, e imita el parpadeo de Ted.

—¿Cuándo?

—En el jardín, hace un momento. Y ahora parece que estás un poco... No sé... ido.

—No, qué va.

—Sí, lo estás. ¿Qué te pasa? ¿Te ha vuelto a pasar eso? ¿Te has...?

—Estoy bien, no me pasa nada. —Ted se carga a Jonah en el hombro—. Voy a pedir ropa a mi madre —dice, y desaparece.

Elina sube por las escaleras detrás de la madre de Ted, dando vueltas y vueltas alrededor del sinuoso centro, dejando atrás varias puertas cerradas. Nunca ha estado en esa parte de la casa. Le parece que nunca ha pasado del salón grande del primer piso. La madre de Ted la lleva dos pisos más arriba, a un dormitorio forrado de gruesa moqueta beis y cortinas recogidas con cordones rematados con borlas.

—Bueno —dice la madre de Ted, abriendo el armario ropero—, no sé si tendré algo que te sirva. Eres mucho más grande que yo. —Corre una percha, después otra—. Mucho más alta, quiero decir.

Elina se queda junto a la ventana, mirando la calle, la plaza, los jardines de la plaza, los árboles que se mecen con la brisa. Ve que las hojas tienen los bordes de un color marrón anaranjado. ¿De verdad llega ya el otoño?

—¿Qué te parece esto?

Elina se da la vuelta y ve que la madre de Ted le enseña un vestido de punto de color pardo claro.

—Estupendo —dice Elina—. Gracias.

—¿Por qué no te cambias aquí? —dice la madre de Ted, abriendo una puerta, y Elina entra sin demora.

Es un vestidor. El papel de las paredes es de crisantemos amarillos, grandes, con el tallo enrollado. Al pie de la ventana hay un tocador lleno de una cantidad sorprendente de frascos, tubos y botes. Se acerca mientras se baja la cremallera de la falda. Cuando la falda cae al suelo, ella inclina la cabeza a un lado y lee: «fórmula antiedad», en un frasco, «para cuello y escote», en otro. Sonríe con malicia (¿quién habría dicho que la madre de Ted tenía estas debilidades?), y de pronto se ve en el espejo: sin falda, con una blusa manchada de mierda, el pelo de punta y una sonrisa burlona en la cara. Aparta la vista, se quita la blusa y se pone el desagradable vestido. Está peleándose con la cremallera cuando de pronto ve otra cosa.

Es la esquina derecha de un lienzo, que asoma desde su escondite, detrás del tocador. Aquí, en el vestidor de la madre de Ted. Le resulta tan incongruente que casi se echa a reír.

Al principio solo se da cuenta de lo siguiente: la existencia de ese objeto, la posición que ocupa entre el mueble y la pared. Ve el grosor de la pintura, los colores: gris, azul apagado, negro. En ese momento, suelta la cremallera. Se agacha junto al cuadro. Va a tocarlo, quiere percibir el grano de la pintura, pero se detiene en el último segundo.

Se acerca más al cuadro, se retira. Ve una franja de unos diez centímetros. Mira las espirales de color, gruesas, pegadas al lienzo, ve pelos de pincel profundamente hundidos en la pintura. Sabe de quién es el cuadro, no le cabe la menor duda, pero la incredulidad, el asombro, la obligan a meterse debajo del tocador para ver todo lo que pueda de la obra. Se agacha hasta el nivel del zócalo, recorriendo el borde del lienzo, hasta que encuentra la firma del autor, inconfundible, en negro, con la pintura un poco corrida, en la esquina derecha.

Llaman a la puerta y se sobresalta tanto que se da un coscorrón en la cabeza con la parte inferior del tocador.

—*Auts* —se queja—. *Kirota.*

—¿Todo bien? —pregunta la voz de la madre de Ted desde el otro lado de la puerta.

—Sí. —Sale arrastrándose, frotándose la cabeza—. Todo bien. Lo siento. —Abre la puerta y se aparta el pelo de la cara—. Esto... yo... ah...

La madre de Ted entra en el vestidor. Se miran un momento con inquietud, con inseguridad, como dos gatos que acaban de conocerse. No suelen encontrarse a solas. La madre de Ted echa un vistazo a la habitación como si creyera posible que un ladrón hubiera entrado a robar.

—Se me ha caído una cosa —musita Elina— y... pues...

—¿Te ayudo con la cremallera?

—Sí —dice Elina, aliviada—, por favor. —Se da media vuelta. Cuando las manos de la madre de Ted le tocan el final de la espalda, ve la esquina del lienzo otra vez, las espirales y las gotas de pintura—. Ahí hay un Jackson Pollock, detrás del tocador —le dice de pronto.

La mano se detiene a medio camino.

—¿Estás segura? —dice con voz serena, fría.

—Sí. ¿Tiene idea de lo que vale...? Bueno, no es esa la cuestión. Pero... es increíblemente valioso. E increíblemente raro. Es decir, ¿cómo es que...? ¿Cómo lo...? ¿De dónde lo ha...?

—Lleva años en la familia. —La mano sigue subiendo hasta el cuello de Elina. Después, la madre de Ted se acerca al tocador. Mira la esquina del lienzo. Toca los frascos y los tarros, como si los contara, pone derecho un espejo de mano—. Hay más...

—¿Más Pollocks?

—No, no creo. Más cuadros de la misma época, creo. Pero me temo que no entiendo mucho de esto.

—¿Dónde están?

La madre de Ted agita una mano en el aire como quitándole importancia.

—Por ahí. Un día te los enseñaré.

Elina traga saliva. No acaba de hacerse a la idea de esta extraña situación. Está ahí, en el vestidor de la madre de Ted, con un vestido suyo, en la misma habitación que un Jackson Pollock que han relegado a un hueco detrás de un mueble como si fuera quincalla, y hablando de una posible colección de cuadros como si fueran pañitos de adorno hechos a mano.

—Sí —dice—, me gustaría.

La madre de Ted sonríe con benevolencia para indicar que da el tema por zanjado.

—Y tu trabajo, ¿qué tal? ¿Tienes tiempo para hacer algo últimamente?

—Pues... —Elina tiene que pensar. ¿Su trabajo? Ni siquiera se acuerda de lo que es eso—. No, hasta ahora no.

Se rasca la cabeza. Es incapaz de dejar de mirar la franja de lienzo.

—¿Bajamos?

—Sí, claro. —Elina se vuelve hacia la puerta y después mira otra vez el cuadro—. Hum, oiga, señora R...

—¡Ay, por el amor de Dios! —la interrumpe la madre de Ted saliendo del vestidor; se queda sujetando la puerta para que Elina pase—. ¡Llámame Margot, por favor!

Lexie está en su escritorio del *Courier* dando golpecitos en el teléfono con el bolígrafo. De pronto descuelga y marca.

—¿Felix? —dice—. Soy yo.

—¡Cielo! —dice él por teléfono—. En este momento estaba pensando en ti. ¿Voy a verte esta noche?

—No. Tengo una entrega.

—Sí, iré, más tarde.

—No. ¿Es que no has oído lo que he dicho? Tengo una entrega y me voy a poner a trabajar en cuanto Theo se duerma.

—Ah.

—Pero puedes venir a hacerle la cena, así yo podría ponerme antes.

Un breve silencio.

—Bueno —empieza Felix—, sí, supongo que podría. La cuestión es que...

—Olvídalo —lo interrumpe Lexie, impaciente—. Oye, necesito un favor.

—Lo que sea.

—El periódico me pide que vaya a Irlanda a entrevistar a Eugene Fitzgerald.

—¿A quién?

—Un escultor. El mejor que existe. Es rarísimo que haya aceptado conceder una entrevista...

—Ya.

—Así que —continúa Lexie haciendo caso omiso de la interrupción: si no se lo dice ahora mismo, nunca se lo dirá—, como es lógico, tengo que irme, y me preguntaba si podrías venir a cuidar a Theo durante mi ausencia.

Otro silencio, y de pasmo esta vez.

—¿De Theo? —dice Felix.

—Nuestro hijo —puntualiza ella.

—Sí, pero... y ¿la mujer italiana?

—¿La señora Gallo? No puede. Ya se lo he preguntado. Tiene visita de la familia.

—Ya. Bueno, me encantaría, evidentemente, pero la cuestión es que...

—De acuerdo —lo corta Lexie—. Olvídalo. Estaba segura de que no tenía que pedírtelo, pero si ni siquiera estás dispuesto a plantearte cuidarlo tres días, olvídalo.

Felix suspira.

—¿He dicho yo eso? ¡No he dicho que no!

—No hace falta.

—¿Tres días, dices?

—Digo que lo olvides. He cambiado de opinión. Buscaré a otra persona.

—¡Cielo! ¡Claro que te lo cuidaré! Me encantaría.

Ahora Lexie no dice nada, quiere saber si hay trampa en esta respuesta, si él miente.

—Estoy seguro de que mi madre vendrá de Suffolk —continúa él—. Lo hará de mil amores. Ya sabes lo chocha que está con el niño.

Lexie coge aire por la nariz, pensando. La madre de Felix ha sorprendido a todo el mundo: ha superado el horror que al principio le causaba que Felix y Lexie no se casaran y se ha convertido en una abuela entregada, que, a la menor insinuación, planta las reuniones en el Instituto de la Mujer y la elaboración de mermeladas para ir a Londres a ver a Theo y llevárselo por ahí todo el día si Lexie tiene trabajo; y, si lo piensa con sinceridad, este era el resultado que buscaba. Jamás dejaría a Theo al cuidado exclusivo de

Felix. Solo Dios sabe lo que podría pasarle. Pero la madre de Felix, Geraldine, tiene algo que inspira confianza total, con sus botas de goma llenas de barro y sus pañuelos de seda. Y Theo la adora. Pero a Lexie todavía le fastidia que Felix haya estado tan reacio al principio.

—Lo pensaré —le dice.

—Muy bien —contesta Felix, y ella percibe en el tono de voz la gracia que le hace—. Hablo con mi madre, ¿te parece? A ver si le apetece.

—Como quieras —dice Lexie, y cuelga el teléfono.

Da la casualidad de que Geraldine Roffe tiene un compromiso. Lo siente, pero no puede dejar no sé qué tarea que le ha encomendado la parroquia. Algo relacionado con los manteles del altar, que hay que lavarlos... Lexie no recuerda los pormenores con exactitud. Así pues, no le queda más remedio que llevarse a Theo. Estamos a principios de febrero. Inglaterra está envuelta en un sudario de aguanieve; hay nieve sucia apilada a los lados de las aceras. Coge el tren a Swansea y después el transbordador nocturno hasta Cork. El barco surca las olas gris acero del mar de Irlanda y ella se agarra al pasamanos. Baja el gorro de lana hasta las orejas a Theo y lo arropa con la manta. Atracan en Cork; el amanecer es azulado y cae una fina llovizna. Le cambia el pañal en el suelo del lavabo del puerto, una indignidad que hace llorar y patalear a Theo, y varias mujeres se acercan a mirar. Cogen un tren para ir a la costa, irregular y escalonada. Theo pega la cara a la ventanilla y, sorprendido, da rienda suelta a una serie de nombres: caballo, verja, tractor, árbol. Llegan a la península de Dingle hacia la hora de comer, y a Theo se le acaba el vocabulario. «Mar —le dice Lexie—, playa, arena.»

   Cuando el tren aminora la marcha y ve pasar un cartel verde que dice SKIBBER-LOUGH, se pone de pie de un brinco, mete a Theo en la mochila portabebés, se la carga en la espalda y baja la maleta del maletero. SKIBBER-LOUGH — SKIBBER-LOUGH — SKIBBER-LOUGH, le dice la ventana, SKIBB... Abre la puerta y tiene que retroceder. No hay andén, solo una gran distancia hasta un camino de barro que discurre al lado de las vías del tren. Se asoma a mirar, vuelve la cabeza a un lado y a otro. No hay nadie en la estación, si se puede llamar así. Ve un pequeño refugio de madera, el cartel verde, un solo par de raíles... y nada más.

Suelta la maleta, que cae al suelo con un golpe seco, y a continuación baja ella. El tren empieza a traquetear, a crujir, a medida que se pone en movimiento. Theo exclama y parlotea al verlo, al oírlo. Lexie rescata la maleta del barro y, al llegar al refugio de madera, aparece un hombre por una esquina.

—Disculpe —dice Lexie—, ¿podría ayudarme...?

—Señorita Sinclair, supongo, del *Daily Courier* —dice el hombre, acortando las sílabas. Entonces no es Fitzgerald. El hombre no sonríe, va un poco desaliñado, con el cuello de la camisa torcido y la chaqueta sin abotonar. La mira con una visible expresión de susto: los zapatos llenos de barro, el niño a la espalda, despeinada; pero no hace ningún comentario. «Sabio», piensa Lexie—. Por aquí.

Va a cogerle la maleta, cierra los dedos alrededor del asa, pero Lexie no la suelta.

—Puedo yo sola —le dice—, gracias.

El hombre se encoge de hombros y suelta el asa.

A la orilla del camino hay una camioneta con la parte trasera descubierta; a pesar de la suciedad y el óxido, se nota que fue roja en algún momento. El hombre sube al asiento del conductor y enciende el motor, mientras Lexie busca un sitio donde dejar la maleta en la parte de atrás, que está ocupada principalmente por cestos y rollos de alambre.

Una vez sentada en el asiento del copiloto, con Theo en el regazo, cuando ya han salido a la carretera, Lexie se pone a estudiar al conductor. Se fija en las gafas, dobladas y guardadas en el bolsillo superior de su chaqueta de tweed, en la mancha de tinta azul del índice derecho; se fija en el libro encajado entre los asientos, en un ejemplar de un periódico inglés de la semana anterior (no el suyo, sino de la competencia directa del *Courier*) que hay al lado, en el pelo peinado hacia atrás, con algunas canas en las sienes.

—Entonces —dice Lexie— trabaja usted con Fitzgerald.

El hombre frunce el ceño, tal como se lo imaginaba ella.

—No.

Siguen unos minutos por una carretera estrecha, en silencio.

—Ruuun, ruuun —comenta Theo.

Lexie le sonríe, se vuelve a mirar una iglesia al pasar por delante y observa a la mujer que sale por las puertas de madera.

—Son amigos.

Esta vez no frunce el ceño, solo dice «no» por un lado de la boca.

—Vecinos.

—No.

—Familiares.

—No.

—Es su ayuda de cámara.

—No.

—Su representante, su médico, su sacerdote.

—No, ninguna de esas cosas.

—¿Siempre responde a las preguntas con monosílabos?

El hombre mira por el retrovisor, levanta una mano del volante y se rasca la barbilla. La carretera pasa junto a ellos. Ramas de espino negras y retorcidas, un burro atado a una estaca.

—Técnicamente —dice— no eran preguntas.

—Lo eran.

—No. —El hombre lo niega también con un movimiento de cabeza—. Eran afirmaciones. Usted ha dicho: «Trabaja usted con Fitzgerald. Son familia». Yo me he limitado a refutar sus afirmaciones.

Lexie se vuelve a mirar a quien osa corregirla en su especialidad.

—Se pueden hacer preguntas mediante afirmaciones.

—No.

—Gramaticalmente hablando, sí.

—No, no se puede. En un juicio no se lo permitirían.

—No estamos en un juicio —señala Lexie—. Estamos, según creo, en su camioneta.

—¡Camioneta! —salta Theo.

—No es mía —dice el hombre—, es de Fitzgerald. Una de ellas.

—Entonces usted es abogado, ¿no?

El hombre lo piensa un momento y al final dice:

—No.

—Asesor legal —dice ella.

El hombre lo niega con un gesto.

—¿Juez?

—Ha vuelto a equivocarse.

—¿Espía? ¿Agente secreto?

El hombre se ríe por primera vez y, sorprendentemente, es una risa agradable, profunda, resonante. Al oírla, Theo empieza a reírse también.

—No entiendo a qué viene tanto misterio. Vamos, dígamelo. No se lo contaré a nadie.

Cogen una curva muy cerrada.

—¿Espera que me lo crea, siendo usted periodista? —Pasan por un bache, el coche da un vaivén fuerte, botan los tres en el asiento. A Theo también le gusta esto—. No quiero decirle la verdad ahora —confiesa—, porque le sonaría aburrido. Me siento obligado a prolongar la vida de fantasía que me ha construido usted.

—Vamos, acláreme el misterio.

—Soy biógrafo.

Lexie sopesa la respuesta. Mira otra vez el dedo manchado de tinta, las gafas dobladas, y sonríe.

—Entiendo —dice.

—¿Qué es lo que entiende?

Lexie se encoge de hombros y mira por el parabrisas.

—Ahora lo entiendo todo.

—¿Qué exactamente?

—A usted. El motivo por el que se ha puesto tan... quisquilloso. No le gusta que haya venido. Está aquí dejándose el pellejo para escribir la biografía de Fitzgerald y lo que menos falta le hace es que aparezca la competencia.

—¿Competencia? —El coche sube una cuesta empinada y de pronto salen de entre los árboles y se detienen cerca de una casa grande y ruinosa en lo alto del promontorio —. Mi querida señora, si cree que su entrevista o lo que sea que vaya a hacer con Fitzgerald representa una amenaza para mi trabajo, tengo que decirle que todos sus esfuerzos parten de una base gravemente ilusoria.

Lexie abre la portezuela, se pone a Theo en la cadera y coge la maleta.

—Dígame una cosa: ¿escribe igual que habla?

El hombre se apea de la camioneta y la mira por encima del capó.

—¿A qué se refiere?

—Solo me preguntaba si se rige por el principio general de usar veinte palabras cuando podría decir lo mismo en diez.

El hombre se ríe otra vez y echa a andar por la gravilla en dirección a la puerta de la casa. Cuando llega, se vuelve a medias.

—Al menos conozco la diferencia entre una pregunta y una afirmación.

Lexie cierra la portezuela con un golpe seco y lo sigue al interior del edificio.

No hay rastro de Fitzgerald por ninguna parte. Y cuando Theo y ella llegan al final de las escaleras, el hombre ha desaparecido. Lexie se queda en el vestíbulo. El suelo es de losas y está cubierto por varias alfombras deshilachadas. Una ancha escalinata sube al piso de arriba. En las paredes se mezclan antiguas escenas de caza con salpicaduras y bocetos de formas abstractas a carboncillo. Hay un perchero atestado de chaquetas apolilladas y paraguas sin tela. Un gato a rayas dormita con medio cuerpo dentro de un sombrero de paja puesto boca arriba. Un montón de platos sucios parece abandonado en una silla de mimbre. El techo es abovedado, y Theo, echando atrás la cabeza, grita: «¡Eco! ¡Eco!». El techo le devuelve su voz, pero más fina, menos potente, distorsionada, y Lexie se ríe.

Por una puerta sale una mujer con delantal y frunce el ceño al oír ruido. Acompaña a Lexie y a Theo por otra puerta refunfuñando para sí que en esa casa nadie hace nada, solo ella; recorren un pasillo largo y oscuro y suben por las escaleras del fondo de la casa. La mujer abre de golpe la puerta de una habitación encalada de techo abuhardillado en la que hay una cama inusitadamente alta, y hace un gesto a Lexie para que entre. Lexie le pregunta cómo se llama el hombre que conducía el coche y la respuesta es: «Señor Lowe».

—¿Robert Lowe? —pregunta de nuevo, después de pensarlo un poco.

—¿Cómo quiere que lo sepa? —dice la mujer, encogiéndose de hombros.

Lexie le pregunta cuánto tiempo lleva ese hombre en la casa y la mujer pone los ojos en blanco.

—Demasiado —responde.

A Lexie le da la risa. La mujer juega muy a gusto con Theo mientras Lexie deshace el equipaje. Al mismo tiempo que bate palmas distrayendo al niño, que la imita, le cuenta que Robert Lowe trabaja todo el día; que tiene la habitación llena de papelotes, notas y libros. Un desorden imposible. No habla mucho con nadie, pero su mujer le manda un telegrama todas las semanas. Al ama de llaves le parece un gasto escandaloso. El señor Lowe le escribe todos los días y va andando al pueblo a echar la carta al correo. «Su mujer está inválida —le dice bajando la voz—, va en silla de ruedas, que Dios la ayude.»

—Ya —dice Lexie—. Y ¿el señor Lowe pasa mucho tiempo con el señor Fitzgerald?

La mujer sonríe y hace un gesto negativo con la cabeza. No. El señor de la casa, como llama ella a Fitzgerald, está haciendo algo, algo grande, y no quiere que lo molesten. El señor Lowe llama todos los días a la puerta del estudio y todos los días le dice el señor de la casa que no, hoy no.

Cuando el ama de llaves se va, Theo se queda dormido casi al instante. Lexie saca sus libretas y bolígrafos y los coloca en el tocador. Se pone un jersey más abrigado, mira por la ventanita cuadrada, empotrada en la gruesa pared de piedra. Ve abajo un patio pequeño cubierto de musgo, una mesa de madera abandonada con sillas alrededor. Un perro negro de patas largas cruza el patio, se detiene a oler el suelo y después se va en el sentido opuesto.

Se da cuenta de que está hambrienta. Con mucho cuidado para

que Theo no se despierte, lo mete en la mochila y se lo carga, dormido, a la espalda. No se ve a nadie en el estrecho pasillo por el que han pasado antes, pero hay sillas vacías alineadas contra la pared. Abre una puerta de las que dan a este pasillo y encuentra una biblioteca que huele a humedad; abre otra, que es la de un cuarto de baño, con la pintura llena de desconchones, la bañera con manchas verdes y un grifo que gotea. Baja las escaleras de la parte de atrás y llega a la cocina y, después de un momento de duda, abre un armario. Está lleno de fuentes, tazas y tanza de pescar, amontonadas de cualquier manera. Luego ve por casualidad una olla de barro con tapa y encuentra un pan de molde mediado. Arranca un trozo y se lo mete en la boca.

Sale al patio, a los jardines, al césped, ahogado en acedera y trébol. Theo duerme a pierna suelta; Lexie nota el calor de su cabeza en el cuello. Encuentra una piscina en la que solo hay hojas y un charco de agua sucia. Avanza hasta el final del trampolín y se queda ahí un momento: una mujer y un niño suspendidos en el espacio. Da la vuelta a un cobertizo o pajar de ventanas altas, de las que sale luz amarilla; dentro se oye ruido de rascar y de metales. Tiene que ser el estudio de Fitzgerald. Da otra vuelta más, pero solo ve el techo con muchas luces. Vuelve a su habitación, acuesta a Theo con mucho cuidado en la cama y se tumba a su lado. Cinco minutos después se queda dormida.

Un ruido muy fuerte la despierta. Sobresaltada, se sienta, hundida todavía en las profundidades de un sueño en el que aparecían Innes y las oficinas de *elsewhere*. La habitación está a oscuras, en sombra, helada. Theo está a su lado con los pies en el aire y el pulgar en la boca, murmurando para sí.

—Mamá —dice, y le pasa el brazo por la garganta—. Mamá duerme.

—Sí, eso es —dice ella—, pero ahora ya estoy despierta.

Se baja de la cama. Vuelve a oír el ruido fuerte y se da cuenta de lo que es: un gong. Debe de ser la hora de cenar. Enciende la luz, revuelve su ropa buscando una chaqueta y se la pone encima del jersey; se pasa el cepillo por el pelo, se pinta los labios rápidamente, levanta a Theo de la cama y baja las escaleras.

El comedor está vacío; ve tres servicios dispuestos en la mesa con sendos cuencos humeantes de sopa. Pero no ha acudido nadie a comérselos. Con la sensación de ser Ricitos de Oro cuando se equivoca de casa, se sienta frente a uno de los cuencos y empieza a cenar; da a Theo, que está de pie a su lado, una de cada dos cucharadas.

—¿Dónde están los demás? —le pregunta al niño, que la mira esforzándose por entender.

—Demás —dice él.

Lexie bebe un vaso de vino. Tiene la tentación de empezar otro cuenco de sopa, pero se contiene. Parte un bollo de pan en trozos y se los come. Theo encuentra una cesta llena de piñas y se pone a sacarlas de una en una, y después las vuelve a dejar en la cesta repitiendo el mismo movimiento. Entra el ama de llaves arrastrando los pies, con un plato de patatas asadas y unos trozos de fiambre, y lo deja en la mesa sin miramientos, quejándose en voz baja de las sillas vacías. Lexie se sirve. Come y mira la habitación, da algo a Theo cada vez que consigue distraerlo de las piñas.

Se levanta de la mesa y se acerca a la chimenea (que es enorme y está bien alimentada con trocos gruesos), se calienta la espalda y observa a Theo, que va colocando piñas en el borde. Lexie mastica un trozo de pan de la cesta de la mesa. Hay sofás y sillas vacías dispuestas alrededor, como si fuera una anfitriona que espera a mucha gente. Las paredes están llenas de cuadros enmarcados. Se acerca a mirarlos. Un esbozo de Fitzgerald, una acuarela, un estudio a lápiz de una mujer desnuda; avanza un poco, se apoya en un pie, después en el otro. Se pone entre los dientes el último trozo de pan mirando un Yves Klein.

—Ese no es suyo —dice una voz a su espalda.

Lexie no se vuelve a mirar.

—Lo sé —dice.

Le oye sentarse pesadamente a la mesa y servirse unas patatas en el plato. Pasa al cuadro siguiente: un boceto de Dalí.

—Hola —grita Theo, y echa a correr hacia el hombre por la moqueta, claramente encantado con la llegada de otra persona.

Lexie le oye murmurar «Hola» y después:

—A ver qué tienes ahí.

—¡Hola! —grita Theo otra vez.

—He leído un libro suyo —dice Lexie.

—¿Ah, sí? —dice él, procurando que le salga un tono normal, pero a ella no la convence—. ¿Cuál?

—El de Picasso.

—¡Ah!

—Me pareció bueno.

—Gracias.

—Aunque deja bastante mal a Dora Maar.

—¿Eso cree?

Lexie se vuelve hacia él. Se ha cambiado de ropa. Lleva una camisa blanca con el cuello desabrochado y una chaqueta distinta.

—Sí. La retrata como si fuera una *groupie*, una oportunista. Sin embargo, era una pintora por derecho propio.

Robert Lowe levanta una ceja.

—¿Ha visto algún trabajo suyo?

—No —dice Lexie—. Mi opinión no se basa en ningún conocimiento en absoluto.

Se acerca y se sienta enfrente de él. Theo se le sube al regazo con una piña en cada mano.

—Cuidado —le dice a Robert—. Sopa quema.

—Gracias —dice Robert, sonriéndole—. Tendré mucho cuidado, te lo prometo.

—Pero ¿dónde está Fitzgerald? —pregunta Lexie.

—Cuidado, cuidado —insiste Theo.

Robert se encoge de hombros, abre las manos y las cierra otra vez.

—Eso mismo quisiera saber yo.

—¿El cobertizo de ahí fuera es su estudio?

Robert asiente.

—Podría estar en el estudio o cazando faisanes. O podría estar en el pub del pueblo acechando a jovencitas. O a lo mejor se ha ido a perseguir zorros. O podría haberse escapado a Dublín. No se sabe. Fitzgerald tiene su horario particular.

—¡Quema! —exclama Theo, y Robert asiente y sopla exageradamente en el cuenco de sopa.

Lexie dobla la servilleta.

—Bueno, puede que lo mejor sea ir hasta allí, llamar a la puerta y decirle que...

—No la abrirá, aunque esté dentro.

Lexie lo mira. Es imposible saber si lo que dice es cierto.

—Pero a lo mejor no sabe que es la hora de la cena.

—Lo sabe, créame. Sencillamente, ha preferido no venir. Estamos a su merced. Tenemos que esperar a que él venga a nosotros.

—¿De verdad? —Coge una manzana del frutero—. ¡Qué decimonónico...!

—¿Decimonónico?

—Sí. Somos como jóvenes doncellas que esperan con paciencia a su pretendiente.

Robert sorbe la sopa.

—No tengo la sensación de ser una doncella.

Lexie se ríe.

—Ni lo parece.

Robert deja los cubiertos en el plato y lo aparta.

—Gracias. Creo. —Se toma su tiempo para elegir la fruta que quiere. Coge una manzana, la deja; juguetea con una ciruela y la deja, para decidirse finalmente por una pera—. Está casada con ese famoso reportero de guerra, ¿verdad? —dice, mientras corta la pera a lo largo.

—¡Pera! —grita Theo con deleite—. ¡Pera!

Lexie corta el rabito de su manzana con los dedos.

—Casada no.

—¡Oh, bueno! Quería decir simplemente que está usted... —Describe círculos en el aire con el cuchillo esperando que ella complete la frase, pero ella no está dispuesta a ayudarlo.

—¿Qué es lo que estoy?

—Con él. Están juntos. Son uno. Una pareja. Amantes. Socios. Llámelo como quiera. —Le da a Theo un trozo de pera.

—Hummm —dice Lexie, clavando los dientes en la manzana—. ¿Cómo lo sabe?

—¿Qué sé?

—Lo de Felix y yo.

—Esa pregunta es un tanto paranoica —dice.

—¿Ah, sí?

—La vi una vez con él, en la presentación de un libro. Hará un año o dos. Estaba usted embarazada.

—¿Ah, sí? ¿Qué libro era?

—Una biografía de Hitler.

Lexie piensa.

—No recuerdo haberlo conocido.

—Es que no me conoció —dice él, sonriendo—. La gente de la televisión no se mezcla con los hombres de letras.

Este comentario le sienta mal.

—Yo no soy «gente de la televisión».

—Está casada con uno.

—No, no estoy casada.

—Casada, emparejada. No hilemos tan fino. —Le corta a Theo otro trozo de pera—. Pero la conocía de antes.

—¿De cuándo? —dice Lexie, mirándolo.

—De hace mucho. —Está concentrado en el plato, en el trozo de pera que está pelando, desnudando—. Estuvo en mi casa una vez.

—¿De verdad?

—Con Innes Kent.

Lexie deja la manzana en el plato, endereza el tenedor. Aparta el pelo de la frente a Theo, le coloca bien el babero.

—Mi mujer es una gran coleccionista de pintura —dice Robert—. Le compró a Innes unas cuantas cosas. Siempre confiamos en su criterio: sabía muy bien lo que hacía.

Lexie carraspea.

—Es cierto.

—Traían ustedes una litografía de Barbara Hepworth, si mal no recuerdo. Todavía la tenemos. La traía de pie en la parte de atrás del coche. Usted se quedó en el vestíbulo hablando con nuestra hija sobre coches de bomberos mientras Innes la metía en casa.

Lexie coge el tenedor, un objeto fino, de plata. Le parece particularmente desequilibrado, la parte de los dientes pesa mucho, como si se le fuera a escapar de la mano si no lo agarra bien.

—Me acuerdo —dice—. Fue...

Levanta un poco la vista para mirarlo y enseguida la baja otra vez.

—Fue hace mucho tiempo —completa la frase él.

—Sí.

Siguieron comiendo en silencio.

Al día siguiente, Theo se despierta temprano y, por lo tanto, Lexie también. Consigue convencerlo de que se queden los dos en la habitación hasta las siete. Se baña con un agua asombrosamente fría y salen al patio después de desayunar. Tiene que entrevistar hoy a Fitzgerald, ver su trabajo y después volver a Londres.

Pregunta al ama de llaves si no le importaría cuidar a Theo un rato y la mujer dice que no, que lo cuidará encantada. Los ve irse juntos hacia el huerto, con una cesta de colada y pinzas. El ama de llaves habla y Theo le responde muchas palabras: pinza, flor, pie, zapato, hierba.

Las puertas del estudio están cerradas, pero el candado que las cerraba anoche cuelga, abierto, de una cadena. Lexie se queda parada, mirándolo. Le pone la mano encima. Le parece que es del tamaño de un corazón humano.

—No estará ahí dentro —dice Robert, a su espalda—, a esta hora, no.

Lexie se da la vuelta.

—¿Tiene la costumbre de asaltar a la gente por sorpresa?

—No siempre.

Ella suspira y el aliento se condensa, blanco, en su cara.

—Tengo que volver a Londres. Esperaba poder coger el transbordador esta noche.

Robert frunce el ceño y da una patada a una piedra.

—¿Va a hacer todo el viaje sola?

—No —dice ella—, Theo viene conmigo.

—No me refería a eso —murmura él—. Quiero decir que no es...
que no es lo ideal, ¿verdad?

—¿Qué no es ideal?

—Una mujer sola viajando por ahí con un niño pequeño.

—No es para tanto —dice ella, con un toque de impaciencia—.
Y, además, no he tenido más remedio. —Se aleja un par de pasos
de la puerta del estudio y se detiene—. No sé qué hacer —dice, casi
para sí—. No puedo quedarme aquí indefinidamente, sin hacer
nada.

Oye unos golpes fuertes a su espalda. Robert Lowe está aporrean-
do la puerta del cobertizo con el puño. Casi al momento se abre
una rendija.

—Fitzgerald —dice Robert—, permítame presentarle a Lexie Sinclair, del *Daily Courier* de Londres. Según tengo entendido, le ha
concedido una entrevista. Tiene que volver a Londres esta noche
sin falta. ¿Puede recibirla ahora? Está aquí.

La entrevista funciona bien. Fitzgerald le enseña un desnudo en
el que está trabajando. Se muestra comunicativo y lúcido, aunque,
según le han dicho, no siempre es el caso. A lo mejor lo ha pillado
en buen momento, en las primeras horas de la mañana. Le pregunta por su infancia y él le cuenta varias anécdotas publicables sobre
su padre, un hombre violento. Habla locuazmente del tema de la
inspiración, de la historia de la casa, de sus opiniones sobre lo
angloirlandés en Irlanda. Al final de la entrevista, Lexie deja con
mucha pomposidad la libreta de taquigrafía, como hace siempre,
porque los entrevistados siempre cuentan las cosas más interesantes
y reveladoras si creen que ya no se está tomando nota de sus palabras. Esto se lo enseñó Innes y se acuerda de él cada vez que lo hace.
«Que crean que eres amiga suya, Lex —le dijo—, y te lo contarán
todo, te lo enseñarán todo.»

Fitzgerald le muestra las herramientas, las filas de cinceles, la clase
de martillo que prefiere. Le enseña los bloques de mármol con los
que todavía no ha empezado. Se pone a hablar de sus mujeres y las
cuenta con los dedos. Se pone gráfico con el tema del sexo. Lexie
asiente, distante, con la cabeza ladeada. Procura que el banco se

interponga siempre entre ellos. Pero, cuando le da las gracias y se vuelve para irse, el escultor la agarra del brazo y la empuja contra el borde duro de un fregadero, nota su aliento de viejo en la cara, los dedos artríticos apretándole la cintura.

Lexie carraspea.

—Me halaga usted —dice; son las primeras palabras del discursito que suele pronunciar en estas circunstancias—, pero me temo que... —Se le olvida el resto del discurso porque ve a Robert Lowe allí, con ellos.

Fitzgerald se vuelve.

—¿Sí? —dice secamente a su biógrafo—. ¿Qué se te ofrece?

—Llaman al teléfono a la señorita Sinclair —dice Robert, sin mirarlos directamente.

Lexie se cuela entre el fregadero y la pelvis de Fitzgerald y se va hacia la puerta con toda la indiferencia que es capaz de fingir.

En el vestíbulo, coge el teléfono.

—Lexie Sinclair —dice. —Espera un momento, cuelga y va a la cocina. Robert está sentado en un sillón junto al fogón, con un libro en el regazo—. No hay nadie al teléfono —dice.

—Lo sé —dice él, sin levantar la vista.

—Entonces... ¿qué...? —Lo mira con perplejidad—. ¿Por qué lo ha hecho?

El hombre tose y murmura algo que suena a: «... naturalmente».

—¿Cómo dice?

—Digo —contesta, levantando la vista— que me pareció que la entrevista había terminado ya.

Lexie se queda en silencio.

—Pero lo siento si he interrumpido algo.

—No. —Lexie se queda mirando el jardín—. No ha interrumpido nada. Había... Había terminado la entrevista. Tenía que... creía que... Bueno, gracias.

—Ha sido un placer —responde él en voz baja.

Se miran un momento, hasta que Lexie da media vuelta y sale de la cocina en dirección a las escaleras para hacer la maleta.

Un sábado por la tarde, Lexie está en su habitación. Theo se encuentra en la de al lado, dormido, agotado después de un largo paseo por el Heath. Ella está clasificando un montón de juguetes que ha recogido por los alrededores de la cajonera. Un perro con una cuerda, un tambor de hojalata, una pelota de goma que se le escapa de las manos y va botando por los tablones hasta desaparecer bajo la cama.

Se agacha a buscarla, levanta el borde de la colcha y mira debajo. Ve la pelota, que queda fuera de su alcance, ve un zapato caído de lado y otra cosa al fondo. Se acerca más. Estira el brazo y la coge. Es una diadema de plástico, rígida, de esas que se agarran a la cabeza. Con lunares grandes de color blanco sobre fondo azul marino y dos ristras de dientecillos agudos.

Se sienta en los talones. La sujeta entre el índice y el pulgar, estira el brazo y la mira. Tiene un pelo largo y claro entre los dientes que parece un hilo pegajoso de telaraña. Lo quita, lo mira a la luz. Con la otra mano, da la vuelta a la diadema. Se fija en todos los planos, en todas las superficies, en todos los dientecillos. Después deja el pelo y la diadema en la mesita de noche.

Se pone de pie. Se acerca a la ventana. Mira la calle con los brazos cruzados. Abajo, un hombre y una mujer salen de un coche, la mujer se tira del bajo de la falda al pisar la calle, el hombre bota una pelota de tenis mientras la espera: la bota, la coge; la bota, la coge; la mujer se ríe de él y se echa el pelo hacia atrás bajo el sol luminoso.

Lexie se vuelve. Baja a la cocina y se sirve una copa de vino. Anda y bebe al mismo tiempo. Se acerca a los cuadros y parece que los cuente: el Pollock, el Hepworth, el Klein. Están todos. Los toca de uno en uno como para asegurarse. Vuelve arriba, a la habitación de Theo, a ver si está bien; entra en su dormitorio y evita mirar la diadema. Ordena las notas que tiene en el escritorio, lee un par de renglones de lo que está escribiendo. Endereza la lámpara. Coge un cepillo del pelo del tocador y vuelve a dejarlo. Ahora abre la ventana. Recoge una camisa de Felix, una gris con un cuello grande, de donde la dejó anoche, encima de una silla, y la tira al aire cálido de la tarde. Cae flotando, con las mangas estiradas, en el jardín delantero, junto a un macizo cercano de tulipanes. Da unos sorbos de la copa de vino. Recoge un par de calcetines de Felix, los tira por la ventana. A continuación, hace lo mismo con unos gemelos del tocador, con un cinturón, con un puñado de corbatas, que se retuercen y culebrean hasta llegar al suelo.

Mientras Felix paga al taxista, ve un grupo de gente reunido en la acera. Están mirando algo, señalan. Se cambia la billetera de mano. En ese momento se da cuenta de que la gente está al lado del piso de Lexie... pero nada más.

Después ve que lo que señalan es el piso de Lexie. Cruza la calle y se guarda la billetera en la chaqueta. Ve a Lexie, o su cabeza y hombros, en la ventana. Tiene una maleta en las manos. La deja caer. Aterriza estrepitosamente en el peldaño de la entrada. Se asoma otra vez a la ventana con un montón de algo que parece ropa y también lo tira al jardín.

Felix echa a correr.

—¡Lexie! —grita, al dar la vuelta para entrar por la cancela—. ¿Qué demonios pasa?

Lexie se apoya en el marco de la ventana. Tira un pañuelo de seda al aire, después una corbata; a continuación, unos calzoncillos, como un crupier repartiendo cartas. Felix se adelanta e intenta atraparlos, pero tropieza con la maleta y después resbala en un montón de discos.

—Nada —dice ella—. O, mejor dicho, nada fuera de lo normal.

—¡Por Dios bendito, Lexie! —exclama, hecho una furia—. Pero ¿qué estás haciendo, por el amor de Dios?

—Te ayudo a recoger las cosas que tienes desperdigadas por mi casa. —Lo dice moviendo la muñeca, y de pronto un cepillo de dientes cae hacia él.

Felix se apresura a recogerlo, pero no llega a tiempo. Dos personas de las que están mirando dicen: «¡Oooh!».

Felix se yergue en toda su considerable estatura.

—¿Puedo saber a qué viene todo esto?

Lexie desaparece de la ventana un momento, luego sale otra vez y le enseña algo.

—Esto —dice, y lo deja caer.

Es algo con forma de herradura, fino, y se retuerce en el aire antes de caer en el peldaño y rebotar hacia él. Felix lo recoge. Es azul, con lunares blancos. Una diadema. De momento no la identifica, pero está seguro de una cosa: no es de Lexie. Por primera vez siente un leve temblor premonitorio.

—Mi amor —dice, dando un paso adelante—, no tengo la menor idea de dónde ha salido esto. Creo que no lo había visto en mi vida y...

—Estaba debajo de la cama.

—Bueno, ¿tan imposible es que se la dejara ahí la mujer de la limpieza? O sea... Oye —dice—, no podemos hablar así. Subo.

—No puedes subir —dice ella, apartándose el pelo de la frente—. He cerrado la puerta con llave. No vas a entrar aquí nunca más, Felix, y lo digo en serio.

—Lexie, te lo repito, no tengo la menor idea de dónde ha podido salir esto. No tiene nada que ver conmigo, te lo aseguro.

—Yo te diré de dónde ha salido —replica Lexie, inclinándose amenazadoramente por encima del alféizar—. Ha salido de la cabeza de Margot Kent.

—No es posible... —Se queda sin palabras. Hace una pausa fatídica antes de continuar—: Ni siquiera estoy seguro de que...

Lexie se cruza de brazos y lo mira desde arriba.

—Te lo dije —le recuerda en voz baja—. Te lo advertí. Te dije que con ella no. Y encima tienes el valor —sube la voz hasta gritar— de hacerlo con ella aquí, en mi casa. ¡En mi cama! Eres una mierda, Felix Roffe. ¿Cómo coño te atreves?

Felix no tiene la menor idea de a qué se refiere. Ni siquiera se acuerda de la chica. A menos que sea aquella jovencita diminuta que le tiró los tejos aquella vez y desde entonces no para de llamarle. ¿Podría ser esa? Se le encoge el corazón. Es cierto que la trajo al piso, ahora que lo piensa, cuando Lex se fue a Irlanda. Estaban arreglándole unas tuberías en el suyo. Pero él no tenía la menor intención. Y, francamente, no es como para que Lexie se sienta amenazada por una niña como esa.

—Cielo —procura hablar en tono conciliatorio, el que suele poner con ella—, ¿no te parece que estás sacando esto un poco de quicio? Fuera lo que fuese, no significa nada. Me conoces. Nada de nada. ¿Por qué no me dejas subir y lo hablamos tranquilamente?

—No —dice Lexie, y niega también con un movimiento de cabeza—. Sabía que ella lo haría. Lo sabía. Te lo advertí Felix, te lo advertí y yo no hablo por hablar.

—¿Qué quieres decir —le pregunta— con que me lo advertiste? ¿De qué me advertiste?

—De ella. De Margot Kent.

—¿Cuándo?

—Después de aquella comida en el Claridge's.

—¿Qué comida en el Claridge's?

—Nos la encontramos al salir y te dije que no te acercaras a ella, y me prometiste que no te acercarías.

—No es cierto.

—Me lo prometiste.

—Lexie, no tengo el menor recuerdo de esa conversación. Pero veo que estás disgustada. ¿Por qué no me dejas subir y...?

—No. Y no hay más que hablar, creo. Me parece que lo tienes todo ahí —añade, señalando al jardín—. Adiós, Felix. Llévatelo todo y buena suerte.

Cierra la ventana de golpe.

Es una de sus rupturas más drásticas. Y, tal como resultarán las cosas, la última.

Aproximadamente una semana después, Lexie tenía un mal día. Había llegado tarde a una cita con una persona del Arts Council porque el metro se había quedado parado en un túnel media hora. Tenía que haber empezado a escribir un artículo sobre una producción de *Muerte accidental de un anarquista*, pero el director con el que esperaba hablar estaba de baja por herpes zóster, así que tuvo que posponerlo una semana y escribir otro con muy poco tiempo. Felix la había llamado tres veces por la mañana, contrito, suplicante. Le colgó el teléfono las tres veces. Por la mañana, Theo parecía como si fuera a pillar catarro, y la esperanza de que no fuera más que eso no la había abandonado en todo el día. Todavía no se había acostumbrado a la resaca continua de la preocupación materna, a la atracción que ejercía el niño desde el piso de Darmouth Park mientras ella se movía por el centro de Londres. Era su norte magnético, su brújula, y siempre señalaba en esa dirección.

—Muchísimas gracias... —decía por teléfono, medio levantada ya de su sitio y buscando el bolso con la mano libre debajo de la mesa—. Por favor, dígale que se lo agradezco muchísimo... Sí, por descontado... Estoy ahí en media hora como máximo.

Descolgó el abrigo de un tirón, puso el bolso en la mesa y metió una libreta y un lapicero.

—Me voy a Westminster —dijo a sus colegas—; si preguntan por mí, no tardaré.

Salió a toda prisa por el pasillo abrochándose el cinturón del abrigo y repasando mentalmente lo que quería dejar claro en la entrevista, cuando de pronto alguien le tocó el codo. Sobresaltada, dio media vuelta. Allí mismo, a su lado, había un hombre. La americana de pana y el cuello desabrochado de la camisa blanca le resultaron conocidos inmediatamente, pero tardó un poco en caer en la cuenta.

Robert Lowe. Semejante visión era tan incongruente, tan inesperada (Robert Lowe en el lóbrego pasillo del *Courier*) que se echó a reír.

—Robert Lowe —dijo—, es usted.

—Soy yo —dijo él, con un encogimiento de hombros.

—¿Qué hace aquí?

—La verdad —empezó, y se detuvo—. Estaba... He ido a ver a un amigo que trabaja en el *Telegraph* y... pensé, al ver que estaba en Fleet Street, que podía pasar a saludarla. Pero —señaló el abrigo y el bolso de Lexie—, parece que no es buen momento.

—¡Ah! —dijo ella—. Pues no. Tengo un día bastante desastroso. Ahora voy a Westminster.

—Ya. —Asintió él, y se metió las manos en los bolsillos—. En fin...

—Puede acompañarme a la calle... si quiere...

—¿A la calle?

—Tengo que coger un taxi.

—¡Ah!

—Si tiene tiempo, claro.

—Sí, sí —dijo él—. De acuerdo.

Lexie bajaba las escaleras delante de él.

—¿Qué tal está?

—Bien. Y ¿usted?

—Bien, también. ¿Cuándo volvió de Irlanda?

—Ayer.

—¿Le sacó mucha información a Fitzgerald?

—Poca cosa. —Sonrió—. No es un objetivo fácil, como bien sabe.

—Sí.

—Tengo que volver. Dentro de un mes o así. De vez en cuando tiene un día parlanchín, como el de su entrevista. Le decepcionó bastante que se marchara.

Abrió la puerta a Lexie y, cuando ella salió, le pareció que añadía: «Y a los demás también», pero no estaba segura.

En la calle, el cielo estaba plano y blanco. Lexie se paró en el bordillo y miró a izquierda y derecha.

—Ni un taxi —dijo—, cómo no.

—Nunca pasan taxis cuando más falta hacen. —Robert carraspeó, cruzó los brazos y los descruzó—. ¿Qué tal está Theo?

—Está bien. Un poco acatarrado.

Robert se puso a su lado en el bordillo.

—Significa «don de Dios» —dijo.

—¿Qué? —Lexie estaba distraída, forzando la vista entre el tráfico, buscando una luz anaranjada.

—Su nombre, Theodore.

—¿Ah, sí? —dijo ella, mirándolo con asombro.

—Sí. Del griego *theos*, que significa «Dios», y *doron*, que significa «don».

—No tenía ni idea. «Don de Dios.» Es usted la única persona del mundo que podía saberlo.

Hubo una pausa. Eran dos personas en la acera, bajo el acuoso sol londinense, esperando un taxi. El escenario era sencillo, pero de pronto pareció cargarse de significado y Lexie no sabía muy bien por qué. Tuvo que tragar saliva y mirar al suelo para quitarse esa idea de la cabeza.

—Me alegro de verlo —le dijo, porque era verdad, se alegraba, y no tenía la más remota idea de qué hacía ese hombre allí, en Fleet Street, un miércoles por la mañana.

—¿Ah, sí? —Robert se pasó una mano por el pelo. Después levantó el brazo en el aire—. Ahí lo tiene —dijo—. Mire.

Un taxi aminoró la marcha, giró un poco y se detuvo junto al bordillo.

—Gracias a Dios —dijo Lexie, y montó en el vehículo. Robert cerró la portezuela—. Adiós —le dijo ella, y sacó la mano por la ventanilla—. Siento tener tanta prisa.

Él le cogió la mano y se la retuvo.

—Yo también lo siento.

—Me ha encantado verlo.

—A mí también, verla a usted.

Hablaban como caricaturas o actores en una obra mala. Era insoportable. Le soltó la mano y ella se quedó mirando por la ventanilla mientras la silueta de la acera se hacía cada vez más pequeña.

Unos días después, iba hacia la sala de reporteros cuando su colega Daniel, agitando el teléfono en el aire, le dijo:

—Para ti, Lexie.

—Lexie Sinclair —dijo ella.

—Soy Robert Lowe —dijo una voz conocida—. Dígame: ¿hoy también tiene mucha prisa?

—No, hoy no. Estoy... ¿Qué tengo que hacer? Hoy estoy de «apoltroneo», en comparación.

—Ah. No estoy muy seguro de en qué consiste el «apoltroneo», pero ¿deja tiempo para ir a comer?

—Sí.

—Bien. La espero fuera a la una.

Cuando se encontraron, fueron directos al grano. Sin rodeos, sin persecuciones, sin incertidumbre, sin seducción. Lexie salió y se dirigió hasta donde él la esperaba. Ninguno de los dos dijo «hola» ni saludó de ninguna otra forma. Ella sacó un cigarrillo del paquete y se lo puso en la boca.

—Me huelo —dijo él al cabo de un momento— que se le dan bien los secretos.

—¿En qué sentido? —dijo ella, buscando cerillas en el bolso.

—Que sabe guardarlos.

—¡Ah, sí! —dijo ella, y se acercó una cerilla encendida a la boca—. Sí, claro.

—¿Sabe que estoy casado?

—Sí.

—Y usted también lo está —levantó la mano para evitar que le dijera lo de siempre—, casada o como quiera llamarlo. No tengo ninguna intención de dejar a mi mujer. Y, sin embargo...

Lexie exhaló humo.

—Y sin embargo —dijo, asintiendo.

—¿Qué hacemos?

Lexie se quedó pensando un momento. Después se le ocurrió que Robert podía haberse referido a dónde ir a comer. Pero en aquel momento dijo:

—¿Vamos a un hotel?

A veces estas cosas se resuelven con toda facilidad.

Fueron a una calle de los alrededores del British Museum en la que había varios hoteles que admitían clientes durante el día. Lexie no preguntó a Robert cómo es que lo sabía. Era una habitación con cortinas de terciopelo, de un azul pálido; había un helecho en una maceta, un lavabo con un espejo que estaba desportillado, un contador de electricidad que no aceptó ninguna de sus monedas. Las almohadas eran duras y el cañón de las plumas pinchaba a través de los almohadones. Los dos estaban nerviosos. Hicieron el amor rápidamente, sobre todo por hacerlo de una vez, por tener la sensación de haber empezado. Después hablaron. Robert intentó otra vez meter monedas en el contador, pero en vano. Hicieron el amor de nuevo, con más calma y más sabiduría que antes. Mientras se vestía, Lexie miraba las nubes que se amontonaban al otro lado de la ventana.

Elaboraron un plan muy sencillo, directo, perfecto, podría decirse, y en un momento. Se verían dos veces al año, no más, y nunca en Londres. Para ello se mandarían un telegrama. THE GRAND HOTEL, SCABOROUGH, por ejemplo, JUEVES 9 DE MARZO. Y nada más. Nadie tendría que saberlo nunca. Nunca hablaban de la familia de Robert ni de Marie, su mujer. Lexie nunca le contó lo que había sucedido entre Felix y ella. Robert nunca se lo preguntó ni se extrañó de que Lexie siempre llevara a Theo a sus encuentros. Tal vez intuyera la verdad de la situación o tal vez no.

No sabían si Theo se acordaba de Robert de un encuentro al siguiente. Siempre se alegraba de verlo, siempre lo cogía de la mano y se lo llevaba a algún sitio para enseñarle algo: un cangrejo en un cubo, una concha de la playa, una piedra con un agujero.

La señora Gallo y Lexie estaban en la cocina, peleándose por los mandos del horno y discutiendo amigablemente sobre si estaba bien o mal que la señora Gallo le hiciera a Lexie una empanada de pollo. La señora Gallo acababa de apropiarse del horno cuando llamaron a la puerta.

—Voy yo —dijo Lexie, separándose del horno y tocando la cabeza a Theo al pasar.

El niño estaba haciendo una torre blanda de cojines.

—Cielo —dijo Felix cuando le abrió la puerta, y dio un paso adelante para envolverla en un abrazo bastante largo—. ¿Qué tal estás?

—Bien. —Lexie se deshizo del abrazo—. No sabía que ibas a venir. Tenías que haberme llamado.

—No seas antisocial. ¿Es que no puedo venir cuando quiera a ver a mi hijo y heredero?

—Sí, claro, pero antes tienes que llamar.

Se miraron fijamente en la estrechez del pasillo.

—¿Por qué? —dijo él sin quitarle los ojos de encima—. ¿A quién tienes aquí?

Lexie suspiró.

—A Paul Newman, naturalmente, y a Robert Redford. Ven, que te los presento.

—Te vas de viaje, ¿eh? —dijo él, señalando las maletas que había en el pasillo.

Lexie y Theo acababan de volver de Eastbourne; habían ido a ver a Robert.

—La verdad es que acabo de volver —le dijo por encima del hombro, mientras entraba en la sala de estar, donde la señora Gallo miraba a Theo, que estaba saltando del sofá a los cojines.

Felix se quedó al borde de la alfombra, como quien duda al borde del agua profunda.

—Hola, jovencito —le dijo a Theo con voz potente, antes de saludar a la señora Gallo—. Señora Gallo, ¿qué tal está? La veo increíblemente bien.

La señora Gallo, que no tenía muy buena opinión de Felix, basándose en que cualquier hombre que se precie habría convertido a Lexie en una mujer honrada hacía mucho tiempo, respondió con un ruidito entre un chasquido de la lengua y una tos.

Theo miró a su padre y dijo, con una claridad devastadora:

—¡Robert!

Lexie estuvo a punto de estallar en una carcajada, pero se contuvo a tiempo.

—Robert no, mi amor, es Felix. Felix, ¿te acuerdas?

—¿Quién es Robert? —preguntó Felix, mientras Lexie se iba a la cocina.

—¿Te apetece un té, Felix? —le preguntó, pasando la pregunta por alto—. ¿Café?

La siguió a la cocina, tal como ella sabía que haría. Sacó tres tazas del armario y leche del frigorífico sin dejar de observar a Felix. Él leyó las notas del frigorífico, cogió un vaso de Theo, lo miró, lo dejó otra vez; cogió una manzana del frutero y la volvió a dejar.

—¿Qué tal el trabajo? —le preguntó bruscamente.

Lexie llenó el hervidor de agua del grifo.

—Bien. Acelerado, como siempre.

—Vi el artículo que escribiste sobre Louise Bourgeois.

—¡Ah!

—Era muy bueno.

—Gracias.

—Esto... —empezó, y se paró.

Se apoyó en el fogón y se agarró la cabeza. Lexie tapó el hervidor y lo puso en el quemador, encendió una cerilla y acercó la llama al gas sin dejar de mirar a Felix o, mejor dicho, sin dejar de mirarle la coronilla.

—Me he metido en un lío —dijo él, con la voz ahogada por las manos.

—¿Eh? —Lexie abrió la lata del té y puso una cucharada en la tetera—. ¿Qué clase de lío?

—Una chica. —Felix se irguió.

—Ah. ¿Y?

—Ella... dice que le he hecho un hijo. Yo.

—Y ¿es cierto?

—¿A qué te refieres?

—Que si se lo has hecho tú.

—¡Yo qué sé! Es decir... podría ser, supongo... pero ¡eso nunca se sabe! —Miró a Lexie y añadió a toda prisa—: No me refiero a ti, cielo, sino a ella. No nos hemos acostado tantas veces... ella y yo... Es decir, casi no... bueno, eso.

—Ya. Pues tendrás que fiarte de su palabra, supongo. —Lo mira de soslayo—. ¿Qué piensa hacer ella?

—Esa es la cuestión —dice Felix, desesperado—. Dice que tenemos que casarnos. ¡Casarnos! —Se separa del armario de la cocina y va y viene entre la ventana y el fogón—. Me pongo enfermo solo de pensarlo. Y ahora —musita— también tengo a su maldita madre encima todo el día. Y ¡menuda arpía es!

El hervidor empezó a vibrar y a temblar soltando un chorro de vapor. En cuanto se oyó el silbido en la cocina, Lexie lo separó del fuego y lo dejó al lado del fregadero. Puso las manos en el borde del armario. No miraba a Felix. Le veía la parte de atrás de las perneras y los talones, mientras él estaba junto a la ventana.

—¿Estamos hablando —le dijo— de Margot Kent?

El silencio de Felix fue respuesta suficiente. Vio que movía los pies como si fuera a acercarse a ella. Después debió de cambiar de opinión, porque se dirigió a la mesa. Le oyó mover una silla y dejarse caer en ella.

—¡Qué mala suerte, joder! —murmuró—. ¡Qué mala suerte!

Como ella no respondió, él se removió, inquieto, en la silla, de un lado a otro.

—No quiero casarme con ella —dijo con cierta altanería—. Creo que la culpa de todo la tiene su madre, que la empuja.

Lexie soltó una risa áspera.

—No me cabe duda —dijo.

Felix se levantó y se acercó a ella.

—¿También conoces a la madre? —le preguntó.

—Sí —dijo ella—, tengo ese placer tan singular, sí.

Vio un destello de interés en los ojos de Felix.

—¿Qué relación tienes con ellas? —preguntó.

—Eso no es asunto tuyo —respondió Lexie, y empezó a picarle y a escocerle la garganta—. Esa es la relación. —Pensó un momento—. ¿Margot nunca te lo ha dicho?

Felix arrancó una uva de un racimo del frutero y se la metió en la boca con inquietud.

—Creo que no. Oye, Lex —dijo, masticando todavía la uva—, eres la única que puede ayudarme.

—¿Qué dices? —preguntó ella, mirándolo.

—La única —dijo él con apremio—. Si dices... si decimos que estamos... bueno, eso, casados, entonces ella no puede casarse conmigo. No pueden obligarme a hacerlo, ¿entiendes? Es decir, saben lo nuestro. Y también conocen a Theodore, aunque no sé cómo. Pero si les dijeras que estamos casados, cosa que no está descartada del todo, ¿verdad?, pues ya estaría: problema resuelto.

La miró con una gran sonrisa, mezcla de esperanza y deseo. Le puso una mano en el hombro y apretó un poco para atraerla hacia sí.

Lexie lo detuvo poniéndole la mano en el pecho.

—Me resulta muy difícil —empezó a decir, muy despacio— saber qué parte de todo esto me parece más despreciable. No sé si es la mera idea de casarme contigo o la de que quieras casarte conmigo para librarte de que te obliguen a hacerlo con otra. No. Tal vez sea que todavía creas que casarnos tú y yo... ¿cómo has dicho?... no está descartado del todo. O quizá sea pensar que yo pueda tener alguna relación con esas diabólicas, manipuladoras, perversas... —buscaba la palabra exacta, hasta que la encontró—, con esas bacantes desaforadas lo que me llena el alma de puro horror. Pero, como he dicho, es difícil saberlo. —Se quitó del hombro la mano de Felix—. Sal de mi casa —le dijo—. Ahora mismo.

Medianoche en el Blue Lagoon Café Bar. Los camareros ya se han ido, después de barrer el suelo, limpiar las mesas, meter la basura en bolsas y cerrar la puerta al salir.

En el local, cerrado y a oscuras, la máquina de café se enfría, desenchufada de la corriente. Cada pocos minutos, el cromo de la superficie suelta un «clic» audible. En el escurridor se forman charcos de agua tibia alrededor del borde de tazas y vasos, puestos a secar boca abajo.

Han barrido el suelo, pero no muy bien. Debajo de la mesa cuatro hay una corteza de *focaccia* que se le cayó a un turista de Maine; alrededor de la puerta han quedado trocitos de hojas secas, de los plátanos de Soho Square.

En uno de los pisos altos del edificio se oye un portazo, unas voces amortiguadas y el ruido de unos pies que bajan las escaleras rápidamente. Parece que el café preste atención. Los vasos secos de los estantes vibran y entrechocan, reaccionan al estímulo de los pasos. El metal de la máquina de café se contrae y hace «clic». Del grifo cae una gota de agua, se estrella contra el fregadero y se va por el desagüe. Los pasos avanzan por el pasadizo que recorre la pared exterior del café, la puerta de la calle se cierra de golpe y sale a la acera la chica que trabaja arriba de noche.

Va y viene por la acera, de un lado al otro de la puerta cerrada del Blue Lagoon; va y viene, va y viene con sus botas tobilleras rojas que esconden una navaja en el tacón. Pisa una y otra vez la losa en la que Innes abrazó por primera vez a Lexie, en 1957, baja el bordillo desde el que Lexie intentaba parar un taxi que la llevara al hospital, se apoya un momento en la parte de la pared en la que Lexie e Innes posaron para la fotografía de John Deakin un miércoles nuboso de 1959. Y justo en el sitio en el que la chica de arriba apaga el cigarrillo es donde, en días húmedos, se puede ver el contorno desvaído de unas letras que dicen «e l s e w h e r e», aunque seguramente nadie se fija y, si alguien se fijara, no sabría por qué.

La chica tira la colilla al sumidero, abre la puerta y desaparece. Sus pasos estremecen los vasos de los estantes, los saleros de las mesas e incluso la silla de la ventana, que tiene una pata más corta.

Después, el café se queda en silencio, la máquina está fría; las tazas, en medio del charquito de agua; la corteza de *focaccia*, quieta, de lado, en equilibrio. En una mesa ha quedado una revista abierta por una página cuyo titular dice: «Guía para convertirse en otra persona». Un saco de café en grano descansa, vacío, contra la barra. Una bicicleta pasa por delante de la ventana, el haz del faro hace eses por la calle oscura. Fuera, el cielo está negro como la boca del lobo, con una pátina anaranjada. El frigorífico, como si notara la calma nocturna, se estremece obedientemente y se sume en el silencio.

Un leve soplo de aire tira al suelo una lata de refresco de la papelera pública y la lata rueda hasta el sumidero. Un coche de policía pasa con calma por Bayton Street, la radio cruje y chirría. «Dos hombres... en dirección sur... —dice a trompicones—... disturbios en Marble Arch.»

La Tierra sigue girando. El cielo ya no está negro como la boca del lobo, sino de un azul de cinco brazas de profundidad, que se va licuando lentamente en un gris lechoso, como si la calle, todo el Soho, ascendiera hacia la superficie del mar. La chica de arriba se va. Se ha cambiado las botas rojas por unas zapatillas deportivas, ha cerrado la puerta, se ha abotonado el abrigo. Mira a ambos lados de la calle y se pone en marcha hacia Tottenham Court Road.

A las seis de la mañana, un anciano con traje se acerca andando por el centro de la calle con un paso irregular, cojeando. Lleva un perrito al final de una correa morada de cuero. Se detiene frente al Blue Lagoon. El perro lo mira sin comprender y se pone a tirar de la correa. Pero el hombre sigue mirando el café. Tal vez viene aquí de día, o tal vez sea uno de los pocos que se acuerda de que allí estaban las oficinas de *elsewhere*; a lo mejor iba con Innes a tomar copas en los bares de alrededor. O tal vez no. Tal vez solo le recuerde a otro lugar. Reanuda el paseo y enseguida desaparece por la esquina con el perro.

A las ocho en punto llegan los empleados del café: primero una mujer, que abre el cerrojo, enciende las luces, enchufa la máquina de café, abre el frigorífico para comprobar el estado de la leche. Un cartel se ha caído y vuelve a colgarlo en la pared. Después llega un camarero, que llena un cubo de agua y se pone a fregar el suelo con la fregona. Él tampoco da con la corteza de *focaccia*.

Y a las nueve menos cuarto en punto llega el primer cliente del día, llega Ted.

Pide un café con leche para llevar y espera en la barra. Ha llegado pronto hoy. El camarero todavía está fregando, moja el mocho de la fregona en el agua gris y grasienta, después lo pasa, enredado, por el suelo. Ted mira las tiras del mocho, que van de un lado a otro por el suelo como pelo atrapado en una corriente. Y, sin previo aviso, lo asalta la sensación que no para de asaltarlo: que algo que nunca ha visto le es, sin embargo, muy cercano y familiar. De una familiaridad considerable. Una fregona yendo de un lado a otro por un suelo de tablas desnudas. ¿Por qué le resulta tan significativa esta escena, tan cargada de sentido? Como si creyera que puede revelarle algo. ¿No es este el primer síntoma de la locura, ver señales en todo, creer que las cosas y los hechos mundanos encierran mensajes? Le entran ganas de ponerle la mano en el brazo al hombre y decirle: «Por favor, por favor, pare ya».

Parpadea y se obliga a mirar a otro lado. A las filas de vasos de los estantes de detrás de la barra. A la camarera, que mueve las palancas de la máquina de café. A las nubes de vapor que salen por un lado de la máquina.

Es, se dice, como ponerse unas gafas de bucear y descubrir bajo el agua otro mundo que, al parecer, siempre ha estado ahí, bajo la superficie lisa e inescrutable, sin que uno se hubiera dado cuenta. Un mundo palpitante de vida, seres, significado.

—Aquí tiene.

Las palabras lo sobresaltan y se vuelve enseguida. La camarera sostiene un vaso, para que lo coja.

—¡Ah! —dice—. Gracias, y le da unas monedas sueltas.

Fuera, en la acera, se detiene. Está recordando algo, o viéndolo, o reconociéndolo. ¿Qué es exactamente? Casi nada. Una cosa que todo el mundo debería recordar. Lo aúpan hasta una ventana que tiene el alféizar pintado de verde. Alguien lo sostiene en brazos.

—Mira —dice esa persona—, ¿lo ves?

El cuerpo y los puños del vestido de esa persona están bordados con hilos de muchos colores, y entre esos hilos hay cientos de espejitos diminutos.

—Mira —le dice ella otra vez.

Él mira y ve que el jardín ha desaparecido bajo un manto grueso y blanco. Un recuerdo muy común, pero ¿por qué no encaja con lo que recuerda de su infancia? Y ¿por qué le da esta sensación de pánico?

Ted mira al cielo, descolorido y vacío, de Bayton Street. Se apoya en una pared. Da paso a unas palabras que se le forman mentalmente: ya está aquí otra vez. Es como si se le llenara la cabeza de niebla, el corazón se le acelera como si supiera de algún enemigo, de algún peligro que él todavía no ha percibido. Empieza a ver puntos de luz. Saltan y brillan en el cielo plano, liso, en los escaparates de las tiendas de enfrente, en el asfalto de la calle. «Mira —ha dicho esa persona—, ¿lo ves?» Los espejuelos del vestido, que atrapan la luz, despiden reflejos sobre las paredes que la rodean. Recuerda con exactitud la sensación de asir con los dedos el hueco cálido de la clavícula, el roce de las puntas del pelo de ella en la mejilla. Y la cara. La cara era...

—¿Te encuentras bien, socio?

Ted ve unos zapatos gruesos de cuero, marrones, el final de unos pantalones vaqueros. Una combinación elegante que a él le desagrada en particular. Se da cuenta de que está agachado, con las manos en las rodillas. Levanta la cabeza y ve a la persona de los zapatos marrones. Un hombre mayor que lo mira con preocupación.

—Sí —dice—, sí, me encuentro bien. Gracias.

El hombre le da una palmada en el hombro.

—¿Seguro?

—Sí, sí.

El hombre se ríe.

—Una mala noche, ¿eh? —dice, y se va.

Ted se yergue. La calle es la misma; el café que hay detrás es el mismo; el Soho sigue ahí, con la misma actividad matutina de todos los días. Se agacha a coger el café. Da un trago y procura no prestar atención al temblor de la mano. Necesita... ¿qué? Necesita pensar bien. Necesita aclarar esto. Necesita un asidero, eso es lo que necesita.

Se lo dice una y otra vez a sí mismo, mientras tuerce por una esquina y sale a la calle en la que trabaja, mientras pasa por las puertas de cristal, mientras aprieta el botón del ascensor. Pero al entrar en el ascensor piensa otra cosa: se ve sentado en una alfombra, comiendo grajeas de chocolate de una en una. La sensación de las grajeas en la lengua, la forma abovedada de la parte de arriba, la base labrada, que se deshacen en algo suave mientras las chupa. Está mirando a su padre, que se encuentra al lado de la chimenea con la mano en la manga de una mujer, y la mujer se aleja.

Felix la arrincona contra la repisa de la chimenea cuando está repartiendo trozos de tarta. Lexie sabe que está ahí desde el momento en que entró; alguien ha tenido que abrirle la puerta, porque ella no ha sido. Ha estado esquivándolo mientras desenvolvían los regalos, mientras jugaban, mientras Theo y otros niños esperaban, tensos de anhelo, a que el paquete pasara de unas manos a otras, mientras ella servía té, vino y aceitunas negras en salmuera a los mayores, y a los pequeños, patatas fritas y refresco de naranja. Mientras Felix entregaba a Theo un trenecito de madera. Mientras cantaban «Te deseamos, Theo» y ella le enseñaba la tarta con forma de estrella que la había tenido en pie hasta más de las doce la noche anterior, toda adornada con grajeas de chocolate. Theo se ha quedado quieto mirándola, inmóvil: la tarta con sus cinco puntas, las tres velas encendidas y deshaciéndose en lágrimas de cera, las grajeas de chocolate que se doblaban y se ablandaban con el calor.

—Sopla las velas, cariño —ha tenido que decirle, rozándole el pelo con los labios para que reaccionara, se acordara y acercara la cara a la tarta—. Pide un deseo —ha añadido ella, tarde, seguramente.

Y ahora, ahí está Felix, entre ella y la habitación.

—Bueno, Alexandra, ¿qué tal estás? —le pregunta jovialmente.

—No me llames así —dice ella, retrocediendo.

—Lo siento —dice, y parece sincero. Se quedan un momento mirando sus respectivos vasos. Hace un tiempo que no se ven. Cuando él viene a ver a Theo, Lexie siempre procura que la señora Gallo esté en el piso, mientras ella trabaja arriba—. Te veo bien —añade.

—Gracias.

Pasa rodeándolo, echa un vistazo general, finge que tiene mucho que hacer atendiendo a los invitados. Ve a Laurence en la otra punta de la habitación, él le hace un mohín y ella le sonríe irónicamente.

—Me gusta tu vestido. —Felix se echa hacia delante apoyando un codo en la repisa de la chimenea—. ¿Dónde encuentras estos modelos?

Lexie se mira el vestido. Es prácticamente el que más le gusta ponerse esta temporada: largo, escarlata, suelto y vaporoso desde el generoso escote hasta los tobillos.

—Es un Ossie —dice ella.

—¿Un qué?

—Ossie, diseño de Ossie Clark.

—Nunca había oído hablar de ella.

—Él. Y no me extraña.

—¿De verdad? —Toma un trago de vino y Lexie, aunque no quiera, se fija en los labios, que ciñen el borde de la copa, y en la forma en que se cierra la garganta—. ¿Por qué?

—Porque no creo que sea del estilo de Margot. Y dime, ¿qué tal la vida de casado?

—¡Un infierno! —dice animadamente, y vacía la copa—. Mi mujer ocupa esa casa, ese mausoleo atroz que nos regaló su madre. Por cierto, la madre vive en el piso de abajo. O, al menos, es el arreglo oficial, porque, para mi gusto, pasa demasiado tiempo en el de arriba. Yo, como es lógico, me apunto a cualquier viaje que surja al extranjero y paso el menor tiempo posible en Myddleton Square. Y así es, ya que lo preguntas, mi vida de casado.

—Ya —dice Lexie, arqueando una ceja—. En fin, yo te lo advertí.

—Gracias —dice él, acercándose más—. Me abruma tanta comprensión por tu parte.

—Y ¿cuántos hijos tienes ya en el mausoleo de Myddleton?

Él se yergue bruscamente.

—¡Ah! —dice en un tono distinto, más tenso—. Ninguno, por cierto.

—Pero... —dice Lexie frunciendo el ceño.

—Nuestro hijo —y señala con un movimiento de cabeza hacia la alfombra, donde Theo está cogiendo metódicamente todas las grajeas de chocolate que hay encima de la cobertura de la tarta— es el único vástago que tengo. —Suspira, deja la copa y se pasa la mano por el pelo—. No para de... —hace un movimiento indescifrable con la mano—... tener abortos. —Dice la palabra en voz baja—. Uno detrás de otro. Parece que no consigue que esas benditas cosas prendan.

—Cuánto lo siento —empieza a decir Lexie—. No tenía que habértelo preguntado. No me...

—No, no —le hace un gesto con la mano—, no empieces con las

típicas disculpas y palabras comprensivas. —Toma aire profundamente—. Es horrible decirlo, pero tal vez sea lo mejor.

—Felix...

—Quiero decir —la corta él— que no tengo intenciones de quedarme mucho tiempo. Tanto es así que el otro día fui a ver a un abogado. Bueno, esto que quede entre nosotros, naturalmente.

—Sí, claro.

—Es más fácil si no hay hijos de por medio.

—Ya.

—Aunque —parece acercarse otra vez, va pasando la mano por la repisa de la chimenea—, nosotros nos las hemos arreglado muy bien, ¿verdad?

—¿A qué te refieres?

—A lo del hijo.

¿Se lo imagina o la mano de Felix está amenazadoramente cerca de su cintura?

—¿Tú crees?

Felix sonríe.

—¿Sales con alguien ahora, Lex? —murmura en el mismo tono íntimo.

Ella carraspea.

—Eso tampoco es asunto tuyo.

—¿Por qué no quedamos para comer?

—No creo.

—La semana que viene.

—No puedo. Trabajo, y tengo a Theo.

—Entonces, para cenar. La semana que viene. O ¿el próximo fin de semana?

El próximo fin de semana estará en Lyme Regis con Robert, por primera vez en ocho meses. Hoy mismo le ha llegado el telegrama. Se pregunta qué diría Felix si le contara que se ve clandestinamente con Robert Lowe y se le escapa una sonrisa.

—No —le dice.

—Podemos hablar de nuestro hijo. —Le pone una mano en la manga.

—¿Qué le pasa a nuestro hijo?

—Nada, pero podemos hablar de escuelas y esas cosas.

Lexie suelta una breve carcajada.

—¿Quieres hablar de la escolarización de Theo? ¿Desde cuándo?

—Desde ahora.

—Eres increíble. —Le quita la mano de su manga.

—Entonces, ¿quedamos? ¿Para cenar la semana que viene?

Lexie se va, cruza la habitación en dirección a Theo.

—Te digo algo —le contesta, hablando por encima del hombro, antes de llegar a su hijo, antes de que el niño le agarre el vestido, antes de cogerlo en brazos y colocarse su peso conocido y suave en la cadera.

No hace el día que esperaban. Cuando salieron de Londres, el cielo era un rollo de tela azul que cubría la ciudad y el sol resplandecía en todas las superficies. Iban por las calles con las ventanillas bajadas y el techo practicable abierto. Pero, a medida que se internaban hacia el oeste, más nubes se amontonaban como un ceño fruncido en el horizonte, y Elina notaba los golpes del viento en el lateral del coche. Ahora llueve; las gotas como agujas que el viento empujaba a ráfagas contra su ventanilla.

Van a casa de los padres de Simmy a pasar el fin de semana; los padres no están y, según Simmy, disponen de la casa para ellos solos. Elina nunca ha estado en una... ¿cómo lo llamó Ted anoche? Una «casa solariega». Le preguntó si habría criados y él dijo que no, que no era tan lujosa.

Jonah se ha dormido en su silla de coche, con los puños al frente, como si anduviera en sueños por la cuerda floja con una vara entre las manos. Ted y Simmy van delante. Están oyendo un programa de humor en la radio y de vez en cuando estallan en carcajadas, pero los chistes son muy rápidos, juegos de palabras demasiado ingleses que ella no entiende.

Parece que va a empezar a dolerle la cabeza, nota una tirantez en la articulación de las mandíbulas, o como si se le hubiera ablandado, y también en los músculos que van desde los hombros hasta el cuello. Pero no es nada grave. Se alegra de salir de Londres, se alegra de ver pasar árboles y campos por la ventanilla. Piensa en el viaje a Nauvo, a casa de su madre, en la carretera que recorre las islas del archipiélago, en los puentes y cañones, en el transbordador amarillo, las grandes extensiones planas de verde, los edificios de madera rojos y blancos, la sensación de viajar hasta el fin del mundo, hasta que la tierra y la piedra se terminan y dan paso al agua, el agua incasable, en movimiento continuo; solo entonces uno se detiene y aparca en la grava al lado de la terraza, junto a los árboles de tronco plateado.

Debe de haberse quedado dormida, porque sueña que está en Nauvo con Jonah y parece que no puede sacarlo de la sillita del coche: el cinturón no sale, el cierre no se abre. Y de pronto se da cuenta de que tiene la cabeza apoyada en la ventanilla del coche, y se despierta y ve que ya no están en la carretera principal, sino bajando por una calle estrecha con setos altos, hacia el mar, hacia la ciudad.

—¿Ya hemos llegado? —pregunta.

—Todavía no —dice Simmy, mirando un poco hacia atrás—. Hemos pensado parar aquí a comer.

Las calles de la ciudad son estrechas y empinadas, hay mucha gente en las aceras. Aparcan en un aparcamiento, al lado de unos servicios públicos. Parece que el cielo está muy bajo. Elina ha puesto a Jonah en el portabebés de tela y el peso del niño le tira de los tiernos músculos del cuello. Simmy y Ted suben la cuesta de la calle principal a paso rápido; Elina intenta seguirlos, abrazada al bulto de Jonah. Miran en un café, no les parece bien; se paran en el umbral de otro, les parece que el menú es muy «escaso» y siguen andando. El tercero tiene un buen menú, pero no hay mesas libres; el siguiente no está mal, pero dicen que quieren sentarse fuera. Recorren la calle hasta arriba, después bajan otra vez. Recorren también el paseo que cruza toda la ciudad a lo largo. Se paran en un pub cerca del puerto a debatir sobre los méritos del pescado capturado a caña. Jonah se despierta, se encuentra en el portabebés, decide que no lo soporta y empieza a llorar y a patalear. Elina lo desata y lo lleva apoyado en un hombro, pero él sigue chillando.

—Un pastel de carne de cerdo —dice Simmy—. ¿Es mucho pedir?

Ted está mirando otro menú en el escaparate de un restaurante adornado con redes de pesca.

—¿Qué pasa con los langostinos —musita— y con los pueblos costeros? Porque no creo que aquí se dé el langostino, ¿verdad?

Elina cambia a Jonah de hombro y se le cae al suelo el portabebés de tela morada; tiene que arrodillarse para recogerlo. A su lado pasa una madre con dos niños de edades distintas en un cochecito de gemelos rosa y cromado y la mira sin comprender, con una mueca de disgusto. Elina se mira. Lleva unas medias a rayas a las que ha cortado los pies, zapatillas sin talón, un vestido que le hizo una amiga, con el bajo desigual, mangas asimétricas y cuello de barco. A ella le encanta.

—Voy a sentarme allí a darle el pecho a Jonah —dice a los dos hombres—. Venid a buscarme cuando hayáis decidido algo.

Elina se dirige a un banco del muro de sotavento del puerto, para que no le dé la brisa. Se sienta con su vestido de bajo irregular y Jonah en un brazo. Jonah está hambriento, tenso de furia; ella se mete la otra mano en el vestido y se desabrocha el sujetador. Mientras él traga, tirándose a la leche como un déspota Tudor en un banquete, Elina mira el mar. Ve la curva que describe el muro del puerto, que es enorme y entra en el agua como un gran brazo protector. Ahora frunce el ceño. Está segura de que reconoce este sitio. ¿Ha estado ya en esta ciudad? Le parece que no.

Jonah mama, primero de un pecho, después del otro. Las olas suben y bajan, se retiran por los lados del muro, se repliegan sobre sí mismas. En el momento en que cree que se va a desmayar de hambre, aparece Simmy.

—Perdona que hayamos tardado tanto —dice—. Está todo lleno hasta la bandera. Al final hemos comprado unos sándwiches. —Le pasa un envoltorio de papel marrón—. ¿Queso con pepinillos te parece bien?

—Lo que sea —asiente ella.

Intenta abrirlo con una mano antes de que Simmy se lo quite diciéndole:

—Perdona, tenía que haberlo pensado antes.

Simmy desenvuelve los sándwiches y se los pone en la rodilla muy escrupulosamente, sin mirar en dirección al pecho que tiene al aire. Mientras da el primer mordisco, busca a Ted con la mirada.

No está en el banco, tampoco en el muro del puerto. Vuelve la cabeza para mirar atrás.

—¿Dónde está Ted? —pregunta.

Simmy se encoge de hombros mientras da un mordisco a su sándwich.

—Se habrá ido a cambiar el agua al canario —murmura.

Elina come la mitad de su almuerzo, se pone bien el vestido, ayuda a Jonah a eructar, le limpia un poco de leche regurgitada que tiene en la frente, bebe agua.

—Dame, déjamelo un ratito —dice Simmy.

Elina se lo pasa y se queda mirando a Simmy, que se sienta al niño en la rodilla.

—Hola —le dice solemnemente—. ¿Has comido bien? Leche otra vez, ¿eh? —Jonah lo mira arrobado.

Elina se pone de pie, estira los brazos por encima y por detrás de la cabeza. Mira hacia el puerto. No ve a Ted. Mira el banco otra vez y ve un tercer sándwich, esperando. Es el de Ted. Se aleja un poco para echar un vistazo más allá, hacia la curva. Nada. ¿Dónde se habrá metido? Sube los estrechos escalones sobresalientes hasta lo alto del muro y se encuentra en un nivel más elevado, una superficie de piedra que desciende en picado hacia el mar. Se aparta el pelo de los ojos y mira a uno y otro lado.

—¿Lo ves? —pregunta Simmy desde abajo.

—No.

Y de pronto aparece. Se acerca por la curva del muro gris. Seguro que ha ido hasta el final. Se mueve de una forma que la alarma: se agarra el brazo izquierdo con el otro; agacha la cabeza, anda raro, como a tropezones. Elina da unos pasos sobre las piedras inclinadas. Levanta la mano para saludar, pero Ted mira a otra parte. Mira hacia abajo, al mar, que se hincha y retrocede a sus pies, y Elina piensa fugazmente que va a tirarse al agua, pero recuerda que Ted no nada, ni siquiera sabe si es capaz de nadar... es una cosa que aborrece, siempre dice: «¿Qué falta le hace a nadie saber nadar?». Ve que retrocede desde el borde del agua y entonces se cae. O tropieza. O tal vez se desploma. No está segura de lo que le ha pasado.

Lo llama a gritos, pero el viento se lleva su voz a otra parte. Echa a correr, pero está bastante más arriba que él y no ve la forma de bajar; cuando encuentra otras escaleras de piedra, los peldaños están muy gastados y la bajada es vertiginosa: debe tener mucho cuidado para no tropezar y caerse. Cuando llega al lado de Ted, ya lo han rodeado unas cuantas personas. Allí está Simmy, con Jonah en brazos: Elina lo ve de espaldas, con su camisa a rayas. Está agachado junto a él, con el oído pegado al pecho de Ted. Los que lo rodean deben de verle las intenciones o el pánico en la cara, porque se separan y le abren camino y, cuando llega a su lado, se arrodilla en la piedra húmeda y le coge la mano; le acaricia el pelo, le habla en finlandés y después en inglés; llega la ambulancia y se sienta junto a él sin soltarle la mano.

Después tiene que esperar mucho tiempo. Hay que rellenar formularios. Les hacen ir de un pasillo a otro. Varias personas preguntan a Elina lo mismo varias veces. ¿Qué edad tiene Ted? ¿Dónde vive? ¿Nombre y apellido? ¿Ha tomado algo? ¿Se droga? ¿Tiene antecedentes familiares de complicaciones cardiacas, diabetes, presión baja? ¿Le había pasado esto antes? Elina dice que no, que no, que ni drogas ni medicación, Roffe, Ted Roffe, Theodore Roffe. Le traen un té y más tarde alguien le proporciona unos pañales para Jonah. Elina tiene la sensación de estar dando las gracias todo el tiempo.

Espera con Simmy en el pasillo. Jonah se inquieta, llora y vuelve a mamar. Vomita abundantemente, pero con toda naturalidad, en la silla de al lado. Coge un mechón de pelo de Elina, lo chupa con furia, investiga los cierres de la chaqueta de Simmy. Parece desconcertado, impaciente por el giro inusitado que han dado los acontecimientos, como si no entendiera por qué se lo han llevado de la orilla del mar y lo han traído a estos pasillos tan aburridos de color beis. Elina le hace el caballito rítmicamente sobre las rodillas; Jonah pone las piernas rígidas y Elina piensa en los pequeños cardenales que le saldrán al día siguiente a ella en los muslos.

Después, un remolino de médicos, estudiantes y enfermeras van a hablar con ellos y dicen que hay buenas noticias. ¡Buenas noticias! Simmy se levanta de un brinco y sonríe. ¡No ha sido un ataque cardiaco! Ahora se mueven todos por el pasillo y varias personas hablan a la vez. La palabra «ecegé» se repite; Elina no sabe lo que significa, pero Simmy asiente y sigue sonriendo, y también oye «limpio» y «resultado negativo». Entran en una habitación, el médico dice «una manifestación de ataque de pánico», pero Elina no presta atención porque ve a Ted en la cama, vestido, y parece que está otra vez normal.

Se acerca a él rápidamente, le toca el brazo, le besa en la mejilla, y en ese momento Jonah le tira tan fuerte del pelo que se le escapa un grito: «¡Ay!», justo cuando toca la piel de Ted con los labios.

Ted se alarma.

—¿Qué pasa? —dice, alejándose de ella, asustado.

—Nada. Perdona.

—Entonces, ¿por qué has gritado?

—Jonah me ha tirado del pelo. No es nada. ¿Qué tal te encuentras?

Ted sigue mirándola. Elina ve que está blanco y tiene las pupilas grandes y negras. Ted mira ahora a Jonah y después a Elina otra vez. Elina mira a Simmy, que mira a Ted con atención.

—Hum —dice—. ¿Te encuentras bien ya, Ted?

Ted mira otra vez a su hijo. Después se recuesta en las almohadas y se queda mirando el techo. Se lleva las dos manos a la cara.

—¿Me encuentro bien? —repite muy despacio, sin apartarse las manos de la cara—. ¿Me encuentro bien?

—El médico —dice Simmy, después de carraspear— dice que puedes irte, pero que si crees...

—No sé —dice Ted—. Esa es la respuesta.

Simmy y Elina se miran por encima de Ted. Jonah resuella en la piel del cuello de su madre, le chupa un momento la clavícula, se lleva un trozo del vestido a la boca, se echa hacia atrás en sus brazos para mirar el techo, le da unas pataditas en el abdomen.

—Voy un momento a buscar el retrete —dice Simmy—, vuelvo en un segundo.

Y Elina, su hombre y su hijo se quedan solos. A ella le parece increíble que le hayan devuelto a Ted, después de ver cómo se desplomaba en el puerto, de verlo derrumbarse en el suelo de aquella forma, derrumbarse y temblar horriblemente. Parece un verdadero milagro que hayan pasado por semejante trance y ahora estén aquí, en una habitación de hospital vacía, con sábanas a rayas. Elina mira las rayas, que le parecen mágicas, como todo lo demás en este preciso momento. Esa forma de alternarse: blanco, azul, blanco, azul; la trama y la urdimbre de algodón combinadas para hacer eso. Una sábana para que Ted se tumbe en ella.

Se sienta en la cama, al lado de Ted, rozándole la cadera con la suya.

—Qué susto me has dado —murmura. Jonah se mueve, se retuerce como un pez entre sus brazos, y Elina tiene que sujetarlo con firmeza por las costillas—. El médico ha dicho que tienes que ir a ver al médico de cabecera en cuanto volvamos a...

—La cuestión es —la interrumpe Ted, sin apartar la mirada del techo— que nada tiene sentido. Lo único que sé es que todo el mundo ha mentido. Han mentido sobre todo. Ahora lo veo. Y no sé qué hacer ni a quién preguntar, porque todo es un engaño y no puedo fiarme de nadie. ¿Lo entiendes? —La mira, o mira cerca de ella o la traspasa con la mirada—. ¿Entiendes lo que digo?

Jonah se retuerce entre las manos de su madre y planta los pies con fuerza en sus piernas. A Elina le tiemblan los brazos, tiembla toda ella. No tiene ni idea de qué hacer o decir. No sabe si llamar a un médico, pero si lo hace, ¿qué sucedería? ¿Qué les está pasando?

—Ted —logra decir, y la voz se le quiebra como si fuera a llorar—, ¿de qué hab...?

—Bueno —dice Simmy, que acaba de entrar frotándose las manos—. El médico dice que podemos irnos. ¿Nos movemos?

—Sim —dice Elina, pero Ted ya ha saltado de la cama.

—Vamos —dice, cogiendo a Elina por el codo y arrastrándola hacia la puerta—. Salgamos de aquí.

—Creo que sería mejor esperar a ver si...

—Tenemos que irnos —dice Ted, abriéndose paso hacia fuera—. Tenemos que volver a Londres.

Aquí termina la historia.

Lexie se convirtió en lo que es hoy cuando se bañaba en la costa de Dorset a finales de agosto. Theo y ella están con Robert en Lyme Regis. Han comido pescado con patatas fritas y han hablado del hotel en el que estuvieron la vez anterior; han discutido a propósito de un artículo de Lexie que Robert ha leído recientemente; Theo ha llenado un cubo de piedras, ha encontrado un cangrejo muerto y Lexie se ha quitado la ropa y se ha zambullido en el agua. Robert la mira, la espera con una toalla en la mano. «Como el marido de una *selkie*»,* piensa ella. Los mira desde el agua: Robert, sentado en la pronunciada pendiente de piedras, cerca del cochecito en el que duerme Theo con un gato de punto en la mano.

Cuando sale del agua, andando con cuidado porque la playa está llena de piedras que hacen daño, y Robert la envuelve con la toalla, sabe que tiene que estar en la cama con él en un margen máximo de cinco minutos. Es una necesidad que tiene ella, y la vida misma. Él la seca con la toalla pasándole las manos por la espalda, los brazos, las caderas.

—Al hotel —dice Lexie, con los labios gomosos y raros de frío—, vamos al hotel.

—Sí —se limita a decir Robert.

Lo quiere por ese «sí», por la forma en que se vuelve para recoger

* Ser del folclore nórdico, como una foca, que puede transformarse en hombre o mujer de gran belleza. *(N. de la T.)*

las bolsas, por la forma en que se cuelga en el brazo la ropa que ella ha dejado tirada, prenda a prenda, por la forma en que se agacha para deshacer el nudo de los zapatos que se ha quitado sin desanudar por la impaciencia de tirarse al agua, y por ayudarla a ponérselos para poder ir más deprisa, cargando él con el cochecito y con Theo, que sigue dormido, por los escalones de cemento hasta el paseo, por las escaleras del hotel, frente al director, que pone cara de susto, y por los cuatro pisos. Y ella vestida solo con la toalla y el bikini.

Esa forma de dejar la sillita mirando a la pared. Esa forma de abrir, como si las desgarrara, primero las sábanas de la cama, después su camisa, después la toalla de ella. A Lexie le gusta ese orden. El calor casi abrasador que desprende su piel en contacto con la de ella, que está fría. La forma en que se esfuerza por desatarle las tiras y los cierres del bikini húmedo, maldiciendo de impaciencia, hasta que lo hace ella. La forma en que le quita las prendas húmedas y las tira contra la pared. Allí quedará la marca todo el tiempo que dure su estancia, en forma de medusa, y los clientes que vengan después la mirarán y se preguntarán qué será lo que ha dejado esa mancha tan rara.

Lo quiere por todas esas cosas y por la paradoja de su cuerpo (duro bajo la suave capa de la piel), y por la línea velluda que le baja desde el estómago y que había olvidado que existía. Por la atención y la concentración con las que va a su encuentro, por la expresión casi seria de su cara, por la sensación de tenerlo dentro de sí, por fin, después de tanto tiempo.

Después se queda dormido. Lexie, no. Se despereza, bosteza, se levanta de la cama. Coge el vestido y se lo pone. Va a ver a Theo, que sigue derrotado en la sillita; se le mueven los ojos debajo de los párpados y, dormido, hace un mohín con los labios. Se queda un rato mirándolo. Lo mira y le toca el pelo. Tiene una mano abierta, relajada, sobre una pierna, y ella se queda otro rato mirando las mil rayitas diminutas que le cruzan la palma.

Va hasta la ventana. Abajo, en el paseo, la gente toma helados, se apoya en las barandillas, pasea de un lado a otro. En este rato, ha subido la marea: las olas espumosas lamen el muro del paseo.

Un anciano deja mear a su perro al pie de una estatua. Un niño pequeño sale de una tienda cargado de naranjas. Le hace gracia que cada uno vaya a lo suyo mientras ella, una mujer con vestido, puede verlos en secreto desde una ventana.

Piensa dónde pueden ir a comer después, cuando Theo se despierte, y si a su hijo le gustaría volar una cometa: ha visto una con la cola amarilla en una tienda y podría comprársela. Está mirando el puerto, el gran Cobb gris, que parece una serpiente dormida con medio cuerpo fuera del agua.

Un movimiento en la sillita la obliga a volverse. Cruza la habitación. Theo se está despertando, mueve la cabeza de un lado a otro. Lexie da la vuelta a la sillita y se agacha enfrente del niño.

—Hola —le susurra.

El niño bosteza y después, con gran precisión, pero con los ojos todavía cerrados, dice:

—Dije que no lo quería.

—¿Ah, sí?

—Sí. —Frunce el ceño, parpadea y mira alrededor—. No estamos en casa.

—No. Estamos en Lyme Regis, ¿te acuerdas? En un hotel. Has dormido la siesta.

—Regis —repite Theo, y parece que se le tensa la cara al pensar en algo—. Un... un cubo con piedras.

—Eso es. Está ahí, mira.

Se despereza y se baja de la sillita llevándose el gato de punto bajo el brazo.

—A Alfie no le gusta Regis —dice, yendo hacia el cubo, que Lexie ha dejado al lado de la puerta.

—¿Ah, no?

Theo se agacha junto al cubo y lo mira con atención.

—No —dice.

—¿Por qué?

Theo tiene que pensarlo un poco.

—Dice que está muy húmedo.

Lexie, sentada al borde de la cama, procura no sonreír.

—Bueno, es que es un gato. A los gatos no les gusta lo mojado.

—No, mojado, no. Húmedo.

—Húmedo es mojado, cielo.

—¡No, no es mojado!

—De acuerdo. —Se muerde el labio—. ¿Quieres beber algo?

Theo se pone a hacer una fila con las piedras sacándolas del cubo de una en una. Lexie se da cuenta de que aparta las de color gris.

—Theo —insiste—, ¿quieres beber algo?

El niño coloca una piedra blanca y lisa junto a una anaranjada.

—Sí —dice, distante pero firmemente—. La verdad es que sí.

Después salen otra vez a la calle. Lexie compra la cometa roja con la cola amarilla y van a la playa que hay más allá del pueblo, más allá del Cobb. Theo agarra la cuerda con una mano y Lexie, a su vez, le envuelve la manita con la suya. Robert los mira desde una roca en la que está buscando fósiles.

—Eso es —le susurra Lexie a Theo—, ya está.

La cometa flota justo por encima de ellos como una plomada invertida, la cola serpentea y da bandazos. Theo la mira extasiado, incapaz de creer que, cuando tire de la cuerda, esa cosa etérea que ve en el aire responderá bailando.

—Es como —se esfuerza por encontrar la palabra que quiere decir—... un perro.

—¿Un perro?

—Un perro que flota.

—¡Ah! ¿Quieres decir como si lo llevaras de la correa?

La mira, alborozado, con sus ojos azules, encantado de que lo haya entendido.

—¡Sí!

Ella se ríe y abraza al niño y lo estrecha, y la cometa baja un poco y oscila en el aire.

Un rato después, se reúnen con Robert y se sientan juntos en una roca. Robert encuentra una amonita, una criatura rizada, enrollada sobre sí misma y convertida en piedra. Se la pone a Lexie en la mano y ella empieza a notar que se calienta. Theo hace otra fila de piedras, esta vez en orden decreciente.

—A lo mejor me doy otro baño rápido —dice Lexie, y se pone de pie—, y después vamos a comer algo.

Robert mira el cielo, mira el mar, que se riza de olas blancas.

—¿Estás segura? —le dice—. Empieza a refrescar.

—Hace bueno —dice ella, y guarda la amonita en el bolsillo del vestido.

—No hemos traído la toalla.

—Me secaré —dice ella, riéndose—, soy sumergible y resistente al agua. Echaré una carrera y entraré en calor. —Se queda en ropa interior y se agacha para dar un beso a Theo en la coronilla—. No tardo nada, mi amor.

Y se va, baja por las piedras, llega a la arena y se mete en el agua. Robert se queda mirando cómo desaparece en el agua, que la engulle rápidamente. Los tobillos, las rodillas, los muslos, la cintura. Ya está dentro y da un gritito. Sigue mirándola: ahora da las primeras brazadas de crol y va dejando una estela tras de sí; observa cómo se zambulle en el agua y cómo sale de nuevo a la superficie la cabeza lustrosa, más lejos, y después empieza a nadar con regularidad.

Mira a Theo. Está empujando las piedras a la arena, de una en una, y a cada una le dice: «Allá vas, allá vas, allá vas».

Después, Robert no sabrá con exactitud cuánto tiempo pasaron allí. Sabe que se puso a buscar fósiles otra vez, por hacer algo. Sabe que cogió algunas piedras y las golpeó contra las rocas para abrirlas como si fueran huevos, a ver si encontraba algo revelador en sus entrañas. Sabe que miró al mar al menos una vez y vio la cabeza de Lexie cerca de la curva del Cobb. Sabe que oía decir a Theo «allá vas» y de vez en cuando «echará una carrera y entrará en calor».

Después de romper la tercera piedra, oye a Theo decir otra cosa. Lo mira. Ya no está agachado con las piedras. Está de pie, con las manos llenas de arena separadas del cuerpo y los dedos estirados, mirando al mar.

—¿Qué has dicho, Theo?

—¿Dónde está mamá? —pregunta el niño con su voz clara y aguda.

Robert sopesa la cuarta piedra en la mano, la estudia: ¿le dará otra amonita perfecta, como la que le ha regalado a Lexie?

—Ha ido a bañarse —le dice—. Enseguida vuelve.

—¿Dónde está mamá? —pregunta otra vez el niño.

Robert mira al mar. Mira a la izquierda, en dirección al Cobb, mira a la derecha. Se yergue. Sigue la línea oscura del horizonte. Nada. Se pone la mano por visera para protegerse del resplandor opaco del sol poniente.

—Está... —empieza a decir.

Se acerca a la orilla. Las olas se levantan y rompen sobre la arena. Otea el mar, toda la extensión que abarcan sus ojos.

Echa a correr hacia Theo, que sigue de pie, sin moverse del sitio, con las manos llenas de arena. Robert lo coge y va rápidamente hacia las piedras.

—Vamos hasta el Cobb y miramos desde allí, ¿te parece? —dice, y las palabras no le salen serenas y seguras, como esperaba, sino desgarradas, con temor—. A lo mejor ha dado la vuelta y la vemos llegar por el otro lado.

Robert sube los escalones del alto muro del Cobb. Corre por la pendiente de piedras con Theo en brazos. A medio camino se detiene.

—¿Dónde está mamá? —repite Theo.

—Está...

Robert mira, mira y sigue mirando. Le duelen los ojos de tanto mirar. No recuerda haber visto nunca otra cosa que mar infinito, agua rizada, ininterrumpidamente. Cada pocos segundos el corazón le da un vuelco al ver algo: una boya, una ola más alta. Pero no hay nada. Lexie no está en ninguna parte.

Baja del muro hacia la parte inferior del Cobb y va corriendo hasta el final. Aquí el agua es profunda, siniestra, verde, se hunde y se lanza contra el muro. Theo empieza a llorar.

—No me gusta —dice—. Ese mar está muy cerca. Ese mar de ahí —insiste, y lo señala, por si Robert no lo ha entendido.

Robert da media vuelta, corre otra vez por el suelo húmedo del Cobb con todo el cuidado posible en dirección a unas barcas de pesca que están amarradas. En una de ellas hay un hombre con los brazos llenos de redes.

—Por favor —lo llama Robert—, por favor. Necesitamos ayuda.

Después, Robert pasa un rato muy largo sentado en un banco en el Cobb, con Theo en brazos. De vez en cuando les pasan por encima las luces de las traineras, de los botes salvavidas, del guardacostas. Ha envuelto al niño en su abrigo. Solo se le ve el pelo. Theo tiembla rítmicamente, con suavidad, como un motor en marcha corta. Robert lo mece, le canta una canción que cantaba a sus hijos de pequeños, hace mucho tiempo, con una voz ronca y áspera. Alguien (no ve quién es, tal vez un policía) trae una bolsa de punto y la deja a su lado. Al principio no la reconoce. De la parte superior de la bolsa sobresale un trozo de tela doblado. Se da cuenta de que es el vestido de Lexie, su bolsa, que alguien ha recogido del lugar donde ella los había dejado en la playa. Sin soltar a Theo, coge el vestido. Se desdobla entre sus manos como algo animado, algo vivo. Casi se le cae, pero no, y después lo desconcierta el peso de la prenda. ¿Cómo puede pesar tanto una cosa de algodón fino? Oscila de un lado a otro en la fuerte brisa, como un péndulo. Entonces se acuerda de la amonita. La guardó en el bolsillo justo antes de...

Deja el vestido rápidamente, lo embute en la bolsa. Y ve el juguete que tanto le gusta a Theo, el gato de punto, en medio de un lío de vasos infantiles, pantalones cortos de recambio, cubos y palas, un rastrillo verde. Lo saca de la bolsa y coloca la cara perpleja del gato en el hueco de la parte superior del abrigo, por donde asoma el pelo brillante y dorado de Theo. En un primer momento no pasa nada. Después asoman unos dedos, cogen el gato y vuelven a la cueva del abrigo.

Y a continuación, dos policías corren por el borde del Cobb en dirección al muelle. Al verlos, los demás policías también se ponen en movimiento. Robert se levanta con Theo en brazos. Oye murmurar a alguien: «La han encontrado».

Y va hacia allí. Una barca dobla la punta del Cobb, una trainera pequeña con las luces encendidas, un hombre al timón y otro de pie en popa con un cabo. Robert fuerza la vista e, increíblemente, descubre un bulto en el fondo de la barca, medio tapado con una lona, y de pronto quiere gritar, llamarla a gritos, pero un policía se interpone entre él y la barca que va a atracar y le dice: «Atrás, señor, por favor, atrás, llévese al niño, lléveselo de aquí».

Así termina todo. Esas eran las palabras que le pasaban a Lexie por la cabeza. «Entonces, así termina todo.» Sabía lo que se avecinaba. Durante un lapso de tiempo, varios minutos, mar adentro, lejos del Cobb, batió los brazos y las piernas luchando contra la garra fría y vigorosa de la corriente. Y lo vio. Vio lo que iba a pasar. Sabía que la lucha había empezado y que ella iba perdiendo.

En ese momento no pensó en sí misma, ni en sus padres, ni en sus hermanos, ni en Innes, ni en la vida que había dejado atrás al entrar en el agua, ese momento en que podía haberlo cambiado todo, podía haberse quedado en la playa, dar la espalda al mar. Tampoco pensó en Robert, que estaba allí sentado, con su ropa, y que pronto empezaría a gritar su nombre al viento incesante.

Cuando las olas la hundían solo podía pensar en Theo.

La empujaban hacia arriba, la arrastraban hacia abajo y de vez en cuando lograba salir a la superficie, lograba separar las aguas y respirar, pero lo sabía, sabía que aquello no podía durar mucho, y quería decir «por favor». Quería decir «no». Quería decir «tengo un hijo, hay un niño, esto no puede suceder». Porque sabes que nadie los querrá nunca como tú. Sabes que nadie los cuidará nunca como tú. Sabes que es imposible, que es impensable que te puedan alejar de ellos, que tengas que dejarlos atrás.

Sin embargo, sabía que no volvería a verlo. Esa noche no estaría allí para ayudarlo a cortar la cena. No recogería la cometa ni airearía su ropa húmeda ni le prepararía el baño a la hora de acostarse ni le sacaría el pijama de debajo de la almohada. No rescataría su gato del suelo en plena noche. No podría esperarlo a la puerta al final de su primer día de colegio. Ni llevarlo de la mano cuando estuviera aprendiendo a dibujar las letras de su nombre, el nombre que le había puesto ella. No lo cuidaría cuando tuviera la varicela o el sarampión; no sería ella la que dosificara la medicina o sacudiera el termómetro para bajarlo. No estaría con él para enseñarle a mirar a la izquierda y a la derecha, y a la izquierda otra vez, ni a atarse los zapatos, ni a lavarse los dientes ni a subir y bajar la cremallera del impermeable, ni a emparejar los calcetines después de lavarlos, ni a llamar por teléfono, ni a ponerse mantequilla en el pan, ni lo que tenía que hacer si se perdía en una tienda, ni a ponerse leche en una taza ni a coger el autobús para volver a casa. No lo vería crecer hasta alcanzarla y después superarla en altura. No estaría con él cuando le rompieran el corazón por primera vez, ni la primera vez que condujera un coche, ni cuando saliera solo al mundo, ni cuando viera por primera vez lo que iba a hacer, cómo iba a vivir, con quién y dónde. No estaría con él para quitarle la arena de los zapatos cuando saliera de la playa. No lo volvería a ver.

Luchó como una loca. Luchó por su vida, luchó por volver. Siempre ha querido decirle esto, de algún modo. Lo intentó. Le gustaría decirle: «Theo, lo intenté. Luché porque no me parecía posible dejarte allí. Pero perdí».

¿Qué habría dado por ganar? Ella no podía decirlo.

Anochece cuando llegan a Londres. Elina va sentada atrás, con las manos apretadas entre las rodillas. Jonah va dormido en su silla de coche. Ted se ha pasado todo el viaje mirando al frente por el parabrisas. En la Westway dice:

—Llévame a Myddleton Square.

Simmy lo mira y después se encuentra con los ojos de Elina en el retrovisor.

—Ted —le dice—, ¿no crees que deberías...?

—Llévame a Myddleton Square, Sim, en serio.

Elina se inclina hacia delante.

—¿Por qué quieres ir, Ted?

—¿Por qué? —repite secamente—. Para hablar con mis padres, desde luego.

—Es muy tarde —se arriesga a decir Elina—. ¿No estarán durmiendo? ¿Por qué no esperamos a...?

—O me llevas —dice Ted, con una voz que anuncia lágrimas— o me dejas salir del coche y me voy en metro.

—De acuerdo —dice Simmy en tono apaciguador—, como quieras. ¿Qué te parece si primero dejo a Elina y a Jonah en casa y después...?

—Yo voy con Ted —lo corta Elina—. No pasa nada, Jonah está dormido. Voy con vosotros —dice, y pone la mano en el hombro de Ted.

Cuando Simmy aparca en Myddleton Square, Ted se apea del

coche y echa a correr hacia la puerta de la casa de sus padres antes de que ni Elina ni Simmy hayan podido desabrocharse el cinturón de seguridad. Elina desancla el asiento de Jonah y abre la portezuela.

—¿Vienes? —le dice a Simmy.

Simmy vuelve la cabeza y se miran.

—¿Qué opinas? —le dice en voz baja.

—Tal vez sea mejor —contesta ella rápidamente.

Simmy coge la silla del niño y se dirigen todos a la puerta, que se está abriendo en ese momento: aparece una rendija de luz que se proyecta en el suelo, y ahí está el padre de Ted, vaso de whisky en mano, diciendo:

—¡Demonios! Hola, chavalote. No te esperábamos.

—Tengo que hablar contigo —dice Ted, y lo empuja para entrar.

Abajo, en la cocina, Elina se sienta a la mesa con Simmy y con el padre de Ted. Ted va de la puerta de atrás a la ventana, de la ventana a la mesa, de la mesa al fogón.

—¿Qué pasa? —pregunta el padre de Ted, mirándolos de uno en uno.

Elina carraspea sin saber muy bien qué decir.

—Pues... —empieza—, estábamos en Ly...

—¡Explícame esto! —grita Ted desde la otra punta de la cocina, y Elina se vuelve a mirarlo. Tiene la billetera en la mano e intenta sacar algo de ella: ¿dinero? ¿Una tarjeta de crédito? Se queda mirándolo con consternación cuando se acerca a ellos. Tira algo encima de la mesa, algo blanco, un papel o una tarjeta, que cae enfrente de su padre—. ¿Quién es esa?

Se produce un largo silencio. El padre de Ted mira el papel y después desvía la mirada rápidamente. Se lleva la mano al bolsillo de la camisa buscando el tabaco. Saca un cigarrillo, se lo pone en la boca y se inclina a un lado buscando el mechero en el bolsillo de atrás. Elina ve que le tiemblan las manos. Encuentra el mechero y lo coloca encima de la mesa. En vez de encender el cigarrillo, coge otra vez la tarjeta, que en realidad es una postal, y se la acerca a la cara. Elina se inclina hacia él y también la mira. Es una instantánea de un hombre y una mujer, en blanco y negro, apoyados en una pared. Le parece que no la había visto nunca, pero enseguida tiene la impresión de que tal vez sí, y entonces se da cuenta de que es una de las fotos de John Deakin que había en la exposición que fueron a ver. Está doblada y arrugada por el tiempo que ha pasado en la billetera de Ted. Abre la boca para decir algo, pero la cierra otra vez.

El padre de Ted la deja en la mesa. La apoya con mucho cuidado en un salero. Solo ahora enciende el cigarrillo. Aspira, echa el humo e inhala de nuevo.

Y a continuación pronuncia las siguientes e increíbles palabras:

—Es tu madre.

—¿Mi madre?

—Tu verdadera madre. Lexie Sinclair —se frota la frente con el índice—, así se llamaba.

Ted apoya los dos puños en el borde de la mesa. Ha bajado la cabeza como un suplicante, como si fuera a recibir la comunión.

—Entonces, ¿te importaría decirme —pregunta con voz sofocada— quién es la mujer que está durmiendo arriba?

Felix da una calada larga al cigarrillo.

—La mujer que te ha criado desde que tenías tres años.

—Y ¿tú? —dice Ted—. ¿Eres mi padre?

—Sí, sin la menor duda.

—Y le pasó algo. A mi madre. En Lyme Regis.

Felix asiente.

—Se ahogó. —Da una vuelta al cigarrillo entre los labios—. Un accidente, bañándose en el mar. Tú estabas allí. Sucedió una semana después de tu tercer cumpleaños, más o menos.

—¿Fue...? ¿Tú también estabas?

—No. Estabais con un... un amigo suyo. Fui a buscarte esa misma noche. Te traje aquí y... y Margot se hizo cargo.

Ted coge la postal. Mira a su padre, que tiene la cara húmeda. Mira a Elina. O, mejor dicho, le pasa la vista por encima al darse la vuelta y mirar hacia la ventana del jardín.

—A ver, chavalote —dice Felix, levantándose—. Lo siento, desde luego que sí. A lo mejor nos equivocamos. Al ocultártelo, quiero decir, pero creíamos...

—¿Lo sientes? —repite Ted, dirigiéndose a su padre—. ¿Sientes haberme mentido toda la vida? ¿Sientes haberme hecho creer que mi madre era otra? ¿Sientes haber fingido que esto no había pasado? Es... es inhumano —logra decir con un susurro ronco—. ¿Te das cuenta? Porque, ¿cómo lo conseguiste? Yo estaba allí, por Dios. ¿Cómo lo hiciste?

—Nosotros... —Se le hunden los hombros—. La cuestión es que... bueno, lo olvidaste.

—¿Lo olvidé? —repite Ted entre dientes—. ¿Cómo que lo olvidé? Esas cosas no se olvidan... ver a tu madre ahogada. ¿Qué estás diciendo?

—Suena raro, lo reconozco. Pero viniste aquí y...

—¿Qué pasa aquí? —gorjea una voz en el umbral de la puerta. Todos se vuelven hacia Margot, que lleva el pelo aplastado en un lado y una bata firmemente atada por la cintura. Una sonrisa insegura le ilumina la cara—. Ted, no sabía que estabas aquí. ¡Y Simmy, y mi querido Jonah! ¿Qué hacéis todos...? —Pierde la voz. Los mira de uno en uno con una expresión de incertidumbre, después de desconfianza—. ¿Qué pasa? ¿Por qué estáis todos...? —Entra en la cocina—. ¡Felix!

Felix coge la postal de manos de Ted y se la entrega a Margot.

—Lo sabe —le dice, y se pone a su lado o, mejor dicho, se alinea con ella y sigue fumando como si estuvieran haciendo cola, esperando el autobús, quizá, como si no la conociera de nada y viajaran en la misma dirección por casualidad.

Felix, Margot y Gloria están sentados a la mesa de la cocina de Myddleton Square. El niño está enfrente. Está muy quieto, con las manos en las rodillas, vueltas hacia arriba, y la cabeza levemente agachada. Debajo de un brazo lleva un gato de peluche muy raído. Parece que ni siquiera parpadea. Mira fijamente el plato de salchichas que tiene delante. O tal vez mira más allá, a algo que ve en el mantel. Parece una estatua de cera de un niño, una efigie, una escultura: *Niño a la mesa*.

—¿No tienes hambre? —le pregunta Margot en tono alegre. No responde.

—Tienes que comer —refuerza Gloria—, así crecerás mucho y te pondrás fuerte.

Las salchichas se han enfriado y la grasa que las rodea está helada. Las patatas cocidas que las acompañan parecen secas, envueltas en harina. Margot, nerviosa, levanta la mano y se ahueca el pelo de los lados de la cabeza: su madre siempre le ha dicho que el pelo pegado a la cabeza le adelgaza mucho la cara.

—Oye, chavalote —dice Felix—, dentro de un minuto voy a salir al jardín y ¿sabes lo que voy a hacer? —Hace una pausa para ver si el niño responde. Como no lo hace, Felix insiste—: ¡Voy a encender una hoguera! Seguro que te apetece venir a ayudarme, ¿a que sí? ¡Una gran hoguera! ¿Eh?

Esta mañana, Margot no ha hablado directamente con Felix. No le ha perdonado que anoche pusiera a dormir a Theo en el cuarto de los niños. El cuarto de los niños que había sido el suyo y que había decorado hacía dos años con un friso de caballos de balancín y cajas de sorpresas y una colcha a juego en amarillo claro.

—Bueno, y ¿dónde querías que lo pusiera? —le había dicho Felix, cuando ella protestó.

—¡Yo qué sé! —exclamó ella—. ¡En la habitación de invitados!

—¿En la habitación de invitados?

Se quedó mirándola como si no la reconociera. Estaba arrinconado contra la pared del rellano, todavía con la gabardina y los guantes de conducir puestos, pálido, con la cabeza en sombra bajo una luz tenue. A ella algo le decía que tenía que abreviar la discusión; tenía que llevar a Felix abajo, al salón, prepararle un whisky, cogerle el abrigo, pero no podía. Había acostado al niño allí, bajo su colcha amarilla.

—Es mi habitación de los niños —intentó explicarle, pero le salió un gimoteo, y vio que Felix echaba chispas por los ojos.

Felix se había separado de la pared y se había acercado mucho a ella. Por un momento creyó que iba a pegarle.

—Ese niño —empezó a decirle en un tono bajo y temible— acaba de quedarse sin madre. ¿Lo entiendes? Ha visto a su madre ahogada, y a ti solo se te ocurre pensar en ti misma. Me... —vaciló, buscaba las palabras, como le había visto hacer a veces en televisión cuando afrontaba algo conmovedor, una inundación, por ejemplo, una hambruna de grandes proporciones, el derrumbamiento de un gran monumento—... me das asco.

Entonces giró sobre sus talones y bajó las escaleras. Y ella sabía que tenía que dejarlo, sabía que no tenía que decir nada más, pero no podía contenerse, y le gritó a voces:

—Estás disgustado porque era ella, ¿verdad? No puedes soportar que haya muerto. La quieres. La quieres y a mí... a mí me desprecias. Crees que no lo sé, pero sí: ¡lo sé!

Al final de las escaleras, él se volvió y la miró. De pronto, a la luz que llegaba de la lámpara del recibidor, vio que Felix había llorado.

—Tienes razón —le dijo en voz baja—. Se mire como se mire.

Y se fue al estudio y cerró la puerta.

En la cocina, Felix se levanta y va al fregadero. Bebe un vaso de agua, lo deja a un lado, vuelve junto a su hijo. Le pasa la mano por la cabeza.

—¿Vamos allá, chavalote?

El niño no se mueve. Margot no está segura de que sepa siquiera que Felix está ahí. Oye suspirar a su madre, que está a su lado.

—¿Nos ponemos con la hoguera? —insiste Felix—. ¿Qué me dices? Theo no dice nada. Claramente, Felix no sabe qué hacer.

Margot carraspea.

—¿Por qué no va papá y empieza... —dice, dirigiéndose al niño con esa voz aguda y quebradiza con la que ha estado hablando toda esa larga mañana—... y cuando te apetezca vas con él? ¿Qué te parece, eh?

El niño parpadea una vez y Margot y Felix se inclinan hacia él, dispuestos a recoger cualquier sonido que esté dispuesto a mandarles. Pero no dice nada.

—Bueno —dice Felix, en el mismo tono animado que Margot: parece contagioso—, voy a empezar, sí, y tú me miras por la ventana, ¿eh?

Sale al jardín, se pone las botas en la puerta trasera y después se aleja por el sendero. Gloria murmura que necesita acostarse un poco y se va a sus habitaciones.

Y Margot se queda a solas con el niño. El pelo brillante al sol. Los hombritos debajo de la camisa, que, según ve en ese momento, tiene un remiendo en el cuello. Se fija en el gesto de la mandíbula: igual que la de su madre, y la forma de la nariz también, y los dientes de arriba ligeramente prominentes. Margot aparta la vista. Cruza las piernas, se quita una pelusilla del jersey, se ahueca el pelo otra vez. Cuando vuelve a mirarlo, ve que el niño la mira a ella directamente con unos ojos oscuros y sinceros tan inquietantes, tan desconcertantes, que casi se sobresalta.

—¡Ah! —Se ríe un poco y se levanta de la silla. Tiene que alejarse de esa mirada, tan parecida a la de su maldita madre. Para ocultarse, coge el plato de salchichas—. Vamos a quitar esto de aquí, ¿te parece?

Se lo lleva y se afana en tirar los restos a la basura y en dejar el plato en el fregadero para que la asistenta lo friegue después. Entonces se le ocurre una cosa.

Se acerca a la mesa y se agacha un poco.

—Theodore —dice, y procura tragarse, suprimir, lo que ahora sabe: que su segundo nombre es Innes... ¿cómo pudo atreverse? «Maldita sea esa mujer del demonio», piensa, y se avergüenza—, ¿te apetece un helado? ¿Eh? Tenemos helado de vainilla o...

—No soy Theodore —dice él con bastante claridad, y la voz sorprende a Margot. Es más ronca de lo que pensaba, más grave. Pronuncia «f» en lugar de «th»: Feodore.

—¿Ah, no?

—No. —Mueve la cabeza de un lado a otro.

—Entonces, ¿quién eres?

—Soy unas tijeras muy afiladas.

Margot parpadea. Piensa en lo que acaba de decir el niño. Lo considera seriamente, pero no es capaz de encontrar una respuesta conveniente. ¿Unas tijeras, ha dicho?

—Bueno —se le ocurre al final—, lo que hay que oír. —Chasca la lengua—. A ver, ¿qué me dices del helado?

—No me gusta el helado.

—¿No te gusta el helado? ¡Claro que te gusta! ¡A todos los niños les gusta el helado!

—A mí no.

—Seguro que sí.

—No, la verdad.

Margot se yergue. Esto no se le da bien. No sabe mucho de niños. Junta las manos por encima del delantal. No va a llorar, no, no va a llorar. Pero no puede evitar el recuerdo de ese abominable tobogán ardiente, ahí abajo, en ese sitio que no es bonito de nombrar, esa rojez de piedra preciosa, y cuánto hay siempre, cuánto, una cantidad increíble, más de la que jamás se habría imaginado que podía contener su cuerpo.

Se acerca a la ventana y mira hacia el fondo del jardín, donde Felix está amontonando hojas en una hoguera enfurruñada que no acaba de prender. «Tienes razón —ha dicho—. Se mire como se mire. Tienes razón.» Las lágrimas le queman las mejillas. Le caen por el cuello y desaparecen en el escote del jersey.

Ve pasar algo por el aire, cerca de donde está, algo que se arrastra, algo amarillo dorado, y se sobresalta. Es el niño. Es increíble, pero se le había olvidado el niño. Se ha acercado a la ventana, se ha puesto a su lado. Margot se pasa las manos rápidamente por la cara y le sonríe. Pero él está mirando el jardín.

—Mira —lo intenta de nuevo—, ahí está papá. Ya ha encendido la hoguera, ¿verdad? Tal como dijo. —Oye el vacío de sus palabras. Esto nunca se le dará bien. A lo mejor por eso le pasa siempre, una y otra vez. No tiene esa cosa. No tiene esa cosa para tener hijos: el don, la aptitud, comoquiera que se llame. Parece una actriz que finge ser madre.

—¿Ese es mi papá? —pregunta el niño.

—Sí, bonito, claro que sí —le dice Margot con una risa como una perla brillante, y se seca otra lágrima y se ahueca el lado derecho del pelo.

El niño frunce el ceño. Levanta la mano y la pone en el cristal.

—¿Este es...? —empieza, pero no termina.

Margot espera.

—¿Este es mi jardín? —pregunta, y se vuelve hacia ella, le toca la mano y ella casi se queda sin respiración.

—Sí, Theodore, es tu jardín. Puedes jugar ahí siempre que quieras y...

—No soy Theodore. —Y repite «Feodore».

—Ya —dice Margot. Se agacha, apoyándose en la puerta, para ponerse al nivel del niño—. Es bastante largo, ¿verdad? Yo conocía a uno que se llamaba Theodore, pero todo el mundo le llamaba «Ted».

—Ted —repite el niño, sin dejar de mirar al jardín—. ¿Dónde está el columpio?

—¿Quieres un columpio? Podemos ponerte un columpio.

—El de color naranja.

—Claro. Uno de color naranja. Lo que quieras.

Y después, sin mirarla, dice:

—¿Eres mi madre?

La palabra le causa un efecto extraordinario. Como si la atravesara de arriba abajo, como una moneda en una máquina tragaperras. Es como si soltara los hilos de algo que se le había anudado en lo más hondo de su ser hace ya mucho tiempo. Mira al niño que está a su lado, después mira por encima del hombro. Se endereza, se humedece los labios, que de pronto están secos. No hay nadie más en la habitación. En un jarrón, unos capullos de rosa tienen la boca cerrada. El reloj de la repisa de la chimenea cuenta el tiempo con su tictac, indiferente a todo, rodeado de querubines de madera de brazos y piernas lacados. Las pastoras de porcelana de la hornacina se inclinan solícitamente la una ante la otra, los diminutos oídos taponados con esmalte. Se oye un ruido en la cocina, que podría ser de algo que se haya caído de una estantería, o de los platos, que hayan resbalado un poco en el fregadero. Margot mira al niño. El niño tiene la cara alzada hacia ella con incertidumbre, con preocupación, un poco ladeada, como si se esforzara por oír algo. La cortina que está a su lado tiembla al paso de una corriente cortante que entra del jardín.

Margot traga saliva. Se humedece los labios otra vez. Le coge la mano al niño.

—Sí —dice rápidamente—, soy tu madre.

Elina baja las escaleras a toda prisa y abre la puerta de la calle. Simmy está en el umbral con un enorme paraguas rojo.

—Hola —dice—, ¿qué tal estás?

—Encantadísima de verte —consigue decir—, así es como estoy.

Simmy entra en el vestíbulo y sacude el paraguas. Él mismo desprende gotas, y a Elina le recuerda a un perro saliendo de un lago.

—¡Qué tiempo tan malo hace! —dice, y después la abraza.

—Muchísimas gracias por venir —murmura, agarrándolo del codo—. No sé... No sabía qué otra... Es decir, no quiero dejarlo... ya sabes... solo... No podía irme sin más y...

Simmy asiente y le da palmaditas tranquilizadoras en la espalda.

—Claro, claro. Vengo encantado, más que encantado. Siempre que lo necesites. Lo digo en serio.

Se oye un grito agudo en la sala de estar. Elina se limpia una lágrima de la mejilla con un gesto brusco.

—Tengo que irme...

—Adelante —dice Simmy.

Jonah está en el suelo de la sala, en la alfombra de juegos. Se pone boca abajo y después boca arriba. Levanta las piernas en el aire y las deja caer a los lados; a continuación, se gira hasta ponerse mirando al suelo, y luego boca arriba otra vez. El proceso se repite. Está concentrado, suelta gruñiditos y jadeos.

—Fascinante —murmura Simmy, mirándolo—. ¡Cuánto esfuerzo!

—Sí —dice Elina—. Ayer se pasó el día haciéndolo, y hoy también. Le falta esto —levanta el índice y el pulgar— para empezar a gatear. Pero todavía no.

—Da un poco de pena verlo —dice Simmy—. Dan ganas de ayudarlo. —Ladea la cabeza—. Se mueve un poco como el caballo del ajedrez, ¿verdad? De lado, y después arriba. De lado, y después arriba. —Da una palmada y mira a Elina—. Bueno, cuéntame, ¿qué ha pasado?

Elina suspira otra vez. Se sienta. Baja al suelo y se arrodilla al lado de Jonah.

—No quiere levantarse de la cama —dice en voz baja—. No quiere hablar, no dice nada de nada. No come. Lo único que consigo es que beba, y con mucho esfuerzo. No está dormido todo el tiempo, pero duerme mucho, de día y de noche. No sé qué hacer, Sim. —No puede mirarlo, así que coge un juguete de Jonah, un sonajero con un cascabel, y lo agita—. No sé si llamar a un médico o... o... Pero no sé qué le diría.

—Hum. Y ¿Felix y...? ¿Felix ha llamado o algo?

—Ha venido a casa. Y llama todos los días. Incluso dos veces el mismo día.

—Y ¿Ted no habla con él?

Elina hace un movimiento negativo con la cabeza.

—Ella también ha venido —dice en voz baja—. Fue cuando Ted...

—¿Rompió la ventana?

Elina asiente y traga saliva con esfuerzo.

—Fue horrible, Sim. Creía que iba a... que la...

—Pobre Pequeña My —murmura Sim.

—No, no —replica—: Pobre Ted.

—Bueno, pobres los tres, supongo.

Elina se pone a Jonah en la cadera.

—Sería mejor que subiéramos —dice.

Mientras suben las escaleras, se vuelve hacia Simmy.

—No tardaré mucho —dice en voz baja—. Una hora a lo sumo, calculo. Ni siquiera sé si lo que voy a hacer está bien, pero, si sirve de algo... bueno, eso...

—Claro —dice Jimmy—, hasta la más remota posibilidad vale la pena. —Saca algo del bolsillo y se lo da a Elina—. Oye, coge esto. Llévate mi coche.

Elina ve las llaves del coche de Simmy en su mano.

—No hace falta, Sim, puedo... coger un taxi.

—No. Está aparcado fuera. —Le dobla los dedos alrededor de las llaves—. Llévatelo.

Ella asiente y las guarda en el bolsillo.

—Gracias —dice.

—No hay de qué.

Llegan al rellano.

—¡Ted! —dice Elina. Duda ante la puerta abierta de su dormitorio. Un trapezoide de luz cae en la moqueta, hay un calcetín azul en el centro, como un actor bajo un foco—. Ted —insiste.

Está tumbado en la cama, envuelto en el edredón, encogido, mirando a la pared.

—Ted, ha venido Simmy.

El bulto encogido de la cama no se mueve.

—¿Me has oído? —dice Elina—. Ha venido Simmy a verte. ¿Ted? ¿Cómo te encuentras?

Elina mira a Simmy y este avanza un paso.

—Ted —dice—, soy yo. Oye, Elina tiene que salir un momento, así que he venido a hacerte compañía. Traigo en la manga revistas, periódicos, algo para picar y hasta una novela de seiscientas páginas sobre convictos, así que no vamos a aburrirnos. —Se sienta en una silla—. ¿Empezamos por los convictos? ¿O prefieres una lectura ligera sobre el estado de la economía?

Sin esperar respuesta, abre la novela y empieza a leer en voz alta, con una falso y sonoro acento australiano.

Elina espera un poco más, después se acerca a Ted y le da un beso. Tiene los ojos cerrados y la barba de la cara le rasca los labios.

—Adiós —murmura Elina—. Enseguida vuelvo.

El suelo del vestíbulo de la casa de Middleton Square es de baldosas octogonales azules y blancas. Van desde la puerta, desde el felpudo, hasta más allá de las escaleras: una extensión geométrica, una impresión cubista de agua y luz.

Al pie de la escalera hay varias baldosas agrietadas. Este detalle disgusta a Margot. Ha dicho en varias ocasiones que las cambiaría, pero no ha encontrado el momento. Las repararon bajo los auspicios de Gloria a finales de los sesenta, con cola y abrillantador. Pero estos arreglos se han soltado desde entonces y las baldosas se mueven al pisarlas.

En una de ellas, o al menos muy cerca, se paró Innes cuando volvió del internamiento en Alemania y, al mirar hacia arriba, vio a un hombre con el batín de su padre. El hombre le preguntó «¿Quién diablos eres tú?» y, ahí, encima de las baldosas rotas y sueltas, comprendió que su matrimonio había terminado y que su vida iba a dar un giro inesperado.

Fue Innes el que rompió las baldosas, aunque eso no lo sabe nadie de los que ahora viven en la casa. Un día húmedo de finales de la década de 1920, Innes, de siete años, birló de la cocina una bandeja metálica, se la llevó arriba del todo y empezó a bajar resbalando como si fuera un tobogán, deslizándose por la moqueta de piso en piso, cabalgando sobre los altibajos de los peldaños, hasta que aterrizó en el vestíbulo estrepitosamente. El impacto del borde de la bandeja en las baldosas victorianas fue lo que causó las grietas; Innes salió disparado y chocó con la afilada esquina del perchero. A sus gritos acudió Consuela, corriendo desde la cocina, y su madre, que bajó del salón de arriba. Había mucha sangre en las baldosas aquel día, rojo entre el azul y el blanco. Le tuvieron que poner dos puntos en la frente y ahí le quedaría una cicatriz vertical para el resto de su vida.

Las baldosas octogonales pasan por la puerta del guardarropa en el que Elina tuvo problemas con Jonah hace poco y terminan en la puerta del piso bajo. Aquí los escalones se retuercen y son estrechos, oscuros; una de las bombillas se fundió la semana pasada y Felix, a su más puro estilo, no ha encontrado el momento de cambiarla; ni siquiera, por cierto, de darse cuenta.

Abajo, en la cocina, un grifo gotea; cuentas de agua que caen en el fregadero de porcelana con un «plin» suave. «Plin», dice el grifo con insistencia y regularidad: «plin». El ruido que hace es suficiente para distraer a quien esté ahí.

Han aparcado a Gloria en la silla de ruedas a las puertas del patio. Una cuidadora del ayuntamiento viene todas las mañanas a levantarla de la cama y a darle el desayuno; después la trae aquí en la silla para que «tome un poco el sol». A Gloria se le cae la cabeza hacia delante, con los ojos en dirección a los brazos metálicos y brillantes de la silla. Ocupa el lugar en el que, hace mucho tiempo, su hija se detuvo una mañana con Theo a mirar a Felix, que encendía una hoguera en el fondo del jardín. La cuidadora le ha cepillado el pelo esta mañana y Gloria todavía nota en el cuero cabelludo la sensación de las cerdas; el ruido del grifo la confunde, pierde el hilo de sus pensamientos: piensa en que llega un telegrama, el chico se acerca a la puerta y dice: un telegrama para usted, señora (PLIN), piensa en una tetera que le regaló su madre, era preciosa, con el borde dorado; el dorado desapareció, claro, porque la chica tenía la manía de fregarla con estropajo (PLIN), piensa en una excursión que hicieron a Clacton un día, antes de que él fuera a la guerra, el cielo amenazaba lluvia y él dijo, cogiéndole la mano, que era «un cielo claroscuro», y después tuvo que mirarlo en el diccionario...

Gloria lleva un rato muy largo aquí sola. No es que tenga mucha conciencia del paso del tiempo últimamente, pero ¿dónde están hoy los demás habitantes de la casa? No hay nadie en el jardín. El columpio se mueve, vacío. En la superficie del estanque se refleja un trozo de cielo. Los árboles extienden las ramas rígidamente y las hojas de las puntas están crujientes y se arrugan.

Arriba, un reloj da las doce; unos segundos después, le contesta otro en un tono más agudo.

En el salón, Margot está sentada cerca de la ventana. Ella no lo sabe, pero ocupa la silla que más le gustaba a Ferdinanda para sentarse a bordar; es un balancín georgiano sin brazos, con el asiento bajo y unas delicadas patas acanaladas. Gloria le puso tapicería nueva, un terciopelo de color tomate que no le sienta muy bien. Por casualidad, se encuentra muy cerca del sitio en el que la ponía Ferdinanda: en perpendicular con la ventana, con la luz. Margot lleva toda la mañana llorando a ratos, cada vez en un sitio diferente de la casa. Ahora está rodeada de pañuelos de papel usados, con la cabeza apoyada en el brazo. Sigue llorando y la cara se le ha hinchado como si estuviera deshecha de sufrimiento.

Dos pisos más arriba, más allá de los dormitorios, en el desván, alguien mueve cajas pesadas y arrastra muebles de un lado a otro haciendo ruido. Alguien está buscando algo. Un estrépito, un golpe seco, alguien que maldice, una pausa, otro golpe seco.

Margot gime, saca otro pañuelo de la caja, se suena la nariz, gime de nuevo y se detiene para tomar aire. Felix está en el umbral de la puerta. Lleva en las manos una máquina de escribir vieja y polvorienta.

—Felix —le dice trémulamente—, eso es mío.

—No, no es tuyo.

—Era de mi padre. Me lo ha dicho mi madre y...

—Era de Lexie, lo sé.

—Sí, pero, claro...

—Y ¿todo lo demás? —dice Felix, en voz tan baja que Margot tiene que aguzar el oído; conoce ese tono.

Es el que ponía cuando entrevistaba a políticos particularmente resbaladizos: helada, tranquila, insidiosa y educada. Es la voz que les decía a ellos y a la nación: «Te he pillado y no voy a dejarte escapar». Es la voz que le dio fama, hace muchos años.

Y ahora la usa contra ella. Margot traga saliva y los ojos se le llenan de lágrimas otra vez.

—¿A qué te refieres? —dice, intentando sobreponerse.

—Lo sabes de sobra —dice él, en el mismo tono de cortesía ártica—. Las cosas de Lexie. ¿Dónde están?

—¿Qué cosas? —dice, a la defensiva, aunque sabe que puede con ella y también sabe que él lo sabe.

—Su ropa, sus libros, las cosas que tenía en el piso. Las cartas de Laurence a Ted, antes de que muriera. —Nombra todas estas cosas con paciencia infinita—. Todo lo que saqué del piso y guardé en el desván.

Margot se encoge de hombros y mueve negativamente la cabeza al mismo tiempo. Saca otro pañuelo de la caja.

Felix deja la máquina de escribir y se acerca a Margot.

—¿Estás diciéndome —murmura— que han desaparecido?

Margot se tapa la cara con el pañuelo.

—No... no sé.

—¡Es increíble! —dice, subiendo la voz un par de puntos. Margot no se acordaba de que ese era el siguiente paso: la voz estridente, dominante, lista para matar—. Increíble. Han desaparecido, ¿verdad? Entre la bruja de tu madre y tú os habéis deshecho de todo. A mis espaldas.

—No grites —gime ella, aunque sabe que no está gritando, que Felix nunca grita, nunca necesita gritar.

—Dime —insiste él, imponiéndose a ella—. ¿Lo habéis tirado todo?

—Felix, de verdad, yo...

—Dime solamente sí o no. ¿Lo habéis tirado?

—No estoy dispuesta a que me acoses de esta forma...

—¿Sí o no, Margot?

—Basta, por favor.

—A ver. Si eres tan valiente como para hacer una cosa así, también lo eres para decirlo. Di: «Sí, lo he tirado. Lo tiré todo».

Silencio en la sala. Margot se hurga las cutículas, tira un pañuelo al suelo.

Felix le da la espalda y se acerca a la ventana.

—¿Te das cuenta —le dice al cristal— de que Elina va a venir? ¿De que yo le pedí que viniera? ¿De que le dije que teníamos todas las cosas de Lexie en el desván? ¿Que se las daríamos a Ted para que pudiera verlas a su gusto? Es lo menos que podemos hacer, eso le dije. ¿Te das cuenta de que va a venir a recogerlo todo, pero tú —se vuelve hacia ella— lo has tirado?

Margot rompe a llorar otra vez.

—Lo siento —gime—, no quería... Yo...

—Lo sientes. No querías —repite Felix—. Se lo diré a Ted, ¿te parece? Le diré que Margot no quería tirar todas las cosas de su difunta madre, pero que las tiró de todos modos. ¡Dios bendito! Elina llegará de un momento a otro. Vas a tener que decirle que lo único que conservamos es una máquina de escribir vieja y unos cuadros llenos de polvo, y de paso le cuentas por qué lo has tirado todo...

—Esos cuadros —replica ella, casi levantándose de la silla— son míos, Felix. Nunca han sido de Lexie. Han sido míos desde el principio. Cogí lo que me pertenecía y...

—No me cuentes tus mezquinos y avariciosos... —Felix no termina la frase: abajo ha sonado el timbre.

Felix abre la puerta de la calle. Es Elina. Como de costumbre, viene vestida con una extraordinaria combinación de prendas: una cosa de tela larga, suelta, con flecos y descosidos en el bajo. Medias moradas, playeras con manchones de pintura y Jonah colgado al pecho con una tela, como una cría de marsupial. El niño está despierto, con los ojos abiertos de asombro y, al ver a Felix, sonríe jubilosamente. Que es más de lo que se podría decir de la madre.

—Elina —dice Felix, retirándose para franquearle el paso—, ¿qué tal estás, cielo?

—Pues... —Se encoge de hombros y no lo mira a la cara—. Ya sabe.

—Muchísimas gracias por venir.

Ella se encoge de hombros otra vez.

—Es solo un momento. Tengo que volver.

En este instante, Felix cae en la cuenta de que generalmente recibe a la novia de Ted y madre de su nieto con un beso en cada mejilla. Pero parece que ya ha pasado el momento de dárselos.

—Sí, claro. —Felix abre y cierra los puños. Parece que a menudo este gesto le ayuda a pensar—. Bueno, ¿qué tal está Ted?

—Mal.

—Sigue en cama, ¿verdad?

—Sí.

Felix maldice en voz baja y añade:

—Perdona.

—No pasa nada.

—¿Le... le darías un recado de mi parte?

—Claro.

—Dile... —Vacila. Es muy consciente de la presencia de Margot en el piso de arriba, y de la de Gloria en el de abajo—. Dile que lo siento. Lo siento de corazón. Por todo. Dile... dile que no fue idea mía y que nunca me pareció bien. —Suspira—. Lo urdieron todo entre ellas y... Sé que suena de pena. Tenía que haberme puesto firme en su día, pero no lo hice y debo asumir las consecuencias. Fue un error tremendo. Y... y dile que me gustaría verlo. Cuando él esté en condiciones. Dile que me llame, por favor.

—Se lo diré —dice Elina, asintiendo al mismo tiempo con un movimiento de cabeza.

Felix continúa. Ahora que ha empezado, no puede dejar de hablar. Le cuenta cosas de Lexie, de sus encuentros, de la noche en que fue a buscar a Theo a Lyme Regis, de la discusión que tuvo con Robert Lowe en la comisaría, hasta que intervino un policía y les pidió que bajaran la voz, que por favor pensaran en el niño, caballeros. Incluso, en cierto momento, agarra a Elina por el brazo y le dice que él quería a Lexie como a nadie en el mundo, que cometió errores, sí, pero que ella era el amor de su vida, ¿lo oye? ¿Lo entiende? Elina lo escucha con toda atención, pero como si dudara. Mira las baldosas del suelo del vestíbulo. Pasa la punta de la playera, manchada de pintura roja, por las grietas. Y por fin Felix le cuenta que ya no tiene las cosas, que las han tirado. No queda nada. No hay nada para Ted.

Elina lo mira directamente y se sacude el flequillo de los ojos. Después dice:

—¿Nada?

Jonah elige este momento para empezar a berrear. Forcejea y grita en el pañuelo portabebés, arquea la espalda, se pone colorado. Elina da botecitos y chasquea la lengua para calmarlo. Lo desata del pañuelo y se lo pone contra el hombro.

—Queda una máquina de escribir. Y unos cuadros.

Elina frota la espalda a Jonah de arriba abajo, como suelen hacer las mujeres a los niños de pecho. Jonah empieza a calmarse. Mira a Felix por encima del hombro de su madre con una expresión indignada y dolida. A Felix le gustaría decir «lo siento». Tiene una necesidad imperiosa de disculparse con todos ellos, con cada uno.

—Te lo enseño todo —dice, sin embargo—. Vamos arriba.

Elina, Felix y Jonah suben el primer tramo de las escaleras. En el rellano está la máquina de escribir, llena de polvo, con la cinta seca y gastada. A Felix le da una sensación casi de vértigo cada vez que la mira. Se da cuenta de que puede reproducir mentalmente, con exactitud, los ruidos que hacía. El «tac, tac, taca, tac» metálico de las letras al golpear el papel, la cinta que se levantaba sola cada una de las veces para que la letra se imprimiera. El ritmo de metralleta cuando el trabajo iba saliendo bien. Las paradas, las pausas, cuando no iba bien y ella se detenía para exhalar un suspiro o encender un cigarrillo. El «clin» cada vez que el carro llegaba al final. El tirón al sacar la página escrita, el gesto de enrollar cuando se metía una en blanco.

Deja de mirarla. Carraspea.

—Y estos son los cuadros. Creo que los he encontrado todos. A lo mejor hay un par más por ahí, pero siempre puedo...

Elina lo asombra al pasarle al niño.

—¡Ah! —dice Felix.

Jonah se queda como colgado; Felix lo sujeta por las axilas. Mueve los pies como si pedaleara en una bicicleta imaginaria. Mira un punto situado por encima del pelo de Felix; le mira la oreja, mira el suelo; echa la cabeza hacia atrás para mirar el techo.

—Yaba, yaba, ui —dice Jonah.

—De acuerdo, chavalote —dice Felix.

Elina se limpia las manos en el vestido. Está agachada junto a los cuadros, que a su vez están apoyados en la pared. Mira el primero: un enredo de triángulos en colores turbios; a Felix nunca le ha gustado mucho. Lo aparta un poco y mira el siguiente, y el otro y el otro. Frunce el ceño todo el tiempo, como si no le gustaran. Felix piensa que a lo mejor no le apetece mucho llevarse a casa esos trastos polvorientos y viejos, pero en tal caso, se dice, podía mostrar al menos un poco de interés, ya que, al fin y al cabo, lo suyo es la pintura y...

Elina vuelve a asombrarlo.

—No puedo llevármelos —dice.

—Pero, cielo, tienes que llevártelos —replica él con firmeza—. Son de Ted, él tiene todo el derecho. Eran de Lexie. Estaban colgados en el piso en el que... bueno, en el que vivían cuando...

—No —lo interrumpe Elina—. Quiero decir que no puedo quedármelos.

Felix la mira, desconcertado. Siempre le ha parecido que Elina tiene unos ojos grandes en medio de su cara de Pierrot. Ahora, a la luz tenue del rellano, le parecen aún más grandes.

—Cariño, me temo que no te entiendo. Estos cuadros eran de Lexie. Ahora son de Ted. A lo mejor los quiere.

—¿Tiene la menor idea...? —Elina se detiene. Se lleva una mano a la frente—. Felix, estos cuadros tienen muchísimo valor.

—¿Ah, sí?

—Un valor incalculable. No sé cuánto valdrán ahora, pero tendrían que estar... no sé... en alguna parte. En la Tate. En una galería.

—No —dice Felix—. Quiero que los tenga Ted. Son suyos.

Elina se pasa la mano por la cara, parece que está pensando.

—Lo entiendo —dice—. Entiendo por qué quiere que los tenga él. Pero... la cuestión es que... en realidad, no podemos... —Empieza a hablar en una lengua extranjera, en finlandés, supone Felix, murmura muy bajo, mira los cuadros, después mira a otra parte—. De todos modos, no puedo llevármelos —insiste.

—Pero...

—Felix, no puedo meterlos en el maletero del coche de Simmy así sin más. Por favor, entiéndelo. Son... Hay que transportarlos en cajas adecuadas, convenientemente embalados, hacerles un seguro. Tiene que hacerlo un transportista cualificado.

—¿Ah, sí?

—Sí. Puedo darle el teléfono de uno, si quiere. Es que no sé... —Se acerca y le coge al niño—... No sé qué pensará Ted de esto. —Mira a su hijo. Le coloca bien el gorro—. Tengo que irme —murmura.

Felix la acompaña abajo, hasta la puerta de casa, y salen al intenso sol que inunda la calle. Mientras ella coloca al niño en la silla de coche, Felix deja la máquina de escribir en el asiento del copiloto.

Se miran en la acera.

—Dile —comienza Felix—, dile...

—Sí —dice ella.

—Y ¿me das el número del transportista?

Elina asiente de nuevo.

Felix se acerca y la besa en ambas mejillas.

—Gracias —musita.

Ella responde echándole las manos alrededor del cuello y le da un abrazo sorprendentemente intenso. Felix se queda tan anonadado que de pronto se le pone un nudo en la garganta y tiene que apoyarse en el cuerpo menudo de la novia de su hijo, y se quedan así, bajo el sol de principios de otoño; el resplandor le hace cerrar los ojos.

La impresión del contacto de Elina en la parte posterior del cuello y en los hombros le dura hasta mucho después de que ella monte en el coche y dé la vuelta a la esquina. Se queda en la acera mirando el punto por el que han desaparecido las luces de posición, como si esperara que volviera, como si no quisiera estropear el momento.

Hay atasco en Pentonville Road. Delante de Elina, la fila de coches parece un glaciar de cromo y cristal. En los cruces con las calles adyacentes esperan más vehículos para incorporarse a la fila. Mira a Jonah, que se ha dormido con el pulgar en la boca, flojo. Enciende la radio, pero el único sonido que llega es el zumbido solitario de la electricidad estática. Busca emisoras un rato y de vez en cuando encuentra el pitido y el silbido de una voz que intenta hacerse oír en medio de la tormenta. Y nada más. La apaga. Mira la máquina de escribir. Quita la mano del volante y toca el exterior metálico. Pasa los dedos por las teclas, por el rodillo, por el foso en el que las varillas de las letras esperan instrucciones. Vuelve a mirar la calle, al semáforo, que pasa inútilmente del rojo al ámbar y al verde y vuelta a empezar. Mira de nuevo la máquina de escribir y después a Jonah; ve las ramas de un plátano que sacude el viento, las hojas que caen como gotas de lluvia encima de los coches. Una hoja se posa en el parabrisas, justo enfrente de su cara, y se queda mirándola: la red de venas, el verde ceroso, el tallo tieso, y se le ocurre una idea.

Mira la hora. Revuelve en el bolso y saca el teléfono móvil. Llama a Simmy.

—¿Qué tal está? —pregunta—. ¿Puedes quedarte un poco más?

Después pone el intermitente, gira y se va por una calle sin tráfico.

Tarda unas horas en volver. Ha estado tan concentrada en lo que hacía que le han puesto una multa de aparcamiento, multa que mete en el bolso sin ningún cuidado. Cuando llega a casa, la encuentra en silencio. Tiene la sensación de que hace días, semanas, que se fue, en vez de horas. Con el bolso colgado todavía en bandolera y Jonah en la cadera, sube las escaleras.

—¡Hola! —dice—. Ya estoy aquí.

Simmy la espera arriba.

—¿Cómo ha ido todo? —le pregunta en voz baja.

—Bien. Ha dormido un rato, pero creo que ahora está despierto. En este momento iba abajo a hacer té. Entra, anda.

Elina entra en el dormitorio. Ted está en la cama, prácticamente en la misma postura que cuando se fue, envuelto en el edredón, encogido, de cara a la pared.

—Ted —le dice—. Lo siento... he tardado más de lo que pensaba. ¿Qué tal te encuentras? Hoy hace un día precioso.

Se sienta en la cama y deja a Jonah en el suelo con su sonajero favorito.

—Ted —le dice. Sabe que no está dormido. Lo sabe por la respiración, tan superficial. Pero Ted no se mueve.

Se sienta más hacia el centro de la cama, arrastrando el bolso consigo.

—¿Sabes una cosa? —dice, poniéndole una mano en el costado—. He descubierto que en realidad no te llamas así. Ella te llamaba de otra manera.

Espera. Él no responde, pero ella sabe que está escuchando. Rebusca en el bolso y saca un fajo de papeles.

—He ido a los archivos del periódico. Es increíble... ¡qué útiles son! He encontrado muchísimas cosas. —Extiende los papeles por la cama y rebusca entre ellos—. Lexie era crítica de arte. Escribió artículos sobre Picasso, Hopper, Jasper Johns, Giacometti... Conocía a Francis Bacon y a Lucian Freud. Y a John Deakin, todo el grupo aquel. Entrevistó a Yves Klein y a Eugene Fitzgerald y a Salvador Dalí. Cenó con Andy Warhol en Nueva York. ¿Me has oído? ¡Andy Warhol! Y... —busca un artículo concreto— fue a Vietnam en algún momento. ¿Puedes creértelo? He encontrado un artículo sobre la vida en Saigón durante la guerra. Está en alguna parte. Ahora no sé dónde lo he puesto. A lo mejor fue entonces cuando conoció a tu padre. Supongo que podrías preguntárselo. El caso es que escribió cientos y cientos de artículos. Y he traído algunos, son para ti, Ted. ¿Quieres verlos? Mira.

Coge unos cuantos e, inclinándose sobre él, se los pone al lado de la cara. Ve que Ted tiene los ojos cerrados, los labios secos y agrietados, como si hiciera mucho tiempo que no bebe nada. Oye a Simmy abajo, en la cocina, llenando el hervidor, y el ruido de las cañerías.

—Ted —dice otra vez, y nota en su propia voz que a lo mejor se pone a llorar, así que tiene que coger una gran bocanada de aire—. Aquí hay una foto de ella, en un balcón. ¿Ves? En Florencia, dice aquí. Mira. Aquí es mayor que en la otra foto. Ted, por favor, mírala. —Elina apoya la cara en el brazo de Ted—. Por favor.

Se incorpora de nuevo y rebusca otra vez entre los papeles.

—Y ¿sabes otra cosa? —Se le caen las lágrimas, que dejan círculos transparentes y oscuros en las fotocopias. Se las quita de la cara, se las seca con la manga—. Escribió sobre ti.

Encuentra la página que buscaba, ahora se acuerda de que las grapó juntas intencionadamente en el archivo.

—Escribía una columna que se titulaba «Desde el frente de la maternidad». —Respira hondo—. Es sobre ti. ¿Quieres que te la lea?

Ve que a Ted le tiembla el brazo y lo mira conteniendo la respiración. ¿Va a moverse? ¿Va a hablar? La mano sube y se rasca el cogote. Pero no dice nada.

—Esta es la primera —dice Elina—. Las he puesto en orden. Leo: «Mientras escribo, mi hijo duerme en el otro lado del cuarto. Tiene doscientos quince días de vida. Vivimos juntos en esta habitación. Tiene tres dientes y dos nombres: Theodore, que es como lo llaman en el centro de salud, y Theo, que es como lo llamo yo».

—¿Lo has oído? —Elina baja los papeles. Le coge la mano—. Te llamaba Theo.

El cuerpo hace un leve movimiento bajo las sábanas. La cabeza se vuelve del otro lado a este. Elina ve que ahora ha abierto los ojos; enseguida nota una presión en la mano y por fin Ted dice las primeras palabras en una semana.

—Sigue, El —le dice—, sigue.

Y El sigue.

«La maternidad, tal como se entiende, es una especie de jungla a través de la cual se abre camino cada mujer, en parte mártir, en parte pionera; una peripecia de la que algunas mujeres sacan sentimientos de heroísmo, mientras que otras lo viven como un exilio del mundo que conocían.»
RACHEL CUSK

Desde LIBROS DEL ASTEROIDE queremos agradecerle el tiempo que ha dedicado a la lectura de *La primera mano que sostuvo la mía*. Esperamos que el libro le haya gustado y le animamos a que, si así ha sido, lo recomiende a otro lector.

Al final de este volumen nos permitimos proponerle otros títulos de nuestra colección.

Queremos animarle también a que nos visite en www.librosdelasteroide.com y en www.facebook.com/librosdelasteroide, donde encontrará información completa y detallada sobre todas nuestras publicaciones y podrá ponerse en contacto con nosotros para hacernos llegar sus opiniones y sugerencias.
Le esperamos.

«El texto es hermoso y rezuma coherencia, empapado con los colores, los perfumes, la imaginería del espíritu irlandés y la belleza de sus paisajes incluso cuando no aparecen en los encuadres. (...) O'Farrell es buena, sí.»
Robert Saladrigas (La Vanguardia)

«Una de las novelas del año (...), un libro precioso de lectura obligada.»
Óscar López (Cadena SER)

«La prosa de Maggie O'Farrell es elegante y segura, destila conocimiento psicológico y arroja una mirada dura pero simpática sobre el amor y el dolor, con una épica por momentos deslumbrante.»
Luis M. Alonso (La Nueva España)